黄陂旅游传说
故事集

黄陂区文化和旅游局 编

经济日报
出版社

图书在版编目（CIP）数据

黄陂旅游传说故事集 / 黄陂区文化和旅游局编. --
北京：经济日报出版社，2022.3
ISBN 978-7-5196-1061-6

Ⅰ.①黄… Ⅱ.①黄… Ⅲ.①民间故事–作品集–黄
陂区 Ⅳ.①I277.3

中国版本图书馆 CIP 数据核字（2022）第 036327 号

黄陂旅游传说故事集

编　　者	黄陂区文化和旅游局
责任编辑	王　含
责任校对	蒋　佳
出版发行	经济日报出版社
地　　址	北京市西城区白纸坊东街 2 号（邮政编码：100054）
电　　话	010-63567684（总编室）
	010-63584556　63567691（财经编辑部）
	010-63567687（企业与企业家史编辑部）
	010-63567683（经济与管理学术编辑部）
	010-63538621　63567692（发行部）
网　　址	www.edpbook.com.cn
E - mail	edpbook@126.com
经　　销	全国新华书店
印　　刷	成都兴怡包装装潢有限公司
开　　本	880mm×1230mm　1/32
印　　张	12.75
字　　数	300 千字
版　　次	2022 年 3 月第 1 版
印　　次	2022 年 3 月第 1 次印刷
书　　号	ISBN 978-7-5196-1061-6
定　　价	88.00 元

华中交易中心汉口北

锦里沟风光

历史名村大余湾

木兰花海乐园

木兰草原

木兰玫瑰园

木兰湖

木兰花乡

木兰栖塘

木兰山玉皇阁晚照

木兰天池

抗战第一村姚家山

木兰水镇

武汉天河国际机场

木兰将军坊

三楚极观木兰山

花香茶谷

万亩杜鹃云雾山

木兰花谷

盘龙城国家考古遗址公园

土家文化锦里沟

木兰胜天农庄

木兰清凉寨

《黄陂旅游传说故事集》 编委会

前　言

全域旅游，黄陂风景独好！

2019年9月4日，文化和旅游部发布关于公示首批国家全域旅游示范区名单的公告，首批国家全域旅游示范区在505家创建单位中71家脱颖而出。黄陂，成为湖北省入围首批国家全域旅游示范区的3个县市区之一。2020年获评全国最有影响力的全域旅游示范区，并获评荆楚文旅名县殊荣。

在创建活动中，黄陂充分发挥大都市近郊、大交通枢纽、大山水生态以及大木兰文化优势，把旅游产业作为区域发展支柱产业、城乡建设的重要引擎、乡村振兴核心支撑，把全域作为完整旅游目的地整体规划布局和营销，形成全域生态、全域景观、全域旅游、景城融合、村景融合、产业融合的发展局面，形成了"有一个景区叫黄陂"的全域旅游格局。

黄陂自2008年"木兰传说"成功入选全国非物质文化遗产以来，大木兰文化旅游集群形成规模，以木兰山为龙头的木兰草原、木兰云雾山、木兰天池等5A级景区抱团上市，接续建成景点景区23个，其中A级景区15个，A级景区在全国县市最密集。全区旅游直接从业人员10多万人，带动36万人吃上"旅游饭"，全域旅游步入发展快车道。

2017 年以来，黄陂累计投入 200 亿元完善旅游公共服务配套设施，全面推进旅游交通便利化、旅游建设标准化、旅游设施景观化、旅游服务人性化。实现景区与武汉主城及机场、高铁站 1 小时连接，景区环线 2 小时串联，相邻景区 15 分钟连接；实现景区旅游专线车、旅游环线公交直通车全覆盖。建成区级全域旅游集散中心、15 个旅游驿站、1000 多块旅游标识牌，建成生态停车场 50 个，停车位 3 万多个。累计建成 A 级旅游厕所 158 座，实现了旅游效益最大化。

全区大力实施智慧旅游工程，推进文旅、农旅、商旅、康旅融合，形成美丽经济、生态经济、休闲经济、健康经济融合发展的旅游产品供给体系，铁路沿线、空港沿线绿化、美化、亮化全覆盖，打造全域旅游景观道路、美丽乡村连接带、乡村振兴示范路，擦亮了"中国木兰故里，四季休闲黄陂"的文化旅游品牌。

山水是形，文化是魂。黄陂在创建全域旅游的过程中，充分发挥大都市近郊、大交通枢纽、大山水生态及木兰文化优势，以国家非物质文化遗产《木兰传说》为核心，作为"木兰文化生态旅游区"的灵魂。先后创作和推出了音舞诗画《木兰山组歌》、舞剧《花木兰》、革命历史题材电影《烽火木兰山》等有影响力的文化产品，增强了全域旅游的品牌内涵。此次编写的《黄陂旅游传说故事集》，赋予了景区山、水、林、泉的灵性，使景点动起来、亮起来、活起来，为旅游的持续发展提供有力的文化支撑。

该书在旅游题材中有自己的特色：一是综合性，既有景点的介绍，也有生动的故事和传说；二是影响力，该书精选的故事和传说都是通过历史沉淀的文化精品，有丰富的内核和传承教化的功能；三是可读性，传说故事具有阅读和欣赏价值，可以加深对文化旅游的了解和感悟。

可以说，全书极力寻求内容与形式、文化与旅游的最佳融合，融于多姿多彩的美景之中。让人们感到阅读此书是一次情感的震撼、思想的启迪、知识的汲取、心身的愉悦以及精神的鼓励。

该书着力于提升文化软实力，努力推进全域旅游健康快速发展，为谱写"有一个景区叫黄陂"的华章做出新的贡献。

编 者

目录

Contents

木兰山

木兰湖

木兰草原

木兰云雾山

木兰胜天农庄

抗战第一村姚家山

历史名村大余湾

盘龙城遗址

木兰清凉寨

土家风情锦里沟

木兰花乡

花香茶谷

木兰水镇

汉口北旅游商品交易中心

木兰花谷

木兰山

玉皇阁夕照

木兰山牌楼

木兰将军牌

历史小说中的花木兰

景点简介

荆楚名岳木兰山

武汉市黄陂区北30公里处的荆楚名岳木兰山，相传是巾帼英豪木兰将军的故乡，这里的山、水、木、宫、殿、观、阁，几乎都和千古流芳的木兰将军息息相关。山上那古朴别致的建筑，千姿百态的石林，姹紫嫣红的奇花，幽深静谧的别墅，风光旖旎，美不胜收。

木兰山海拔约600米，是大别山脉南麓的高峰之一。山势峭拔嵯峨，翠峰壁立。北山突兀向天，南山迤逦浑圆，中间一块山腰盆地。远远望去犹如一头仰天长啸的巨狮，在它腾空飞跃之时，猛地一抖神威，似乎一跃之间，就要飞上九天。据史书记载：木兰山古称建明山，因状如吼狮，故又名青狮岭。后来坡坡岭岭长遍木兰树，所以更名木兰山。据传，古时有位姓朱名异、字寿甫、号天禄的千总，家住在山北10余里的双龙镇，因年逾半百无后，常登山求嗣，归后生一女，于是以山取名为木兰。据明嘉靖三十五年（1556）、清同治十年（1871）的《黄陂县志》记载："木兰将军，黄郡西陵（今黄陂）人也。姓朱，父寿甫，母赵氏……儿时状貌端凝，不修饰……会突厥入侵，军书叠至。易戎服，为男子妆，代父从征。""一十二载，立功异域"，朝封她为将军。木兰不受朝禄，乞归故里，终年90，葬于木兰山北的将军庙下。《黄州府志》《湖北通志》《萍踪识小》《名胜志》均有类似记载。乡人为了纪念这位巾帼英雄，在墓前竖立"木兰将军之墓"的石碑，并于明万历三十七年（1609）在山上建立了木兰殿、木兰将军坊，从此木兰山名声大震。正如明代诗人徐承颐所写："未有木兰先有山，山名偏借木兰补；木兰名与山俱存，山并木兰争万古。"

历代文人墨客，寻幽探胜，络绎不绝。唐武宗会昌三年（842）唐代大诗人杜牧游览木兰山时，曾写下《题木兰庙》，诗云："弯弓征战作男儿，梦里曾经与画眉；几度思归还把酒，拂云堆上祝明妃。"体现人民对木兰将军的景仰和怀念。

山以木兰将军而增色，地因木兰将军而钟秀。山上山下至今还保留着这位巾帼英雄的许多胜迹。如山峰之南的祈嗣顶，是奉祀木兰将军的地方，玉皇阁传说是木兰凯旋、朝廷赐冠之所，还有壁直如削的舍身崖、凌空兀立的好汉坡、状若太极的棋盘石、永不枯竭的磨针涧等 30 多处胜景，一处一个优美生动的传说故事，听来耐人寻味。

据史书记载，木兰山庙宇初建于隋，盛于唐和明清，山上先后启建的七宫八观三十六殿，均依山就势，高低错落，斗檐飞角，精巧宏丽。庙宇里塑有各种佛像 1000 余尊，或坐或立，或走或骑，一个个栩栩如生，造型各异，是荆楚文化的艺术珍品。北山的台阶小路、古寨亭台，把高低各异的群峰连成一体，恰到好处地体现了道教建筑险、奇、虚、幻等特点。主峰"第一天峰"上的玉皇阁和它东面古朴奇特的金顶相映争辉。金顶下面的木兰殿雄踞绝壁之上，把主峰上的建筑衬托得更加神奇壮丽。整个北山的建筑群和南山的祈嗣顶遥相呼应，形成一个统一和谐的整体。山上的殿宇和寨墙都用青石干砌而成。能工巧匠们用大小石块交错嵌压，层层相叠，势如峭壁，耸立峰端，其建筑之宏伟、布局之奇特，不亚于其他名山胜岳，充分体现了古代劳动人民的聪明才智。

木兰山石奇崖陡，寒翠欲流。据清《黄陂县志》载："木兰耸翠，为黄陂县第一胜景。"雄伟壮观的群峦秀峰，鳞次栉比的官观庙宇，甘冽晶莹的龙泉匹练，环绕山岭的溪河碧流，瞬息万变的云海奇景，盛夏如春的宜人气候，都使游人心旷神怡。尤其引人入胜的是遍及木兰山的怪石，似蹲似踞，如狮吼虎啸，如龙腾凤舞，似禽兽鱼鳖，如珍珠宝塔，宛若花木翠竹，真是千姿百态，层层叠叠，耸翠流碧。据木兰山林场调查，山上植物种类数以千计，其中林木达 300 多种，药材和芳香植物布满山岩。这里不仅有古老名贵的木兰花，而且有紫荆、麻栎、檫树、石柏、苍松等葱郁成林。现在又引进了落雨松、雪松、日本黑松、火炬松等速生树种，使木兰山更加秀丽壮观。

巍巍木兰山，西临仙河，东接黄（安）麻（城），南眺武汉，群山环绕，地势险要，不仅是游览胜地，而且是著名的革命纪念地。1927 年冬，黄麻起义失败之后，副总指挥吴光浩和戴克敏、曹学楷、汪奠川等领导人率领从黄安激战中突围出来的王树声、陈再道、占才芳等 72 人，于 12 月 29 日到达木兰山。上山后的第三天，吴光浩等人在道长万昭虚的掩护下，召开了雷祖殿会议，传达了湖北省委的指示，把黄麻起义中集结在木兰山的部队改编为工农革命第七军。吴光浩任军长，戴克敏任党代表，汪奠川任参谋长。从此这支队伍以木兰群峰为屏障，开展游击战争，活跃在方圆百里的地区，点燃了大别山区的革命火种。后来这支队伍不断壮大成长，先改编成 11 军 31 师，后发展为红一军、红四军。1931 年冬，在红安七里坪又扩编为红四方面军，徐向前任总指挥。

为了缅怀先辈，继往开来，黄陂区人民政府在木兰山下辟了一大片园林为烈士陵园，拟建"木兰山革命纪念碑"。胡耀邦同志挥笔题词"木兰山纪念碑"。革命前辈也为木兰山欣然命笔。李先念同志题词"巍巍木兰山，革命浩气存"，徐向前同志题词

"木兰山的革命烽火燃遍了大别山",陈再道同志题词"木兰精神,万古长存",占才芳同志题词"在木兰山流血的革命同志永垂不朽"。革命先辈的题词和第七军在木兰山气壮山河的斗争事迹将教育和鼓舞后继的革命者踏着先辈的足迹,在新的历史时期,为开创社会主义现代化建设的新局面贡献青春和力量。

千百年来,木兰山作为一代英豪的家乡而耸立荆楚,誉满江汉。木兰将军的爱国精神孕育出一代又一代的英雄豪杰,他们驰骋在抗敌御侮、争取民族进步和人类解放的战场上,用热血和生命谱写出一篇又一篇壮丽诗章。所以建设和修复木兰山不仅是为了吸引四方游客,领略木兰山的旖旎风光,更重要的是弘扬木兰将军灿如明珠的功勋,以及工农革命军第七军气壮山河的业绩,激励斗志,启迪后人,知我中华,奋发振兴。

木兰山现已辟为武汉市近郊风景游览区,按地形结构划为古寨、石林、花苑、避暑4区。古寨区主要修复木兰殿、帝主宫、金顶、玉皇阁,复建三元宫、斗姥宫、威灵观,并兴建必要的亭台楼阁作衬景,使木兰仙山的古代文明放射出新的光彩。石林区主要修复开放"红军洞""金蛇吐雾""犀牛望月""鸟鸣幽谷""海眼神风"等古景点,使其串珠结玉,连成一体。花苑区以古老名贵的木兰花为主体,栽上全国各地的奇草异花,让它们在山间王国里争奇斗艳。南山东腰兴建东泉庵避暑山庄。到目前为止,已有避暑楼多幢,掩映在竹林绿海之内,隐现于轻烟细雾之中,静谧幽深,气候宜人。目前木兰山已演绎成941平方公里的木兰生态旅游区,其中木兰草原、木兰天池、木兰云雾山和木兰山一起成为国家5A级旅游景区,其他景区也分别达到A级标准。木兰生态旅游区整体进入了"A"时代,成为"全国旅游目的地"。现在各景点或瑰丽、或雄奇、或古朴、或多姿,景色鲜妍,风光无限。

景点故事和传说

木兰山的由来

黄陂北乡有座很高很高的大山，古木参天，风景优美。山上寺庙50余座，每年求神拜佛的善男信女多达数十万人。它就是有名的木兰山。那么，为何叫木兰山呢？这里有段故事。

木兰山最早叫牛头山。传说有一农家有一头很大的牯牛。这牛通人性，干活特别卖力，还能上山看猪羊狗鸭，不让凶兽叼走，主人就把它当成命根，白天精心饲养，夜晚睡在牛栏里。

有头狮子想霸山为王，视这牛为眼中钉。一天，狮子看见这头牛在野外吃草，就想趁机吃掉它。于是偷偷地走去，然后猛地向牛扑去。牛听见有响动，四下一望，见狮子正向自己扑来，忙把身子一转，头一偏，挖了狮子一角。狮子被触得晕头转向的，有些害怕。但它一心想吃掉牛，又扑了上去。牛又用另一只角挖了狮子一下。狮子的肚子被挖破了皮，眼看斗不过，就快快地溜了。传说水牛的角先前是笔直笔直的，经这左右一挖，用力过猛，就变成弯的了。

3年后，这头牛老了。临死的时候对主人说："我死了以后，你把我埋在山顶上，把头留在外面。"牛死了，主人很伤心，按着牛的话办了。

没多时，露在地面外的牛头越长越大，一下长起了一座山。人们将此山叫做牛头山。

后来，那头狮子伤好后又来了，看见这头牛光脑袋就比自己大得多，心里还是不服，一心想吃掉它，又"呼噜"一下扑去。

这时，观音菩萨看见后，脚踏彩云飘飘赶来，举起长鞭，狠狠地朝狮子抽打。观音菩萨边抽打边说："贱东西，你还想占山为王，我要你的命。"就这样狮子被抽死了，伏卧在牛头上。人们看不到牛头了，只看见死狮子，就把牛头山改叫青狮岭了。

到了唐初，羌胡侵犯中原，朝廷令朱木兰的父亲朱寿甫带兵抗敌。木兰毅然女扮男装，代父从军。凯旋回朝后，被封为贞烈将军。她不受朝禄，解甲归田，过着田园生活，奉养双亲。

后来，人们为了纪念这位忠孝勇烈的巾帼英雄，又将青狮岭改名为木兰山。

木兰为什么姓花

木兰代父从军的故事在人民群众中广泛流传，有的人说木兰姓"花"，有的人说她姓"朱"，还有的人说她姓"魏"，传说不一。其实本兰原来姓朱，后来才改为姓花的。

朱木兰女扮男装，替父从军，在疆场上持枪跃马，用兵如神。羌胡一个名叫花阿珍的女先锋官看见后对她产生了爱慕之情，千方百计要俘虏木兰，但总是得不了手。

这天，双方又激战开了。一阵交锋后，花阿珍假装败退，来到一个偏僻的地方。朱木兰只顾一个劲地追赶，丝毫没有察觉花阿珍的诡计。等她刚刚追上之时，被花阿珍祭出的法宝——"捆仙绳"所缚。花阿珍抓到了木兰后，硬要与她成亲。木兰佯说："成亲可以，你得和我一起投奔大唐，打羌胡，灭敌寇。"由于成亲心切，加之木兰的说服，花阿珍同意了。从此，朱木兰的手下又多了一名骁勇的女将。

12年后，班师回朝，木兰还了女儿身。花阿珍好不惊讶。木兰觉得对不起花阿珍，白白让她等了12年，就与她结拜成姊妹，还帮她另提了一门亲事。打这以后，花阿珍就叫木兰为"花妹"，木兰也称花阿珍为"花姐"了。日子一长，人们就叫朱木兰为花木兰了。

祈嗣顶上求木兰

木兰山下有个朱家大湾，湾里住着一对老年夫妇，男的叫朱寿甫，女的赵氏。两老年过半百，但膝下无一儿女。他们不仅每日对着木兰山求子，逢年过节还到木兰山最高的顶峰上祈求。这一年，赵氏果然怀孕，但一直怀了 12 个月仍不分娩，老两口为此焦急万分。一天夜里，二老正卧床酣睡，忽见木兰山飞来一只金凤凰，直扑向赵氏怀里。赵氏大吃一惊，醒来却是一场虚梦。过了一会，赵氏忽觉腹痛，继而生下一女，二老高兴万分，乡邻也纷纷前来贺喜，都说此女是金凤投胎，是木兰山的明星降临，将来定会压赛男儿，故取名木兰。朱寿甫夫妇遵照许诺，在木兰山求子的高峰上修建了一座庙宇树碑悬匾，以此来感谢天神的恩赐。后来，木兰冠为将军，人们便将这山峰取名为祈嗣顶。

江北稀珍木兰树

春日，我们慕名到木兰山游览。车过仙河桥，沿着如带的盘山公路向上爬行 10 分钟，便到了第一停车场。

下车后，步入雄伟高大的天然石门，公路右侧一块指示牌便扑入眼帘。曲折小径把我们牵进了杉林深处的"木兰山花苑区"。这儿，花草盈园，艳溢香飘；一场春雨掠过，洗净了繁枝密叶的浮尘，翠绿欲滴，妩媚动人，使这 400 平方米的花苑区充满了灵秀浩然之气。

在繁花簇拥姹紫嫣红的百花区中央，挺立着一株高达数丈、胸围 4 尺、枝干苍壮、华盖如云的古木，这就是历代游人誉为"丛林之冠"的木兰树，它已有 460 年的历史了。

木兰树，属茶花科，木质细而心黄，皮薄可入药除疾；叶如桂，涉冬不凋；花似莲，清香横溢。每年 3 至 4 月，万花怒放，红、黄、白、紫、蓝绚丽多彩，争奇斗艳。不知有多少游客为之陶醉。

当我们问起木兰树的来龙去脉，育花老人兴致勃勃地讲述了一个在木兰山一带广为流传的故事。说的是木兰 18 岁那年，羌胡进犯，朝廷大点兵，军书 12 卷，卷卷都有她父亲的名字。木兰见父亲年迈体弱，难胜戎马之劳，要求女扮男装，替父应征。父亲说："女扮男装已是险事，况且孩儿年少，怎能征战沙场?"这时只见一行大雁飞来，木兰取下弓箭，指着窗外飞雁说："父亲请看!"三声弦响，三只大雁应声落地。父亲惊喜万分，叫道："好箭法!"用手推开后窗，木兰用手指了指，说："那青狮岭（木兰山原名）上，密密麻麻的竹箭林里，就是孩儿平日习练武艺的地方。"

木兰从军后，有个樵夫发现这满山的竹箭，想捡去当柴烧，可是怎么也拔不起来。准备第二天再去砍，谁知一夜大雪，掩埋了全部竹箭。到第二年春天，冰消雪化，那万千竹箭都变成了株株树苗。12 年后的 4 月里，木兰将军荣归故里，这满山遍野的竹箭长成的大树竟在一夜间开放出奇异的花朵! 从此，每年三四月，万花竞放，香飘天外。因此人们把这种树称为木兰树。从这个神奇而美妙的传说中，我看到了人民对这位女英雄的崇敬与缅怀。

据说，1000 多年前，木兰山上的木兰树满野皆是。由于年复一年的火烧雷劈、风击洪摧，至今幸存唯此一株。这在我国江北一带也是稀珍古木。为了挽救濒临绝种的木兰树，木兰风景区管理处正在精心培育，加紧栽植，现已有 20 余株幼苗在百花区亭亭而立。

眼泪垱和脚板石

木兰山北玉皇阁和金顶之间的一块大青石上，有拳头大小、光光溜溜的两个小窝。这就是眼泪垱。东寨门下的一块青石上面，有双约两尺长的脚印。这块石叫脚板石。

相传，木兰女扮男装替父从军时，常和先锋官武登一同征战沙场。木兰爱慕武登智勇双全，武登佩服木兰用兵如神，两人情同兄弟。班师回朝后，木兰还了女儿身，后来两人私下订了终身。

没过多久，朝廷奸臣诬陷武登有叛国之嫌，要杀害他。木兰听说次日午时 3 刻武登就要问斩，很是着急，便去找祖师菩萨。祖师菩萨说："来得及，明日五更我把你装进袖筒，来个'袖里行空'，前去京城搭救。"

第二天五更已过，木兰七等八等不见祖师菩萨到来。没有办法，她只得单身驱马前往。走在半路，就听说武登已被杀害。她痛不欲生，勒马回到木兰山。

祖师菩萨是怎么回事呢？原来，祖师菩萨正在修道期间，他月月不离木兰山，天天不离峨眉山，时时不离武当山。那天离开木兰后，他回到武当山，被别人拉去喝酒。祖师菩萨嗜酒如命，结果烂醉如泥。等他酒醒，日头早已偏西。他大吃一惊，赶忙来到木兰山找木兰。见木兰不在，又连忙赶到京城。两人来了个隔壁错。祖师菩萨听说武登已经被害，怕木兰也落入虎口，又到处找木兰。找了半天也没有找到，只好又赶回木兰山。当他看到木兰独自坐在山上，心中又急又悔，落地过猛，脚下的青石被踩出了两个深深的脚印。

木兰看到祖师菩萨来了，叫了声"师傅"，不由两滴眼泪掉了下来。木兰平日总不落泪，眼泪贵重得很，滴在崖石上，砸出了两个圆圆的小坳。这就是眼泪坳。

风物还是天池好

木兰将军坊下有一小块草坪，边沿丛生着亭亭玉立的小树。当你手扶着那一枝枝像栏杆一样的树枝凌空眺望山南时，你会看到陡崖间有一泓碧水，宛如云中飞来的一面巨镜镶嵌在山腰，周围错落石崖恰似镜台和雕工精细的镜框，这就是人们赞叹不已的奇景——木兰天池。

醉人的天池，一年四季碧绿澄清，水光潋滟。这里原是塔林圣地，塔园中心有一洼泉水，清粼粼，甜津津，旧时朝山进香的善男信女总要先在这里掬饮一杯塔园圣水，据说饮后能清心明目。这说法当然不足为据，但山泉中含有某种可以治疗眼疾的成分，则是完全可能的。

看天池、赏湖光的最佳时节，应是春暖花开的艳阳天。早上眺望天池，但见乳白色的雾浮来飘去，像从天池中煮沸出来的一团蒸气。不一会儿，轻烟细雾化成小小的水星，飘落在树丛中，洒在崖石上，轻轻的、潮潮的，给人一种清新、宁静的感觉。到了正午，云收雾散，太阳光平铺在天池里，细波粼粼，像谁撒了一池碎银，又像无数头银鱼在游动，令人神思飞越。

池的正北有两块晶光闪闪的仙蚌石，池的上下有寿龟石、蛤蟆石，这些奇形怪状的石头，还凝聚着一段美妙的传说。相传木兰小时候经常在天池旁舞剑挥刀，腾挪飞跃，操练十分刻苦认真。每当练得浑身大汗淋漓之后，便喜欢到天池中去洗浴。只要木兰下水，池中的寿龟、神蛙、仙蚌都爬上岸来，不去惊扰她游泳。打从木兰代父从军以后，再也见不到她的英姿了。那些寿龟、神蛙、仙蚌都爬上岸天天等、月月盼，天长日久就凝聚不动，变成了寿龟石、蛤蟆石、仙蚌石了。

听了这优美动人的传说，也许会唤起你情不自禁地在奇岩异石间盘桓一阵。此刻，只要你细细观察一下那阴暗处的凤尾草上以及树根的岩石缝里，你便不难发现有晶莹的泉水渗出来，发出"叮咚，叮咚"的声响，仿佛给人弹奏一曲美妙的乐章。石上听泉，眼底观景，真叫你动情！无怪乎人们说："木兰处处皆佳色，风物最数天池强。"

磨针涧与哼哼树

走出碧如翡翠的水晶宫，沿木兰花苑拾级而上，便是磨针涧。

磨针涧旁原有一座明三暗五的古殿——磨针涧殿，始修于明代，门面复修于 1947 年。殿门朝西，正对着哼哼树。整座大殿依山傍涧，青石为墙，6 扇板门一字排开。神龛上供奉磨针老母和观音菩萨塑像。相传木兰小时

候在天池旁的奇峰怪石中习武，腾挪跳跃舞剑抢枪，只因不能认真揣摩，因此武艺总不娴熟。小木兰信心不足，有时干脆不练偷着玩耍。观音菩萨得见，就在天池上游溪涧旁乔装成一个以铁杵磨针的老妇人，借以感化木兰。一连几天，小木兰看见老人不停地磨擦，十分奇怪，前去一瞧，见磨的竟是一根铁棒，就惊奇地问磨这铁棒何用？老妇人边磨边答："做针。""这么粗的铁杵能磨成针吗？""能！只要工夫深，铁杵磨成针。"老妇人答毕，又俯身磨针。木兰虽小，但聪颖早慧，她望着老妇人专心一意磨针的身影，顿受启迪，立即拜辞老妇人，回到演练场，刻苦磨炼。因坚持不懈，武艺渐臻炉火纯青。木兰代父从军后，扫胡立功，当地人就把此处取名磨针涧了。可惜"十年浩劫"中磨针涧殿变为一片废墟。

磨针涧旁幸存的枫杨古树，高达数丈，逼立向天。有一段时间，此树每到夜间即发出有节奏的"哼哼"之声，人们称之为"哼哼树"。据有关单位考察，是大蜈蚣在树中呼吸发出的声音。在夜深人静的时候，听起来显得格外响亮、清晰。有人说是"木兰菩萨显圣"，那是毫无科学道理的迷信说法。磨针涧在南北两山中间，避风向阳，常年翠绿。涧下绿竹千竿，树木成林；西面石林群立，千姿百态。此处不仅景色宜人，而且引人探胜怀远，神思飞越。古往今来，磨针劝学的事例颇多，如李白被劝而发奋读书，祖师受教而潜心学道。千百年来的华夏文化，培育出一代代英才，建树了高标千古的丰功伟绩。

东泉神井

木兰将军登仙以后，木兰山方圆九九八十一个湾子的乡亲纷纷捐粮献款，要给这位忠孝勇烈的巾帼英雄修一座宫殿叫木兰宫。千字有个头，万字有个尾，修宫殿，由哪个出来承头呢？大家正在挑选时，雷祖殿的坛真和尚毛遂自荐揭了榜。

根据众人的意见，宫殿的地址选在木兰将军生前练武习箭的场子。这地方宽敞向阳，四时花香，要说好呢，木兰山再也没有哪里能好过这里了。靠东首有麻石咀，打不完用不尽的麻石；靠南有东泉井，能提水和泥烧瓦。乡亲们自告奋勇凿石、取水、烧瓦。可是烧出的青瓦要上釉烧成琉璃瓦，山上又没有这个条件，坛真和尚发愁，乡亲们也着急。一天清晨，忽然听到井边有流水哗哗的响声，坛真和尚出来一看，只见井口向外翻滚清泉，泉水金光闪耀，涌向堆瓦场，并很快就将烧成的青瓦淹没了。不一会水退了，再一看，青瓦都变成碧绿碧绿的琉璃瓦，还有上了黄釉的兽图、鸟图，光洁晶莹。他又惊又喜："这一定是木兰将军显圣，天赐我成功。"

第二天，坛真和尚请来81个匠人、162个伙计，破土动工修建木兰宫。木兰山所有庙宇的墙壁都是干砌，砌得平整、笔直。木兰宫也是干砌的山墙。墙脚一下没有木料做列架，溇水放排一时回不了，怎么办呢？坛真和尚打算下山找乡亲们想办法。走到东泉井边，又听见井水"哗啦啦啦""哗啦啦啦"往上翻，一看，一棵又粗又长又直又光的大杉树从井底冲出来，扑通一声倒在井旁边。半个时辰就冲出了八八六十四棵。眼看大树还在一棵一棵往外冲，坛真和尚眼也红了，心也动了，心想：像这样冲它个十天八夜，还招架得住，我不如趁别人不晓得，卖它一些。想罢，就往山下跑，找到了张财主，一下子卖掉了50棵。坛真和尚回到井边，井水再也不翻滚了，一棵大树卡在井口一动也不动。他跑上前，抱住大树，使劲地摇，摇着摇着，突然一声巨响，大树冲出井口，不偏不歪正倒在坛真和尚身上，鲜血流了一地。他，坛真和尚见财起心，不是没落到好下场吗！

从此以后，东泉井就叫东泉神井了。关于东泉神井的故事，木兰山方圆九九八十一个湾子的男女老少还能讲出许多许多来。

华严阁内考木兰

在木兰山西，有座造型别致琉璃碧瓦的"华严阁"，传说铁贯道人考木兰就在这华严阁内。

武登被奸臣所害后，木兰看破红尘，一心想在青狮岭修道。铁贯道人按照教规，要考考木兰。

这天，铁贯道人和木兰来到华严阁，铁贯道人高声吟道：

未生我今谁为主，既生我今主为谁？
大道不明空费力，水中明月自修持。

铁贯道人吟罢，木兰不慌不忙地上前合掌答道：

未生我今天为主，既生我今主即心。
大道若明不费力，水中明月好精神。

铁贯道人合掌又吟道：

水中明月好精神，风送波摇万点星。
不尽浮云蔽月色，清池里面影沉沉。

木兰又答道：

> 心如皓月连天净，性似寒潭清水同。
> 十二时中常照耀，休教昧了主人翁。

铁贯道人见木兰对答如流，心中好不高兴，当即收下木兰。从此，木兰就跟铁贯道人修道了。

剑劈石与飞来石

木兰将军的母亲曾到祈嗣顶求后，第二年果然生下一女，这就是木兰。木兰代父从军，征战 12 年得胜还乡后，驱马前往祈嗣顶敬香朝拜。行至祈嗣顶下的东泉寺附近，一块巨石横断去路，不能前进。木兰将军抽出青龙剑，"叭"的一声劈开巨石，策马而过。这时，山神大怒，站在裂石上吼道："木兰！你昔日毁我容颜，开拓好汉坡，今日又劈我山石，真是欺人太甚！如果不还我巨石，我要你粉身碎骨！"说完调来雷电，追击木兰。正在这千钧一发之际，观音菩萨云游到此，得知情况后，连忙挥舞云帚，制住了雷电，并对山神喝道："胆大！妄为！你一贯阻扰游人，刁难木兰，罪当严惩！"说完拔掉左手小指的指甲壳，掷了出去。这指甲壳在空中翻了几个筋斗，变成了一块巨石，"轰隆隆"不偏不倚正好落在山神的足旁。山神见势不妙，"呼"地钻进山底，再也不敢出来了。

事后，人们便把裂石取名为剑劈石，把压在裂石上的巨石叫飞来石。

好汉坡前话古道

木兰山西有一好汉坡，整整 480 个台阶，老人们说是观音菩萨用鞭子抽打出来的。

木兰山原来没有路，人们只能手挽藤蔓，脚蹬石缝，一步一步向上攀登，稍不留心，就会伤身失命。木兰时常到奇峰怪石中习武，看到这一情景，心里很是不安。于是，决定动手为行人开辟一条通道。

这天，她来到这里，一锤一凿地干了起来，好不容易一天凿成了一级台阶。第二天一早，她又来到这里，一看，头天凿的石头又长复了原。她二话没说，又凿起来了，好不容易又凿了一级，哪知第三天又长复原了。木兰不灰心，继续凿，可凿好的台阶过一夜又长拢了。这是为什么呢？原来是山神在作梗，他怪木兰这黄毛女子不该随便在他头上动土石。

木兰偏不信邪，日夜不停，风雨无阻，结果还是凿了又长，长了又凿。观音菩萨看见木兰志坚如石，便对山神说："你不要把姑娘累坏了，她长大了是朝廷的栋梁之材。"山神不理，继续跟木兰作对。观音菩萨恼了，拿起长鞭，一鞭一鞭地抽打山神，抽一鞭，留一道印痕，一口气连抽了480鞭，直抽得山神磕头求饶。

第二天，山上出现了一条480阶的石道，人们都说是木兰姑娘凿的，其实那就是观音菩萨留下的鞭子印。

杜牧游览木兰山

大凡名山古寺，历来都是文人墨客向往之地。因而，在历代的名篇佳句中，不乏这方面的不朽之作。唐代大诗人杜牧的《题木兰庙》即属其中之一：

弯弓征战作男儿，梦里曾惊与画眉，

几度思归还把酒，拂云堆上祝明妃。

　　杜牧是唐武宗会昌二年
（842）到黄州任刺史的。当时，
黄州亦名齐安郡，管辖"户不满
二万"的黄冈、黄陂、麻城三
县。杜牧自幼聪敏好学，26 岁就
高中了进士。可是，尽管自己经
纶满腹，却以 40 开外的年龄而被
派往这远离帝京的楚地，当了一
名闲散的地方官。正是以这种怀
才不遇的心情，他仰慕高洁，以
饱览名山胜水自造。《杜牧传》
云："黄州（即今黄冈）城西北五十里有木兰山……杜牧曾来此
游赏。"《黄陂县志》也记载："武宗会昌三年，杜牧曾游览木兰
山，并在木兰庙前赋诗一首，以祀木兰。"

　　古时，木兰山没有通途。民间传说，杜牧乘扁舟横渡仙河
（现名滠水河），在张家湾小憩之后，便沿着好汉坡拾级而上，好
汉坡笔立入云，杜牧只攀登了百余级石阶，就累得腰酸腿软，大
汗淋漓。他歇下来脱掉长袍，正欲挥帕拂汗，一只羊毫从衣袖里
掉出，滚到了山下张家湾后的一块菜园地里。次日，杜牧一行从
山上下来寻觅，羊毫不见了，一棵嫩竹却钻出了泥土。杜牧惊喜
地高声叹道："木兰山真是一块宝地啊！"不几年，这棵竹子就长
成了一片翠绿的竹林。从此，"竹不过江"禁区被打破，张家湾
的湾名也被"竹林"取而代之了。现在，木兰山出产的"叫具"，
即以此竹精雕而成。

　　又有传说，杜牧游木兰山时正患眼疾。傍晚，他游到木兰

庙，口干舌燥，捧起案头的茶壶一饮而尽，顿时只觉全身凉爽，两眼也大放光明。他从老道那儿得知，此茶系夜明砂（即蝙蝠屎）所泡。于是连夜爬山钻洞，寻得一包夜明砂，带了回去，差人送往各户，治好了数万百姓的眼病。我们是在揽胜木兰的时候听到这些传说的，传说虽不可信，而来自寺庙的传说更多带有浓厚的迷信色彩，但粗略品味，却也能使游者倦意顿减，游兴倍增！

棋盘石

棋盘石状若太极，凌空耸立在玉皇阁西南的峭壁之巅，中央有一道两尺多宽的裂缝。站在山上，抬头望去，你会全身一震，毛骨悚然。其实，不必虚惊，1000多年来它一直悬在那儿，纹丝不动。

这是怎么回事呢？听老人说，木兰将军解甲归乡后，时常到这块巨石上同道人下棋。祖师菩萨知道后，心想：人人都说木兰会用兵，百战百胜，我倒不信。自古用兵和下棋一个道理，我要看看她的棋艺。这一天，他找到木兰将军，硬要比试比试。二人来到棋盘石上摆开了阵势。祖师菩萨首先跳"马"，然后调"炮"。木兰见此阵势，出棋更高一着，先飞"象"后出"车"，行调虎离山之计，取声东击西之策，直逼祖师菩萨之"帅"。祖师菩萨眼看要输，慌了手脚，站起来猛蹬了一脚。顿时，山石轰鸣，裂开一条大口子往下倾倒。木兰将军怕山石倒下去伤害百姓，失声大喊：

"哎呀，不好！"这时，祖师菩萨才从棋局中醒悟过来，忙乱之中随手擤了两把鼻涕甩进裂缝，粘住了崩塌的山石。从此，棋盘石便成了现在这个样子。

不信么？请到棋盘石上看看，当年祖师菩萨蹬石留下的那只脚印，石缝里那两把鼻涕，还清晰可见哩。

木兰显圣

巾帼英雄朱木兰，不仅古来广泛歌之颂之，就是近代，民间也有她不少传奇。木兰山一带普遍流传着这样一个故事。

1930年，黄陂蔡店、姚集、塔耳、河口一带建立苏维埃，组织赤卫队，农民武装斗争风起云涌，严重动摇了蒋家王朝的罪恶宫殿。于是国民党派兵大举进攻苏区，妄图一举扑灭这革命的星星之火。由于敌强我弱，赤卫队采取避实击虚的游击战术，闹得敌人首尾难顾，团团打转，胆战心惊，坐卧不安。这一天，赤卫队在蔡梅店拔掉了敌人两个据点，正往塔耳方向神速运动。不巧，途中遭遇了国民党主力，双方交火不久，赤卫队不宜久战，便甩开敌人撤退转移。国民党哪里肯放，旋即尾随其后，步步紧逼。弱小的赤卫队在强大敌人的追击下，想甩，甩不掉；想避，避不开；想打，会吃亏；想拼，更不行。就在这左右为难之际，只听背后枪声密集，杀声震天，国民党狂呼乱喊："赤色分子！快投降吧，你们跑不掉了！"眼看越追越紧，越逼越近，情况万分危急。

突然，国民党大吃一惊，却步不前，只见眼前一片红光闪闪，迎面出现了一位骑着红马，身穿银甲，头戴金盔，手持钢枪的玉面将军。她一抖缰绳，红马直朝国民党军猛冲过来。众敌军一见魂飞魄散，不由大喊一声："哎呀大事不好，木兰将军显圣!"顿时军中大乱,吵吵嚷嚷,推推搡搡,抱头鼠窜。此刻,我赤卫队摆脱困境,绝处逢生。难怪群众都说:"共产党不仅深得民心,也深得神心!"

铁矢墩

风景秀丽的木兰山西麓的仙水河像一条玲珑剔透的碧罗带缠绕着木兰群峰,吸引着无数游客;而地处仙水河边的古老村庄——铁矢墩,恰如一颗璀璨的明珠穿在罗带上熠熠生辉。

铁矢墩南面是群峰攒簇的木兰山,前面清冽的仙水河潺潺。河上一桥横跨,公路从铁矢墩湾中穿过,湾子周围的松涛林海、层层梯田,配上古老的青砖瓦房,给人一种古雅、幽静的感觉。这里山奇雄,水秀丽,树青葱,孕育了讲不完的动人传说。

相传木兰代父从军的消息传出后,四邻八乡的亲朋纷纷前来送行,使木兰深受感动。她一个箭步登上高坡,舞剑明志,然后"嗖"地向身旁一块巨石劈去,巨石顿为两半,可宝剑也折成数段。见此情景,乡亲们决定为木兰造一把削铁如泥的利剑。不一会山上架起了八卦炉,银光闪过之后,一把三尺宝剑所向披靡,而这个村庄也就名叫铁矢墩了。

不过,铁矢墩更值得骄傲的还是那血雨腥风的第二次国内革命战争时期的战斗历史。特别是1929年3月间,徐海东等同志领导的那次攻打铁矢墩、讨伐恶霸地主田庆昌的战斗,更应载入当地革命斗争的光荣史册。

雷打石

相传,朱木兰有一乡邻名叫花妹,年方18岁,长得如花似玉,聪颖过人,勤奋善良,敬老爱幼,被邻里称为世间少有的好姑娘。她与朱木兰真是情同骨肉，胜似姐妹。

在可汗点兵下达军书的前两天，朱木兰不仅当户织布，而且夜半还赶绣着一条鸳鸯帕，这是她赠给花妹与春哥缔结鸳盟的一份纪念。

朱木兰代父从军离家那天，在劳动中结成爱侣的花妹与春哥前来依依送别，分手时花妹哭诉道："兰姐，你走以后，我们的婚事怕会节外生枝啊！"朱木兰爱抚地拉着她的手道："花妹，你们只要像鸳鸯帕上的鸳鸯那样，雷打不散，火烧不开，就什么都不怕了。"说罢，姊妹情切，挥泪而别。

这一天，春哥和花妹相约，在川坳附近的岩坡上交换信物，春哥以白玉镯相赠，花妹用鸳鸯帕报还。就在这时，惊动了灵霄殿中的玉皇大帝，一查，见花妹乃是宫中的采花女私奔下凡，违反了天条，便喝令雷震子前去拿她上天。可是花妹闻讯至死不从，硬要互换信物与春哥定情成婚。这一下触怒了雷震子，正当他们交臂互换信物之际，突然"呼啦啦"一雷从中劈去，将春哥与花妹强行分开。但是这对有情人坚贞不屈，隔一段时间又要拢去交换信物，雷震子便又司雷劈开。

因此，直至今日，据说只要这两块高大的人形岩石一长拢去，雷就要将它们从中劈开。

翠峰明珠——水晶宫

游罢群芳吐艳的木兰花苑，沿着一条金色飘带似的鹅卵石路蜿蜒而下，便是被人们誉为"翠峰明珠"的水晶宫。

水晶宫是木兰山上的佛寺名泉。泉眼外有一堵青砖黛瓦的院墙，墙上筒瓦沿着围墙曲线起伏，宛如一条势欲飞升的青龙。围墙正中是一个古色古香的圆拱门，门上"水晶宫"石刻涂上红漆，色彩鲜明。步入拱门，可见井台对面石墙上有一石砌神龛，香火洞旁对称盘曲着两条石雕蟠龙，似乎才从泉中腾出，正昂首向天。泉台两米见方，泉水清澈碧绿，四季不绝，冬暖夏凉，清甜可口。泉水西面三眼甘泉井喷珠吐玉，南面木兰古花仙姿绰约，井台周围绿树葱郁，一泓碧水，闪烁其间，把它比喻为木兰山中的一颗明珠，再也恰当不过。

水晶宫原是大佛殿后院的一眼千年古泉。佛殿后门正对泉台。据传，原来大佛殿后并无泉眼，因有一条千年蚯蚓修炼成龙，常在佛殿后沐风浴雨，驾雾腾云。此龙每一翻身，就有泉水从后壁中涌出。尔后，蟠龙告之如来佛，答允东游入海。这天清晨，蟠龙幻化为蚯蚓真身，向殿外蠕动，但因大佛殿门槛高陡，几次爬越不过，一时性起，变成巨龙腾跃，顿时风狂雨骤，水漫木兰山。待水退后，这里便出现了一眼涌泉。泉水实为断岩中涌出的地下水。当用水泵抽干泉池后，就可见众多泉眼往上翻花，不断发出细脆的咕嘟声响。这一眼殿后古泉，"十年动乱"中也难逃浩劫，以大佛殿为主体的建筑群已被拆毁得荡然无存。现在的水晶宫外墙是 1982 年在旧基上修葺的。千年古泉，又以它的新光彩迎接万千游人。

帝主宫旁有甘泉

仙苑药园，异草奇卉，争艳斗丽。游人赏罢，定会思忖，园高宫险，水从何来？原来，帝主宫旁有一眼神奇的甘泉。

帝主宫旁的这眼甘泉名叫乌龙泉。传说水晶宫中蚯蚓变化的那条乌龙腾起之时，穿南天门，绕帝主宫，尾扫东麓，遂成此泉。其实，这不过是大自然的一篇佳作。泉水由石崖中涌出，向下滴落时发出"叮咚、叮咚"的响声，回旋荡漾，如月夜吹箫，似幽谷鸣琴。泉池形同半月，长约丈余，宽约 5 尺，高约 2 米。泉水清丽晶莹，香浓如酒，据化验，此泉是含有多种矿物质的一种软水。硬币贴于水面，可以飘浮其上。

乌龙泉四周，松林成荫，南面一条青石小路通入泉池。泉眼西面陡崖壁立，一蓬蓬的映山红点缀在翠绿丛中，紫荆、山茶漫布岩壁。岩畔苍松挺拔，石柏高挑。阴坡岩壁上的一株株凤尾草，一片片苔鲜，湿润翠绿，寒碧欲流。西壁正中有一石雕观音，端坐莲花，神态安详。传说中的乌龙泉，原有一龟精作怪，水涌浊波，其味酸苦，黎民怨愤。观音菩萨得知后，摘下一朵莲瓣抛出，霎时，变成一个石翁把龟精压在石下。从此，碧水澄清，甘甜可口。于是后人在岩壁上雕刻观音浮图，以记功德，永享香火。这一传说当然充满着迷信色彩，但却也从一定程度上反映了人民对善良与丑恶的好恶之情。"满山松涛成绿海，乌龙泉水堪称奇"。朋友，如果你有兴致也不妨尝试一口这令人陶醉的乌龙甘泉。

木庐干砌

游人攀上木兰山主峰玉皇阁，纵目所及，不仅可看到水若碧带、山象翠屏、池如明珠、树若层云的壮丽景象，特别引人注目的还有那独具匠心的木庐干砌。

木兰山上的古寨残垣，仿佛一条巨龙盘旋在悬崖绝壁之间，依山就势，莽莽苍苍。连绵不断的台阶小路，灿若群星的回廊亭榭，把高低各异的群峰连成一体，恰到好处地体现了道教建筑险、奇、仙的幻境。昔时山上的七宫八观三十六殿以及所有亭台楼阁，全都是以青岗石干砌而成。能工巧匠们用大小石块交错嵌压，层层相叠，悬于峭壁，耸立峰端，其建筑之宏伟，布局之奇特，不逊于全国许多名山胜岳。

　　提起木庐干砌，在这一带也流传着一个美妙的故事。据说隋朝仁寿年间，官府下了一道告示，广征能工巧匠修建金顶神殿。木兰山下木匠金四应召下山，技艺高超，雕梁画栋。他在身边的一棵枫树枝桠上横挂一匾，写着"金殿凌空不用钉"，落款是"神工金四"。这时旁边一个石匠看罢冷笑一声，顺手拿过墨斗旁的竹签，在斗中蘸了一点墨，趁木匠埋头干活，举笔划去"金殿凌空"4字，把"不"字改成"无"字，把"钉"字右半边改成"四"字，就成了"无用金四"。待到木匠雕完大柱的龙爪，挥手揩汗时，蓦地看见旁边一个不相识的人竟敢涂抹匾额，顿时火冒三丈地说："你这个人好无道理，谁不知我造屋千间不用钉，走遍天下有盛名，你却当面羞辱我！"石匠不慌不忙地说："木头好锯石难雕，木匠不如石匠高。"木匠不屑一驳地说："石匠有什么巧，石头裹泥浆，糊起就是墙。"石匠哈哈一笑："我能不用泥沙干砌墙，做成的墙壁结实好看。"木匠半信半疑地说："怕是说大话吧。"石匠打赌说："要是不能干砌墙，我赔你一个金字匾额！"木匠当即说："一言为定！"就这样两个巧匠比着干开了。石匠只凭一把锤子一个凿，叮叮当当，横压直嵌，那些大小石块在他手中格外的听话。金木匠见此情景，赞叹不已：真是天外有天啊！

　　其实独具特色的木庐干砌，是适应木兰山地形和气候的产物。木兰山处东经114°23′、北纬31°05′，属副热带季风地区。冬季严寒，夏天炎热，四季分明，雨量偏多。用泥沙砌墙，不能久经风刀霜剑、日晒雨淋。加上山势嵯峨，磴道陡峭，运灰挑沙十分困难。采用干砌省工耐用，事半功倍。这种建筑充分体现了古代劳动人民的聪明才智。

打儿窝

从北面上木兰山，爬完好汉坡，到达半山腰，可以看到一个簸箕大的石窝，悬在陡崖上，山下的人都叫它"打儿窝"。要知道这名字的来历，还得从当地民间的传说讲起。

相传，明朝的时候，木兰山下的一个村子里，有个财主给儿子娶了个媳妇叫丽云，这丽云生得体弱多病，成婚三年多啦，还没生个伢。为这事，她磕了不少头，烧了不少香，也请过不少医生，都无济于事，因而时常遭到公婆的辱骂。

一天下午，丽云正在房里为此事犯愁，又从堂屋里传来了财主婆指桑骂槐的声音："喂只鸡婆能下蛋，养头母猪要过仔，娶个媳妇不生伢，要她有么用……"

丽云听着，眼泪湿透了衣衫。一阵伤痛之后，她擦干眼泪，叫丫环陪同去后花园观花。来到花园里，小丫环忙于采花扑蝶，哪知她身后的丽云只是低头啜泣，一步一滴泪，正在走向人生终点。丽云来到院子门口的龙生井旁，纵身跳进了水井。丫环闻声回过头来，见是小姐跳了水井，大声呼喊起来："快救人啦，小姐跳井啦！"

听到呼救声，村里人纷纷赶来，丽云被救起来了。她刚一苏醒，眼泪就像木兰山的泉水一个劲地往外淌。

这时一个身背药篓的中年人从村中路过，见此情景问明了情由，便放下药篓，蹲下给丽云切脉看病。看完病对众人说道："这位大嫂的身体虚弱，经过治疗是能够生儿育女的。"

"医生，那就劳神您开个药方吧！"乡亲们请求着。

"不用吃药，有个妙法，只要依法行事就成。你们村后木兰山上半山腰有个石窝，让大嫂早起上山，朝那石窝里扔三颗石子，天天坚持，时间一久，她的不育之症自然会好的。"说完，过路的医生又背起药篓向前赶路。此时有人问道："请问医生尊姓大名？"

那医生边走边回答道："我叫李时珍。"

"啊，他就是李时珍！"原来神医李时珍的名字人们早就熟悉，现在大家都用惊奇和敬佩的眼光望着飘然远去的李时珍。

丽云按照李时珍的嘱咐，每天早晨步行 6 里路，登上木兰山，朝那个石窝里扔三块石子。像这样扔了九九八十一天，果然见效了，丽云来了月经。再过 10 月，丽云真的生了一个胖乎乎的儿子。

一晃 5 年过去了，李时珍为了修《本草纲目》，到过不少名山，走了不少的路程。眼下，他采药归来，还惦记着这个为不育之症跳井的丽云，特地到财主家看看丽云是否有了生育。

财主见李时珍到来，赶忙杀猪宰羊，大设筵席，邀请亲朋，表示酬谢。这时，有人拢来问李时珍："你是天下的名医，怎么不用药给人治病，也信起菩萨来了呢？"

李时珍认真地答道："这是一种妙法啊！丽云原先体弱多病，不行经，当然不会生啰。我她让扔石头，是要她坚持锻炼，经过数月锻炼，她身体强壮了，也来女红了……"说完，连水也没喝一口就走了。

众人恍然大悟："哦，原来如此呀！"从此，木兰山上的那个石窝越传越神。人们盼望生个儿子，就登上木兰山，往石窝里扔石头。说是扔进了三个石头就生儿子，扔进了两个石头就生姑娘，慢慢地人们就把那个石窝叫"打儿窝"。

夫子山

木兰山北有座子山。子山附近有一段河，古称驿旅河。河两岸是条古驿道。相传很早很早以前的一天，年仅 7 岁的项橐同一伙顽童在古驿道上"筑城"为戏。这时，孔仲尼周游列国路经此地，车马被项橐的"石城"所阻，不能前进。孔子连忙下车，请顽童搬石拆城，让车马通过。顽童们都不敢做声，唯独项橐理直气壮地反驳道："自古只有车让城之说，那有拆城让车之理？"一句话问得孔夫子瞠目结舌，无言答对。好半天才自言自语地说："言之有理，老夫不及也。"于是席地而坐，爱抚地将项橐搂在怀里聊天。项橐用手指着太阳问孔子："日出如盘，是何道理？"孔子惊讶不已，回答不出。

项橐的两问难住了孔夫子，孔子以此为训，决心不耻下问，并拜项橐为师，这就是千古传颂的"昔仲尼，师项橐"之典故的来由。以后人们便把木兰山的这座子山叫夫子山，把孔子席地而坐与项橐攀谈之地叫夫子台，在山上启建了夫子庙。这些地名和传说一直流传至今。

落笔成竹

木兰山下有一个小村，名叫竹林。10 多间石砌小屋掩映在茂密的竹林里，时隐时现，静谧幽雅，秀丽迷人。老人们言讲，在很早很早以前，这竹林叫张家湾，莫说无竹，就连小树也找不到一棵。武宗会昌三年的春天，在黄州任刺史的杜牧到木兰山游玩。在张家湾小憩之后，便从好汉坡拾级而上。好汉坡陡如峭壁，杜牧只攀登了七七四十九步，就累得腰酸腿软，大汗淋漓。他歇下来脱掉长袍，正欲挥帕擦汗，一只羊毫从衣袖里掉出，滚到了山下张家湾后的一块菜园边，随从准备下山前去拾取，深感登山艰辛的杜牧连忙阻止，说待游山之后，回头再取。

次日，杜牧一行从木兰山上下来，走到张家湾后菜园边一看，羊毫不见了，一棵嫩竹钻出了泥土。杜牧一见，又惊又喜，连声说："木兰山真是一块宝地啊!"说完，喜笑颜开地踏上了归途。

这棵竹子，一传十，十传百，不几年就长成了一片翠绿的竹林。张家湾的湾名也被"竹林"取而代之了。

馒头山

木兰山有座子山，名叫馒头山。山上的石头一般大小，光光溜溜，软软乎乎。每日清晨石头上还冒出缕缕热气，真像一个个大馒头，当地人们都说不是"像馒头"，本来就是馒头嘛!，说起这些馒头，还有一段故事哩。

木兰出征前夕，屯兵露宿在这座子山，准备鸡鸣出征，奔赴疆场。乡亲闻讯，连夜做了许多馒头送上山来，要将士们带着在路上充饥。木兰军纪严明，婉言谢绝了众乡亲。乡亲们哪里肯将馒头带回家中，趁着夜色，将馒头都留在山上了。第二天，木兰拔营启程才发现，怎奈时间太紧迫，无法一一奉还，只得写下一封书信感谢乡亲，便匆匆上了征程。这样成千上万的馒头就一直搁在那里，天长日久也就变成了现在人们所看到的那些怪模怪样的石头了。

沁水鳖

传说唐初木兰山一带农田常遭意外的危害，不是地里的麦子丢了一片，便是田里的稻谷少了一块，附近的农民十分痛恨，多次追查，终无结果。

这一天，朱木兰凌晨练武来到祈嗣顶前的大树下，拔剑操练，腾挪翻滚。忽然，看见木兰山东侧的观音塘中涌起一股浪花，继而从水底浮出一只大鳖游向塘坡，不一会，爬进田里压倒庄稼大吃起来。朱木兰心想："原来是你这个怪物暗中作祟，若不除掉，后患无穷。"于是，她手提三尺龙泉剑直奔山下而来。

正吃得上劲的大鳖，听到"沓沓沓"的脚步声，赶紧抬头一看，见是朱木兰持剑赶来，知道大事不好，慌忙调头逃命。朱木兰岂肯罢休，她死死追赶，步步紧逼，眼看离观音塘不远，大鳖就要下水逃遁。说时迟，那时快，朱木兰"噔噔噔"急赶几步拦住了鳖头。大鳖举目一望，见朱木兰怒气冲冲挥剑砍来，只吓得瞪目张口，浑身发抖，四脚无力，屁滚尿流。朱木兰见它吓得如此模样，知它有改邪归正之意，便放了它一条生路。从此，神态逼真的石鳖，尾后一直沁着滴滴清流，好像小孩撒尿一般。

舍身崖

舍身崖在金顶北侧，是一座刀劈千尺的绝壁；更绝的是，这里白云缭绕，四季不散，时如轻烟缥缈，时如海潮翻腾……这是什么原因呢？

相传木兰未成年时，一日在山中打猎，忽闻山上传来哭声。她跑去一看，原来是牧童放牧，一只小羊坠落绝壁。牧童怕东家打骂，失声痛哭。木兰连忙登上山顶，朝下望去，那只小羊恰好落在绝壁上的一棵松树上。她飞步回家取来绳索，系在腰间，攀藤蹬壁，下到树上。她将小羊用绳系好，便招呼牧童往上拉，哪知牧童力小，拉不上去。木兰使劲一送，谁知用力过猛，"咔嚓"一声，松树折断。小羊被拉上了山坡，而木兰随着松树"哗啦啦"往下滚去。牧童见势不妙，惊慌失措地大声疾呼："救人啦！救——人——啦！"

这呼声惊动了云游到此的观音菩萨，观音菩萨把手一挥，顷刻,满天白云一起涌到崖下,托住了木兰。观音菩萨接着又挥舞了几下云帚,白云纷纷向上翻滚,将木兰平平稳稳地送上了山顶。从此,白云为木兰舍身救人的精神所感动,再也不愿离去。人们也就把这个绝壁命名为舍身崖了。

犀牛望月

在木兰山东南坡下,有一小小靠山庄,村中有户财主名叫商德兴,他不仅收租放债盘剥农民,而且还浪迹四方,招摇撞骗,斩红吃黑,大发横财。

有一年,商德兴在京都长安访友,仅用两匹绫罗绸缎,骗得一波斯商人的一头犀牛,运回来四乡陈列,招来乡邻,高价收银,大捞钱财。

日深月久,年复一年,摇钱树似的犀牛已老迈,再也不能周游陈列,为商德兴招财进宝了。于是他改变主意,狠心将不是拉磨的犀牛强行上轭拉磨,并规定10天之内,要磨完5石小麦,磨得快有赏,磨完了就再不劳役,休养生息。要是磨不完就挨打,就挨饿。可怜的犀牛拖着衰老的弱体,拉着沉重的石磨,绕着磨盘紧转慢转,好容易熬过了辛酸的9天,虽然磨完了4石5斗小麦,可是犀牛已累得精疲力竭、奄奄残喘了。

难熬的第十天终于来了,无力的犀牛强拉着磨杠,一步一停,一停一哼,一哼一串泪,一串热泪好似一阵无言的哀诉。拉着转着,转着拉着,突然一声凄厉的惨叫,犀牛趴倒在地全然不能动弹了。

正当犀牛要受皮肉之苦、饥饿而亡之际,偏巧年仅13岁的朱木兰正好采桑打此路过,见到衰老的犀牛遭此磨难,不免分外同情,恻隐之心油然而生,便跑过去解下轭头将犀牛慢慢牵到磨盘附近歇息横卧，自己转身拿起磨杠代犀牛拉起磨来，磨呀磨，磨呀磨，不到半天工夫，剩下的 5 斗小麦全部磨完了。

破忧为喜的犀牛眼巴巴地凝望着满脸汗水的朱木兰，仿佛是在衷心感激这位善良姑娘的救命之恩，又好像是在庆幸自己再不受那皮肉之苦和劳役之累了。

后来人们将石形犀牛凝望朱木兰的生动神态，误当成在望圆石磨盘，所以给一美称"犀牛望月"。当然，把赤诚善良的朱木兰比作明亮的银月、纯洁的玉盘也是恰当不过的了。

巍巍天峰

从"金顶"下来，又一座孤峰耸立在面前。这里是木兰山前山的主峰，称"第一天峰"。它与"金顶"对峙，相距虽只一箭之地，但要爬上去还需很费一番力气。我们坐在峰下一块毛茸茸的草地上，饮过几杯木兰香茶，便继续向上攀登了。

穿过雄伟壮丽、古色古香，镌刻有"第一天峰"4个大字的门楼，便是闻名遐迩的玉皇阁。玉皇阁系唐朝贞观十四年所建，后毁于雷击。明朝万历年间修复，高 2 丈，呈圆形，整个建筑没用片瓦寸木，均为大小块石交错干砌而成，既无粉饰，也无雕绘，给人以朴实、庄重之感。2 尺余高的顶锥，原系铁铸铜镀，"文革"中被毁后，现由数百块镜片镶制。站在山下举目遥望，宛若一颗璀璨的宝石在蓝天白云下闪闪发光。

提起玉皇阁，民间流传着两个神奇的故事。一个说的是玉皇大帝未成仙时，游经此处并看中了这块宝地，决意在这里修炼。可他对武当山也很留恋，后来，想出一个两全的办法，即日炼武当，夜炼木兰。每当夕阳西下，他便飞步跨到木兰山静坐念佛。阁东侧不远的那块巨石，便是他落脚之点。久而久之，石面上留下两只寸深的足迹，取名为脚板石。

另一个故事将此峰说成是朝廷给木兰将军赐冠之所。据说，木兰代父从军 12 年，英勇善战，屡建战功。她不受朝禄，解甲归乡。后来，朝廷派遣文武大臣专程到木兰的家乡——木兰山赐冠木兰。为了表明木兰"功悬日月"，赐冠之所便选定在这可触日揽月的最高峰。

古人信奉玉皇大帝，但更加仰慕木兰将军。不信么？历代名人游览玉皇阁留下了数以千计的诗篇，我们从中未曾得见只字提及玉皇，而句句赞颂的是木兰这位千古传扬的巾帼英雄。

其中一首赞道：

朱家女将替从军，孝烈忠贞世罕闻。
不是木兰留青冢，孤峰哪得气氤氲。

另一首则曰：

丹梯翠殿俯穹苍，万仞千盘接渺茫。
山势欲凌碧落近，香烟直与紫霄长。
南瞻鄂渚通王气，北顾中原锁帝乡。
为忆木兰当日事，眼前谁是铁衣郎。

一川烟云护奇石

游罢泛绿流翠的东泉竹长海，缓步登上滴水崖头，只见木兰山下一条长川，宛如一轴绿色画卷从南北两山之间悬挂下来，迤逦在烟云迷漫之中，这就是木兰山下的十里川坳。

川坳是两山之间的一条狭长地带，林木荟郁，田园栉比，那恰似块块翡翠的稻田，那凝云堆雾的沿川杨柳，那明珠绿玉般的观音塘，那凌空欲飞的石燕，好像一群顽皮的孩子藏在烟川里，躲躲闪闪，其状可掬。川坳的石崖间，树丛里，雀鸟鸣啭，流水叮咚。凝情谛听，真像有一位多情的仙女，用她那纤细而有力的手指，弹奏着一曲神奇而美妙的乐章，引领游人在风光旖旎的川坳里寻访那凝聚着优美传说的天鹅抱蛋石。

相传唐代有一只天鹅迷上了这条川坳，以致在这里筑巢下蛋，繁衍生息。天鹅抱蛋数日后，忽从棺材山跑来一只馋嘴狐狸，发现味美肉肥的抱蛋天鹅，立时纵身一跃向天鹅狂扑过来。此时天鹅舍生忘死地展开翅膀护住所孵之蛋，就在这千钧一发之际，正在林中舞刀射箭的木兰将军看见了，"嗖"地射出一支羽尾神箭，贪婪的狐狸饮箭而死。那只白天鹅感谢木兰将军的恩德，不愿离去，立时变成洁白如玉的天鹅抱蛋石。

川坳地处副热带季风区，加之又是夹护在东西两山之间，冬寒时间短，年平均气温较高，雨量充沛，气温适宜，优厚的地理环境给予了川坳无限秀美的景色。这里的风光与传说，像木兰山的层峦一样广阔，像滚滚仙水河一样神奇、深邃。"借问风光何处好，一川烟云无限娇"，十里川坳正向你招手哩！

阎王壁上的何首乌

在木兰山进山的右侧，陡峭的阎王壁上，长有两株常年碧绿、牵崖挂壁的何首乌，它的生长年月已无法考查，只是在当地的乡民中留下了一个古老的传说。

相传在很久以前，木兰山下仙河镇一带发生了瘟疫。镇上药店老板刘善仁为人心肠狠毒，趁机高抬药价，弄得不少人因抓不起药而病死。

镇上有位姜太婆，年轻时随父学过医术，眼看瘟疫蔓延，她便不顾年迈体衰，上山采药为人治病。

一天，姜太婆登上木兰山采药，忽然听到竹林那边隐约传来孩童的嬉闹声。她好奇地四处寻找，虽未见人影，却找到了能驱瘟疫的药草。于是，她每天采药回家，亲自熬药汤免费送给乡亲们喝。

刘善仁知道后，嫉恨在心。他用银钱买通衙门，捏造"妖术迷惑乡民"的罪状，把姜太婆抓进了牢房。

刘善仁为了发财，也上山采药，但却听不到孩童的嬉闹声，也找不到珍贵的药材。后来他心生一计，装成姜太婆的模样，又上了木兰山。

这一次，果然听到了嬉闹声，还清楚地看到了两个穿紫红衣裤的孩童。孩童走过的地方，满地都是名贵药材，刘善仁喜得手舞足蹈，赶忙举锄挖药，可是抓起一看，尽是些多足虫。他气急败坏地抓起药锄去追打两个孩童，追到阎王壁前，两个孩童突然无影无踪，只见陡峭阎王壁上金光闪闪，在闪光的地方长出了两株藤蔓相交的何首乌。

刘善仁见状，乐颠颠地连忙绕道爬到能上阎王壁的顶端，好不容易伸手抓住了何首乌的藤蔓，不料那藤蔓却死死地缠住他往下拉，只听"扑通"一声，刘善仁跌下陡崖摔得粉身碎骨。

至于身陷囹圄的姜太婆呢，人们传说是那两个孩童使了点法术，把她救出了牢房。这故事虽有浓厚的神话色彩，但姜太婆为人治病的美好医德却是值得传颂的。

青山独自属峨眉

车过仙河石桥，沿着曲曲弯弯的山间公路，向东行 3 里许，便是人们景仰的巾帼英豪的将军庙。据《木兰古传》载："上嘉其孝，赐内厩千里马，使驰以归。木兰卸戎服，理旧装……寿九十以疾终于家。冢在木兰山将军墓下。"

将军庙原有 3 座宏制巧构的殿宇，依翠傍山，曲径相通，庭院相连。正殿上方高悬"忠孝节烈"的金字匾额，笔力雄劲；正门两边各有一石刻马夫，扬鞭牵马。门左边一匹枣红马抖鬃长鸣，右边一匹雪白马腾蹄欲驰。这些出神入化的雕刻，曾唤起人们想象木兰将军当年驰骋疆场、立功异域的勃勃英姿。一殿的南首还有一巨大石室，四壁雕刻有望乡台、奈何桥、十殿阎王等浮图。二殿供奉一尊木兰将军鎏金塑像，高达 3 米。凯旋的木兰将军仗剑而立，英姿飒爽。三殿供奉的是佛教诸神。

将军庙后一箭之地有一高大坟台，相传即为木兰将军葬身之地。坟下山塘如镜，杂花错落，松枝摇翠，清风习习。历代文人墨客，怀古探胜，多有题咏。史载张涛在《木兰将军歌》中写道："木兰山上青草发，将军冢里埋香骨。……君不见，汉寝唐陵卧鹿麋，故都禾黍叹离离，唯有木兰山不改，青山独自属蛾眉。"将军坟原有高大墓碑，上刻"木兰将军之墓"6 个遒劲大字。

将军庙始建于唐代，明清时曾多次修葺。如今仅存庙前的石狮子一对和几经沧桑的白果树一棵。

玉皇阁——第七军的大本营

巍峨的玉皇阁不仅相传是木兰将军当年凯旋朝廷为她赐冠之所，而且它还是大革命失败后，我工农革命军第七军屹立鄂东，抗击反动围剿的大本营。因此，人们观景生情，无不激起对英雄的深深追念。

1927 年冬季，黄麻起义失败以后，副总指挥吴光浩和戴克敏、曹学楷、汪奠川等领导人在黄安县木城寨召开紧急会议，正确地估量了敌我形势，认为当时敌人的主要力量扑向黄麻，木兰山地区敌人的力量比较薄弱，可以隐蔽休整队伍；加上木兰山是鄂东道教、佛教的活动中心，敌人一时不会察觉；又因南临武汉，便于了解敌人动向，而且北接大悟群峰，能够和黄麻革命中心保持联系。尤其难得的是，木兰山群峰壁立，岩陡洞深，可进可退，十分便于开展游击战争。会后，他们率领从黄安城激战中突围出来的 72 人，于 12 月 29 日胜利到达木兰山。上山后的第三天，吴光浩等人在道长万昭虚的掩护下，召开了玉皇阁会议，传达了湖北省委的指示，把黄麻起义中集结在木兰山的军队改编为工农革命军第七军。吴光浩任军长，戴克敏任党代表，汪奠川任参谋长。从此，木兰山地区点燃了革命烈火。

木兰山地区革命斗争形势的迅猛发展，引起了敌人的惊恐不安。1928 年元月 26 日，敌 12 军一个团向木兰山地区发起猛烈进攻。吴光浩等同志根据敌强我弱的形势，采取避实就虚、声东击西的战术，夜走黄冈大崎山，东插罗田三里畈；接着折转黄冈回龙山，然后出三店，渡紫潭河，绕太平桥，七弯八拐，甩开敌人，于 3 月初重返木兰山区，粉碎了敌人的进攻阴谋，保存了革命力量。第七军重返木兰山后，根据形势变化，把部队化整为零，编成 4 个短枪队，分散活动，昼伏夜出，活跃在方圆百里的地区，对国民党匪军和民团武装进行了有力地打击。在不到一个月的时间里，便就地镇压了民团团总彭汝霖以及黄安县警察局局长曹屠夫。此外，还广泛组织农民展开了"抗租、抗税、抗粮、抗捐、抗债"的"五抗"斗争。

4 月 3 日以后，敌 12 军教导师由于与桂系 18 军发生冲突而撤回河南。抓住此一时机，红七军重返黄麻发动第二次暴动。

在木兰山创建的工农革命军第七军，到达黄安柴山堡后，改编为工农红军第 11 军 31 师，以后在革命斗争中不断发展壮大，逐步发展为红一军，后来又合编为红四军。1931 年冬，在红安七里坪又扩编为红四方面军，徐向前任总指挥。从此，这支由木兰山打出来的队伍，便走向更为广阔的天地。

吴光浩逃婚记

1927 年底，吴光浩率领从黄安突围出来的 72 名战士转移到木兰山，开展游击战争。不久，在一次会后有人递给吴光浩一封"火急"字样的家书，他展开一看，信中写道："双亲病危，望儿念在父母养育情份之上，速回家探望，勿误!"看罢信，他紧锁眉宇，来回踱步，心里忖度了一阵，决定回家一次。

这天，风和日丽，在木兰山区的山峰峭岭之间，只见吴光浩身穿半旧灰布军装，脚打裹腿，腰扎武装带，翻山越岭，直奔王家河蔡吴家湾。一到家门，只见门前张灯结彩，屋里宾客满座。

这情景使他惊奇，他停住脚步，决定回转，不料已被他那四处张罗、迎进奉出的姨妈看见。姨妈急忙上前招呼道："光浩回来了，快进来哕！"光浩被拉进屋里，父母、客人一齐把他围了个水泄不通，问长问短。姨妈有意问道："光浩啊，如今在哪里做官？俸禄如何呀？"吴光浩听出姨妈弦外有音，话中有话，便回答道："如今是暗无天日，豺狼当道，百姓遭殃，侄儿并非当官，是在为天下的劳苦大众求解放，是在革命。"几句话，说得姨妈瞠目结舌。光浩侧转身来，从人缝里挤出，只见中堂"囍"放光华，龙凤花烛两边插。又见房门两旁的对联，上联是：洞房花烛遂人意；下联是：鸾凤呈祥鱼水缘。这眼前的一切，他已猜到其中奥秘，但他丝毫也没有流露出焦急情绪，仍镇定自若，只是苦思冥想如何摆脱这窘境。姨妈见光浩有所察觉，心想，事到如今，我不如打开窗子说亮话，片刻新娘子花轿便到，让他俩拜堂成亲，生米煮成熟饭，他也无可奈何了。于是便笑嘻嘻地挨近光浩道："光浩呀，你已是二十五六岁的人了，俗话说，男大当婚，女大当嫁，受你父母之托，给你娶媳妇，今天是吉日良辰，等会花轿进门，拜堂成亲，愿侄儿佳期美满，白头偕老。"光浩假意赞许地微笑着说："有劳姨妈了。"此时他虽然表面镇定，却心似火焚，心里不住地盘算：时间要紧，倘若花轿进门，恐怕就难以脱身了，如果强行出走，这么多亲戚族人是不会放行的。突然，他像想起了什么似的，叫来了父母，说道："父母大人在上，孩儿有一事相告，今乃吉日良辰，您看孩儿头发有一寸多长，若如此拜堂成亲，岂不叫旁人笑话，再者恐日后不吉利。"他父母、姨妈一听，觉得言之有理，于是一齐催促他快找本湾师傅整容。光浩一听，愣了一下，在本湾又怎能脱身？他眼珠一转，计上心来，又道："父母大人，街上张师傅技术高明，孩儿想上那儿去整个好容。""这更好，快去快回！"众人应声催促道。光浩一听，心里暗喜，便三步并作两步，朝三合店走去。

片刻，湾前锣鼓喧天，鞭炮喇叭齐鸣，抬花轿的前呼后拥，好不气派。屋里，姨妈又张罗开了："快拿鞭炮迎接，花轿来啦!"忽然，她想起光浩整容未归，于是派人跑到街上去找，可张师傅说根本未见光浩。花轿进门半天，还是不见光浩的踪影，众人不免焦急起来。

夕阳染红了山顶，此刻，吴光浩站在高高的山巅，隐隐约约地听见那锣鼓、鞭炮和喇叭声，又望见那八抬花轿和长龙般的人群，不由爽朗大笑。他深情地望了家乡最后一眼，然后转身迅速朝木兰山游击队驻地奔去。

上木兰山打游击

20世纪20年代的黄麻地区，天空中笼罩着乌云，充满了白色恐怖。那时帝国主义、土豪劣绅、封建军阀像一座座大山压得农民直不起腰、喘不过气来，他们胸中燃烧着怒火，急切地盼望着救星，渴望着解放。终于，一场巨大革命风暴席卷了黄麻地区。1927年11月13日黄麻农民起义军2万余人一举攻克了黄麻县城，活捉了伪县长贺宋忠，史称"黄麻起义"。黄麻起义打响了鄂豫皖地区武装反抗国民党反动派的第一枪，建立了第一个红色政权，引起了反动派和地主豪绅的极度恐慌。国民党立即调其12军教导师，于12月5日向黄安县城发动突然袭击。起义后建立的鄂东军与敌浴血奋战4个多小时，终因力量悬殊，起义失败了。

黄麻地区又陷入白色恐怖之中。12月下旬，从激战中突围出来的鄂东军战士在黄安城北闵家祠堂集结，抚着刀矛悲愤交加。

战士们聚集在祠堂前的空地上，回想着那场惨烈的生死搏斗。

那天黎明前的红安城内刀光剑影，杀声震天，火光闪耀，硝烟弥漫。

起义军总司令潘忠汝一手举着盒子枪，一手挥舞着大刀，猛打血拼，先后多次杀进城门掩护战友突围。当他再一次冲进城时，一颗子弹打中了他的腹部，血流如注，肠子冒出来了。

城内仍在激烈拼杀，潘忠汝强忍着剧烈的疼痛，用一只手托住冒出来的肠子，一边挥舞着大刀砍杀敌人，一边大声地呼喊："同志们，为了保卫我们的红色政权，为了革命的胜利，冲啊!"最后终因流血过多倒下了。

在祠堂前，战士喻老四捶着手中的长矛嘤嘤地哭泣，陈再道等几个战士呼呼地出着闷气，战士占才芳一挥手中的大刀："同志们，走，打回去，我们拼了，为总指挥报仇!""对，为总指挥报仇!"起义军战士'唰'地拿起武器向城内冲去。"都给我转来!"副总指挥吴光浩威严地大吼一声。

起义军战士闻声停住脚步，悲愤地回转身来，哭着喊："副总指挥!"

吴光浩脸上是沉痛而又坚毅的神情。短暂的沉默过后，吴光浩坚定地说："同志们，总指挥和无数的起义军将士牺牲了，我们都难过啊，这个仇一定要报。但现在不能硬拼啊，党领导的革命斗争是长期的，只要我们紧握手中枪，坚持斗争，我们不仅能拿下黄安县城，我们还要打出大别山，打出一片新世界啊!"

战士们期待地问："副总指挥，眼下怎么办?""撤! 上木兰山打游击!"

听他这么一说，战士们又回原地坐了下来。吴光浩和部分起义军领导进入祠堂内研究转移木兰山的具体路线。吴光浩两手撑住桌面，清癯瘦削的脸上显出庄重的神情，一双明眸透露出英气和智慧，一身褪了色的北伐军服更显出青年英雄的胆识和豪气。

他压低声音说："我们要突出重围，摆脱敌人上木兰山，应该分明暗两路。明的一路，由少数战士走北面由大悟经过吕王湾吸引鲍家寨和朱家湾民团的注意力；暗的一路主力走觅儿寺这边，由东边绕上山，既僻静，路程又近一些。"说完他用征询的目光望了与会同志一眼："明的一路我已和黄陂县工委书记刘家炼作了部署，汪奠川和许世友已经出发了"。

"怎么走啊？就这样一身打扮？"年约二十三四岁、团头大脸、虎背熊腰的占才芳看了一下身上在战斗中撕扯烂的衣服。

坐在对面的戴克敏年约二十五六岁，身材虽显单弱，但精力充沛，眉峰似剑，两眼炯炯有神，大有诸葛遗风。他扬了一下右手，把身子俯上前低声沉静地说："我们这回可充当一次匪军，来个混水摸鱼。"接着他把行动计划仔细地说了一遍。

听完戴克敏的话，与会同志紧锁的眉头舒展开来了。

穿着对襟藏青棉袄，年约十五六岁、满脸稚气的起义军小战士王豌豆轻手轻脚地走进屋来："报告，战士们已集合完毕。"说完，转身返了出去。

吴光浩立起身来，扫视了众人一眼："就这么办吧，准备出发。"他的心早已飞向了木兰山。

夜过觅儿寺

闵家祠堂前。

起义军战士换上国民党匪军服装列队报名。吴光浩环视了整个队伍一遍，然后坚定而又充满信心地迸出两个字："出发！"

静悄悄的夜，月光的银辉泄满山路和林间，只有松涛阵阵作响。

起义军战士在山路上穿插，脚下的冰凌发出"嗤嗤"的响声。

穿过一片树林，前面是一个十字路口，吴光浩机警地察看横在前面的大路。

"有脚步声。"戴克敏轻声说。

吴光浩侧耳细听一下，小声命令："隐蔽！"

脚步声渐走渐近。在月光里依稀看见只有3个匪军高一脚低一脚地走来。

山风送来一个匪军沙哑着嗓子像驴子走草一样地唱开了：

星星闪，月牙弯，

三盅下肚睡不安，

想起了肉肉小心肝，

我找你来贪欢……

"狗娘的，又到什么地方害人啦！"汪奠川一抓脑袋愤愤地骂道。

"三个醉鬼，干掉他！"戴克敏轻声向身旁的陈再道说。

陈再道看上去二十三四岁，中等身材，明眉秀目，充满虎虎生气。"好，我先上！"陈再道小声应道。

敌人渐渐靠近。稍远一点的胖个子一边走一边呼哧呼哧地喘着粗气："慢一点不行吗，累死我啦！"

前面的瘦高个子匪军像个瘪三似的扭头骂道："娘的，你拉女人多利索……"话未说完，就被陈再道一扫腿打倒在路下，卡住了脖子。几乎是同时，占才芳一跃而上，从背后将矮胖子摔倒在地。中间一个匪军还没回过神来，戴克敏的枪口已顶住他的背心："不许动，举起手来！"那家伙乖乖地举起了手。

几个起义军战士上前把 3 个匪军拖入林间缴了枪。

吴光浩一步上前，扯去塞在长个子嘴中的一团破布，用枪口逼着问："你们去干什么！""我……我们……"瘦高个子结结巴巴地说。"老实点！"吴光浩严厉地说。

"是，长官。"瘦高个子望了一眼对着自己的乌黑枪口："下岗后，我们玩去啦。"

"你们是那一部分的？"

"我们是六团巡逻队的。"

"今晚的口令是什么？"

"上半夜是效忠——党国，下半夜是精诚——团结。"占才芳用撇把子枪在瘦个子头上敲了一下："可是实话，当心你这家伙搬家！"

瘦高个子吓得磕头如捣蒜："长官饶命，全是实话呀！"戴克敏审问了另外两个匪军，取得口供后，重新将他们的嘴堵上，反手捆紧，丢在树林间。吴光浩一挥手枪："走！"

起义军战士横穿马路，踩过结满冰凌的小溪，又在一段长长的蜿蜒的山路上穿插。

靠近觅儿店的路口时，两个平端着枪的匪军缩着颈子像两个幽灵似地来回踱着步子……

夜，寒星闪闪，附近村庄传来隐隐的鸡鸣声。起义军将士出现在觅儿店路口了。

一巡逻匪军听到脚步声，端枪喝问："谁？"吴光浩也不答话，大大咧咧地直走上前。

另一匪军大声吼道："口令，再不答话，老子开枪了！"

占才芳大声骂道："瞎了你妈的狗眼啦，老子是师部巡逻队，识相点！"

戴克敏上前就给那匪军一记耳光："你妈的，精诚个屁，站着还打瞌睡。"接着，他一指吴光浩说："师座的刘副官也不认识吗？"

那站岗的匪军被打得晕头转向，连忙说："长官，这也是上司的命令。"

另一个匪军嘟哝着："脓泡，也不看势头，好汉不吃眼前亏。"说完，徐徐拉开横在路口的栏杆。

吴光浩拿腔拿调地说："告诉你们长官，可得小心防守，放走了起义军，小心我要你的脑袋。"

那个挨打的匪军仿佛也变聪明了，点头哈腰道："长官，一定，一定！"他做梦也没想到，眼前这位国民党军官就是他们闻风丧胆的吴光浩。

智斗"樵夫"

在吴光浩他们由东向木兰山转移时，明的一路汪奠川、许世友已于1927年12月29日中午到了木兰山脚下的铁矢墩湾。他俩在湾前站了一会，只见有一棵高大的枫杨树在冬日的阳光照耀下，光秃的枝桠舒展着。旁边的灌木丛中，一个樵夫右手拿斧，左手执锯，腰系稻草绳，正在一边砍着小树，一边探头张望。

由于注意力高度集中，他全然没有觉察在他背后站着两个农民打扮的年轻人。左边一个高挑个子，20岁上下年纪，长方脸，面色微红，两只大眼神采逼人，身穿蓝色棉袄、棉裤，紧扣裤脚，穿一双防滑多耳麻鞋。右边那人年纪相仿，身材高大魁梧，剃着光头，厚嘴唇，四方脸，鼻直口方，青棉布短袄敞开胸怀，露出紧身夹衣，下穿毛蓝棉布夹裤，扎着裹腿，显得威风凛凛。

两个农民打扮的年轻人一齐闪身出来，走到枫杨树下。树上的樵夫听到脚步声音，吃了一惊，左边那个年轻人客气地问：

"砍柴的大哥啊，请问前面可就是张家冲？"樵夫低头打量了他俩一眼，说："是呀，二位要去张家冲？"

那青年答应："是呀。"

樵夫问："这么早是到湾里做生意，还是走亲戚？"

"旧地重游，来问个路，看来大哥一定是张家冲人啰！"

那樵夫连连摇头："不！不！我不是张家冲人，我媳妇的娘家是这个村子的。"

"这样说来，木兰山一带的地形你很熟啊！"

那樵夫很用力地一拍胸脯："不是我吹，木兰山周围不说村庄，就是沟沟坎坎我也清楚。"

年轻人笑了起来："请问，要上木兰山，走哪条路啊？"

那樵夫眼睛一亮，露出惊喜脸色："那请问两位大哥，是朝山，还是拜菩萨？"

那青年说："一不朝山，二不拜菩萨，想到山上安个家。"

那樵夫一听，"哎哟"叫了声，一个蜻蜓点水从树上跳了下来，激动得连声音都有点发颤："啊呀！同志，终于把你们等到了，我叫雷少清。"又指着年轻人问："你就是大名鼎鼎的吴光浩吧？"

另一个年轻人抓了一下光脑袋："喏，不是，他叫汪奠川，我是许世友。"

那樵夫若有所思："噢，你就是那个在武当山当过和尚的许世友吧？"

"嘿！嘿！就是，就是！"汪奠川向许世友使眼色，那樵夫着急地问："那吴总指挥呢？"

汪奠川不紧不慢地说："我们是先来接头的，吴总指挥和将士们为了安全晚上才能到达。"

许世友有些疑惑地望着汪奠川。

樵夫也不时朝木兰山方向张望。

从铁矢墩去木兰山的路上，汪奠川、许世友和樵夫边走边谈。

汪奠川斜睨一眼樵夫："你是县委秘书雷少清吧？在这里等了很久，辛苦了。"

"也不算很久，大约个把时辰。"

"没有发生什么意外吧？"

"没有，没有，就我一个在这里。"

"那好，我们上山吧，到灵宫殿等起义军到来。"

"好，好，上山，上山！"

汪奠川想了一下说："我前几年到张家冲去，有一个寡妇刘二婆，还有个女儿冬梅你认识吗？"

"听说过，现在还住村子里。"雷少清试探地："这村子里的情况你还挺熟啊！"

汪奠川摇头一笑："不行，不行，这张家冲我常来常往，就不知道有你这样一个女婿。"

雷少清一惊："这……张家冲我也不常来。"不料汪奠川听到这里，仰天大笑："哈……我看你从来没有去过！好一个乔装改扮的雷少清，你到底是什么人？"

汪奠川这么一笑，假雷少清脸色突变，吓得连连后退几步。突然又镇定下来，沉下脸说："汪同志，你这是什么意思，我是奉县委之命来接你们的。"

"这么说你果真是雷少清？"

"那还有假，我雷某，行不更名，坐不改姓。"

"那好，我们一块到张家冲去一趟吧！"汪奠川决定选择适当的火候再揭开他的真面目。

战友相逢

1928 年的春天，木兰山满坡满岭的映山红开得像火一样红，名贵古老的木兰花也竞相开放，春天的木兰山充满了生机。

这天，徐海东从一个山村货郎那里听说木兰山一带有支游击队，人们叫它工农革命第七军。他得知此事，就像黑夜中见到亮光，喜悦地带领几个人去找这支队伍。

原来，活动在木兰山的工农革命第七军，就是由黄麻起义后突围出来的部队改编的。军长吴光浩在黄安县同徐海东见过一面，来到这里后，听到了不少关于徐海东的传闻，于是经常派人去打听他的下落。没有想到，徐海东居然找到木兰山上来了。

徐海东和吴光浩一见面，俩人直发愣，彼此都不敢相认了。是的，黄麻起义后，黄安城里相会那天，徐海东一身蓝布短打，挎着短枪，精神抖擞，如今却是穿着一件旧棉袄，补丁摞补丁，头发长长的，脸瘦瘦的，只有那双炯炯有神的眼睛和脸上那对酒窝没有变，说话还是那么爽快。此时，两个人都沉默着，端详着，他们的心潮难平。想当初黄麻起义那阵子，兵强马壮，热火朝天，鄂东军的声威比木兰山还高，可现在只有一支小部队相聚在木兰山上，革命军眼下的环境十分艰难。

吴光浩沉吟了一会问："听说你在拉游击队，你现在还有多少人？多少枪？"

徐海东苦笑了一下："我的人死的死了，散的散了，我快当光杆了！"

吴光浩坚定地说："革命看起来是失败的，人少了，枪少了，但我们这留下的火种很快就会烧起来的。同志，困难是暂时的啊！"

"是啊，我总想像黄麻起义那样干一阵子！"

"工农掌权那一天迟早会到来的。眼下我们得抓紧干呀！"

徐海东斩钉截铁地说："我回去，重新干！"

吴光浩十分佩服徐海东的硬汉子气概，他俩互相交谈，总结经验教训，商讨今后如何坚持斗争。

徐海东很赞成吴光浩的"昼伏夜动，远袭近止，声东击西，绕南进北"的游击战术。决心这次下山，好好重新组织队伍，坚持革命斗争。

"国军"进入蔡家湾

一天下午，在黄陂东乡的长岭岗，起义军将士在急速前进。

队伍中走在前排的陈再道紧了紧腰带跟吴光浩说："和匪军磨蹭了一晚上，又走了这远的路，肚子在唱戏啦，得找个乡绅慰劳慰劳。"

戴克敏长长地呼了一口气："现在我们已从敌人的眼皮底下跳出来了，也该歇口气。"

吴光浩思索了一下："到前面蔡家大湾去，那里士绅多，让他们招待一顿。"

蔡家大湾湾口，老百姓听说国民党匪军来了，都把门关得严严实实的。

一些后生家怕被抓夫，年轻妇女怕被糟蹋，都悄悄地从湾后的树林里上了山。

这时村里传来"汪汪"的狗吠声。村里的土豪听说国军来了，都在村口迎接。

"国军"走到跟前，一个长得滚圆的土豪点燃了鞭炮……

为首的戴瓜皮帽蓄山羊胡子的士绅急忙上前："国军光临，

欢迎，欢迎！"

吴光浩也不答话，只扬了一下手套，就昂首走在前面，"国军"一个个趾高气扬地尾随进入士绅家客厅里。

吴光浩和为首的士绅分坐正中八仙桌的左右首，"国军"将士和地方土豪分坐客厅两边。

一群丫头端着茶盘献茶。

吴光浩悠闲地"呷"着盖碗茶。

为首的士绅稍一欠身试探地问："贵军此行任重道远啊！"

吴光浩脱了大檐帽，把手套放在帽子里，跷起二郎腿，矜持地笑了笑后，故作神秘地压低声音说："黄安城里的鄂东军垮了，听说有一小股向这里溃散，你们可得小心提防啊。"

众士绅露出得意惊诧的面孔，一个穿长袍马褂的瘦老头拖着哭腔说："他们搞什么农会，没收了我们财物，还把我戴高帽子游乡啊！"

一个方脸盘的中年士绅咬牙切齿地说："他们杀死我的父亲，此仇不报，誓不罢休！"

为首的那位士绅拿出一份农会干部名单呈给吴光浩："长官，这是一批首恶，务请斩尽杀绝，一个不留。"

吴光浩站起，在室内踱步，蓦地一挥手，语意双关地说："请各位放心，刁滑恶劣之辈，我们一定严惩不贷。"

众士绅点头哈腰道："有长官做主，我们就放心了。"

管家轻轻进来，告诉主事士绅酒席备好了。

为首的士绅抱拳："长官，各位国军长途跋涉，鞍马劳顿，敝处略备薄肴，为众位洗尘，不成敬意，请！"

吴光浩以手示意："请！"其实，心中早已制定了作战方案。

处决劣绅"瓜皮帽"

士绅大客厅里，张灯挂彩，觥筹交错。

厅里摆满了酒席，每桌都有士绅陪。

为首士绅为吴光浩夹菜："吴长官，请，这是家乡菜煮三鲜。"

众士绅连声附和："请！请！"

吴光浩一边吃着菜，一边敷衍："嗯，味道不错，请请请！"

"国军"将士吃菜喝酒和士绅周旋。

突然，门外边隐隐传来"放开我""放开我"的声音。

吴光浩闻声皱了一下眉头："什么人，何故大叫？"

为首的士绅颇显惊慌，但马上又镇静下来赔着笑脸说："长官，打扰了，是敝府一个长工弄死了头耕牛。"随后，喊了一声："来人。"

两个打手应声而入："老爷，有何吩咐？"

"去，把那个野小子好好训诫一下！"

两个打手一鞠躬："是！"正欲转身离去。

"慢！"吴光浩满有兴致地说："什么野小子，我倒要见识见识。"

"瓜皮帽"面有难色："一个长工，不值得长官看，只怕有败雅兴。"

吴光浩执着地说："不妨事，不妨事。"

"瓜皮帽"无可奈何地："去，带人！"

两个打手把反绑双手的小伙子丢在地上。小伙子怒目而视。

吴光浩毫不隐讳地说："我正好差一个勤务兵，这小子我们收了。"

"瓜皮帽"稍一震惊，但马上又顺从地说："只要长官要，我们一定奉送。"

吴光浩示意占才芳："带下！"

吃完饭后，吴光浩缓缓地踱着步子，"瓜皮帽"上前递上水烟。"不客气，我抽这个。"吴光浩从衣袋里摸出纸烟，点燃后"叭"地吸了一口，旁若无人地喷出一团烟圈。

"瓜皮帽"瞅准机会探问："吴长官，农会那些为非作歹之徒什么时候惩治？"

吴光浩用手枪推了一下大檐帽："放心，马上行动。"

"好！吴长官快人快语，胆识过人啊！"

"哈哈……"吴光浩大笑一声，随即示意戴克敏："敏副官，集合部队！"

起义军将士迅速列队报名，一群士绅立在门前，眉开眼笑。

吴光浩正了正大檐帽，提高声音说："弟兄们，这帮士绅先生催我们马上行动，严惩为非作歹之徒，为了'感谢'众位的慰劳，把他们全都'保护起来'！"

众战士用事先准备好的绳子将土豪劣绅一个个地捆绑起来。吴光浩走到被绑的小伙身边，为他松绑。众士绅惊慌失措。

"瓜皮帽"一边挣扎一边喊："唉！唉！莫误会，长官，长官，我们是自己人呀！"

吴光浩哈哈大笑；"没有误会，要捉的就是你们！"

占才芳吼道："瞎了你妈的狗眼，我们是起义的鄂东军！"

土豪劣绅顿时傻了眼，一个个颤抖着，面如死灰，我看看你，你看看我，一句话也说不出来。

这时，逃到山里的众乡亲们听说是鄂东军来了，纷纷回到湾里。

吴光浩站在门口的台阶上，一手叉腰，一手挥拳大声说：

"乡亲们，过去我们种田佬，每年都要给地主交租，给衙门完粮，送钱财给'大老爷们'，动不动就被他们抓来打屁股、关监牢和砍脑壳。今天，世道变了，有共产党领导我们闹革命，只要我们穷人抱成团，和土豪劣绅斗到底，就一定能打出自己的天下。"

众乡亲频频点头："是啊！""说得对！"

吴光浩扫视了耷拉着脑袋的士绅一眼："你们这帮鱼肉百姓的劣绅，平日的威风哪里去了，我代表鄂东军宣布：判处作恶多端的'瓜皮帽'死刑，就地处决！"

"瓜皮帽"一下子瘫软在地上。

吴光浩接着对被捆的士绅说："你们听着，本军给你们一个改过自新的机会，倘若再为非作歹，下次见面，别怪我们枪口不认人了。"

那帮士绅点头哈腰："大人恩典，一定改过自新。"

山坡上传来枪毙"瓜皮帽"的枪声。

松绑的小伙子叫石娃，当即参加了起义军，戴克敏和他亲切地握手。

起义军将士和乡亲们告别，向着木兰山奔去。

夜宿仙人洞

一天晚上，起义军到达木兰山仙人洞内，吴光浩沉稳地踱着步子，战士们全然忘掉了长途奔袭的疲劳，显得十分兴奋。

"民团想要我们钻他的包围圈，见鬼去吧！"吴光浩心情轻松地说。

戴克敏诙谐地接过话茬："这就叫偷鸡不成蚀把米，他们错打算盘了。"

"今夜，仙人洞应该是安全的，就在这里宿营吧！"戴克敏点头："我看可以。"

战士们实在累了。二更时分都已呼呼入睡了。

吴光浩、戴克敏无心入睡，他俩想着今天发生的一连串事情，在一块石头上坐下来若有所思地说："敌人怎么会知道我们进山的时间的，我们队伍内肯定有内奸。"

戴克敏用手击一下石板："进军时间肯定是黄陂县委中的内奸报告民团，接头暗号应是绑了雷少清以后才知道的。"

"对，是这样。"汪奠川也没有睡着，肯定了这一分析。

"斗争越来越复杂，我们的行动可要谨慎啊！"

戴克敏抱着膀子说："是啊，我们要两手抓，在打击公开敌人的同时，也要惩治内奸。"

"是的，明天我们再和刘家炼、徐海东同志合计一下今后的行动方案。"

戴克敏答应："行，你休息吧。"

夜晚，哨兵在洞外机警地持枪站岗。山下，村庄不时传来狗吠和鸡鸣。突然，洞口有个黑影一闪。"谁，站住！"持枪战士吼道。但那黑影纵身一跳消失在夜幕之中。

深夜，仙人洞口弥漫着山雾。吴光浩根据哨兵的报告推断说："在山上盯梢的不可能是民团暗探，而是我们内部在山上的钉子。"

"我们还是应神不知鬼不觉地转移出去！"戴克敏果断地说。

吴光浩喊醒石娃："化妆一下，准备出发！"

战士们迅速扮成上山砍柴的，卖山货的，乘着夜色分批向木兰山东麓的观音沟转移休整。

起义军到达观音沟后，戴克敏纵目看去，只见壁陡谷深，流水淙淙。进沟只有一条通路，十分隐蔽，适合部队休整。

在观音庙内，吴光浩、戴克敏、刘家炼、徐海东等部队和地方党领导人正在举行联席会议。

一脸络腮胡子的刘家炼说:"昨天打了民团以后,士气大振,老百姓说共产党又发了,形势有利呀!"

"对,我们这次上木兰山是一次战略转移,就是要以木兰山为依据,寻找机会打击敌人,壮大我们的队伍,使老百姓知道,共产党在,革命在!"吴光浩坚定地说。

"是的,我们要开展游击战争。"戴克敏思索一下说:"不过也要讲策略,能打、会打、能进、能退。"

吴光浩看了一眼刘家炼:"家炼同志,因为斗争形势的需要,从今天以后,我们和县委交通员单线联系。"

"好的,好的。"家炼赞成说:"新交通员就是刘茂娥同志,她丈夫是原区农会主席,'四一二'大屠杀中被反动民团杀害。她有很高的阶级觉悟,可靠!"

"行,行!"戴克敏寓意深长地一笑:"不过,今天下午还开一次包括交通员在内的军队和地方党联席会议,通报一下近段的活动,行吗?"

刘家炼若有所悟:"好啊,我这就去通知。"

七军展红旗

1928年1月1日这天,晴空万里,阳光灿烂,木兰山雷祖殿的平场上举行庆祝工农革命军第七军成立的大会。主席台布置得庄重大方,正中横贴着"热烈庆祝中国工农革命军第七军成立"的标语,两旁的树干上贴着"铁锤打出新世界,镰刀割断旧乾坤"的对联,台上中央插着"中国工农革命军第七军"的军旗。会场上,笑语喧哗,唢呐高奏《迎春曲》。

会议开始了,吴光浩大声宣布:"庆祝中国工农革命军第七军成立大会现在开始!"话音刚落就"噼啪、噼啪"的响起了鞭炮声,同时汪奠川高举的战旗在台上迎风招展,台下顿时爆发出一阵热烈的口号声。

"庆祝工农革命第七军成立!"

"拥护中国共产党!"

"打倒国民党反动派!"

"打倒蒋介石、汪精卫!"

"打倒土豪劣绅、贪官污吏!"

"革命胜利万岁!"

在起义军战士、留山僧道、当地群众的掌声中,第七军领导人豪情满怀地大步登上主席台,正式就职。紧接着,戴克敏代表军党委宣布第七军建制:"中国工农革命军第七军军长吴光浩、党代表戴克敏、参谋长汪奠川、第一队队长王树声、第二队队长廖荣坤、第三队队长吴先筹。"语音刚落,就响起一阵热烈的掌声。在群众的欢呼雀跃声中,吴光浩发表了热情洋溢的讲话:"同志们,乡亲们,根据湖北省委的指示,我们中国工农革命第七军成立了,我们是共产党领导的队伍,是为了打败国民党反动派,打倒土豪劣坤,为我们穷苦人求幸福、谋解放的。只有中国共产党才是工农大众救苦救难的'菩萨',我们广大的劳苦大众要进一步团结起来,在中国共产党的领导下,紧握枪杆,打土豪,分田地,实行土地革命,我们木兰山的斗争就会出现新的局面……"

话音刚落,锣鼓声、鞭炮声震天动地,口号声、欢呼声回荡在木兰群峰。

第三队队长吴先筹正在场内用唢呐吹着《迎春曲》,他的腮帮一鼓一鼓,唢呐在不停地晃悠。

战士们认真地听着,个个脸上露出难以掩饰的喜悦。

占才芳目不转睛地紧盯着队长，他被这欢快、激越的唢呐声吸引住了。

吴队长吹奏完毕，人们又起劲地鼓掌喝彩，要他再来一个。吴队长摆摆手笑着说："好戏只能唱一曲。"他瞥了一眼吴光浩，带头起哄："吴军长走南闯北见识多，我们欢迎他来一个节目好不好？""好！"众人一齐喝起彩来。

"吴队长，你真会雷打来往树上指。"吴光浩整一整北伐军服笑着说："为了不让吴队长出我的洋相，我也来一个，就唱《北伐军歌》吧。"

战士们齐声欢呼"好"！

吴光浩走到人群中，满怀激情地高唱"打倒列强，打倒列强。除军阀，除军阀……"渐渐地人们跟着合唱起来，歌声飞向夜空。

篝火旁，王豌豆陶醉在晚会的热浪中，他扯扯戴克敏的衣角，跃跃欲试地说："党代表，我和石娃来一个。"

"行啊"，党代表拍了一下巴掌示意大家静下来："欢迎王豌豆和石娃来一个好不好？"

"好！"众人起劲鼓掌。

石娃忸怩不安起来。王豌豆拉住他说："不怕，我们只管演，不看周围的人，心就不慌。"

逗得战士们哈哈大笑起来。

豌豆对石娃说："就唱《望郎歌》。我唱第一段，你接。"

豌豆稚气地学着女人的声音唱：

正月望郎是新春，

我郎参军两年整，

记得当初说的话，

打倒土豪和劣绅。

众人笑得前合后仰。豌豆捅了石娃一把，小声催促："唱呀，二月望郎……快，冷场啊。"

石娃窘得满脸通红，一转身从人群中溜走了。

众人又是一阵欢笑，战士们沉浸在幸福和喜悦中。

痛打落水狗

一轮鲜红的太阳跃上了山口，木兰群峰沐浴在绚丽的朝霞中。

滠水河像一条碧玉色的缎带，从北向南悄悄地流淌着。一条船从滠水河的西岸无声地划向东岸。

吴光浩、汪奠川和几个战士打扮成农民模样，挑着柴担向渡船走来，吴光浩压低声音说："等会桥头李来后，看眼色行事。"

岸上，桥头李的一溜人马向渡船走来，前头6个彪形大汉，后面快步跟着一个人，肚大腰圆，头上戴着崭新的深灰色礼帽，身穿藏青绸毛皮长袍，外面罩着宝蓝色丝绸长衫，右手提一根龙头拐杖，下巴上一蔸黑胡须，一脸横肉能显出一道道沟来。沙滩上还有3个挑着担子的"吭哧吭哧"地赶来。

吴光浩一行放稳柴担，分开坐着，占才芳和陈再道闲聊着。

占才芳紧紧腰带，摸出旱烟袋"叭嗒、叭嗒"地抽起来。

河风大，天气冷，有几个性子急的人叫了起来："莫在这里卖冻了，我们有急事，快开船喽！""这冷的天，还在这里喝西北风。""各位客官还等一下，那几个人上船后就走。"船老大解释说。

那一溜人马上船后，把担子并在一起，戴克敏朝筐子里一看，都是一色的鲤鱼、鳊鱼，这些东西都是送到县城去搬救兵的。

船老大把竹篙在岸上一点，渡船缓缓地离开了河岸。

吴光浩找地方坐下来，就从柴担上抽出两头钉有尺把长铁予的楠木冲担，横在柴捆上坐着。其他几个战士知道这是军长要行动了，也先后抽出冲担横坐在船头。

那6个保镖的紧跟着桥头李的少爷李本福，不离左右。船走到河中心，吴光浩瞅准机会，从斜刺里闪电般地一冲担刺向李本福。这家伙猝不及防，"哎哟"惨叫一声，身子摇晃了两下，"扑通"一声掉进了河里。与此同时，占才芳和陈再道敏捷地用冲担把靠船边站着的两个保镖打进河里。霎时，船上全乱了套。没落水的几个大汉，还没回过神来，早被革命军战士打翻在船上，缴了械，乖乖当了俘虏。船上的人惊叫着，退让着，往船尾躲避。船老大顿足大呼："打不得，打不得呀，翻船了！"

战士们迅速解开柴捆上的绳子，把几个保镖捆在船上，李本福还没有死，张着两只手在河里乱抓。

"你这个作恶多端的土豪，我代表人民宣判你死刑！"吴光浩说完，对准李本福"叭"的一枪。那家伙在水中挣扎了一下就沉没了。随即汪奠川转过身来，拿篙子把河里两个冻得瑟瑟发抖的保镖搭上船。那两个家伙比落水狗还狼狈，浑身滴着水，龇牙咧嘴地说："好汉饶命，给我们一条活路。"

"少哆嗦！"吴光浩厉声说，接着他和颜悦色地转向群众，"乡亲们，不要怕，我们是工农革命军。"

汪奠川一扬眉毛介绍："这是我们的军长吴光浩同志。"

打死了桥头李本福，船上的群众拍手称快，听说革命军的军长在船上，个个眉开眼笑。那几个保镖听到吴光浩的名字，吓得头也不敢抬，乖乖地跪在船帮上。

船老大在河心拢着船："军长，船撑过河吗？"

吴光浩亲切地说："麻烦你了，请往回撑，船钱我们照付。"

船老大连忙说："哪里话，自家人，要钱就见外了。"

船回岸以后，战士们给那几个保镖松了绑，落水的让他们换了衣裳，汪奠川用枪指着他们说："现在回桥头李家寨，引我们去见李波臣，到时看我们的眼色行事。要是捣鬼的话，我就先崩了你们！"

"不敢！不敢！"保镖们点头哈腰地忙在前面引着起义军战士向桥头李湾走去。

活捉"桥头李"

到了桥头李湾头，吴光浩和早在那里监视着湾里动静的戴克敏合兵一处，在树林中把事先准备好的国民党军服穿上。

汪奠川把退出了子弹的手枪递给保镖们："不要做出个蔫球相，精神一点！"

吴光浩提醒："遇见了人，就说我们是魏师长的先头部队。"

"是，长官，一定照办，一定！"保镖应声道。

李波臣家门口，两个穿黑色衣服的门岗挡在门边，他们一人腰间插着两把手枪。领路的保镖煞有介事地介绍说："诸位，这是魏师长的先头部队。"

吴光浩他们略一点头，鱼贯而入。走在最后面的戴克敏他们分头夺下了两个门岗的枪，把他们的嘴用破布堵住。

进入厅内后，一保镖对马脸的管家说："魏师长的先头部队李营长他们来了，请老太爷出厅相见。"此时，李波臣刚起床一会，丫环用托盘给他送上了银耳汤。他搔了一下硬刷子一样的短头发，摇动了一下圆脑袋，鼓眼珠子翻动了一下，端过银耳汤用匙搅动着。

管家推门进来："老爷，魏师长的先头部队到了，请您相见。"李波臣放下汤碗，颇感惊奇地说："县城去来 100 多里，哪能来得这么快？"

"我也问过了，他们说是巡逻到长轩岭，遇上少爷就先来了。"

李波臣迟疑道："你出去代为周旋一下，就说我不在家。"

汪奠川一脚踹开房门："娘的，客人来了也不见面，太不客气吧。"

"长官别误会，别误会，我正准备迎接客人呢！"李波臣惊恐万分地说。稍停一会，用眼神暗示管家通知民团弟兄。

占才芳推了李波臣一掌："死了这条心，你的弟兄我们早收拾了，我们是工农革命军。"

"啊，大军光临，有失远迎，有事好商量。"李波臣颤抖着说。

与此同时，戴克敏一行冲进上房缴了十几个民团匪徒的枪。

他们押着李波臣、管家一行向堂屋走来。李波臣和走狗们面面相觑，流露出树倒猢狲散的沮丧神情。

李波臣和走狗们丧魂落魄地站立在家门口。桥头李围观的群众低声议论着，突然人群中一妇女哭喊着冲出来："李阎王，你还我的儿子！"

起义军战士上前劝阻。吴光浩站到一个凳子上，一字一板地对民团匪徒说："蒋介石叛变了革命，成了工人农民的死对头。谁想跟他当帮凶，决不会有好下场。你们这些人，很多是被迫当打手的，要认清前途，改恶从善。我现在宣布："李家寨民团解散！要是谁再干坏事，别怪我们不客气了。现在你们可以走了！"

"谢大人开恩！"民团匪徒一个个点头哈腰，当场四下散去。

"我……我，请大人饶命，一切都好说。"李波臣颤颤惊惊地说。

吴光浩憎恨地瞥了李波臣一眼，又亲切地对乡亲们说："乡亲们，我们工农革命军是我们穷人自己的队伍。眼下蒋介石虽说叛变了革命，但只要我们大伙抱成团，杀土豪，惩劣绅，跟反动派斗，我们就能打出自己的天下，过上好日子。"戴克敏也一挥手说："今天下午我们在祈嗣顶上召开群众大会，镇压恶霸李波臣！"

群众欣喜地议论着，李波臣瘫倒在地上。

吴光浩大喝一声："带走！"起义军像抓死鸡一样把李波臣提起来，押着他，背着缴获的长枪向木兰山走去。

进 山 遇 险

部队分散活动后，水生跟吴光浩在一起。这天下午他俩从冬泉庵化装上山侦察敌情。

吴光浩身穿长袍，头戴礼帽，朝玉皇阁方向走来。水生背着布袋，短衣裹腿紧紧相随。

吴光浩回头对水生说："我想拉一部分队伍移住观音沟。"

"对，观音沟比较隐蔽，又能监视大土豪罗隆昌的行动。"水生赞同地说。

"另外，兵分两路，东山和西山可以互相照应。"吴光浩补充说。

水生点头称道："是这个理。"说完，他机警地向来路环顾了一下，发现身后100米处有两个人正鬼头鬼脑地向这边张望。

"吴军长，我们被盯上了！"水生上前一步扯了一下吴光浩的衣角。

吴光浩听罢向身后望了一眼，证实了被盯上后，稍微思忖了一下说："我们现在赶快绕道，甩开尾巴！"

木兰殿侧的树林中，刘副官带领的二十几个民团匪徒，一声不响地伏在草坡上，黑森森的枪口对准着上山的石阶路。

"娘的，怎么不见影啦！"一匪徒小声嘀咕。

刘副官斜睨了一眼低声呵斥："别罗嗦，误了朱团总的事，小心崩了你！"

匪徒无可奈何地："好，等吧。"

吴光浩和水生往东穿过一片树林绕小路上山。盯梢的两个黑衣汉贼头贼脑地尾随着，吴光浩和水生藏到一块岩石后面，盯梢的一时失去目标，也在岩石后搜寻。吴光浩和水生转到岩石东面，两个盯梢的转到了岩石西面，待一个匪徒刚一伸头，水生端起一块石头砸下去，那个匪徒"啊"地一声倒下了。另一个匪徒"砰"地放了一枪，向林中逃走。

"快走，我们已暴露目标了。"吴光浩说。两人抄小路向玉皇阁方向快跑。

伏在木兰殿侧的匪徒像黄蜂一般涌出来，端着枪朝吴光浩这边跑来。

吴光浩和水生已跑上了玉皇阁的青石路。这时敌人已绕过金顶，前面跑得最快的几个正准备登上通往玉皇阁的青石阶梯。匪徒们狂呼乱叫："抓活的呀！缴枪不杀呀！""吴光浩跑不了呀！"

吴光浩镇定地说："玉皇阁小道万昭虚是自己人，叫他把我们隐蔽下来。"主意一定，拔腿朝着玉皇阁跑。

突然之间有人喊了一声："站住！"

吴光浩与水生敏捷地伏到断墙边，迅速地辨明了发音的方向，凝神定目回头一看，岩头上除了黑嶙嶙的怪石和北风中瑟瑟抖动的枯草野藤外，根本就不见一个人影。两个人正在疑惑之际，只听脚下离吴光浩不过五六米的悬崖边沿发出"嚓、嚓、嚓"的脚步声响，水生扣着扳机，吴光浩用眼光制止他不要莽撞行事。

吴光浩和水生监视着脚步响动的方向。顷刻间有一个人脑壳冒了出来，一会那人翻身跃上了岩头。吴光浩和水生吃了一惊，向后倒退了两步，持枪朝来人一看，爬上来的这个人，身段苗条，头戴一顶蓝布浑元巾，身穿蓝布道袍，前拽后扎，下穿青布长裤，白布长袜，足蹬多耳麻鞋，腰里别着一把小铁铲，背后背着一个小竹篓，竹篓里装着几样刚挖到的草药。原来是一个 20 多岁的年轻道人。

这小道纵身爬上崖头，当他的目光触到水生时，眼中闪射着异样的激动的光波。水生也怔怔地望着这个小道人，心想：啊，这鹅蛋脸，这浓眉下闪动的长睫毛多像芙蓉啊，但眼前的他却分明是一个小道人。

两人怔怔地对视了一会，还是小道人先开口问道："你就是吴军长。"

"啊，你是……"

"那天开庆祝会我听过你讲话哩！"小道人说："师兄昭虚不在，我是悟仙，和师兄是自家人。"

上玉皇阁的台阶上，马副官挥动着手枪："快，活捉住吴光浩的赏 500 现大洋！"

匪徒们蜂涌而上："冲啊！""捉吴光浩呀！"

水生仍怔怔地望着小道人。小道横了他一眼，说："都什么时候了，还傻愣愣地站着，快，随我来！"

小道人领着两人来到舍身崖边。壁立如削的舍身崖，青石嶙嶙，白云滚动，阵阵松风从山谷里窜上来，令人毛骨悚然。吴光浩和水生迷惑不解地望着小道人。小道从崖缝抖出两根粗绳说：

"岩壁中间有一个山洞可以容身，你二人赶快顺着绳子下去。"

吴光浩和水生又惊又喜，他俩朝小道人信任地点了点头，一纵身抓住了那一头系在崖头的一颗粗树上的麻绳，正欲下去，又听小道人说："吴军长下去以后，等我扔石头为号，再放绳子拉你俩上来。"

两人感激地望了小道人一眼，各自双手紧握麻绳，双脚向里一伸，勾住松枝，落在崖石上，然后弯腰低头，钻进了山洞。进洞后，一个转身，双手一松，将绳子放了。二人弯腰蹲在洞里，洞壁冷泉滴答，洞口雾气腾腾，白云缠绕，隐蔽在这里，真是再安全不过了。

脱　险

在玉皇阁前的草坪上，敌人已从东西两面抄过来了。小道人不慌不忙，背起竹篓，大大方方迎着敌人走去。跑在最前面的几个士兵猛地一愣，朝小道人看了一眼，有的认得："啊，是你，理贤道人！"小道人打了一个稽首："无量佛，啊！众位老总万福。"一个年纪稍大一点的老兵油子说道："别装神弄鬼了，你看没看见一个穿长袍戴礼帽的人？"小道人摇了摇头："没有。""没有？我们那大的喉咙喊没听见吗？"小道人用手一指身后的崖头："我正在岩头采药，好像有脚步声从我头上过去。""嗯，往什么方向跑的？""等贫道出来以后，就什么也没看见了。""去他妈，这四周全是悬崖峭壁，难道钻土了不成？"小道人双眼一闭，两手合十："无量佛，善哉，善哉！"马副官吼了一声："别听他妈的'蒜哉''葱哉'，还不赶快跟老子仔细搜查！""是！"几个民团狗子答道。崖头就那么大一块地方，二十几个士兵搜过来，找过去，哪见到一点踪影，一胖团丁感到非常奇怪："难道飞了不成?"那个老兵油子眼珠贼溜溜一转:"队长,是不是到殿内去了?"马副官点了点头:"嗯,有可能。走,进去看看。"小道长用手拦住:"老总,内殿搜不得呀!"马副官把小道人往旁一拉:"搜了肚子疼?""诸神在内,不得亵渎!""去你娘的,你们的女道人都和我们朱团总睡觉,还'邪'个屁,搜!"众士兵一涌而入。刚刚涌进了大门,只见从里面慌慌张张走出一个道长,60开外年纪,花白胡须,头戴六块瓦的青布混元巾,身穿青布道袍,手拿云尘,白袜云鞋,面目慈祥。道长上前用手一拦:"众位且住,贫道稽首了。""什么鸡手、鸭手,闪开!"正在不可开交的时候,马副官进来了,一见道长拱拳道:"原来是张道长,手下莽撞,请别见怪。"道长赶忙双手合十道:"哎呀,原来是马副官大驾光临,恕贫道不知,未曾远迎。"马副官还了一礼:"张道长,不必客气了,本人是奉公办事,刚才有一共产党首领,手下的弟兄亲眼看见他跑进玉皇阁,还望道长大开方便之门,协助捉拿归案。"张道长摇头说:"马副官,出家人跳出三界外,不在五行中,不入朋党,不问政事,也不曾见有人逃进玉皇阁来。"马副官说道:"那就让弟兄们进去看看么样?"张道长连连摆手用威胁的口气说:"马副官,这个却不行,殿内乃清静之所,目前省府有一要员吩咐,不准外人擅入!""我们知道张道长神通广大,决不乱来就是。"说着朝士兵们使了眼色,士兵们扒开了张道长,涌了进去。张道长阻拦不住,正在摇头叹气,小道人背着药篓进来了,喊了一声:"师傅。""啊!是你。""师傅,你老人家不必生气,让他们搜一搜也好,免得他们怀疑。"张道长叹了口气说:"你赶快跟进去看看,别让他们乱来。""是。"小道人将药篓放进侧房以后,便进到阁里面去了。

殿内,马副官带着士兵找遍了玉皇阁、百子堂、娘娘殿、正殿、偏殿,都一无所获。一个士兵悄悄地说:"伙计,我看八成是有神灵保护吴光浩。"有一个士兵不以为然地说："不会吧，菩萨是假的，不信就没有。""伙计，你就不懂了，依我看，吴光浩准是天上的星宿下凡。""莫瞎说。""瞎说？听说吴光浩这次上木兰山一共是72人，你说说，梁山的好汉是多少？不就是三十六天罡，七十二地煞吗？刚才我们几十双眼睛，明明看见吴光浩上了玉皇阁，可就是找不着，你说怎么这么巧？"说得围在一旁听的士兵将信将疑。马副官火了："不准胡说，全体集合。"马副官的队伍溜到玉皇阁下后，那个老兵油子贼眼珠一转："想那吴光浩能飞天吗？只是我们在明处，他在暗处，没有找着，是不是留几个人下来悄悄监视玉皇阁的行动？"马副官一推头上的帽子："是这个理，留三个人下来，抓不到活的，就打死他！"

在通往玉皇阁的棋盘石下，汪奠川、占才芳一行5人装扮成给玉皇阁送柴来的挑夫，不前不后地走着。到凤尾石旁，汪奠川卸下挑，把扁担横放在箩筐上，一边用衣襟擦着汗，一边察看周围动静。突然，石下林子中有一对斑鸠惊叫着窜向远处。汪奠川警觉起来，他向陆续坐拢来的几个人低声说："草丛中好像有人。""怎么办？""先别暴露目标。"汪奠川沉思了一会，说着站起身拿起一个石块朝斑鸠飞去的方向扔去，口中骂道："妈的，什么世道，挑了一天脚，还混不个肚儿圆。"其他几个人会意，也向林中扔起了石块："哎，有什么法子，这日子……"占才芳未说完，林中有人"哎约"了一声。占才芳大叫道："大哥，林中有声音，莫不是白天遇着鬼吧？""走，进去看看。"汪奠川一招手，几个人拨着树枝向草丛中走去。

汪奠川走进树丛，突然一支黑手枪顶住他的胸口："不许动，干什么的？"汪奠川装出十分惊吓的样子："好汉，我们是给玉皇阁送柴米的。听见林中有声音，才来看看，不知冒犯了几位好汉。"那个兵油子一顶枪栓说："哼，装得倒像，分明是赤匪的暗探。说实话，不然老子宰了你。"这时，占才芳几人也走进林间，一齐说："是啊，我们都是脚夫啊。"汪奠川瞅准机会，左手迅疾拨开那兵油子的手枪，腾出右手，当胸一拳打去，那家伙猝不及防，向后倒退了两步，绊倒在地上。汪奠川扑上前去，当胸又给一拳，那家伙抱着胸口大叫："饶命啊！我们是听人差遣啊！"汪奠川下掉兵油子的枪，朝他臀部狠狠踢了一脚。与此同时，占才芳闪身躲过了匪徒一枪，一转身，抬起右腿，朝那匪徒腰中猛踢一脚，那家伙向前跨了两步，栽倒在地。占才芳上前当头一拳，那匪徒就不动弹了。另一个匪徒见势不妙，拔腿就跑。一个起义军战士抬手一枪，结果了他的狗命。汪奠川像抓小鸡似地夹着那个兵油子："走！"

正好这时吴光浩也从舍身崖出来了。吴光浩感激地说："二位师父，多谢了。"老道长打着稽首说："出家人，普渡众生。不必致谢了。"水生凝望着小道人："你……"小道人连忙制止："下面刚才响枪了，情况紧急，快走吧。"老道长打拱送客："二位多保重。"吴光浩和水生刚走到玉皇阁前，迎面碰见汪奠川一行。吴光浩问："奠川，有情况了？""刚才在棋盘石下碰到3个埋伏在林间的匪徒，报销了两个，抓来一个活的。"汪奠川把那家伙往地上一丢："妈的！"那个兵油子软瘫在地上不动了。"怎么，装死啊。"占才芳踢了一脚，俯身摸了一下鼻孔："他娘的，断气了。"汪奠川搔着头皮："真娇气，轻轻夹一下就完蛋了。"众人哈哈大笑。吴光浩说："刚才我们被一帮匪徒盯上了，多亏两个道人搭救，我们才逃脱。""这帮家伙真可恶，非干掉他不可。"汪奠川恨恨地说："现在先回宿营地。"众人把兵油子的尸体扔下崖去后，沿着金顶的石阶下山。

定　计

在木兰山东麓观音沟的庙内，正中一张红木的方桌上，点着的清油灯跳动着桔黄色的火苗，第七军党委成员围在桌旁正在召开紧急会议。

吴光浩在上首的嵌花靠椅上移动了一下身子，皱着眉头说："今天的事值得注意，我和水生从东面上木兰山，一路上没有露出丝毫破绽，为什么一过冬泉庵就被人盯上了，而且敌人事先作了准备，一上来就点名道姓要活捉我。"

坐在左首的戴克敏想了想说："应该说匪徒中没有人认识你，而且你又化了装。这情况表明，你的行动事先有人告诉了敌人。"

戴季英把六角帽往桌上一掼，气愤地说："我们内部肯定有叛徒，妈的！"

坐在戴季英旁边的曹学楷习惯地搓了一下脸颊赞同地说："肯定我们内部有叛徒，因此我们今后的行动要多加小心，注意保守秘密。"

"学楷说得对。"戴克敏平静地说："但是要注意，叛徒就那么个把人，最终还是要露马脚的，不要把我们内部的空气搞得十分紧张，只是必须采取一些紧急措施：一是通知和我们有接触的地下党4个支部书记隐藏一下；二是将原来的联络方法、联络地点和联络暗号一律改换；三是由戴季英同志留意查出叛徒。"

"这件事就这么办吧，同志们还有什么意见没有？"吴光浩用征询的目光扫视了大家一眼："省委指示我们要在元月18日夜袭横店车站，切断京汉铁路交通，以配合武汉的年关暴动，现在大家具体讨论一下怎么行动。"

会场出现了暂时沉默。

汪奠川"咕咕"地喝完一碗水："吴军长，这个任务交给我吧，撬铁路，打偷袭，是我的拿手好戏。"

"不可。"戴克敏冷静地说："横店火车站驻有敌军一个正规团，1000多人，装备精良，敌众我寡，冒险硬拼，必将招致失败。"

戴季英有些性急了："省委的指示不执行？"

戴克敏坚决地说："省委的指示是要执行，但是我们必须根据实际情况采取比较灵活的斗争策略。依我看，我们可以兵分两路……"说着将话打住，汪奠川瞪着眼睛催促："快说呀，还卖什么关子。"

"看你个急性子。"戴克敏压低声音说："一路去破坏长轩岭去武汉的交通设施，以配合年关暴动，一路攻打封建堡垒罗隆昌。"

"这个办法可以。"吴光浩马上响应："年关逼近了，我们拿下罗家岗，开仓济贫，帮助木兰山一带的农民渡过年关，借这个机会，进一步宣传党的方针政策，把黄陂县的革命烈火燃得旺旺的。"

众人眼里闪着兴奋的光芒。曹学楷自告奋勇地说："作战方案定了以后，还是我和季英去向省委汇报。"

"可以。"吴光浩说："现在再研究一下具体作战方案。"党委成员们未雨绸缪皱眉沉思。

汪奠川把身子挺直了一下，跃跃欲试地说："我们可以趁其不备，黑夜摸进去，打他个措手不及。"

"这个办法不行。"戴克敏摇头说："罗安元早已知道我们进了木兰山，日夜都在提防，怎么偷袭呢？"

曹学楷说："我们能不能想个办法把罗安元引诱出来呢？"

戴克敏又摇了摇头："看来这个可能性很小，听说自从我们来后，他是足不出户了。"

汪奠川性急起来了："偷袭不行，强攻不行，引又引不出来，那我们干脆将罗隆昌围起来，然后加强政治攻势，逼罗安元投降，行不行呢？"

吴光浩听了直摇手说："不行，不行！自从黄麻起义以后，邻近各县的恶霸地主都组织了民团，配备了武器，他们互相勾结，组成联防……"汪奠川将话头抢了过来说道："这些民团杂牌，只要我们事先设下奇兵，打他一个伏击，他自然就垮了。"

吴光浩说："打伏击对付民团可以，但是据报魏益山师已开赴黄陂，除大部分兵力驻扎在横店一带以外，有将近一个团的兵力进驻县城一带，更何况县里还有清乡团。县城离罗家岗不到50华里，我们这里一打响，县城的援兵在几个钟头以内就可以赶到。"

这么一说，大家都感到有些难办了。吴光浩见戴克敏没有出声，便问道："克敏同志，你有什么好办法？"

戴克敏想了想说道："我的想法是，我们可以想办法让罗安元早一点去与县城的援兵联系，早一点把县城的援兵请来罗家岗。"戴克敏这么一说，同志们一时思想上转不过弯来。汪奠川大惑不解："你不说我还明白，你这一说倒把我弄糊涂了。""是啊，现在担心的就是魏益山的援兵，你怎么倒希望援兵快一点来呢？"

吴光浩听出了眉目，便说道："奠川、季英，让克敏把他的话说完嘛！"

大家都抬眼望着戴克敏，看他到底拿出一个什么样的高招来。"我们把魏益山的兵请来，让他和罗安元去摩擦，待魏益山撤走以后……"戴克敏用手在空中划了一个圈："我们再来一个关门打狗！"

大家一听，拍着手说："好主意，好主意!"

戴季英开怀大笑着说："外面说木兰山来的队伍是七十二星宿下凡，这一仗打下来，就更神了。"

众人哈哈大笑。

火攻罗家岗

转眼到了腊月三十，第七军仍然没有一点动静，罗家一片繁忙的过年景象。院内，众人忙出忙进，如同穿梭，扫地的、抹桌的、杀猪宰羊的、贴对联的，人闹水响。

晚上，厅堂内红灯高悬，油灯通明，神龛下供着罗家祖宗的牌位。供桌上香烟缭绕，罗安元穿戴整齐，拜了天地祖先，然后回到书屋里正襟危坐，闭目不语，好像有什么心事。

大年夜，漆黑如墨，寒风凄切。吴光浩带的一路人马埋伏在紧靠罗隆昌大门的土坎下面。冬夜寒风刺骨，战士们穿着单薄的衣服，冻得浑身直颤，但都全神贯注地盯着那紧闭的大铁门，按照事先的安排，只等半夜罗家"出行"，革命军就乘虚而入，一举打下这个土围子。

"喔、喔、喔……"鸡叫头遍了。吴光浩小声提醒着："注意了!"顿时，战士们屏息凝神，犹如利箭上弦，随时待发。

但到夜深罗安元仍木然坐在书房里，他的两个侄子和保镖推门进来，行过礼后问："二叔，今夜到底出不出行呀?"

罗安元并不睁开眼睛，他在想，三十夜，出行祭祖，这个风俗是不可违的。但走出大门出行，他又觉得有点冒险。因此，一时拿不定主意。

侄子深知罗安元的心思，便出了个主意："风俗也是可以改变的。我看今年就不出大门，在炮楼上'出行'，求祖宗保佑合家平安。"

"嗯，就这么办。"罗安元表示赞同。

不一会，炮台上出现了几点亮光，接着一阵噼噼啪啪的爆竹响。狡猾的土豪不敢出门，竟在炮台上出行。爆竹响后，仍然是死一般的寂静，只有狗子发出"汪！汪！……"的令人毛骨悚然的叫声。

眼看罗家人是不会出门了，汪奠川急得直抓头皮："门又厚，墙又高，硬攻不行，怎么办？"

吴光浩踱着步子，王树声虎着脸，看见炮楼上又出现亮光，"叭"地打了一枪，战士们也陆续开枪射击了一阵子。炮楼上响起了枪声，偶尔还夹着手雷轰轰的爆炸声。

"光这么打不是办法。"吴光浩果断地说："停止射击！"

等了一会，徐海东带着几个游击队员从南面过来找吴光浩。

"军长，我看硬攻是不行的。"

"你有什么法子吗？"

"我们可用诸葛亮的办法。"

"你是说火攻？"吴光浩感兴趣地说。

"对，罗隆昌的北面是牛棚，堆着柴草，紧靠牛棚的是一排榨坊，里面有好几十担油，牛棚榨坊着火了，他罗隆昌还能保得住吗？"

吴光浩高兴地擂了徐海东一拳："'臭豆腐'，真有你的。好！就这么打吧！"

起义军战士迅疾拿着大锤、铁镐，奋不顾身地爬到屋檐下，开石墙，然后放火烧着榨坊。

榨坊中顿时火苗直窜，爆炸声，嚎叫声，惊窜的水牛哞叫声，乱作一团，腾腾的烈火仗着风势，直窜罗家大院。

与此同时，吴光浩一声令下："打！"二十几条枪对准南边炮楼一齐开火。南北两座炮楼也一齐向吴光浩这边猛烈还击。

这时，火越烧越猛，风越刮越大，烈焰熏得人睁不开眼睛，火光映红了半边天。

罗安元在炮楼上欲哭无泪，瘫软在靠椅上直喘粗气："完了，完了！"

侄子罗虎走过来："二叔，看来很难守住了，快拿主意吧。"

罗安元目光呆滞地一言不发。罗虎凑近罗安元："二叔，我叫弟兄们在上面顶住，你快换上长工的衣服，我们护着你从侧门逃走。"

罗安元此时六神无主，只得听从安排。

阵地上，我军开始了政治攻势，向上喊话："吴军长说了，只要你们放下武器，不再抵抗，我们一律优待！""如果还要顽抗到底，那只有死路一条！"

炮楼上几个打手辟哩啪啦地放着枪。

罗家宅院内，罗安元换上了对襟大布的老棉袄，猴管家收拾好细软，扶着罗安元往外逃。

罗安元哭丧着脸说："家眷怎么办？"

罗虎催促说："共产党不伤家眷的，过几天再回来接吧。"

十几个心腹护着罗安元悄悄从侧门溜出去了。

炮楼上打了一阵后，有人喊："罗少爷，快搬子弹上来喽。"

"搬个屁，仓库已被共军占领了！"一个喽罗泄气地说。

有人还在喊："罗少爷，罗少爷！……"

喊了半天无人应声，一机灵的喽罗高声骂道："别喊啦，他娘的，叫我们在这儿卖命，八成他们先溜了。"

"那……那，我们怎么办？"一喽罗抖抖索索地说。

"树倒猢狲散，咱们投降吧。"一喽啰把枪狠命地往地上一丢。

接着炮楼上喊话："共军长官，别打啦，我们投降！"

早晨，和煦的阳光照亮了木兰山周围的坡坡岭岭，四乡的农民听说第七军打开罗家岗，络绎不绝地涌来，起义军战士忙着给贫苦农民分粮食。

当铺里，水生、石娃正在对着当票给乡亲发还东西。一群小孩拍着手在街上唱着："地主土豪，快乐逍遥，七军一到，狗命难逃……"

四面八方的乡亲仍然在不断地涌向罗家岗，乡亲们扶老携幼，一队队、一群群忙碌着，嬉笑着。

农历初三上午，罗家岗客厅内，第七军领导正在开会。

吴光浩默算了一下说："给老百姓分东西的速度要加快一些。"戴克敏也说："据我估计，县城里的敌人再不会给我们时间的。我们必须加快速度，最好后天一早便主动撤离罗家岗。"

吴光浩赞同戴克敏的想法，他考虑了一下说："我们改变一下办法，不必一升一斗地装粮登记，就排队发粮；当铺里的东西，也不必查对当票了，只要有当票的，就可以发东西，多给点没有什么关系。"

与会的同志赞同地说："嗯，也只能这样了。"

农历四月初四上午，吴光浩和当地农会负责人握手告别："我们走后，敌人肯定会卷土重来的，你们要有思想准备，好好保护乡亲们，保护胜利果实。"

农会负责人眼里闪动着泪花："吴军长，多保重啊！"

乡亲们依依不舍地目送第七军战士离开罗家岗。

巧打二拐子

邻近红安的夏店是一个山区，离徐海东家徐家窑只有十来里地。

虽说是穷山僻壤，但临街边有 10 多家卖油盐、杂货、山货日用品的店面，附近方圆 10 多里的村民逢热集都来赶集，卖掉手中的土特产，换回农具、布匹等日用之物。这一天是热集，街上熙熙攘攘，十分热闹。一群打莲花落的叫化子敲着竹板凑热闹。店上有个叫二拐子的，提起他人人都痛恨。他有钱有势，平常鱼肉百姓，作威作福，群众说他"头上生疮，脚底流脓——坏透了"。

这个家伙会临机应变。在革命高涨的时候，他见人点头哈腰，装得十分老实。蒋介石、汪精卫叛变了革命后，这家伙又神气起来了，背后还煽冷风，点鬼火，攻击农民运动。这阵子自卫军刚一撤走，他又作恶多端。第七军战士再也按捺不住心中的怒火了，经精心研究，决定巧打二拐子。

第二天中午，二拐子门口来了个叫化子，看上去不过 20 多岁，一张黑脸膛沾满了灰。黑灰色的短褂打着补丁，袖口破得掉着甩。他依着门框打莲花落："湖北黄安县，革命红了天，穷人闹翻身，土豪完了蛋……"

"老爷，有……有个叫化子，他……"管家结结巴巴地说。

"见鬼，一个叫化子也来捣鬼，把他赶走！"二拐子一挥手不耐烦地说。

"他宣传赤化，骂老爷哩！"

"岂有此理！"他蹦起来，一跛一拐地走到门口来。

"……建立乡农村，农民掌大权……"叫化子依然立在门边打莲花落。

二拐子一听，眼里冒着绿光："吃横了你妈的肠子，你在这里胡说八道，看老子宰了你！"

这时有两个收破烂的挑着竹筐从门前走过，气愤地上前打抱不平："我说你也太缺德了，动不动就开口骂人，这不太过分了吗？"

"老子骂了，你们要怎么样？不服气的话，跟老子到民团去走一趟！"二拐子恶狠狠地说。几个保镖也站在一旁叉着腰，摆出一副要大打出手的架势。

"二拐子，去叫民团吧！"吴先筹和几个战士从巷子里冲出来。

"你是什么人？"

"不认识吗？我是你爷爷，吴先筹。"

二拐子一听，吓得三魂掉了两魂，连忙点头哈腰地打招呼："稀客！稀客！队长光临，有失远迎。请坐！请坐！"

二拐子一边朝屋里退着，一边用眼睛瞟着那几个保镖，要他们把战士堵住。

吴先筹疾步上前，一下子揪住他的衣领单刀直入地说："你为什么骂农会？"

"大人误会了。本人一向安分守己，怎么会骂人呢？"二拐子镇静地说。

"还狡赖，刚才还在骂人！"

"那是说走了嘴，小人知罪，请大人包涵。"

二拐子装作让坐的样子，退到太师椅边时，他蓦地掀起太师椅，露出了一个地道口。吴先筹眼快，一个箭步上前，把二拐子扫了个四脚朝天。几个保镖企图摸家伙，装扮成叫化子、收破烂的起义军战士"唰"地冲上前，一起缴了他们的械。

吴先筹一把抓起二拐子："狗杂种，你还跑吗？"

几个战士气愤极了，把供台上的神像、净瓶"咣"地打了个稀巴烂，又撕掉了那个"信道传家久，书香继世长"的对联。战士们轻蔑地说："二拐子，别做梦了！今天叫你'久'不成，

'长'不了!"

二拐子见逃不了，又威胁说："吴队长呀，俗话说'识时务者为俊杰'，现在天下姓'蒋'了，网开一面，日后好见面呀!"

"啊! 这……"二拐子一抬头，目光正好落在吴先筹腰间的手枪上，他不由得打了个哆嗦，只觉得一股凉气沿着脊梁骨往上升，浑身都颤抖起来了。

"拖出去!"吴先筹一声令下，战士们一拥而上，把二拐子押走了。

第二天，第七军在夏家祠堂召开了500多人的农民大会，镇压了二拐子。会后，红安全县迅速掀起了土地革命的新高潮。

红安、黄陂、麻城人民兴奋地唱起歌谣：

一九二七年，湖北黄麻县，

工农齐觉悟，就把革命办。

组织农协会，办起青年团，

大家联合起，抗税又抗捐！

设 计 除 奸

在通往木兰山下张家冲的山路上，一位20多岁中等身材的妇女，穿一身蓝棉布的袄褂，头上系着蓝底小白花的头巾，脚穿青布线口布鞋，在山路上沿石阶攀登。虽说是数九寒天，却跑得气喘吁吁，热汗淋漓。

这时，不防身后有人喊："茂娥，上山有事?"

这位叫茂娥的妇女一惊，回头一看，是县委的交通员王山，就镇定下来说："我给张家冲表妹家送点糍粑、豆丝去。"

"我也正好去张家冲，一块走吧。"王山搭讪着。

刘茂娥警惕起来，心想："县委并没有派他做交通工作，他在木兰山一带转悠什么？"就敷衍说："村西头就是我表妹家，要不进去坐坐。"王山也答应："不了，不了，我还有事。"

快到村头的崖石下，有两个穿青衣、系着白色腰带的后生站出来，拦住去路。一个右眼上有一道疤痕的家伙说："这不是王山、刘茂娥吗？"刘茂娥知道被盯上了。那矮个子上前拨弄竹篮："装的什么好东西，我们看看？"

王山假装正经地说："二位好汉，你们看走眼了，我们都是附近村子的种田人。"

"种田人？怎么种到木兰山上来了，是不是都通'共匪'呀！"长个子一拍腰带说。

"把他们都带走，回去领赏。"

王山挣扎着："你们这帮混蛋，青天白日怎么抓人？"

刘茂娥料定硬拼是脱不了身的，就把头一扬说："别拉拉扯扯的，我跟你们走。"

当4个人猛一转身，那个高个子一下子撞上了一个窑货担子，"咣啷"一声，陶壶、陶钵等打碎了一地。

"你们没长眼，去抢头刀，怎么火急火燎地撞翻了我的货！"挑窑货的年轻人用扁担横住了去路。

"少扯淡，让开，耽误了公事砍你的头。"那矮个子用力一推，挑窑货的顺势用脚一勾，矮个子就一个狗吃屎的姿势扑在地上。那窑匠一脚上前，踩在矮子背上，痛得他直叫唤："好汉，饶命！"

与此同时，从石后猛虎下山般跳出两个叫化子来了，一个饿虎扑食，猝不及防把王山和长个子家伙扑翻在地。

王山惊慌喊叫："我和他们不是一伙的，我是好人！"

那叫化子一木棍打在王山腰上："叫唤什么，好不好，跟我们走一趟吧。"

茂娥认出了那个窑匠是水生，欲喊："水……"

水生示意不要出声。

窑匠、叫化子押着垂头丧气的王山和那两个穿黑衣的家伙向木兰山走来。

到了木兰山仙人洞内，吴光浩、刘家炼并排坐在石桌东面，戴克敏、刘家炼等第七军和县委领导人分坐南北面石凳上，戴季英用手摘下六角帽往石桌上一丢，气愤地说："王山，你是怎么当上内奸的，快说，不然我立马崩了你！"

王山一下子跪在吴光浩面前，"军长，我冤枉啊！"戴克敏站起来踱着步子逼问："你说，鄂东军转移木兰山的时间、地点，是谁报告鲍家寨的？光浩那天化装上山是谁事先知道跟踪的？今天刘茂娥上山，你怎么和两个黑狗子走到一起了？"

王山浑身颤抖："这……这……"

"王八蛋，这什么，你说呀！"许世友气极打了他一耳光。

吴光浩以眼神制止，不要再打了。

两个黑狗子贼眼珠直打转："长官，我说，我说！"

王山面无人色。

长个子黑狗子说："是他说女共党要给山上送药品，领着我们来抓的。"矮个子连忙说："没错，没错，他是常给朱团总送情报的。"

王山原形毕露，估计逃不掉了，犹豫了一会猛地一头撞在石桌上了，顿时鲜血从额头上冒了出来。汪奠川连忙上前去拉，可是迟了一步，他像一头被宰了的鸡一样扑腾了两下就不动弹了。

吴光浩鄙夷地望了一眼说："这是可耻叛徒应得的下场。"

两个黑狗子见状磕头如捣蒜："我们都是被逼当团丁的，长官，饶我一命吧！"

吴光浩一言不发，戴克敏想了一下说："本来嘛，要崩了你们这两个为非作歹的家伙，现在给你们一个立功赎罪的机会。"说着，瞥了两个匪徒一眼。

两个匪徒连忙点头哈腰："长官吩咐，一定照办。"

"朱团总在长岭街上不是有一个米行吗？"

"是，长官。""有多少人，多少枪？""由一个团副掌管，10多条枪。""那好，一会我们去买米，你在前面带路，看我们的眼色行事，要是捣鬼的话，我先结果了你们。""不敢，不敢！"

朱家米行摆在长岭的十字路口。这里往东从黄家湾可上木兰山，往西北一拐就到了朱家湾。太阳偏西的时候，从东西南北四个方向涌来10多个挑筐、背袋的买米人。刚才的两个匪徒背着长枪一进门，米店的人喊："架子，南瓜，你们两个来做么事？"

"朱团总叫我俩来传话，现在'赤匪'来了，一是加强警戒，二要早点打烊。"说完，朝前来买米的人望了一眼。

那些买米的人也不答话，抢步上前把前厅的账房先生和卖米的放倒，将嘴塞上。同时，一溜人悄悄摸进了后房，只见10多个匪徒围在桌旁推牌九，蹲着的、站着的、扒着的都在喊。"天元！""丁字九！""我赢了！"……在那里张牙舞爪地狂呼乱叫。

他们全然没有看见身后站着一圈人。这些人大喊一声："举起手来！"这突如其来的一声断喝，有如晴天霹雳，一个个惊得六神无主，有几个当即从凳上摔了下来。有两个胆大的回过神来想奔上房去夺枪，早被许世友一脚一个踢倒在地不能动弹。见到这般情景，匪徒们知道来者不善，一个个像泄了气的皮球，跪在地上举起了双手。汪奠川大声吼道："我们是工农革命第七军，老实点，谁敢动，叫你的脑袋搬家！"匪徒们一听说是第七军来到，一个个吓得像筛糠一样，早掉了魂了。战士们用事先准备好的绳子把匪徒一个个反绑起来，口里塞进麻袋片，都丢进上房，用铁丝把门扭上。带路的那两个家伙不敢见朱团总，趁混乱之际开了小差。

完成了这次突击行动的第七军从黄家湾方向向木兰山转移。

"党代表，这次行动不费一枪一弹，收拾掉了朱团总的米行，还缴获 200 块现大洋，装了几袋子大米，11 条长枪，一把盒子枪，真解恨！"陈再道手舞足蹈地说。

戴克敏笑了一笑："部队马上要转移，要钱，要粮，要子弹啊！"

说完，众人一阵哄笑。"真有你的！"汪奠川翘起大拇指说。

战士们一路说笑着。夜幕慢慢地笼罩了木兰山区……

小店惩凶顽

宋埠镇是一个古老的集镇，由北向南，是一条长长的街道。这镇上多数是土砖瓦房，平时镇上行人很少，显得萧条冷落。只是靠公路边的几家店铺，还有几分活气。其中陈兴记酒馆有个木板楼房，算是镇上的上等客房了。这天，客房里住着几位过往商人，其中一位为头的鹅蛋脸，厚嘴唇，头戴礼帽，穿一件半旧毛蓝长衫。刚吃过晚饭，几个商人聚在一起摆龙门阵。一个麻城口音的人压低嗓门说："树声，今晚什么时候去掏民团？""嘘——还早着哩，到时候有好戏看，耐心等着吧！"那个叫树声的答道。

这时，忽然传来一阵凶恶的吆喝声："让开，让开，我家老爷来住宿！"几个商人听到声音，连忙朝门口看去，只见四五个人簇拥着一顶轿子大摇大摆地闯了进来。

"看样子，来头不小。"穿长衫的眨了一下眼睛，暗示大家注意。

进房后，有个保镖给老爷送上盖碗茶后退出来，顺手带上房门。

趁一个保镖出门的空儿，穿长衫的商人凑上前问："老总，抽支烟。你们老爷好气派呀！"

那个保镖瞟了一眼，毫不客气地把烟吸燃，用鼻子哼了一声："我家老爷是福田河有名的彭……"

"哦，我知道了，是彭汝霖老爷。"穿长衫的商人试探说。

"你他妈的吃了豹子胆，敢叫我老爷的名字，小心崩了你！"

"得罪，得罪！老总多关照。"那个商人陪着笑脸退走了。

约摸过了半个时辰，客堂里鬼叫似的喝起酒。商人们从门缝里探视，只见彭汝霖正用手拿着一只肥鸡腿，如狼似虎大撕大嚼。

穿长衫的商人从衣内掏出手枪一挥，小声命令："上！"

彭汝霖被这突如其来的进攻吓得颤颤惊惊："弟兄们，别误会，我们也是商人。"

穿长衫的人吼道："哼，你是商人，看你那贼眼就不是好东西！"

彭汝霖见软的不行，就硬着头皮斥问："你是什么人？竟敢如此大胆！"

"我是第七军的大队长王树声，这位是党代表廖荣坤，其余都是咱们的弟兄，认识了吧！"

彭汝霖一听是第七军的，禁不住两腿打颤，面如死灰。他干咳两声，强装镇定地说："本人一向拥护贵军，安分守己。有什么差使本人的地方，一定效劳。"

"别罗嗦！你是到哪儿去？干什么？"王树声厉声问。

"鄙人是……是……经商呗。"

"胡说！搜！"王树声命令。

几个战士上前搜了身。一个战士在他贴身的夹袋里摸到了一个硬东西，拿出来一看，"队长，信！"

廖荣坤接到信展开一看，两眼直冒火花，他把信递给王树声说："是郑重写给他的联络信，叫他到武汉领枪回来成立民团。"

王树声把拳一挥："拿下！"

战士们冲上前，把彭汝霖捆了起来，拖到门外。王树声几步跨出，用手揪住彭汝霖，咬牙切齿地说："你狗日的想成立民团，见鬼去吧！"说罢"砰"地一枪，结果了这个大恶霸的狗命。

月夜歼民团

红七军在木兰山游击期间，在群众的支持与配合下，收拾了不少土豪劣绅、贪官污吏，对附近一些为虎作伥的民团也给予了狠狠地打击。

一次，王树声带领一队在顺河集一带的山沟里打游击。据群众报告，顺河集上的民团人数不多，可是在集中耀武扬威，横行霸道，还说要"进剿"游击队哩。王树声跟大家商量，决定干掉这一伙反动武装，为民除害。

在一个月黑的夜晚，游击队悄悄出发，快速向顺河集进发。约摸夜晚10点多钟光景，队伍绕过了民团的岗哨，接近了民团的驻地。只见屋里亮着灯，可是静悄悄的。敌人都睡死了么？怎么连个呼噜喘气声也没有呢？两个战士提着枪，猫着腰挨到窗户底下，借着灯光朝屋里一看，坏了！两个战士退离了窗户："报告，屋里空无一人。"王树声一惊："是情况不准确呢，还是中了敌人的埋伏？"想到这里，小声命令："保持肃静，不准暴露目标。"战士们匍匐了一会，突然从百米开外的空坪上传来"立正""稍息"的口令声。队伍隐蔽在房屋后边，屏住气等候敌人的动静。惯于夜战的游击队员们，已经从黑地里看清敌人是在集合，当官的正在队列前面训话："游击队已到顺河集一带山沟里活动，随时有可能摸到我们这里来，弟兄们要格外小心。抓住赤匪的有赏；误了本团大事的，军法从事，听见了没有？""听见了。"当兵的有气无力地回答。

敌人做梦也没有想到游击队来得这么快，已经到了他们眼皮子底下。敌人都集合好了，空坪上又无险可守，这是得手的好时机。王树声小声命令："我撂倒敌军官后，火力封住两边，狠狠地打！"蓦地，王树声"叭"地一枪，敌军官应声倒下了。紧接着，战士们猛烈地向队伍两边射击，打得敌人措手不及。顿时，呐喊声、枪声、敌人的哀叫声响成一团，搅成一片。午夜之前，游击队胜利消灭了这个反动民团。缴获的枪枝弹药、给养，大家挑的挑，扛的扛，连夜返回了山林根据地。

坚持游击战

第七军以木兰山为中心开展游击活动期间，遭到了敌人不断地进攻。敌人的气焰十分嚣张，四处围追堵截，搜山、烧山，妄图把这点星星之火扑灭。但是革命军神出鬼没地四处游击，足迹遍于黄陂、孝感、黄冈、罗田、黄安、麻城6县，充分依靠群众，运用灵活机动的战略战术，打击反动军队，牵制和消耗敌人的有生力量，常常出奇制胜，转危为安。

有一次，王树声从乌龙泉察看地形上山，走到燕子石旁，回头一看，有人盯梢了。他忙回过头，装作悠闲的样子，混入上山的人群中，迅速来到玉皇阁，穿娘娘殿，过百子堂，绕了几道弯，来到舍身崖前。一个相识的老道急步上前："王队长，有什么急事吗？"

"道长，后面的尾巴。"

"快！拉绳下崖！"

王树声攀着绳子，滑下了山崖，裤子被刺树挂破，小腿上鲜血直流。他撕下腰带布，缠住伤口，走到一个小山下，碰到了搜山的一股敌人，端着刺刀逼问："干什么的？"

王树声一扬手中的鹰嘴锄，指指背篓："挖药草的。"

敌人上前，在背篓里翻了一阵，没发现什么就放他走了。

还有一次，敌人追捕王树声，他穿林过洼，抄小路往山上跑。为头的国民党军官一边挥枪一边喊："捉住赤匪赏大洋100元！"

王树声急忙上山，快步登上金顶，一看，一群道士正在做法事。他灵机一动，混到道人中去了。他向一个相识的道人附耳低言："等敌人来后，向乌龙泉下丢出手雷。"

一群"咿咿呀呀"的敌人上来了，这时王树声已是一个头戴蓝布浑元巾、身穿蓝布道袍、脚笼白布长袜、足蹬多耳麻鞋的道人了。王树声走到军官面前施礼。正在这时，乌龙泉下"轰"的响起手雷爆炸声。那军官没好气地说："赤匪跑了，快追！"敌人走后，王树声脱下道袍，趁夜色回到了军队的驻地。

吃晚饭时，战士们问王树声："队长，你的计策怎么那么快？"他说："在敌强我弱的情况下，坚持游击战争，平时就要留心各样事物，情况紧急时，才可以临机应变……"顿了一下，他又说："我们是红军游击队，要真正做到吴军长说的：'会跑、会打、会进、会退，绕南进北，声东击西'，平时必须多动脑袋，总结游击战术。"

同志们听了很受启发。从此，经常进行讨论，开展总结游击战术的活动。每隔一段时间，他们就开会研究，商量如何利用眼前的天气、地形和敌人的心理作战。在木兰山斗争的几个月里，他们边打仗，边总结经验教训，终于打开了一个胜利的局面。

袁木匠掩护李先念闹革命

李先念在大革命时期就参加了工农运动，年满 18 岁时经韩爽先、李泽信介绍，于 1927 年 12 月 17 日正式加入中国共产党。

李先念入党后，从师黄陂塔尔岗乡（现改为木兰）叶家田木匠袁学福为掩护从事革命活动，袁家子弟和村里的一些小青年都是李先念的好朋友。李先念白天跟师傅做活，晚上和青少年聚会，向他们宣传革命道理，教唱革命歌曲。在李先念的教育和影响下，1928 年初，叶家田村的第一批青年加入共青团，建立了黄陂县的第一个团支部，李先念任支部书记。此后，青年团发展工作扩大到附近的蔡店、研子、静山庙等地，形成了一只配合党组织和红军战斗的生力军。

李先念晚上经常外出，深更半夜才回来，袁木匠不知他在外面搞什么事。有天，李先念实在疲惫过度，干活时不知不觉进入了梦乡，腰间的手枪"呼"地掉到地上。袁学福看到这个铁家伙，知道非同小可，赶快唤醒他，问道："全伢（李先念小名），这是怎么回事啊？你到底在干什么？不要瞒着我们，让我和你师娘提心吊胆。"李先念再也无法隐瞒，就如实地说："师傅，你是个老实人，我怕你担惊受怕，没有对你说。为了打倒地主老财，让穷人翻身，我已参加了革命，这些时间没回家，是开会搞活动去了。"袁学福平时不爱言语，只埋头做活，极少管闲事，但他也是穷苦人，痛恨地主老财，内心里同情革命，希望翻身。听了李先念的话，不仅没有责备他，还答应为他保密，嘱咐他千万小心谨慎。

过后，袁学福利用夜晚的时间，在房里做了夹墙，挖了地洞，里面放上干粮，以备敌人搜捕时，应急藏身。李先念担任游击队长后，有一次在战斗中被打散，匪军十几人向他扑来，他且战且退，钻进了一片树林，待到天黑钻进了袁家的地洞，躲过了敌人的追捕。在学木匠那段时间，他白天跟师傅干活，夜晚就出去搞革命活动。袁学福听到犬吠人嚷就叫李先念藏进夹墙里。

李先念经常向师傅讲一些革命的形势和道理，师徒之间建立起一种新型关系。有一天袁学福问："全伢，你说革命能成功吗?"李先念充满信心地答道："总有一天会成功的，只要我们穷苦人团结一心，不怕流血牺牲，革命一定能成功。"袁学福受徒弟的影响，不久加入了共青团，全家支持革命，他的一些子、侄也先后参加了红军。他的弟弟袁学凯就是那时候参加红军，后来驰骋疆场、战功卓著，于1955年被授予少将军衔。

全国解放后，袁学福去武汉看望时任省主席的李先念，语重心长地说："你当了大官，可别忘本哦!"李主席连连点头："那当然，那当然!"

奔袭云雾寨

春天的观音沟满坡满岭的映山红开得像火焰一样红，流水淙淙，鸟雀鸣啭。

许世友站在一个草坪上，舒展了一下腰肢，感到浑身骨节都是软酥酥的，笑着说："这几个月来敌人围追堵截，白天见烟就围，见火就打，都没有把我们困死，现在春回大地了，我正好蹦哒蹦哒哩!"说完，他把长头发一捩，将披在身上破成碎片的短袄脱掉，双手一抱拳玩了一套拳，然后一个扫膛腿，收住脚。

"真是铁打的汉子啊!"一个年纪稍大的战士赞叹说。

"是啊!"陈再道感叹说："几个月东奔西走，有时露宿破庙，南瓜野菜充饥，在山上扒开积雪挖葛根，找野栗子、野柿子吃，我们都熬过来了。"

新近从红安来的战士胡德亏也感慨地说："几个月风霜雨雪，忍饥挨饿，真亏你们了！"

在观音沟寺内，官兵围坐在一起。

"我们是工农的子弟兵，为了闹翻身，求解放，是打不垮、拖不烂的队伍！"吴光浩满怀信心地说。

鄂东特委负责人徐朋人赞同地说："黄安、麻城方面的几十名鄂东战士也汇集到了木兰山，队伍壮大了啰。"

"我们比水泊梁山一百零八好汉还要多。"汪奠川不无自豪地说。

戴克敏纠正说："我们可不是替天行道的宋江，我们是要在共产党的领导下打出一个红彤彤的新世界。"

坐在旁边的吴先筹擂了戴克敏一拳开玩笑说："秀才，又给我们上课了。"

"目前，形势是对我们有利，但丝毫也不能放松警惕啊！"吴光浩扫视众人一眼说。

"狗急了还会跳墙哩。还乡团、民团是不会死心的，我们随时要作好战斗准备。"众人点头称是。

戴克敏说："麻城陈实生办的民团猖狂得很，我们要整他一下。"

"行，看来一、二大队的领导比较熟悉当地的情况，命令这两个大队今晚奔袭云雾寨。"

这云雾寨是通往麻城的交通要道。顺河区大地主陈实生一伙办的清乡团驻扎在寨上。他们仗着有 50 多条钢枪，鱼肉百姓，横行乡里，附近群众对这帮作恶多端的匪徒恨之入骨。

漆黑的夜晚，革命军悄悄出发。当他们神不知鬼不觉地摸到寨外时，只听得里面吆三喝四，人声鼎沸，在寂静的夜里听得格外清楚。

许世友小声说："注意，赶快接近北寨墙。"

革命军迅速穿插过去后，只见寨门紧闭，寨墙有两丈多高，全部用条石砌成，十分坚固。

许世友察看了一下地形，立即组织 10 多个小伙子搭成人梯，敏捷地向上攀登。他们鱼贯进入山寨，侦察了一番，没有发现敌人哨兵，便立即打开寨门。战士们一涌而入，迅速冲入寨内。这时，王树声指挥一大队把住四面寨门，防止敌人逃跑。许世友和二大队一起，向一座灯火通明的院子冲去。

许世友和一个战士跑在最前头，推开虚掩的大门一看，好家伙，堂屋的横梁上吊着两盏纱罩大宫灯，两旁柱子上各挂着一盏汽灯，屋子里亮堂得如同白昼一般。堂屋里满满地摆了 5 张八仙桌，桌上摆满了酒菜。匪徒们和几个穿着绸缎长袍的豪绅地主，正拥着一群穿红著绿的妖艳女人围在桌旁大吃大喝。整个屋内烟雾腾腾，酒气熏天，活像一群苍蝇叮着一摊牛屎堆，乱哄哄地搅成一团。

这帮家伙只顾吃喝玩乐，毫无戒备。当许世友他们进了屋，才被一个端菜的匪徒发觉，他惊叫起来："共……共军……"

这一喊不打紧，立刻引起了屋里一片混乱。那些寻欢作乐的男男女女吓得哇哇直叫，有的一下子瘫倒在地下，有的抱着头往桌子底下钻，凳子挤倒了，桌子挤翻了，杯盘碗碟哗哗地打得粉碎，酒菜汤饭洒了一地，有的脸上身上沾满了菜汤，真是丑态百出，狼狈不堪。

这时，队长廖荣坤朝房顶"砰"地打了一枪，大喝一声："我们是七军，你们被包围了！谁敢动，就崩了谁！"

这一枪一吼，犹如晴天霹雳，把敌人吓住了，有的举手投降，有的磕头作揖，乞求饶命。许世友一步上前，像抓小鸡似地提起一个匪徒喝问："谁是你们的团总？"

那个匪徒吓得像筛糠似的，嗦嗦直抖，用贼眼瞟着一个穿青绸长衫的豪绅颤声说："他……陈……团总……"

许世友丢下匪徒，用枪口逼着那个豪绅说："你就是团总陈实生？气派不小啊！"

"小的不知贵军前来，有失远迎！"陈实生打拱作揖地说："贵军如要借钱借粮，好商量，好商量……"

"我要借你的脑袋示众！"许世友吼道。

陈实生听说要他的脑袋，吓得瘫倒在地，一个劲地磕头："大人饶命，大人饶命！"班长胡德亏上前一步，"叭"地一枪结果了这个作恶多端的劣绅的狗命。

王树声一跃跳到一张八仙桌上，大声说："我们革命专打那些欺压百姓的坏蛋，今天饶了你们这些帮凶的狗命，给你们一个改过自新的机会。以后再作恶，别怪我们不客气了。"

"感谢大人大恩大德，以后再不敢胡作非为了。"匪徒们跪在地上哀求。

王树声训完话，许世友他们一同上前，缴了匪徒们的枪。不到一个时辰，寨上守敌被革命军一网打尽了，共缴获步枪30多支，俘敌10多人。奔袭结束后，革命军带着这批战利品，撤出云雾寨，返回了木兰山区。

许世友上木兰山

1928年3月，许世友带的一支队伍上木兰山后，被敌人冲散，只好分散游击。饿了挖草根和野果子充饥，晚上挤在山洞里，睡在稻草铺上互相以体温取暖。有一次，许世友和一个战士化妆成磨剪铲刀的，几经周折，终于找到了党支部书记王勉勤。许世友这个钢铁汉子在枪林弹雨中硬打硬冲，不眨一下眼，可此刻他却流泪了，像一个失散了多年的孤儿又回到母亲的怀抱。

许世友汇报了这几个月的情况后，王勉勤告诉他们："吴光浩带领的工农革命第七军等着你们啦！"

许世友激动地说："终于盼来这一天了，我们找吴军长去。"

"不行，目前敌人还控制着木兰山一带的大小集镇，经常出来'清剿'。你们回山去等几天，到时候我再通知你们。"

"好，就这么办！"许世友欣喜地说。

一天中午，在葱绿的山林中，突然在树上望风的胡老四压低嗓门说："王勉勤来了。"

"王书记来了！"许世友一阵惊喜，连忙钻山树丛迎了上去。看见老王跑得满头汗，衣服像水里捞出来一样，忙问道："老王，有急事吗？"

王勉勤擦着汗，兴冲冲地说："快下山，王树生、徐其虚同志派胡德亏、周业臣来接你们啦。"

"噢，他们在哪里？"

"就在山脚下。"

许世友立即随王勉勤下山，远远地看见几个人等候在一片树林里。

"德亏……"许世友一眼认出了战友，喊着他的名字跑过去。胡德亏也喊着许世友的名字奔过来，四只手紧紧地握在一起，激动得说不出话来。过了一会，德亏从怀里掏出一封信，递给许世友说："吴军长指示我们来接你们的，这是徐其虚同志给你的信。"

许世友忙打开信，从头到尾看了一遍，情不自禁地说："走！现在就走！"

还没等说完，王勉勤同志乐呵呵地说："看把你们急坏了。今晚到我家去，好好招待你们一番。"说完，招呼同志们下山。

到达王家坳，时已黄昏，晚霞将周围的树林镀上了一层金辉，飞鸟鸣叫着归巢了。王勉勤的家坐落在四面环山的山坳里，独家独户，房屋四周一片葱翠的竹林，十分隐蔽。

晚上，王勉勤买来了酒，还烧了满满两大盆猪肉。好久没有吃上这样丰盛的饭菜了，同志们狼吞虎咽，美美地饱餐了一顿。

第二天拂晓，战士们离开了王家坳。当他们到达驻地时，受到王树生等同志的热烈欢迎。久别重逢，大家格外亲热。王树生见到许世友第一句话就开起了玩笑，他说："我还以为你上了西天呢，没想到你还那样结实。"

"上西天，没那么容易。敌人花 300 块大洋买我的脑袋，都没买去。我命大福大造化大。"许世友开心地笑着，"我还想看看共产主义究竟是啥样子哩！"

一席话说得同志们哈哈大笑。

到了第七军后，许世友一行十几个人被编入了一、二大队。许世友编在第二大队第六班。

木兰湖

木兰湖全景图

木兰湖鹭鸟飞翔

木兰湖水泛清波

静山庙暴动纪念碑

刘华清题写的木兰湖牌楼

坐落在木兰乡将军大道旁的塔区苏维埃政府旧址

景点简介

木兰湖

木兰湖旅游度假区位于武汉市黄陂区木兰乡境内，与荆楚名岳木兰山毗邻，距武汉市中心 60 公里，有高速公路相通，这里水丰鸟美，人杰地灵，是湖北省省级观光旅游、休闲度假区，被人们誉为荆楚明珠、武汉市的后花园。相传是因巾帼英雄花木兰将军幼时在此饮马而得名。木兰将军庙和木兰墓矗立于木兰湖边。湖区面积 40 平方公里，其中水面 20 平方公里。湖岸线长 57 公里，有 132 个湖汊、23 个岛屿、13 个泉眼。木兰湖鸟岛长年栖息着各种鸟类 10 余万只，其中 30% 为国家二级保护动物。春秋之季，鹭鸟在此交替云集，蔚为壮观。

木兰湖所在地的木兰乡是著名的将军乡。这里是古代巾帼英雄木兰将军的故里。至今，在木兰湖畔仍保存着名胜古迹木兰将军庙和将军墓；这里的东场畈是民国大总统黎元洪（黎黄陂）的故乡；这里是著名的革命老区，大革命时期，董必武、李先念、徐海东、刘华清等老一辈革命家曾在此从事革命活动；这里诞生了 7 位开国将军，被称为"武汉将军第一乡"。1985年，共青团中央授予木兰乡为"革命传统教育基地"。每年有大批青少年学生来木兰湖瞻仰革命遗址，缅怀革命先烈，接受爱国主义的洗礼。

景点故事和传说

木兰将军庙

在木兰湖西岸，沿着曲曲弯弯的山间公路，向西行 3 里许，便是人们景仰巾帼英豪木兰的将军庙。据《木兰古传》载："上嘉其孝，赐内厩千里马，使驰以归。木兰卸戎服，理旧装……寿九十以疾终于家。家在木兰山将军墓下。"将军庙原有 3 座宏制巧构的殿宇，依翠傍壑，曲径相通，庭院相连。正殿上方高悬"忠孝节烈"的金字匾额，笔力雄劲；正门两边各有一石刻马夫，著鞭牵马；门左边一匹枣红马抖鬃长鸣，右边一匹雪白马腾蹄欲驰。这些出神入化的雕刻，唤起人们想象木兰将军当年驰骋疆场、立功异域的勃勃英姿。一殿的南首还有一巨大石室，四壁雕刻有望乡台、奈何桥、十殿阎王等浮图。二殿供奉一尊木兰将军鎏金塑像，高达 3 米。凯旋归来的木兰将军仗剑而立，英姿飒爽。三殿供奉的是佛教诸神。将军庙后一箭之地有一高大坟台，相传即为木兰将军葬身之地。坟下山塘如镜，杂花错落，松枝湿翠，清风习习。历代文人墨客，怀古探胜，多有题咏。

木兰将军墓

《黄陂志》记载：唐贞观年间，有位姓朱名异、字寿甫、号天禄的千户长，家住山北 10 余里的双龙镇，年逾半百无后，常登山求嗣，归而生一女，以山取名为木兰。木兰 18 岁时，女扮男妆，代父从军。她不受朝禄，乞归故里，终年 90，葬于木兰山北。乡人为纪念这位巾帼英雄，在墓前竖起"唐木兰将军之墓"

巨碑。史载张涛在《木兰将军歌》中写道："木兰山上青草发，将军冢里埋香骨。君不见，汉寝唐陵卧鹿麇，故都禾黍叹离离，唯有木兰山不改，青山独自属蛾眉。"将军坟有高大墓碑，上刻"木兰将军之墓"6个大字。现存的将军坟始建于唐代，明清时曾多次修葺。如今，木兰墓还保存着庙前的一对石狮子和几经沧桑的一棵千年银杏树。

仙鹤寺的传说

相传木兰将军自幼习武于青狮岭。一天，有一顽童见木兰天生丽质，美若天仙，顿生邪念，企图上前调戏。木兰怒从心起，鞭打了顽童，引起一场大祸。此事告到木兰的师父铁冠大师的门下，反说她是以武欺人，而木兰的师父不分青红皂白，便将木兰贬到后庙自练武功。木兰不敢违背师命，立时起身去了。木兰骑着马漫步山间，这时，从天边飞来的数十只仙鹤白鹭簇拥不离，木兰的坐骑也一声长鸣腾空而起，载着木兰随仙鹤一起来到一个名叫天堰的小湖旁，自练武功。每当练到精彩处，便有一对仙鹤立于树顶拍翅叫绝。几年后，木兰武艺学成替父从军，那数十只仙鹤也悄然离去。当地百姓也觉得神奇而古怪，百思不得其解，只以为是神仙的旨意，练就木兰的灵气，于是在天堰的后山修建了一座寺庙，取名"仙鹤寺"，以示虔诚，求得神灵的保佑。也许是神仙的再次降临，或许是木兰将军的灵气，在木兰湖畔椿树岗半岛上，人们又见到了当年仙鹤的后代——白鹭鸟。这些鸟家族，有的秋去春来，有的春去秋来，在木兰将军的故里木兰湖畔繁衍生息，久居一山，长聚不散，总数10余万只。这些千姿百态的鹭鸟，与大自然交汇成美丽动人的画图，吸引着无数中外游客来此观光，使昔日宁静的木兰湖变得热闹、欢腾，荡漾着时代的气息。

半岛位于木兰湖的中段，是木兰湖水面最宽阔的地带，也是水域最深的地方。再往前航行 100 米，就可看到木兰湖的景观之一"白马仙石"了。

塔耳岗的来历

相传在很久之前，木兰湖曾是一块平地。这里土地肥沃，人杰地灵，老百姓们安居乐业。有一天，突然狂风大作，飞沙走石，一条火红的彩带夹着一个火球从天而降，接着便是暴雨倾盆，雷电交加，好像天要塌下来似的。老百姓们不敢出门，只是闭门向天祈祷。一夜之间，这块平地上突兀起一座山岗，一座山峰。从此，这里良田被毁，每年旱灾水灾不断，庄稼无收，老百姓整天拜佛祈祷，求神灵保佑，也无济于事。后来，有一位道长托梦对农夫说，那山岗是天上火龙下凡，那山头是青龙下凡，它们都是玉皇大帝的守护神，因得罪玉帝被贬下人间，这里便成了一块火龙地，是长不出庄稼和树木的。至今，这里还有一种枫树栽不活的说法呢。后来，这里有人离家出走，有的不愿离开祖辈世代居住的老地方，就请来了一位风水先生，祈求看脉镇邪。风水先生沿此地绕了几圈，说这里是龙狮相斗之地，百姓不遭殃才怪呢。要想镇邪，必须建造一座塔。老百姓就按风水先生的说法，选了一个吉日，在这座山岗上建了一座高塔。可是塔做起又倒了，接连做了几次都倒了。百姓们没有办法，又去请风水先生来。风水先生看了半天，才说这塔做的位置不对，应该建在狮子的耳朵上才不会倒，才能镇住龙狮相斗。老百姓果真按风水先生说的去做，那塔才没有倒。从此，这里又是风调雨顺，百姓又过上了安居乐业的生活。后来，人们就把这个地方取名"塔耳岗"。

这个名字一直沿用，湖旁的老街叫塔耳街。

清水河的来历

相传很久以前，木兰湖不叫这个名字，而叫天堰，清水河也不叫这个名字，而叫浑水河（黑水河）。那时候，浑水河两岸树木繁茂，花红草绿，环境静谧，只是河水较为浑浊。一天，小木兰在仙鹤的陪伴下，骑着腾空飞起的神马来到河畔，要在这里操戈舞剑，自练武功。河神闻之，担心浑浊的河水沾污了木兰那天仙般的身躯，一夜之间，将浑水全变为清水。日复一日，年复一年，木兰在河边潜心习武。饿了，捧口河水充饥；累了，躺在河边歇息。几年后，木兰终于练就一身好武艺，替父从军去了。而木兰饮马沐浴过的浑水河，水质更加清澈透明、纯净幽香。每当过往行人经过这里，都要到河边洗手喝水，沾一沾木兰的仙气。据说这样可以消灾灭祸，20 世纪 80 年代后，将天堰改名为木兰湖，浑水河也改为清水河。

武汉将军第一乡

木兰乡曾经是革命老区、库区、穷区，解放以后在党和政府的关怀下，老区面貌焕然一新。特别是党的十九大以来，通过对口扶贫，老区建设日新月异。今日的木兰乡鸟语花香、山清水秀。这里的木兰湖更是碧波万顷，水丰鸟翔，游人如织，成为武汉盛景，荆楚明珠。木兰乡乡政府驻塔耳岗，人口 50614 人，面积 169.1 平方千米。辖 1 个居委会、38 个村委会。解放前木兰乡叫塔耳岗，是一个小集镇，只有一条主街，分布粮行、酒肆、饭馆、药店、杂货店等店铺几十家，长轩岭、柿子店、黄安等地的人常来这里赶集。

这里是古代巾帼英雄木兰将军的故里。至今，在木兰湖畔仍保存着名胜古迹木兰将军庙和将军墓。这里的东场畈是民国大总统黎元洪（黎黄陂）的故乡。这里是著名的革命老区，董必武、李先念、刘华清等老一辈革命家曾在此从事革命活动。1955年授衔的共和国将军中，有木兰湖畔出生的杜义德、陈福初、张广才、雷震、袁学凯、方明胜、李大清等7位，是武汉将军第一乡。

抗日战争时期鄂豫边区副主席杨学诚烈士陵园位于黄陂区木兰乡宁岗村，烈士陵园被公布为市级文物保护单位。还有国民革命军第24师师部旧址，被公布为市级文物保护单位。位于黄陂区木兰乡雨霖村。1985年，共青团中央授予木兰乡为"革命传统教育基地"。

解放后，这里作为老苏区，工农业生产得到长足的发展。近几年，引进了以化工为主的新兴工业企业，还建有溶剂厂、木兰化工厂、起重机械厂、黄陂第四住宅建筑公司等骨干企业。

农业生产在稳定粮食种植面积的同时，充分发挥山水资源优势，大力发展林特生产。该乡粮食总产达17580吨，油料总产1011吨。近几年发展经济林11500亩，其中柿子3200亩、桃子800亩、油桐500亩、青茶1500亩、柑桔300亩、枣树200亩。木兰柿子享有盛名；木兰湖产的鳊、白、桂鱼味道鲜美，是武汉市各大餐馆、超市的抢手货；虾、鳖、鱼、鳝等珍贵水产品销往广东、香港等地，供不应求。肉类产量1803吨，水产品产量12291吨，水果产量131吨，总产量占全区六分之一。

2017年11月17日，中央文明委授予木兰乡第五届全国文明村镇称号。

2020年7月29日，全国爱国卫生运动委员会重新确认木兰乡为国家卫生乡镇。

2011年10月13日，环境保护部授予木兰乡2011年国家生态建设示范区之"全国环境优美乡镇"称号。

改革开放后，这里开发了木兰湖旅游度假区，与荆楚名岳木兰山毗邻，距武汉市区 60 公里，有高速公路相通，这里水丰鸟美，人杰地灵，是观光旅游、休闲度假的最佳打卡地，被人们誉为荆楚明珠、武汉市的后花园。

木兰湖一碧万顷，清澈如镜。108 个大小湖汊形成 57 公里的环湖公路蜿蜒曲折，湖中 32 个大小岛屿星罗棋布。湖周青山环抱，绿树掩映。湖水中含有对人体有益的多种微量元素，其水质始终保持国家二级标准，是木兰泉纯净水厂的直接水源。湖东南岸的森林自然保护区神奇壮观，游人站在该区顶峰的木兰楼上，既可观赏各种野生动物及鸟类嬉戏，更能品味文人墨客的诗词字画，领略壮丽的湖光山色。

木兰湖旅游度假区自 1992 年开发建设以来，已有 80 多家投资商来此建功立业，已建成开业的度假村有 18 家，其中三星级以上的有 4 家，度假区每年接待中外游客逾 60 万人次。此外，度假区境内十里长川——木兰川风景如画，川内明末清初兴建的古民居民俗村——大余湾，已被湖北省人民政府批准为全省重点文物保护单位，2005 年 9 月 16 日建设部、国家文物局以建规（2005）159 号文件批准木兰乡大余湾为《中国历史文化名村》。这里保存下来的 50 多栋古民居为现代人寻找"桃花源记"提供了理想场地，每年到大余湾旅游观光、领略古民俗风情的游客络绎不绝。

最近，在木兰湖开发新建的天子山景区、红螺园林观赏园、湖北明清古建筑博物馆、木兰将军寺、九运木兰水天等旅游景点，将以最快的建设速度打造成江城一流景区，迎接中外游客。

近几年，特别是经过军运会打造之后，将军大道直通李先念故居李家大屋，整个街道通畅宽敞，达到了"洁绿亮美"的要求，被誉为苏区的幸福大道。

静山暴动响春雷

静山村紧邻红安，群山环抱，冈峦起伏，是有名的革命老区。

静山村是早期传播马列主义和进行革命活动的地方。

1924～1925年，从武汉回乡的学生方惠川、邬华章、刘慧若（女）、胡德纯（女）等青年利用假期向广大劳苦大众宣传革命道理，向农村知识分子陈金台、陈宾侯、青年农民焦恒田（又名复兴）、方庆陶介绍了"二七"惨案、中国共产党、工人罢工情况，以及推介进步报刊。共产党人乐景钟、陈华堂在静山庙广佑寺、旋峰寺、仙姑寺利用庙会活动机会，向农民宣传"反对列强铲除军阀，打倒土豪劣绅，成立农民协会"等思想。

在此期间，江竹青、王鉴先后介绍陈金台、焦恒田、陈宾侯、方庆陶、方连伢加入中国共产党，而后成立党的组织，并在塔耳地区开展农运工作。同年秋，陈金台、焦恒田、江竹青在旋峰寺成立了塔耳第一个农民协会。

1926年底至1927年春，塔耳乡农协会的发展进入了高潮，董必武同志先后到大卢家、大朱湾、广佑寺等亲临指导。1927年3月在大朱湾秘密成立了塔耳区党支部，号召贫苦农民团结起来，为推翻三座大山共同奋斗。

1927年5月，曹学楷代表鄂东特委在塔耳乡（黄陂北部）组建中共黄陂县委，陈金台任县委书记，塔耳的农民协会如雨后春笋。同年7月，间在姚湾村祠堂湾成立了塔耳区革命委员会，焦恒田任主席，李瑞三任副主席，雷绍松任秘书，开展了轰轰烈烈打土豪的土地革命。继而陈金台在祠堂湾组建了中共塔耳区委员会，陈宾侯、吴才藻、朱焕书任正副书记，朱先保、杜子亭、张广才、方庆陶、方连伢为区委委员，郑发浩为秘书，后换为陈家和。

"四一二"蒋介石公开叛变革命以后，在董必武指导下，陈金台认识到必须以"革命的武装反对反革命武装"。1927年夏，方德兴为首的38人在桥边湾成立了农民自卫队，与敌人开展斗争。

1927年"七一五"反革命政变后，蒋、汪合流，下令解散农会，捕杀共产党人和进步人士，革命斗争遇到了很大的困难。已转入地下斗争的共产党人梁立标于1927年9月10日来塔耳岗，与陈金台等一起在塔耳地区开展斗争。陈金台根据鄂东特委指示传达了"八七"会议的精神，从塔耳、磨盘、姚集、河口、夏店等地发动组织农民武装。在此期间，李先念曾在塔耳中李家读书，后到叶家田学木工，他积极参加当时的革命活动，发动青年参加共青团，成立了塔耳岗地区第一个少共支部并担任支部书记。

1928年3月，为了适应当前的斗争形势，寻求歼敌良策，工农革命第七军吴光浩等领导人召开了红岗山会议，决定部队分为4个短枪队，声东击西，昼伏夜出开展游击战争。吴光浩、曹学楷、江竹青、占石芳、陈再道等人率领的手枪队，常到塔耳乡各地开展游击活动。

1928年9月，陈金台根据省委关于要求各地武装暴动的指示，对塔耳区已建立的农民自卫队、赤卫队、叉队（以前名称未统一）等武装组织进行整编，并在塔耳区成立暴动指挥部，陈金台兼任指挥长，陈宾侯、朱焕书任副指挥长，方庆陶、方德兴、朱先保参加领导。

1929年2月，陈金台、江竹青、徐海东等组织领导1万余人在静山庙发动武装暴动。陈金台号召广大农民兄弟拿起枪杆干革命，他说："一人一条心，好似一盘沙；万众一条心，团结力量大。"随后组织暴动大军，冲向陈家大屋，捣毁陈佐泉的老巢；继而袭击了驻扎在柿子店的民团团部，夺取新购回的步枪28支；打开了铁矢墩红学和民团等反对营垒；没收了田庆昌的当铺；农民分得了粮食衣物；沿途摧毁瓦解了大大小小的红枪会、绿枪会等反动武装组织，战斗中击毙俘获武装敌人数十人。

1929年春，在静山庙的张家湾，将从赤卫军中挑选的人员组织了近千人的教导队，由徐海东同志领导和训练，这些人经过训练后编入第七军和红25军，大多成为红军的骨干。通过静山武装暴动和一系列的武装斗争，使塔耳苏区连成了一大片，实现武装割据，建设苏维埃政权。

1929年2月，静山暴动胜利以后，塔耳岗地区在陈金台领导下，经过工农兵代表会在各乡（原建制）农协会普遍建立的基础上，正式成立塔耳区苏维埃政府——工农兵民主政权，其地址从河东祠堂湾迁到塔耳岗，区苏主席李瑞兰，副主席有陈明岐、杜子亭、刘春尤，秘书雷绍松、郑哲卿，执委有彭崇元、方庆安、彭复兴（女）等。妇协会主席朱桂英、雷国清、方东香。武装有朱全正、张广才、刘传建、刘莽。少共书记陈庚清、陈福初、吴国华（女）等。

代表会在所辖的8个乡农协会的基础上，先后成立了乡苏维埃政府和200多个村苏政权，进一步健全区乡政制机构，对加强建设少共团、农协会、妇协会、少先队童子团等群团组织提出了建议，通过了塔耳区苏维埃政府关于发展生产、服务战争、改善人民生活的方针和实行措施，设立了民警局、粮食局、经济合作社、被服厂、党训班和学校，苏区形势一派大好。

1929年3、4月，塔耳区以第一乡为重点全面开展"打土豪分田地"的斗争，镇压了一批罪大恶极的土豪劣绅。

为了对青少年进行革命传统教育，1984 年为纪念静山庙暴动55 周年修建了第一座纪念碑，现存纪念碑于 2013 年重建。1985 年 4 月，静山暴动遗址等被中共中央宣传部、共青团中央确定为"全国爱国主义教育基地"。

木兰天池

木兰天池门楼

木兰索道

木兰天池景区长廊

木兰天池栈道

木兰小天池

峡谷飞流

景点简介

木兰天池风景区

木兰天池是中国国家级森林公园，国家5A级旅游景区，是木兰文化生态旅游区的重要组成部分。

木兰天池位于湖北省武汉市黄陂区北部的石门山，距武汉市中心50公里，距武汉天河国际机场40公里。景区面积12500亩，由"浪漫山水""高峡人家"和"森林公园"三大主题景园连接成一个南北走向、长达10余公里的森林山水大峡谷。

整个景区分为风景游览区和休闲度假区。主峰海拔5206米，景区内以观赏飞瀑、溪潭、怪石等景观为主，拥有丰富的森林资源和良好的生态环境。

木兰天池呈现的是一种山水交融的湿地生态。这里有一条精辟、奇妙的大峡谷，集中了飞瀑、溪潭、怪石和奇木，十步一景，百步一绝。峡谷两头挑着明镜一般的高山湖泊，一大一小，相互呼应，仿佛群山的眼睛。山脚下，天池古镇，以河成街，桥街相连，一派"小桥流水人家"的幽静景象。山顶上，朱家山寨相传是木兰将军的外婆家，寨子临水而建，青砖黛瓦、雕石门楣的古民居掩藏在满山的绿意里。

木兰天池风景区面积13平方公里，有长达10余公里的森林山水大峡谷，特别是高山环抱的木兰天池，水如明镜，清澈见底。这里也是三峡濒危植物保护培育基地，有10多种国家一、二级保护植物在此落户。

木兰天池在原石门乡境内。"石门锁大别，天池秀木兰。古

道接悠远，山气入青岚。溪涧听天籁，飞雪落幽潭。空山不见
人，但闻溪流湍……"这是一位作家游完木兰天池，感怀之中欣
然写下的一首诗。游客中流传着"武汉人不游木兰天池，枉为武
汉人""游武汉不游木兰天池，枉称游武汉"等说法。

景点故事和传说

木兰外婆家的西天池

西天池原来是高山平原的一处水池。这里往昔游人罕至，唯
空山鸟语、流云徘徊、林木苍苍，空气清新甘甜且宁馨。蓄起好
一汪绿水，清洌、平展、深邃，宁静至极。接近池水，凉气袭
人。水边还有因形因状而名的蛙顶石、鸡公石等等，神态怪异生
动，别有情趣。

在这里，俯视一汪清灵的水面，素绢无染，秋阳斜照，金色
的光斑闪闪烁烁，分外迷人。水底形影倒挂，山在其里，树在其
里，云在其里。峦坡绚彩，参差有致，山风徐来，波荡影颤，画
在其中，诗在其中，美在其中。不由人心荡神怡，飘飘若仙。

有一块不规则的大石上横纹千缕，如微波细浪，像是细心涂
画，彼一块龟背般的石上纵线万条，若行云布雨的图案，胜过精
工描绘。审视这比比皆是的奇石美石，你会想到时间的久远，想
到耐性和毅力，想到精微和细致，想到古代花木兰在这里腾挪飞
跃、舞剑使枪的矫健身姿。

相传山顶上有一个寨子叫朱家寨，是木兰将军的外婆家，寨
子临水而建，青砖黛瓦、雕石门楣的古代民居，掩藏在青山绿水
之中。这里水池的海拔高度和木兰山天池的高度相差无几。当年

花木兰在木兰山习武后在木兰山天池洗浴，在朱家寨外婆家练武后就在外婆家池水游泳，所以人们就称木兰山天池为东天池，这里为西天池，龙池堰上的池水也叫小天池。20 世纪 60 年代这里修坝蓄水，建成了朱家山水库。这样常年有流水冲击而下，喷珠吐玉，形成飞瀑景观，吸引万千游人。

龙池堰斗恶龙传说

木兰天池下面有一个湾子叫龙池堰，湾子上方有一汪水叫龙池。

天池里有一条作恶的小乌龙，经常从水池子里钻出来搅动池水，闹得天昏地暗，池水泛滥。有一次还把一个在龙池边干活的村姑卷入水中。老百姓深恶痛绝，怨声载道。自小，木兰就有天不怕地不怕的英雄气概，决定要惩治兴风作浪的小乌龙。于是，她提着外公习武用的一支长剑，日夜守候在池水边。终于有一天，小乌龙又从池水里钻了出来，小木兰"嗖"地一步腾跃到了半空，一个大亮相骑坐在了小乌龙的脊背上，手里的长剑一下子抵住了小乌龙的喉管，喝道："你的父亲在天上呼风唤雨，为民造福；你却潜在这里兴风作浪，祸害百姓。今天，我要好好收拾你!"平日耀武扬威的小乌龙无奈，情急下飞身一跃，蜷缩在一块山石上，形成了今天的龙趴石，至今还有乌龙爪印。木兰手提长剑，紧追不舍，小乌龙无奈只得纵身跃下。说时迟那时快，小木兰甩下一条长链，将恶龙牢牢锁住，就成了今天游人观览的縻龙桩。

木兰天池八仙座的传说

八仙座在縻龙桩一边的一块巨石上，细看这块石头的周围好像排有 8 个座位，这块巨石还有一个传说故事呢。老龙王为了调教顽劣的小乌龙,邀请天上的 8 位神仙:汉钟离、李铁拐、张果老、何仙姑、蓝采和、吕洞宾、韩湘子、曹国舅下凡"大峡谷",分别对小乌龙传经布道。八仙驾祥云落下坐于这一块巨石上,将小乌龙唤到石旁,苦口婆心调教乌龙改邪归正,守护好龙池净水,为老百姓造福。小乌龙听后连连叩头说:"一定谨记众仙教诲,守好龙池,耕云播雨,保老百姓水旱无忧。"这样便形成了眼前的"八仙座"景观。

木兰天池龙须潭的传说

传说,小乌龙经 8 位神仙苦口婆心地调教,改变了许多,成熟了许多。为了回报当地百姓对"龙"的尊崇,弥补自己以前所犯下的过错,也开始协助老龙王替百姓们降临祥瑞,兴动云雾,呼风唤雨。一次,山上的一块巨石因风化从山头滚落下来,说时迟,那时快,小乌龙见此情形,从水中一跃而出,用龙须拖住了滚动的巨石。这块巨石"嘭"的一声,甩落溪涧,形成了今天多块横卧溪水中的巨石。从溪上下来的潺潺流水,穿岩过石,有时叮叮咚咚,有时撞在横卧溪间的石块上,砰然骤起,分散聚合,回旋翻腾,犹如珠玉迸碎,形成了今天奇石和飞流景观。

木兰天池聪明泉的传说

聪明泉是传统的石砌台式结构,井上有专供提水的铁皮紧箍的木桶。相传,小木兰自小是由外婆带养,在外婆家生活了 10 余个年头,可以说是喝这一口井的水长大。相邻的村民们见小木兰天资聪颖,无论是学武还是习文,每一样都是那么出类拔萃、无与伦比。

于是,大家就认为木兰外婆家门前的这口井非同寻常,便不约而同地纷纷到这一口井里来提水饮用,寄希望自己的孩子也能同小木兰一样聪慧。后人，由此把这一口井取名为"聪明泉"。从此，聪明泉的故事不胫而走，在黄陂境内闻名遐迩。据说此后，还有许多人利用此泉水来除邪治病，这样在聪明泉排队取水的人络绎不绝，水龙王担心泉水枯竭，就从西天池开一地下泉眼直通聪明泉，这样，这里的泉水汩汩流淌，取之不尽。

李先念的藏枪洞

在"縻龙桩"的上面有一块削立如壁的大石块，石块下面有一个草木掩映的石洞，上面刻着有中共武汉市委原秘书长李涌泉书写的3个道劲有力的大字"藏枪处"。刻石涂着鲜红的油漆，在苔迹斑驳的岩石上，煞是醒目。据当地人说，当年李先念、陈少敏率领的新五师常在这一带以群峰为屏障，巧妙地与敌周旋。1943年7月，正是农忙秋收时节，李先念、陈少敏在杨家河黄陂县抗日民主政府开完会，带着警卫员返回姚家山，在行至龙池堰时碰巧遇日军一小队鬼子，"叽哩哇啦"地追来。情急之下，三人顺着山冲往山上穿插，见鬼子大叫："新四军死了死了的!"为了尽快摆脱追敌，他们便把一支长枪、两支驳壳枪藏进山洞里，顺着右边的枯藤攀援而上，迅速消失在夜色之中。鬼子追过来后，不见踪影，放了一阵枪溜走了。这个洞就是他们曾经藏过枪的地方。

素山寺

素山寺林间小溪

素山林海

景点简介

素山寺国家森林公园

素山寺始建于明代，为明成祖第一幕僚姚广孝师弟旮月的三弟子能明所建。到 1975 年止，寺庙基本完全拆除，建成素山寺林场。1992 年被国家林业部门评为素山寺国家森林公园。

素山寺位于武汉市黄陂区长轩岭街道，拥有山林近万亩，稀有植物和珍禽异兽百余种。总面积共 25000 亩，森林覆盖率达 98%，各种珍贵动植物达 1000 余种。同时也是三峡植物保护移植基地。素山寺森林公园作为 AAAA 级景区，被黄陂木兰天池的三期园区投入开发。紧邻木兰八景，靠近土家族 AAAA 级景区锦里沟。素山寺、木兰湖白鹭、木兰山为武汉市黄陂区的 3 个省级森林及野生动植物自然保护区。

景点故事和传说

素山寺的故事

素山寺创建人为江西承天院高僧旮月的三弟子能明。宣德初，素山寺建成开光后，红火了 20 多年。香火旺盛除新庙开光外，还得助于一个传说。

相传旮月是僧人道衍的师弟。道衍本名姚广孝，早年辅燕王，为朱棣第一幕僚，能明又是旮月的三弟子，自有名僧效应。

景泰后，能明圆寂。崇祯十五年（1642），黄陂北乡遭兵燹，寺庙面临人去楼空的困境。

顺治乙酉春，临济三十二世禅师冲然云游至此，旮月和尚接待了这位来自大悟山、德高望重的高僧。在谈到素山寺香火暗淡的情况时，旮月和尚请冲然禅师留下来主持寺庙事务。时冲然已经 68 岁，开始不同意，后经旮月三番五次陈说，并请示僧会司，通报院基寺、双泉寺、青云寺等丛林，见旮月真心让贤，也就欣然答应了他的请求。

冲然接任主持后，修缮了毁于兵火的寺庙，翻耕了荒废的寺田，除他自己设坛讲经外，还请木兰山、老尔庙、院基寺等处高僧到素山寺讲法，举办庙会，广络施主。

由于冲然经略有方，仅一年时间，素山寺就变了样，寺僧增加到 27 人。此时的寺庙有银有粮，每遇荒年，冲然还拿粮食救助灾民。此外，他还乐善好施，先后治理修建了寺庙附近的钉断港、五福桥、方家潭平畈上的石板桥及牙鱼湾前的石板桥。

康熙十八年（1679）冲然圆寂，时年 95 岁。是时，黄陂境内各大寺庙高僧到素山寺为其超度。3 个月后，清廷僧会司特致信素山寺，以"经略有方"肯定了冲然对素山寺的贡献。其挚友四川巡抚姚公也飞函素山寺曰：深隐禅寺有诸葛，未卜先知是冲然。

1962 年建立素山寺林场时，寺庙保存基本完好，有大雄宝殿、经堂、缮堂、药师殿、娘娘殿、关圣殿、金刚殿、铁佛殿、法轮殿、藏经阁等建筑近 40 间。寺庙周边有 1 米多宽、3 米多高的石院，高大的山门上有四川巡抚录公（缔虞）题写的"深隐禅寺"4 个斗大的石刻大字。林场建成不到一年，半数以上的寺庙就被拆除，到 1975 年止，寺庙基本完全拆除。

能见证历史的只有残存的石碾盘、石舂、大条石和一块长 11 米、宽 52 厘米、厚 9 厘米的明代和尚墓碑石。

冲然和尚圆寂

《黄陂县志》《艺文志》中载："冲然，俗姓李，父自泉，母任氏。六岁丧父，性傲岸不群，母病割股救之。年二十五出家。顺治中建素山为禅林。壬戌先定涅槃之期。与素交者晤，谈笑自若。在西陵西寺偈云：余年将七十，况复撒手时，两袖云曳曳，一身露依依，红尘飞不到，绿水永相随，试看横空絮，飘飘不沾泥。遂证涅槃，次日荼毗火中现半身色如金，众皆惊讶，收灵骨迎归素山。附插秧偈云：乍风乍雨乍晴天，击楫临流看插田，堪叹世人多躁进，谁知退后是争先。几番辛苦到如今，万顷良田一鼓成，大叫一声登彼岸，莫作拖泥带水人。吴用与冲然同时，一日相遇於途。冲然遥呼曰：吴用，吴用！用应声曰：冲然，充圆！后亦以火化。可见先贤高僧们把人生沉浮悟得十分透彻，以退为进，超然物外。"

木兰草原

木兰草原画廊

木兰草原风筝节

腾格尔放歌木兰草原

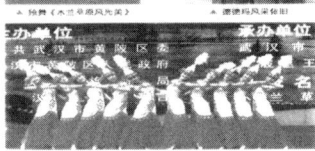

舞蹈《请到木兰草原来做客》

木兰草原门楼

木兰草原蒙古包和小火车

景点简介

旅游天堂——木兰草原

　　武汉木兰草原位于黄陂王家河镇，是一个文化底蕴十分深厚的地方，这里流传着很多花木兰和战后随木兰返乡的番兵番将在草甸上过着游牧生活的动人故事。这里原是一片原生态的草原，为了传承花木兰的"忠、孝、勇、节"精神，做强木兰草原旅游产业，由木兰草原旅游有限公司重新规划和包装。规划用地4800亩，总投资2个多亿。现已开发2500多亩，投资5000多万元，于2007年4月26日开园。它是草原文化与当地木兰文化相结合的产物，建成了以观光、休闲、商务为一体的风情草原。木兰草原从门楼开始，有30多个具有浓郁民族风情的景点，让游人大开眼界，心旷神怡。门楼是木兰草原的一大建筑符号，具有四大鲜明的草原元素，牛角、粗绳、方木以及摔跤浮雕。大家一定对这彪形大汉的摔跤浮雕感兴趣吧！它就是起源于内蒙古的"那达慕"大会——这是蒙古族历史悠久的传统节日，在蒙古族人民精神生活中占有重要地位。每年七八月，牲畜肥壮的季节举行"那达慕"大会，是人们为了庆祝丰收而举行的文体娱乐大会。"那达慕"，蒙语的意思是娱乐或游戏。"那达慕"大会上有惊险动人的赛马、摔跤，令人赞赏的射箭，有争强斗胜的棋艺，有引人入胜的歌舞。大会召开前，男女老少乘车骑马，穿着节日的盛装，不顾路途遥远，都来参加比赛和参观。大会第一项一般是摔跤比赛，摔跤手脚蹬高筒马靴，下身穿宽大的绸缎摔跤裤，上身穿"昭得格"（一种皮革制的坎肩），在脖颈上围有五彩缤纷的饰物

"江戈"，仿古代骑士跨着大步，绕场一周。赛马也是大会上重要的活动之一。比赛开始，骑手们一字排开，等号角长鸣后，他们便纷纷飞身上鞍，扬鞭策马，一时红巾飞舞，如箭矢齐发。先到达终点者，成为草原上最受人赞誉的健儿。射箭比赛也吸引着众多牧民，技艺高超者可百发百中，赢得观众的阵阵喝彩。"那达慕"大会又是农牧物资交易会，除了工业和农副产品外，还有具有民族特色的饮食，如牛羊肉及其熏干制品、奶酪、奶干、奶油、奶疙瘩、奶豆腐、酸奶。

门口的这几个车轮是草原上特有的勒勒车的轮子。在游牧生活中，蒙古人就是用勒勒车来搬运蒙古包，它最大的特点就是轮子比较大，直径一般都在 1.5 左右，车辆行走比较方便，是草原人民喜爱的交通工具。所以，勒勒车、蒙古包、雄鹰、骏马、牛羊群就构成了草原天堂的美丽画卷。

景点故事和传说

木兰草原的由来

黄陂是花木兰的故乡，那么木兰草原与木兰将军又有着什么样的渊源呢？相传，木兰小时候经常来到草原舞剑抢枪、练箭习武，当时人们常常看到木兰驰骋草原的英姿。后来，木兰替父从军，在边关征战 12 年。凯旋归来时，和木兰结为姐妹的花阿珍和一群景仰木兰将军的将士，追随她一同来到木兰将军的故乡——黄陂。这群将士中有很大一部分是来自草原的少数民族，为了让他们能安居乐业，又能长期与自己朝夕相伴，木兰将军决定给他们找一处理想的居所。经过反复选择，木兰将军决定把少年时骑马练箭的草原之一划拨给这些将士。当将士们看到这片水丰草美的草原时，就深深爱上了这里。从此，他们就在这里建立起自己新的家园。后来，朝廷一位钦差大臣来黄陂拜访木兰故居，看到这片美丽的草原，再联想到木兰将军动人的故事，就将这里命名为"木兰草原"。这里远离城区，远离闹市，是一片快乐的土地，也是一片绿色的净土。当你来到这里游览时，也会像当年那些将士们一样深深爱上这里，流连忘返。

蒙古祭天习俗的来历

黑马年（公元 1162 年）南宗第一代皇帝高宗绍兴三十二年。金国第五代皇帝世宗大定二年。蒙古族部落首领也速该巴特尔在他波他邦的领土上，选择水草丰美的地方，建造了土城，筑起了栅栏，架起了桥梁，过着安居乐业的生活。这时，他的妻子，乌勒胡努德部的诃额伦夫人怀上了铁木真博格多。一天夜里，当她酣睡之际，梦见从府邸毡房的天窗射进来一颗金星，落进炉膛，顿时蒙古包里白光闪灼，光束越来越强，仿佛是熔化了的银水。接着闪现出一个武士，身披银盔银甲，骑乘白马，身高 9 丈，衬托着五绺卷曲的胡须，月亮般的面孔熠熠生光，手持白银柄的钢刀，笑吟吟地抚摸诃额伦的腹部。诃额伦夫人惊呼醒来，原来是一场梦。后来蒙古诸部落都说银光闪灼是天意之象征，从此形成历代祭天的习俗。

在这期间，也速该巴特尔统率大军远征塔塔尔部，正是 4 月天气，草原披上绿装，田野百花盛开，小鸟飞翔啼鸣，堪称风和日丽，春光明媚。诃额伦夫人带着几个丫头来到斡难河畔脾形小丘上，观赏花草，听鸟歌唱。她兴致勃勃地一边行走，一边观看，阵阵香风吹来，令人赏心悦目。突然间，她感到腹痛难忍，屈指一算，恰好怀胎十月，已经到了分娩的时刻。这是她平生头一次生儿育女，虽然感到难为情，但事到如今，也顾不了许多，只好找了一个避风处，生下了未来的元太祖铁木真博格多。天空原本没有一丝云彩，就在这一瞬间，五彩祥云飘浮而至，蒙蒙细雨从天而降，脾形山顶升起耀眼的白光，像一道彩虹伸向天际，整整持续了三天三夜。这彩云不仅被其他各部人亲眼目睹，就是远在宋、金、辽、夏诸国的人也看得清清楚楚。于是，各国的祭天者和天相学家相继发表了北方出现顶天立地的白光是天子降生的论断，无不为之震惊。

这是黑马年四月十六日午时发生的事情。诃额伦夫人当时 19 岁，也速该巴特尔 25 岁，铁木真诞生。

从这一天起，斡难河水整整三天三夜清澈如镜，一望见底，就连几尺长的鱼儿怎样游动，也都看得清清楚楚。这是因为在奔腾的激流里洗过太祖铁木真的缘故。

当时，铁木真在旷野降生，掌心里握着两块凝固的血块，又没有割脐带的剪刀。诃额伦夫人遂命丫头拣来两块脾形尖石，用百节草捆住肚脐，把脐带砸断。生母眼巴巴地看着婴儿一阵疼挛，不禁心如刀搅，满眼泪水，怜惜地祝福道：

诞生在山野的婴儿哟，
降落在草原的宝贝哟，
但愿你的朋友像牧草一般众多，
但愿你的子孙像岩石一般坚强！

果然，后来正像诃额伦夫人祝福的那样，成吉思汗的众多子孙布满天下，繁荣兴旺，代代相传，与日月同存。

这时也速该巴特尔攻打塔塔尔部，战绩辉煌，不仅活捉了塔塔尔部首领达热玛，而且途中还降服了土默特部，喜气洋洋地回到了巴拉高府邸，恰好赶上铁木真满月。也速该巴特尔看见儿子洁白得如同奶汁，容光焕发，头大脸方，气宇轩昂，聪颖伶俐，不禁高兴万分，逢人便说："这孩子出生的时候，正是我战胜敌人的时刻，而且手里还握着血块，证明将来必定是一位英雄豪杰。这次，我征服了塔塔尔部，又降服了土默特部，该享天伦之乐了。"当即给孩子命名叫"铁木真"。太祖博格多可汗乳名称做铁木真的来由，就是这样。

吊式摇篮和天之骄子

铁木真出生后，侍女们唤来红毡篷车，簇拥着诃额伦夫人返回府邸。走在路上，遇见一个男人，只见他怀里抱着一个三四岁的眉清目秀的孩子站在路中，脱口说道："喔，博格多天子，果真诞生了！"你道此系何人？原来是乌梁海部人扎尔其岱。他是北方著名的星相学家，他左眼双瞳，神通广大，满腹学问，能够洞察一切，预卜未来，通晓天文地理，会看阴阳风水，挑选游牧草场，测算吉凶祸福。一天黎明时分，他梦见一匹金嚼神马，嘴里叼着马鞍飞进屋里，把马鞍放在他的面前，要他把马鞍备好。他立刻照办，把马鞍扣到马背上，却发现没有肚带，于是把妻子的豹皮腰带做了马肚带。他和妻子乘坐马上，在一阵耀眼的光芒中，骏马腾空而去。他猛然惊醒，看见妻子敖仁黑苏克生下一个男孩。他预知孩子将来会佐助一位大汗做出惊天动地的事业，便给孩子命名扎拉玛。今天，抱孩子出来，是到邻村巴拉高家赴宴的，想不到亲眼看见了那束顶天立地的白光，而后又幸遇诃额伦夫人乘坐的马车，就提醒她道："依我看，这孩子不是一般凡人，而是天之骄子、星辰化身，所以就不能像平常人那样，让他躺在铺位上抚养，而应该让他在空间成长，不得玷污任何灰尘！"诃额伦夫人倍感惊奇。扎尔其岱沉思片刻继续说道："这有何难！河滩上不是生长着赤柳丛嘛。选择几根坚实的枝条，在牛粪火堆上搭成骨架，再用细条做成横梁，用嫩枝编成扣环，吊在室内，就做成一架吊式摇篮啦！"诃额伦夫人于是把扎尔其岱请进府邸，按照他的方案做了吊式摇篮，抚养幼小的铁木真。又照扎尔其岱的指点，用无杂色的白羔皮缝制皮筒，里边装进 9 种粮食种籽，用 9 色绸缎扎成彩练的枕头。另外，每隔三天，用 9 泉之水为其沐浴，用 9 匹骒马奶汁为其喷洒，用 9 种素食、奶汁、黄油为其涂身。届时，扎尔其岱便开始庄重地祝福：

> 安稳地酣睡在摇篮里，
> 天之骄子免遭困境。
> 仰身静卧在摇篮里，
> 勇敢的孩儿莫沾灰尘。
> 安卧在翠玉般的摇篮里，
> 愿你成为号令天下的英雄。
> 静卧在悬空的摇篮里，
> 愿你向人间民众授福无穷。

随后，他又祝福道：

> 留下我儿子扎拉玛，
> 但愿做你一名忠臣，
> 留下我骨肉扎拉玛，
> 但愿成你一名家丁。

诃额伦夫人说道："现在你孩子还小，等他长大再来效忠不迟！"随命摆筵席款待扎尔其岱，赏赐重礼，送他上路。

太阳包的故事

日月流逝如同离弦的利箭，到铁木真已经年满9岁那年，也速该巴特尔又得了4个男儿和一个娇美的公主。有一天，也速该巴特尔狩猎归来，在松林茂密的山坡上，看见铁木真兄弟和一群儿童骑着木马正做迎皇后的游戏，铁木真扮作皇帝，玩得津津有味。这使也速该巴特尔联想到该给儿子提亲了，他首先想到诃额伦夫人的故乡乌勒胡努力德是个出美女的地方，便令骑士备马，带领铁木真去他舅舅家说亲。当他路过洪翁吉刺特部宿营时，正遇上该部首领德薛禅骑在马上，带着他聪慧的阿吉乃和英俊的胡德拉嘎两个儿子走在山脚下。两人下马，互相请安。德薛禅俯身问道："大巴特尔，你这是去哪里呀？"也速该巴特尔回答道："去乌勒胡努德部，到他舅舅家，给我儿子说亲去。"德薛禅仔细端详着铁木真，不禁大吃一惊。这孩儿英俊威武，脸庞像明月一般清秀，牙齿似白玉一般洁白，长着一对目光锐利的眼睛，浓眉黝黑，鼻梁好似一座山峰，还有厚厚的嘴唇，大大的耳朵，虎背熊腰，一副可汗的相貌。看罢，德薛禅笑着说道："难怪昨夜我得一梦，梦见一只白色海青鸟，嘴里叼着太阳飞来，落到我的房顶上。清晨醒来，我就预感到会有洪福的君主到我家做客，特意到此迎接，真没想到这贵客就是您哪。我正好有一位容光明媚的姑娘布日特格乐金，乳名叫孛儿贴，虽然只有9岁，因为个子长得高，看外表就像十二三岁的样子。"说罢，就邀他们一同策马回村。

一见布日特格乐金，果然秀美出众。她和铁木真同一天出生，只是时辰不同。铁木真诞生在黑马年四月十六日午时，而布日特格乐金出生于子时。她出生那天夜晚，几层围毡的蒙古包如同灯笼一样遮挡不住光亮，内外通明，光耀四方，所以给她取名布日特格乐金。从前，北方的大家族中盛行对弈和弹古筝，德薛禅见自己女儿越长越聪明伶俐，容貌端庄秀丽，就越是宠爱，视为掌上明珠，从小就教她练习下棋和弹筝。

也速该巴特尔随着德薛禅一进门，就听见悦耳的琴声。当德薛禅向内室呼唤时，琴声戛然停止，随着铜铃一般的应诺声，姑娘走出迎接客人。也速该巴特尔注目端详，姑娘美名果不虚传，她像凌晨的曙光，光彩照人，无与伦比。双目炯炯有神，可谓天下罕见。再细端详，眉毛像雨后的彩虹，鼻子像玉石一般俊俏，嘴唇似玛瑙，眼睛似杏仁，配上那副漂亮的脸蛋，颀长的身材，细细的腰肢，乍一看似九天仙女下凡，细端详又颇有贵人的风采。不说也速该巴特尔暗自赞许，且说铁木真和布日特格乐金双目对视，像是久别重逢的故友，又喜又惊，说个没完。

德薛禅招待也速该巴特尔对坐饮酒，德薛禅道："我们部落历来的风俗，就是把自己才貌俊秀的姑娘许配给各部落做王妃，并且以此为荣。你看我的女儿，不配你儿子吗？"也速该巴特尔慢慢地呷了一口酒，想到两个孩子年纪还小，还是从长计议为好。正当他犹豫不决的当儿，铁木真跨前一步，双膝下跪道："我看这事蛮好，但愿父亲做主。"也速该巴特尔甚喜，认为这是命里注定的天生一对，就从腰间取出携带的奶酒，满满斟上一杯献给德薛禅。接着把酒洒给天、地、火神，赠送了骏马和双九礼，让铁木真叩拜岳丈，重摆酒宴，恭贺定亲之喜。

过了数日，也速该巴特尔准备回故乡，德薛禅提议道："铁木真虽然是你的宠儿，才貌出众，智力非凡，我仍然希望把他留下来，把我浅薄的知识传授给他，如何？"也速该巴特尔欣然应诺，留下铁木真，再三嘱咐，自己踏上归途。当他路经黑松林时，一群塔塔尔人拦住了他的去路，把也速该巴特尔请进他们的帐篷，假惺惺地表示多亏他上次没有斩尽杀绝，跪拜敬酒，设宴款待。谁料他们竟在酒中下了毒药，也速该巴特尔三杯下肚，竟觉得肝肠寸断，腹疼难忍。他知道中了圈套，于是，在盛怒之下，把领头敬酒的5个人挥刀杀死4个，余下的塔塔尔人抱头逃窜。也速该巴特尔跟踉回来，夫人急忙上前把他扶进帐房。诃额伦夫人大吃一惊，追问究竟，也速该巴特尔答道：

> 路遇可恶的塔塔尔，
> 虚情假意招待美酒。
> 谁料酒里下了毒药，
> 夺我生命难以得救。

也速该巴特尔呼吸急促地问道："谁在跟前？"洪胡腾部的蒙力克应道："有我蒙力克在。"也速该巴特尔对他说："我把铁木真留在德薛禅家，在返回的路上被塔塔儿人暗算了。我心里很难受，你快去把我儿子接回来，快！"说着昏迷过去。诃额伦夫人当即委派蒙力克去接铁木真。铁木真得到噩耗，日夜兼程，第五天进了家门。这时也速该巴特尔已经升天，再也不能睁开眼睛了。终年32岁，诃额伦夫人刚刚27岁。

铁木真一见父亲升天，悲痛万分，顿时晕倒在地上。醒来后，他捶打着胸脯，大声哭号：

> 慈祥的父亲啊，
> 都为孩儿奔波，
> 断送了你生命！

威严的父亲啊，

只为孩儿忙碌，

天折了你性命！

诃额伦哭得死去活来，她看到5个儿子跪绕在也速该巴特尔的遗体旁边号啕大哭，更加揪心撕肺。也速该巴特尔共得5子，长子铁木真因俘敌同名酋长而得名；次子别勒古台取利箭穿不透之意而得名；三子哈布图·哈撒儿取百发百中之意而得名；四子合赤温取永远不能忘记复仇之意而得名；老五贴木格取书画雕刻精湛之意而得名。另得一女长得非常清秀，美丽多姿，取名帖木伦，是全家人的珍珠。回家后不久，铁木真和母亲提起了和孛儿帖定亲的事。母亲道："这是天意，你们两个是天造一对，地设一双。"说完并赐名德薛禅的毡包叫太阳包。

折箭教子

铁木真13岁那年检阅了一次军队。老汗升天后，全赖诃额伦夫人的信誉，部落才得以稳定。铁木真为给父亲报仇雪恨，同塔塔儿部交战一次，但未取胜。母亲怕他们年幼力薄，唯恐再惹乱子，不仅早晚对他们严加管教，而且把所有弓箭兵器收存起来亲自保管，不让他们随便动用。

铁木真兄弟几人逐渐长大，经常因为一些小事互相明争暗斗，母亲为此极为不快。一天，她把孩子们叫到面前，从他们父亲遗留的箭囊中抽出5支箭，分给每人一支，叫他们试折，结果都一一折断了。她再抽出5支箭，合在一起，又叫他们试折，结果谁也没有折断。母亲教诲道："孩子们，你们都看见了吧，同样是5支箭，分开折就折断了，一起折就折不断。你们兄弟5个何尝不是这样？如果相互争斗分裂，就像一支箭一样一折就断；如果和睦团结，就像 5 支箭合在一起一样，谁也折不断。父亲遇难了，你们幸存下来，理应知道孤儿寡母的困境，替你们的母亲着想才是。"说罢洒下辛酸的眼泪。铁木真看到此景此情，悔恨自己的过错，带领 4 个弟弟跪在母亲的膝下，安抚母亲伤痛的心。从此以后，他管教弟弟们相亲相爱，和睦共处。

太平古寨

峰峦如画、风光秀美的大阳山，位于黄陂区王家河镇聂家岗村境内，是大别山南麓山峰之一，与木兰山、磨盘山、凤凰山一道称为黄陂四大名山。清同治《黄陂县志》记载："大阳山县东40里。"其西北面的木兰山与之遥相呼应，形成犄角之势，一派低山丘陵风貌。两山脚下是一片开阔的草原，连绵数里生长着过膝的驴不啃草、野茅草等，山风吹来，野草像波浪一样起伏，真有"天苍苍、野茫茫，风吹草低见牛羊"的感觉，那山、那草、那水，极具蒙古草原韵味。山南也有成片的森林，一派层林凝翠、枝繁叶茂、山水相依的自然风光，绘成一幅独具品格的画卷。展开在山村、田野、河谷，令人流连忘返。

"太平古寨"便坐落在大阳山最高的主峰上，海拔 304 米。相传太平天国时，曾是绿林好汉啸聚之所。关于这座古寨，还有一个有趣的传说。太平天国时期，翼王石达开率部途经此处，发现大阳山地势险峻，物资丰饶，是易守难攻的理想屯兵防守之地。于是他打算安排年迈体弱的旧部在此长期驻扎下来，在不惊扰当地村民的情况下，借这里的肥沃土地开垦农田，供给前方战士的军粮。正当他安排好驻扎的人手，打算继续向前进发的时候，一群村民拦在了他的马前，他定睛一看，原来是一位老大爷带领一家大小跑在他面前恳求。他于是跳下马来，上前搀起老大爷，问道："老大爷，您为何跪在马前，有何事相求？是不是我率众来此，惊扰了你们安逸的生活。""实不相瞒，你们能够来这里我们全村上下真是求之不得。我们来求你，是因为知道你们是仁义之师，希望你们能帮我们解除祸患。"老大爷满面愁容，心中似有深重的悲痛。石达开决定揭开眼前的谜团，也希望帮助这里善良的人们解除祸患。经过他的详细了解得知，原来在大阳山北面有一座明代遗留下来的古寨，原来是旧时战乱用来屯兵避祸的地方，后来被一群来路不明的山贼占领，名叫"双雄寨"。为首的兄弟二人郑虎、郑豹武功高强，射术与骑术非常了得，据说他们曾经是这一带有名的猎手，后来因为交不起官府的重税而集结当地的青壮年逃到这里当起了山贼。他们经常率众骚扰附近的居民，强打恶要，弄得家家户户鸡犬不宁，人心惶惶。

石达开问老大爷："他们可曾有过杀人越货、强抢民女的行径？""这倒没有，他们每次下山，都会在全村洗劫一番，个个都是饿红了眼的狼角色，每家的鸡鸭牲口，都要被他们抢走；要是有村民反抗，他们就会武力相向，那为首的兄弟还算讲道义，不轻易伤人，对部下管束还算严格。"

石达开便想：这两个兄弟还不算是穷凶极恶之人，尚有良知，而且武功高强，治兵有方，是率兵打仗的良才，一定要想办法把他们收到麾下。

第二天清晨，石达开率几名精锐，秘密去"双雄寨"侦察了一番。发现山寨秘于森林之中，通往大门的山路崎岖险要，而且里面地形复杂，出口众多，十分不利于强攻。于是他决定智取。回到军营，他便亲自挑选几百名精壮士兵，换上百姓的衣服，隐藏在村民家中；然后将大部队的营地向前行进数里，做出已经行军离开此地的假象。接着又从手中选出一名精明的贴身侍卫，集合上百匹战马，装扮成贩马商人，在村中住下来。一切准备就绪，开始按计划进行。每天早晨，那名侍卫会将马匹全部赶到草原上放牧，还会大声地吆喝，让马匹尽情奔驰，制造出很大的动静。另一方面，隐藏在村民当中的士兵每日枕戈待旦，等候山贼"自投罗网"。

如此过去了半月，大概山贼觉得部队已经走远，于一日中午，骑马突袭村落。而且这次他们的目标是"贩马商人"的上百匹骏马。一时间，数十个山贼倾巢而出，冲进村子，直指村后的草原。而早已埋伏在四周的士兵手持长矛快速包围了他们，村内巷道狭窄，长矛列阵，山贼的坐骑根本就无法施展，很多人纷纷坠马，被士兵们生擒。郑虎、郑豹兄弟凭借武力冲出了重围，村子的入口被堵，他们只得向村后的草原跑去。哪知跑出村口，他们垂涎已久的上百匹战马不见了，转瞬变成了石达开所带领的精锐骑兵部队。兄弟二人见大势已去，只能束手就擒。原来这段时间里，石达开根本就没有随大部队前行，而是一直在后面的坡地隐蔽，每天这上百匹骠肥体壮的马成了他们很好的屏障，马儿奔跑所制造的沙尘，也一定程度上遮蔽了山贼的视线。

石达开命人将兄弟二人押回军营帐中，退下左右侍卫之后，亲自给两人松绑。"我不想在战场折杀二位，是惜二位之才；想必你们也都有很大的抱负，为什么要委身于这个小山寨，何不跟随我一起驰骋疆场？"

兄弟二人见石达开气度不凡，且智勇过人，心悦诚服。后来，石达开让哥哥郑虎跟其左右，拼杀疆场；命弟弟郑豹留守在这里，并将后援部队的兵权交给他，让他保卫这里民众的平安。

"双雄寨"也从隐秘的深山迁至了阳光明媚的山顶，更名"太平寨"，用于勘察军事的哨所之用，寓意保佑此地永享祥和太平。

草原之家——蒙古包

蒙古包是游牧民族独特的建筑，它具有实用性和观赏性的双重审美价值，是草原上流动的房屋；它延续了几千年，演绎了无数美丽和动人的故事。每个包的名字都有一段悠久、令人回味的历史。如果说草原是绿色的大海，蒙古包就是大海中的点点白帆。在游牧生活中，牧民必须随着水源、牧草不断迁移，蒙古包具有结构简单，便于拆迁组装、就地取材，自产自用等特点，充分反映了游牧民族的聪明才智。

蒙古包的构造是这样的：一般先用石块垒起圆形房基，再把木杆和皮毛绳穿成的"哈纳"立在房基上，上面成斜坡状，"哈纳"是数十根同样粗细的、抛光后的木棍，用牛皮绳连接，可以伸缩的网状支架。然后搭上"乌尼"片，"乌尼"是用木棍支撑的伞状包顶支架。最后在"哈纳"和"乌尼"片的外面包上毛毡或兽皮，一座呈圆形尖顶的蒙古包就落成了，蒙古包顶端还有"陶脑"即天窗，不仅可以采光，而且也起到通风换气的作用。圆形的蒙古包对大风雪的阻力小，下雨时包顶不存水，门下连着地，这样雪就不易堆积，同时便于搬迁时折叠，非常适合游牧生活。这也许就是蒙古包的结构几千年不加改变的原因吧。

现在大家来到草原，亲眼见到蒙古包，知道蒙古包流传的历史吗？根据《史记》记载，早在尧舜时期，匈奴人的先祖就居住在"北地"，穿皮革、披毡裘、住穹庐，"天似穹庐，笼盖四野"中的"穹庐"就是现在蒙古包。从那时算来，蒙古包的历史少说也有4000多年了，所以蒙古包可以看做是一个伟大民族浓缩的历史，是游牧民族才能和智慧的象征。

一腔幽怒诉胡笳（胡笳毡包）

（1）简介

《胡笳十八拍》是一篇长达 2297 字的骚体叙事诗，是中国古代十大名曲之一。《胡笳十八拍》发生在这样的历史背景下：

汉末大乱，连年烽火，蔡文姬在逃难中被匈奴所掳，流落塞外，后来与左贤王结成夫妻，生了两个儿女。她在塞外度过了 12 个春秋。但她无时无刻不在思念故乡。曹操平定了中原，与匈奴修好，派使节用重金赎回文姬，于是她写下了著名长诗《胡笳十八拍》，叙述了自己一生不幸的遭遇。琴曲中有《大胡笳》《小胡笳》《胡笳十八拍》琴歌等版本。曲调虽然各有不同，但都反映了蔡文姬思念故乡而又不忍骨肉分离的极端矛盾的痛苦心情。音乐委婉悲伤，撕裂肝肠。

（2）作者

蔡文姬（约 177 ~?），汉末著名琴家，史书说她"博学而有才辨，又妙于音律"。父亲蔡邕，是曹操的挚友。蔡文姬名琰，字文姬，又字明姬。

蔡邕是大文学家，也是大书法家，梁武帝称他："蔡邕书，骨气洞达，爽爽如有神力。"当代史学家范文澜讲："两汉写字艺术，到蔡邕写石经达到最高境界。"他的字整饬而不刻板，静穆而有生气。除《嘉平石经》外，据传《曹娥碑》也是他写的，章法自然，笔力劲健，结字跌宕有致，无求妍美之意，而具古朴天真之趣。

此外，蔡邕还精于天文数理，妙解音律，在洛阳俨然是文坛的领袖，像杨赐、玉灿、马月碑以及后来文武兼资、终成一代雄霸之主的曹操都经常出入蔡府，向蔡邕请教。

蔡文姬生在这样的家庭，自小耳濡目染，既博学能文，又善诗赋，兼长辩才与音律就是十分自然的了，可以说蔡文姬有一个幸福的童年，可惜时局的变化，打断了这种幸福。

蔡文姬 16 岁时嫁给卫仲道。卫家当时是河东世族，卫仲道更是出色的大学子，夫妇两人恩爱非常。可惜好景不长，不到一年，卫仲道便因咯血而死。蔡文姬不曾生下一儿半女，卫家的人又嫌她克死了丈夫，当时才高气傲的蔡文姬不顾父亲的反对，毅然回到娘家。后父亲死于狱中，文姬被匈奴掠去，这年她才 23 岁，被左贤王纳为王妃，居南匈奴 12 年，并育有二子。此间她还学会了吹奏"胡笳"及一些异族的语言。

建安十三年（208），曹操感念好友蔡邕之交情，得知文姬流落南匈奴，立即派周近做使者，携带黄金千两，白璧一双，把她赎了回来。这年她 35 岁，在曹操的安排下，嫁给田校尉董祀。就在这年，爆发了著名的"赤壁之战。"

蔡文姬嫁给董祀，起初的夫妻生活并不十分和谐。蔡文姬饱经离乱忧伤，时常神思恍惚；而董祀正值鼎盛年华，生得一表人才，通书史，谙音律，自视甚高，对于蔡文姬自然有些不足之感，然而迫于丞相的授意，只好接纳了她。在婚后第二年，董祀犯罪当死，她顾不得嫌隙，蓬首跣足地来到曹操的丞相府求情。曹操念及昔日与蔡邕的交情，又想到蔡文姬悲惨的身世，倘若处死董祀，文姬势难自存，于是宽宥了董祀。

从此以后，董祀感念妻子之恩德，对蔡文姬重新评估，夫妻双双也看透了世事，溯洛水而上，居在风景秀丽、林木繁茂的山麓。若干年以后，曹操狩猎经过这里，还曾经前去探视。蔡文姬和董祀生有一儿一女，女儿嫁给了司马懿的儿子司马师为妻。

文姬一生三嫁，命运坎坷，丁廙在《蔡伯喈女赋》描述了她的婚姻：

伊大宗之令女，禀神惠之自然；
在华年之二八，披邓林之曜鲜。
明六列之尚致，服女史之语言；
参过庭之明训，才朗悟而通云。
当三春之嘉月，时将归于所天；
曳丹罗之轻裳，戴金翠之华钿。
羡荣跟之所茂，哀寒霜之已繁；
岂偕老之可期，庶尽欢于余年。

文姬博学多才，音乐天赋自小过人。她6岁时听父亲在大厅中弹琴，隔着墙壁就听出了父亲把第一根弦弹断的声音。其父惊讶之余，又故意将第四根弦弄断，居然又被她指出。长大后，她更是琴艺超人。她在胡地日夜思念故土，回汉后参考胡人声调，结合自己的悲惨经历，创作了哀怨惆怅、令人断肠的琴曲《胡笳十八拍》。嫁董祀后，感伤乱离，作《悲愤诗》，是中国诗史上第一首自传体的五言长篇叙事诗（当然也有人认为是伪作）。

相传，当蔡文姬为董祀求情时，曹操看到蔡文姬在严冬季节，蓬首跣足，心中大为不忍，命人取过头巾鞋袜为她换上，让她在董祀未归来之前，留居在自己家中。在一次闲谈中，曹操表示出很羡慕蔡文姬家中原来的藏书。蔡文姬告诉他原来家中所藏的4000卷书，几经战乱，已全部遗失时，曹操流露出深深的失望。当听到蔡文姬还能背出400篇时，又大喜过望。于是蔡文姬凭记忆默写出四百篇文章，文无遗误，可见蔡文姬才情之高。

（3）正文

我生之初尚无为，我生之后汉祚衰。天不仁兮降乱离，地不仁兮使我逢此时。干戈日寻兮道路危，民卒流亡兮共哀悲。烟尘蔽野兮胡虏盛，志意乖兮节义亏。对殊俗兮非我宜，遭忍辱兮当告谁？笳一会兮琴一拍，心愤怨兮无人知。

戎羯逼我兮为室家，将我行兮向天涯。云山万重兮归路遐，疾风千里兮扬尘沙。人多暴猛兮如虺蛇，控弦被甲兮为骄奢。两拍张弦兮弦欲绝，志摧心折兮自悲嗟。

越汉国兮入胡城，亡家失身兮不如无生。毡裘为裳兮骨肉震惊，羯膻为味兮枉遏我情。鞞鼓喧兮从夜达明，胡风浩浩兮暗塞营。伤今感昔兮三拍成，衔悲畜恨兮何时平。

无日无夜兮不思我乡土，禀气含生兮莫过我最苦。天灾国乱兮人无主，唯我薄命兮没戎虏。殊俗心异兮身难处，嗜欲不同兮谁可与语！寻思涉历兮多艰阻，四拍成兮益凄楚。

雁南征兮欲寄边声，雁北归兮为得汉青。雁飞高兮邈难寻，空断肠兮思愔愔。攒眉向月兮抚雅琴，五拍泠泠兮意弥深。

冰霜凛凛兮身苦寒，饥对肉酪兮不能餐。夜间陇水兮声呜咽，朝见长城兮路杳漫。追思往日兮行李难，六拍悲来兮欲罢弹。

日暮风悲兮边声四起，不知愁心兮说向谁是！原野萧条兮烽戍万里，俗贱老弱兮少壮为美。逐有水草兮安家葺垒，牛羊满野兮聚如蜂蚁。草尽水竭兮羊马皆徙，七拍流恨兮恶居于此。

为天有眼兮何不见我独漂流？为神有灵兮何事处我天南海北头？我不负天兮天何配我殊匹？我不负神兮神何殛我越荒州？制兹八拍兮拟排忧，何知曲成兮心转愁。

天无涯兮地无边，我心愁兮亦复然。人生倏忽兮如白驹之过隙，然不得欢乐兮当我之盛年。怨兮欲问天，天苍苍兮上无缘。举头仰望兮空云烟，九拍怀情兮谁与传？

城头烽火不曾灭，疆场征战何时歇？杀气朝朝冲塞门，胡风夜夜吹边月。故乡隔兮音生绝，哭无声兮气将咽。一生辛苦兮缘别离，十拍悲深兮泪成血。

我非食生而恶死，不能捐身兮心有以。生仍冀得兮归桑梓，死当埋骨兮长已矣。日居月诸兮在戎垒，胡人宠我兮有二子。鞠之育之兮不羞耻，愍之念之兮生长边鄙。十有一拍兮因兹起，哀响缠绵兮彻心髓。

东风应律兮暖气多，知是汉家天子兮布阳和。羌胡蹈舞兮共讴歌，两国交欢兮罢兵戈。忽遇汉使兮称近诏，遗千金兮赎妾身。喜得生还兮逢圣君，嗟别稚子兮会无国。十有二拍兮哀乐均，去住两情兮难具陈。

不谓残生兮却得旋归，抚抱胡儿兮泣下沾衣。汉使迎我兮四牡騑騑，胡儿号兮谁得知？与我生死兮逢此时，愁为子兮日无光辉，焉得羽翼兮将汝归。一步一远兮足难移，魂消影绝兮恩爱遗。十有三拍兮弦急调悲，肝肠搅刺兮人莫我知。

身归国兮儿莫之随，心悬悬兮长如饥。四时万物兮有盛衰，唯我愁苦兮不暂移。山高地阔兮见汝无期，更深夜阑兮梦汝来斯。梦中执手兮一喜一悲，觉后痛吾心兮无休歇时。十有四拍兮涕泪交垂，河水东流兮心是思。

十五拍兮节调促，气填胸兮谁识曲？处穹庐兮偶殊俗。愿得归来兮天从欲，再还汉国兮欢心足。心有怀兮愁转深，日月无私兮曾不照临。子母分离兮意难怪，同天隔越兮如商参，生死不相知兮何处寻！

十六拍兮思茫茫，我与儿兮各一方。日东月西兮徒相望，不得相随兮空断肠。对营草兮忧不忘，弹鸣琴兮情何伤！今别子兮归故乡，旧怨平兮新怨长！泣血仰头兮诉苍苍，胡为生兮独罹此殃！

十七拍兮心鼻酸，关山阻修兮行路难。去时怀土兮心无绪，来时别儿兮思漫漫。塞上黄蒿兮枝枯叶干，沙场白骨兮刀痕箭瘢。风霜凛凛兮春夏寒，人马饥豗兮筋力单。岂知重得兮入长安，叹息欲绝兮泪阑干。

胡笳本自出胡中，缘琴翻出音律同。十八拍兮曲虽终，响有余兮思无穷。是知丝竹微妙兮均造化之功，哀乐各随人心兮有变则通。胡与汉兮异域殊风，天与地隔兮子西母东。苦我怨气兮浩于长空，六合虽广兮受之应不容！

（4）赏析

《胡笳十八拍》是感人肺腑的千古绝唱，它的作者就是蔡文姬。欣赏此诗，不要作为一般的书面文学来阅读，而应想到是蔡文姬这位不幸的女子在自弹自唱，琴声正随着她的心意在流淌。随着琴声、歌声，我们似见她正行走在一条由屈辱与痛苦铺成的长路上……

她在时代大动乱的背景前开始露面，第一拍即点"乱离"的背景：胡虏强盛，烽火遍野，民卒流亡。汉末天下大乱，宦官、外戚、军阀相继把持朝政，农民起义、军阀混战、外族入侵，陆续不断。汉末诗歌中所写的"铠甲生机虱，万姓以死亡。白骨露于野，千里无鸡鸣"等等，都是当时动乱现象的真实写照。蔡文姬即是在兵荒马乱之中被胡骑掠掳西去的。

被掳，是她痛苦生涯的开端，也是她痛苦生涯的根源，因而诗中专用第二拍写她被掳途中的情况，又在第十拍中用"一生辛苦兮缘别离"指明一生的不幸源于被掳。她被强留在南匈奴的 12 年间，在生活上和精神上承受着巨大的痛苦。胡地的大自然是严酷的，"胡风浩浩""冰霜凛凛""原野萧条""流水呜咽"，异方殊俗的生活是与她格格不入的。毛皮做的衣服，穿在身上心惊肉跳，"毡裘为裳兮骨肉震惊"。以肉奶为食，腥膻难闻，无法下咽，"羯膻为味兮枉遏我情"。居无定处，逐水草而迁徙，住在临时用草筏、干牛羊粪垒成的窝棚里。兴奋激动时，击鼓狂欢，又唱又跳，喧声聒耳，通宵达旦。总之，她既无法适应胡地恶劣的自然环境，也不能忍受与汉族迥异的胡人的生活习惯，因而她唱出了"殊俗心异兮身难处，嗜欲不同兮谁可与语"的痛苦的心声，而令她最为不堪的还是在精神方面。

在精神上，她经受着双重的屈辱：作为汉人，她成了胡人的俘虏；作为女人，被迫嫁给了胡人。第一拍所谓"志意乖兮节义亏"，其内涵正是指这双重屈辱而言的。在身心两方面都受到煎熬的情况下，思念故国，思返故乡，就成了支持她坚强地活下去的最重要的精神力量。从第二拍到第十一拍的主要内容便是写她的思乡之情。第四拍的"无日无夜兮不念我故土"，第十拍的"故乡隔兮音尘绝，哭无声兮气将咽"，第十一拍的"生仍冀得兮归桑梓"，都是直接诉说乡情的动人字句。而诉说乡情表现得最为感人的要数第五拍，在这一拍中，蔡文姬以她执着的深情开凿出一个淡远深邃的情境：秋日，她翘首蓝天，期待南飞的大雁捎去她边地的心声；春天，她仰望云空，企盼北归的大雁带来故土的音讯。但大雁高高地飞走，杳邈难寻，她不由得心痛肠断，黯然销魂……在第十一拍中，她揭示出自己忍辱偷生的内心隐秘："我非贪生而恶死，不能捐身兮心有以。生仍冀得兮归桑梓，死得埋骨兮长已矣。"终于，她熬过了漫长的12年，还乡的宿愿得偿，"忽遇汉使兮称近诏，遣千金兮赎妾身"。但这喜悦是转瞬即逝的，在喜上心头的同时，飘来了一片新的愁云，她想到自己生还之日，也是与两个亲生儿子诀别之时。第十二拍中说的"喜得生还兮逢圣君，嗟别稚子兮会无因。十有二拍兮哀乐均，去住两情兮难具陈"，正是这种矛盾心理的坦率剖白。从第十三拍起，蔡文姬就转入不忍与儿子分别的描写，出语哽咽，沉哀入骨。第十三拍写别子，第十四拍写思儿成梦，"抚抱胡儿兮注下沾衣……一步一远兮足难移，魂消影绝兮恩爱移""山高地阔兮见汝无期，更深夜阑兮梦汝来斯。梦中执手兮一喜一悲，觉后痛吾心兮无休歇时"，极尽缠绵，感人肺腑。宋代范时文在《对床夜话》中这样说："此将归别子也，时身历其苦，词宣乎心。怨而怒，哀前思，千载如新；使经圣笔，亦必不忍删之也。"蔡文姬的这种别离之情、别离之痛，一直陪伴着她离开胡地、重入长安。屈辱的生活结束了，而新的不幸——思念亲子的痛苦，才刚刚开始。"胡与汉兮异域殊风，天与地隔兮子西母东。苦我怨气兮浩于长空，六合虽广兮受之应不容。"全诗即在此感情如狂潮般涌动处曲终罢弹，完成了蔡文姬这一怨苦向天的悲剧性的人生旅程。

《胡笳十八拍》既体现了蔡文姬的命薄，也反映出她的才高。《胡笳十八拍》在主人公即蔡文姬自己的艺术形象创造上，带有强烈的主观抒情色彩，即使在叙事上也是如此，写被掳西去，在胡地生育二子，别儿归国，重入长安，无不是以深情唱叹出之。如写被掳西去，"云山万重兮归路遐，疾风千里兮扬尘沙。人多暴猛兮如狂蛇，控弦被甲兮为骄奢"，处处表露了蔡文姬爱憎鲜明的感情——"云山"句连着故土之思，"疾风"句关乎道路之苦。强烈的主观抒情色彩，更主要地体现在感情抒发的突发性上。蔡文姬的感情往往是突然而来，忽然而去，跳荡变化，匪夷所思。正所谓"思无定位"，甫临沧海，复造瑶池。并且诗中把矛头直指天、神："天不仁兮降乱离，地不仁兮使我逢此时。""为天有眼兮何不见我独漂流？为神有灵兮何事处我海北天南头？我不负天兮天何配我殊匹？我不负神兮神何殛我越荒州？"把天、神送到被告席，更反映出蔡文姬的"天无涯兮地无边，我心愁兮亦复然""苦我怨气兮浩于长空"的心情。

《胡笳十八拍》的艺术价值很高，明朝人陆时雍在《诗镜总论》中说："东京风格颓下，蔡文姬才气英英。读《胡笳吟》，可令惊蓬坐振，沙砾自飞，真是激烈人怀抱。"

《胡笳十八拍》的艺术价值高，与蔡文姬的才高有关，蔡文姬的才高是由她的家世和社会背景造成的。

独留青冢向黄昏（昭君毡包）

王昭君（约前52~前20）与西施、貂蝉、杨玉环并称为中国古代四大美女，其中西施居首，是美的化身和代名词。四大美女享有"闭月羞花之貌，沉鱼落雁之容"。"闭月""羞花""沉鱼""落雁"是一个个精彩故事组成的历史典故。"闭月"，是述说貂蝉拜月的故事；"羞花"，说的是杨贵妃观花时的故事；"沉鱼"，讲的是西施浣纱时的故事；"落雁"，就是昭君出塞的故事。

王昭君名嫱，约于公元前52年出生于南郡秭归县宝坪村（今湖北省兴山县昭君村）。景帝在永安三年（260）分秭归北界为兴山县，香溪为邑界，汉王嫱即此邑之人，故云昭君之县。其父王穰老来得女，视为掌上明珠，兄嫂也对其宠爱有加。王昭君天生丽质，聪慧异常，琴棋书画，无所不精，"娥眉绝世不可寻，能使花羞在上林"。昭君的绝世才貌，顺着香溪水传遍南郡，传至京城。公元前36年，汉元帝昭示天下，遍选秀女。王昭君为南郡首选。元帝下诏，命其择吉日进京。其父王穰虽云"小女年纪尚幼，难以应命"，无奈圣命难违。公元前36年仲春，王昭君泪别父母乡亲，登上雕花龙凤官船顺香溪，入长江，逆汉水，过秦岭，历时3个月之久，于同年初夏到达京城长安，为掖庭待诏。传说王昭君进宫后，因自恃貌美，不肯贿赂画师毛延寿，毛延寿便在她的画像上点上丧夫落泪痣。昭君便被贬入冷宫3年，无缘面君。公元前 33 年，北方匈奴首领呼韩邪单于主动来汉朝，对汉称臣，并请求和亲，以结永久之好。汉元帝尽召后宫妃嫔，王昭君挺身而出，慷慨应诏。呼韩邪临辞大会，昭君丰容靓饰，元帝大惊，不知后宫竟有如此美貌之人，意欲留之，而难于失信，便赏给她锦帛 28000 匹，絮 16000 斤及黄金美玉等贵重物品，并亲自送出长安 10 余里。王昭君在车毡细马的簇拥下，肩负着汉匈和亲之重任，别长安、出潼关、渡黄河、过雁门，历时一年多，于第二年初夏到达漠北，受到匈奴人民的盛大欢迎，并被封为"宁胡阏氏"，意为匈奴有了汉女作"阏氏"（王妻），安宁始得保障。

传说汉元帝回到内宫，越想越懊恼。他再叫人从宫女的画像中拿出昭君的像来看。模样虽有点像，但完全没有昭君本人那样可爱。原来宫女进宫后，一般都是见不到皇帝的，而是由画工画了像送到皇帝那里去听候挑选。有个画工名叫毛延寿，给宫女画像的时候，宫女们送点礼物给他，他就画得美一点。王昭君不愿意送礼物，所以毛延寿没有把王昭君的美貌如实地画出来。汉元帝一气之下，把毛延寿杀了。

王昭君在汉朝和匈奴官员的护送下，离开了长安。她骑着马，冒着刺骨的寒风，千里迢迢地到了匈奴，做了呼韩邪单于的阏氏，封"宁胡阏氏"，希望她能为匈奴带来安宁和平。昭君远离自己的家乡，长期定居在匈奴。她劝呼韩邪单于不要去发动战争，还把中原的文化传给匈奴。打这以后，匈奴和汉朝和睦相处，有 60 多年没有发生战争。难能可贵的是，当呼韩邪单于去世后，她又"从胡俗"，再嫁给呼韩邪单于的大阏氏的长子，虽然这和中原的伦理观念相抵触，但她从大局出发，珍惜汉与匈奴的友谊。王昭君在匈奴生一男二女。王昭君去世后，厚葬于今呼和浩特市南郊，墓依大青山，傍黄河水，后人称之为"青冢"。

唐代诗人杜甫在咏怀古迹中写道："群山万壑赴荆门，生长明妃尚有村。一去紫台连朔漠，独留青冢向黄昏。"

苏武牧羊（持节毡包）

苏武字子卿，年轻时凭着父亲的职位，兄弟三人都做了皇帝的侍从，并逐渐被提升为掌管皇帝鞍马鹰犬射猎工具的官。当时汉朝廷不断讨伐匈奴，多次互派使节彼此暗中侦察。匈奴扣留了汉使节郭吉、路充国等前后10余批人。匈奴使节前来，汉朝庭也扣留他们以相抵。

太初四年（前101）冬，匈奴响犁湖单于死，其弟且鞮侯立为单于，为与汉修好，他遣使送回以往扣留的汉使路充国等人。天汉元年（前100）三月，汉武帝为回报匈奴善意，派中郎将苏武、副中郎将张胜及随员常惠等出使匈奴，送还原被扣的匈奴使者，并厚馈单于财物。苏武等到达匈奴后，原降匈奴的汉人虞常等人与张胜密谋，欲劫持单于母亲阏氏归汉。事发后，累及苏武。张胜听到这个消息，担心他和虞常私下所说的那些话被揭发，便把事情经过告诉了苏武。苏武说："事情到了如此地步，这样一定会牵连到我们。受到侮辱才去死，更对不起国家！"因此想自杀。张胜、常惠一起制止了他。虞常果然供出了张胜。单于大怒，召集许多贵族前来商议，想杀掉汉使者。左伊秩訾说："假如是谋杀单于，又用什么更严的刑法呢？应当都叫他们投降。"单于派卫律召唤苏武来受审讯。苏武对常惠说："丧失气节、玷辱使命，即使活着，还有什么脸面回到汉廷去呢！"说着，拔出佩带的刀自刎。卫律大吃一惊，自己抱住、扶好苏武，派人骑快马去找医生。医生在地上挖一个坑，在坑中点燃微火，然后把苏武脸朝下放在坑上，轻轻地敲打他的背部，让淤血流出来。

苏武本来已经断了气，这样过了好半天才重新呼吸。常惠等人哭泣着，用车子把苏武拉回营帐。单于钦佩苏武的节操，早晚派人探望、询问苏武，而把张胜逮捕监禁起来。

苏武的伤势逐渐好了。单于派使者通知苏武，一起来审处虞常，想借这个机会使苏武投降。剑斩虞常后，卫律说："汉使张胜，谋杀单于亲近的大臣，应当处死。单于招降的人，赦免他们的罪。"举剑要击杀张胜，张胜请求投降。卫律对苏武说："副使有罪，应该连坐到你。"苏武说："我本来就没有参与谋划，又不是他的亲属，怎么谈得上连坐？"卫律又举剑对准苏武，苏武岿然不动。卫律说："苏君！我卫律以前背弃汉廷，归顺匈奴，幸运地受到单于的大恩，赐我爵号，让我称王；拥有奴隶数万，马和其他牲畜满山，如此富贵！苏君你今日投降，明日也是这样。白白地用身体给草地做肥料，又有谁知道你呢！"苏武毫无反应。卫律说："你顺着我而投降，我与你结为兄弟；今天不听我的安排，以后再想见我，还能得到机会吗？"苏武痛骂卫律说："你做人家的臣下和儿子，不顾及恩德义理，背叛皇上，抛弃亲人，在异族那里做投降的奴隶，我为什么要见你！况且单于信任你，让你决定别人的死活，而你却居心不平，不主持公道，反而想要使汉皇帝和匈奴单于二主相斗，旁观两国的灾祸和损失！南越王杀汉使者，结果九郡被平定。宛王杀汉使者，自己头颅被悬挂在宫殿的北门。朝鲜王杀汉使者，随即被讨平。唯独匈奴未受惩罚。你明知道我决不会投降，想要使汉和匈奴互相攻打。匈奴灭亡的灾祸，将从我开始了！"

卫律知道苏武终究不可胁迫投降，报告了单于。单于越发想要使他投降，就把苏武囚禁起来，放在大地窖里面，不给他喝的吃的。天下雪，苏武卧着嚼雪，同毡毛一起吞下充饥，几日不死。匈奴以为神奇，就把苏武迁移到北海边没有人的地方，让他放牧公羊，说等到公羊生了小羊才得归汉。同时把他的部下及其随从人员常惠等分别安置到别的地方。

苏武迁移到北海后，粮食运不到，只能掘取野鼠所储藏的野生果实来吃。他拄着汉廷的符节牧羊，睡觉、起来都拿着，以致系在节上的牦牛尾毛全部脱尽。一共过了五六年，单于的弟弟於靬王到北海上打猎。苏武会编结打猎的网，矫正弓弩，於靬王颇器重他，供给他衣服、食品。3年多过后，於靬王得病，赐给苏武马匹和牲畜、盛酒酪的瓦器、圆顶的毡帐篷。王死后，他的部下也都迁离。这年冬天，丁令人盗去了苏武的牛羊，苏武又陷入穷困。

汉昭帝登位，几年后，匈奴和汉达成和议。汉廷寻求苏武等人，匈奴撒谎说苏武已死。后来汉使者又到匈奴，常惠请求看守他的人同他一起去，在夜晚见到了汉使，原原本本地述说了几年来在匈奴的情况。告诉汉使者要他对单于说："天子在上林苑中射猎，射得一只大雁，脚上系着帛书，上面说苏武等人在北海。"汉使者万分高兴，按照常惠所教的话去责问单于。单于看着身边的人十分惊讶，向汉使道歉说："苏武等人的确还活着。"

单于召集苏武的部下，除了以前已经投降和死亡的，总共跟随苏武回来的有9人。苏武于汉昭帝始元六年（前81）春回到长安。苏武被扣在匈奴共19年，当初壮年出使，等到回来，胡须头发全都白了。苏武羁留匈奴19年，习知边地民族，归国后被任为典属国，专掌少数民族事务。他在匈奴持节不屈，被后世视为坚持民族气节的典范之一。

草原圣山祭敖包

在祭祀敖包前，我们首先了解一下关于敖包的历史，以便我们在祭祀包里乞求上天的保佑。

一种解释说，敖包最早是用来祭祀祖先的。草原蒙古民族的葬礼多采取野葬，又叫天葬。蒙古人在亲人去世后，用毡子将尸体裹住，按照喇嘛指示的方向，用牛车拉上尸体在草原上奔跑，尸体掉落的地方被认为是亲人安葬之地。为便于以后祭奠亲人，在送葬时要带上母骆驼和小骆驼。在尸体掉落的地方将小骆驼的腿割破，让血流到该处。次年，再带上母骆驼和小骆驼来寻找。因骆驼嗅觉灵敏，闻到遗留的血腥味便起哀鸣，由此可以判定亲人安葬的确切位置。这时，人们在上面放一些石头做标记，日积月累就形成了敖包。

一种传说与成吉思汗有关。据说，在公元 13 世纪时，铁木真经常与蒙古部落征战。每征服一个部落，他总要在高山或高处堆起土堆，或用石块堆成石堆，插上旗帜作为标志，意为征服。随着时代的变迁，敖包的内涵逐渐丰富，形式也多样起来。在蒙古族传统习俗中，祭奠敖包是草原人民祈求风调雨顺、五畜兴旺、家人幸福平安的传统祭祀活动。

一种说法认为，敖包是当地蒙古族牧民祭天求雨的祭坛。

还有一种说法认为，敖包是远行的商人们用石块垒起来作为马队、驼队的路标用的。最浪漫的一种说法呢，就是"敖包相会"了。大家知道，草原非常辽阔，人们通常住得比较分散，如果相隔较远的男女朋友想要约会非常不方便。于是他们就想了一个办法，在两家中间的地方用石头垒一个石堆，一来可以作为约会的场所，二来草原上风大还可以为他们挡风。"敖包"一般呈圆锥型，西部地区呈塔型。敖包大多数都筑在山顶或丘陵上，顶端种有柳树枝条或者榆树枝条，远远望去，直入云天，显得十分神圣。人们每逢外出远行，凡是路经有"敖包"的地方，都要下马向"敖包"祭拜，祈祷一路平安；还要往"敖包"上添加几块石头或者几捧土，然后才跨马上路。牧羊人在放牧时路过这里，总要往"敖包"上添加一块石头，以保佑人畜两旺。祭祀敖包，是蒙古人生活中的一件大事，一般都是在农历五月中旬举行。祭祀会一般要持续三四天，就像过节一样，远远近近的牧民，无论男女老少，都前往参加。先献上哈达和供祭品，再由喇嘛诵经祈祷，众人跪拜，然后往敖包上添加石块或以柳条进行修补，并悬挂新的经幡、五色绸布条等。最后，参加祭祀仪式的人都要围绕敖包从左向右转三圈，祈求降福。

张骞——打通西域的使者

武帝时，张骞两次出使西域，历经艰险。第一次被匈奴俘获，押送到单于王庭（今内蒙呼和浩特一带），他拒绝投降，被拘10年之久，保持了汉节。第二次终于为开通"丝绸之路"，加强汉朝与西域各国的经济政治文化交往，建立了卓越功勋。

张骞出使西域本为贯彻汉武帝联合大月氏抗击匈奴之战略意图，但出使西域后汉夷文化交往频繁，中原文明通过"丝绸之路"迅速向四周传播，因而，张骞出使西域这一历史事件便具有特殊的历史意义。

"西域"一词最早见于《汉书·西域传》，是和张骞的名字分不开的。

西汉时期，狭义的西域是指玉门关、阳关（今甘肃敦煌）以西，葱岭以东，昆仑山以北，巴尔喀什湖以南，即汉代西域都护府的辖地。广义的西域还包括葱岭以西的中亚细亚、罗马帝国等地，包括今阿富汗、伊朗、乌兹别克，至地中海沿岸一带。

西域以天山为界分为南北两个部分，百姓大都居住在塔里木盆地周围。西汉初年，有"三十六国"：南缘有楼兰（鄯善，在罗布泊附近)、菇羌、且末、于阗(今和田)、莎车等,习称"南道诸国";北缘有姑师(后分前、后车师,在今吐鲁番)、尉犁、焉耆、龟兹(今库车)、温宿、姑墨(今阿克苏)、疏勒(今喀什)等,习称"北道诸国"。此外,天山北麓有前、后蒲额和东西且弥等。它们面积不大,多数是沙漠绿洲,也有山谷或盆地。人口不多,一般两三万人,最大的龟兹是8万人,小的只有一二千人,居民从事农业和畜牧业。除生产谷物以外,有的地方如且末又盛产葡萄等水果和最好的饲草苜蓿。畜牧业有驴、马、骆驼。此外,还有玉石、铜、铁等矿产,有的地方居民已懂得用铜铁铸造兵器。天山南北各国虽然很小,但大都有城郭。各国国王以下设有官职和占人口比重很大的军队。公元前2世纪,张骞出使西域以前,匈奴贵族势力伸展到西域,在焉耆等国设有幢仆都尉,向各国征收繁重的赋税,"赋税诸国,取畜给焉",对这些小国进行奴役和剥削。

当时,正在伊犁河流域游牧的大月氏,是一个著名的"行国",40万人口。他们曾居住在敦煌和祁连山之间,被匈奴一再打败后,刚迁到这里不久。匈奴杀月氏王,"以其头为饮器"。因此,大月氏与匈奴是"世敌"。

汉朝日趋强盛后,计划消除匈奴贵族对北方的威胁。武帝听到有关大月氏的传言,就想与大月氏建立联合关系,又考虑西行的必经道路——河西走廊还处在匈奴的控制之下,于是公开征募能担当出使重任的人才。

建元三年,即公元前138年,张骞"以郎应募,使月氏"。"郎",是皇帝的侍从官,没有固定职务,又随时可能被选授重任。

张骞,汉中成国人。他是一个意志力极强、办事灵活而又胸怀坦荡、善于待人处事的人。他出使中途即被匈奴截留下来,在匈奴 10 多年，始终保持着汉朝的特使符节，匈奴单于硬叫他娶当地人作妻，已经生了儿子，也没有动摇他一定要完成任务的决心。他住在匈奴的西境，等候机会。

张骞终于找到机会，率领部属逃离了匈奴。他们向西急行几十天，越过葱岭，到了大宛（今乌兹别克共和国境内）。由大宛介绍，又通过康居（今哈萨克共和国东南）到了大夏。大夏在今阿姆河流域。张骞这才找到了大月氏。10 多年来，大月氏这个"行国"已发生了很大变化：一是在伊犁河畔受到乌孙的攻击，又一次向西远徙。乌孙，63 万人，也是个"行国"，曾在敦煌一带游牧，受过大月氏的攻击。后来匈奴支持乌孙远袭大月氏，大月氏被迫迁到阿姆河畔，而乌孙却在伊犁河留住下来。自从大月氏到了阿姆河，不仅用武力臣服了大夏，还由于这里土地肥沃，逐渐由游牧生活改向农业定居，无意东还，再与匈奴为敌。张骞在大月氏逗留了一年多，得不到结果，只好归国。回国途中，又被匈奴拘禁一年多。公元前 126 年，匈奴内乱，张骞乘机脱身回到长安。

张骞出使时带着 100 多人，历经 13 年后，只剩下他和堂邑父两个人回来。这次出使，虽然没有达到原来的目的，但对于西域的地理、物产、风俗习惯有了比较详细的了解，为汉朝开辟通往中亚的交通要道提供了宝贵的资料。

张骞回来以后，向武帝报告了西域的情况。这就是《汉书·西域传》资料的最初来源。之后，由于张骞随卫青出征立功，"知水草处，军得以不乏"，被武帝封为"博望侯"。

元狩四年（前 119），张骞第二次奉派出使西域。这时，汉朝业已控制了河西走廊，积极进行武帝时对匈奴最大规模的一次战役。几年来，汉武帝多次向张骞询问大夏等地情况，张骞着重介绍了乌孙到伊犁河畔后已经与匈奴发生矛盾的具体情况，建议招乌孙东返敦煌一带，跟汉共同抵抗匈奴。这就是"断匈奴右臂"的著名战略。同时，张骞也着重提出应该与西域各族加强友好往来。这些意见得到了汉武帝的采纳。

接着张骞率领300人组成的使团，每人备两匹马，带牛羊万头，金帛货物价值"数千巨万"，到了乌孙，游说乌孙王东返，没有成功。他又分遣副使持节到了大宛、康居、月氏、大夏等国。元鼎二年（前115）张骞回来，乌孙派使者几十人随同张骞一起到了长安。此后，汉朝派出的使者还到过安息（波斯）、身毒（印度）、奄蔡（在咸海与里海间）、条支（安息属国）、犁轩（附属大秦的埃及亚历山大城），中国使者还受到安息专门组织的2万人的盛大欢迎。安息等国的使者也不断来长安访问和贸易。从此，汉与西域的交通建立起来。

元鼎二年（前115），张骞回到汉朝后，拜为大行令，第二年死去。他死后，汉同西域的关系进一步发展。元封六年（前105），乌孙王以良马千匹为聘礼向汉求和亲，武帝把江都公主细君嫁给乌孙王。细君死后，汉又以楚王戊孙女解忧公主嫁给乌孙王。解忧的侍者冯嫽深知诗文事理，作为公主使者常持汉节行赏赐于诸国，深得尊敬和信任，被称为冯夫人。由于她的活动，巩固和发展了汉同乌孙的关系。神爵三年（前60），匈奴内部分裂，日逐王先贤掸率人降汉，匈奴对西域的控制瓦解。汉宣帝任命卫司马郑吉为西域都护，驻守在乌垒城（今新疆轮台东），这是汉朝在葱岭以东、今巴尔喀什湖以南的广大地区正式设置行政机构的开端。

匈奴奴隶主对西域各族人民的剥削、压迫是极其残酷的。西汉的封建制度，较之匈奴的奴隶制度要先进得多。因此，新疆境内的各族人民都希望摆脱匈奴贵族的压迫，接受西汉的统治。西汉政府在那里设置常驻的官员，派去士卒屯田，并设校尉统领，保护屯田，使汉族人民同新疆各族人民的交往更加密切了。

汉通西域，虽然起初是出于军事目的，但西域开通以后，它的影响远远超出了军事范围。从西汉的敦煌，出玉门关，进入新疆，再从新疆连接中亚细亚的一条横贯东西的通道，再次畅通无阻。这条通道，就是后世闻名的"丝绸之路"。"丝绸之路"把西汉同中亚许多国家联系起来，促进了它们之间的经济和文化的交流。由于我国历代封建中央政府都称边疆少数民族为"夷"，所以张骞出使西域成为汉夷之间的第一次文化交融。西域的核桃、葡萄、石榴、蚕豆、苜蓿等十几种植物，逐渐在中原栽培。龟兹的乐曲和胡琴等乐器，丰富了汉族人民的文化生活。汉军在鄯善、车师等地屯田时使用地下相通的穿井术，习称"坎儿井"，在当地逐渐推广。此外，大宛的汗血马在汉代非常著名，名曰"天马"，"使者相望于道以求之"。那时大宛以西到安息国都不产丝，也不懂得铸铁器，后来汉的使臣和散兵把这些技术传了过去。中国蚕丝和冶铁术的西进，对促进人类文明的发展贡献甚大。

篝火安代舞

在蒙古族传统民间舞蹈中，安代舞以其浓厚的民族风格和健康活泼的艺术特色，为各族人民所喜闻乐见。相传很久以前，科尔沁草原有父女二人相依为命，后来不知为什么姑娘突然得了一种怪病，神志恍惚，举止失常，几经医治不见起色，老阿爸只得用牛车拉上女儿前往他乡求医。行途中车轴断裂，女儿病情加重，奄奄一息。老阿爸急得绕车奔走，以歌代舞。歌声引来附近百姓，见此状无不潸然泪下，皆随老阿爸身后甩臂跺足，绕行哀歌。不料姑娘悄然走下牛车，尾随众人奋力而舞，待发现时，她已跳得汗如雨注，病愈如初。消息不胫而走。以后，人们皆仿效这种载歌载舞的方式，为患有类似病症的青年妇女治病，取名"安代"。又在求雨、祭敖包、那达慕大会等群众集会中采用，并广为流传，逐步发展成为现代自由地表现思想感情和草原生活的集体舞。

茶马客栈

来到草原除了欣赏歌舞，品尝一下茶马客栈的美食也是绝对不容错过的。大家在电视上可能看到过，蒙古族的姑娘个个挺拔健美，小伙子身体强壮，据说这与蒙古族追逐奔跑和马上运动的生活习惯有关。同时，对长期以来养育了蒙古民族的奶茶和奶食品所起的强身健体的作用也是分不开的。蒙古人以白为尊，视乳为高贵吉祥之物。以奶制作的传统饮料主要有奶茶、酸奶和奶酒。蒙古民族喜欢喝茶，特别喜欢喝奶茶，"宁可一日无食，不可一日无茶"。蒙古人熬制的奶茶，没有膻味儿，味道醇厚。最关键的一点，必须掌握好火候，使奶茶熬成浅咖啡色，否则就会影响奶茶的味道。他们喝奶茶的习俗方式独特，吸引了许多中外游客，品尝过的人都留下了美好的印象。喝奶茶还可以消除疲劳，增强食欲，帮助消化，所以来到草原您一定要细细品尝一下这里的蒙古奶茶。

除了奶茶，草原茶庄里还准备了很多其他的蒙古美食，比如马奶酒、手抓肉等等，尤其值得一提的是这里的烤全羊。烤全羊的历史非常悠久，相传是成吉思汗在征战胜利后用来犒赏有功大臣。吃烤全羊还非常讲究礼节，首先要在客人中选一位德高望重的人，吃之前从羊腿上切一块肉敬天，并在羊头和羊背上划一个十字剪彩；接下来就要给这位选出来的客人敬上三杯酒，客人在喝第一杯酒时需用分指沾酒，一敬天，二敬地，三敬祖先；客人回座之后就开始分羊，品尝美酒。

草原驰马

前面我们已经讲过蒙古人健硕的体魄与他们的马上运动分不开。蒙古族被誉为马背上的民族，他们视马为最神圣的牧畜，就像离不开太阳和月亮一样离不开马，并把马作为终身最亲密的伙伴。他们把观看赛马作为草原上最欢乐的比赛，把马头琴演奏作为最动听的音乐。作为一个蒙古族牧人，若能骑上一匹称心如意善跑的快马，那将是一件最荣幸的事，走南闯北都感到无比的体面和自豪。马知人心，是一种有情又有义的牲畜。正如《嘎达梅林》电影，就是反应人与马的关系：古民族英雄嘎达梅林义军与军阀和王爷军队激战中，嘎达梅林被冷弹击中落马。在敌军就要追上的千钧一发之际，嘎达梅林的乘马咬紧嘎达梅林的衣服，将嘎达梅林拖到河畔密林中，使嘎达梅林死里逃生。听了这动人的故事，你一定会心驰神往，急欲纵马草原，体验马背民族的豪放与粗犷。

木兰云雾山

云雾山门楼

云雾山杜鹃花

云雾山栈道

云雾山溪水

云雾山晨曦

云雾山观景台

景点简介

云雾山风景区

云雾山景区地处黄陂区西北部泡桐店境内，享有"西陵胜地、楚北名区、陂西陲障、汉地祖山"美誉，以重峦叠嶂、气势雄伟而闻名江汉，是大别山脉与江汉平原的过渡地带，总面积 25 平方公里。山内四季分明、日照充足，常年平均气温 18℃，雨量充沛、气候宜人。是武汉市延绵最长的山脉，东至长岭镇山界，南与袁李湾富家冲新塘接壤，西北至孝昌县。

云雾山风景区拥有三宝——"杜鹃、泥塑和白鹭鸟"，尤其是黄陂区规模最大、花期最早最长的花海杜鹃，号称"杜鹃王国"。景区泥塑文化源远流长，始于唐朝，兴于道光年间，是中国泥塑文化艺术的代表，1976 年被中宣部批准为"中国泥塑之乡"，有"北有泥人张、南有泥人王"的说法。云雾山海拔 400 多米的白鹭林，每年春暖花开的时节，吸引着数百万只鹭鸟来此栖息，在巴山湖与天湖以及群山中飞翔。

景区植物种类丰富，有各种树木 150 余种，中草药材 600 余种；水体资源更是丰富，河溪纵横，泉瀑相间，滩潭点缀，呈现美轮美奂的高山景观。

景点故事和传说

矿巴湖

中心接待区东南角的矿山湖和西北处的巴山湖统称为矿巴湖

或矿巴水系。

矿山湖又名矿山水库，是黄陂境内修建最早的中型水库。水库拦截朱家河而建，于1957年9月动工，1959年12月建成，蓄水量达1500万立方米。从空中俯瞰，恰似一只展翅而飞的白鹭。巴山湖又名巴山水库，拦截巴山河而建，于1959年11月动工，1960年5月建成，蓄水量达1031万立方米。远远望去，该湖状似一只蝙蝠。一条连接渠把两湖连在一起，总灌溉面积达6.9万亩，让黄陂西部成为"鱼米之乡"。

矿巴湖依山蜿蜒，水质清澈见底。游人在这里可以欣赏到一幅幅山清水秀、白鹭纷飞、野鸭争游、鱼翔水中的美丽画卷，是泛舟、游泳、垂钓等水上运动的绝佳场所。

如今，已经很少有人知道，在碧波万顷的矿山湖下，淹埋着一座古老的村落杜塘湾。

清光绪年间，杜塘湾出了一位李光寿员外，家中雕梁画栋、良田千亩、骡马成群、金银无数，被附近十里八村的人们称之为"厅屋的"（"有钱人家"的意思）。同村曾有一位大地主满载3簸箕金银玉器珍珠玛瑙到光寿公家斗富。光寿公哈哈大笑，让仆人端出8簸箕金银珠宝。来客羞了个大红脸，狼狈鼠窜。从此，黄陂"西乡首富"的称号便非光寿公莫属。

光寿公不仅拥有8簸箕财宝，还有8个视若珍宝的少爷。不幸的是，其中的两个少爷早早夭折，另有两个少爷刚刚成年就在那个兵荒马乱的年代死于非命。光寿公痛惜之余，告诫幸存的4位公子："我攒下的家业足够你们吃上几辈子。我不指望你们金滚金、银滚银，也不巴望你们考举人、中状元，只求你们莫东游西荡，惹是生非，让我白发人送黑发人。"公子们诺诺连声，足迹再也没有离开家乡。

然而，无事便要生非。公子们终日游手好闲，几个少爷居然染上赌瘾和鸦片瘾，终日里在牌九、麻将、骰子和烟土里打转。短短一二十年，丰厚家产便荡然无存，只能挤在窝篷内靠典当旧物糊口。

与之相对应的是，那位与光寿公斗富失败的地主却因治家有道、聚财有方而日益发达、富甲一方。

云雾山间梦亦闲，湖澄翡翠浣轻衫。

明眸如水多情女，一片清歌绕夕烟。

液态精灵

一片酷似蝙蝠的湖水

一池展翅的白鹭

荡漾粼粼的矿巴湖

动物般游弋空之精灵

这是一种资源的积蓄

填补大地的一些空白滋养生命

静平镜照心

动拍岸惊天

巴山湖

躲进群山的巴山湖，怪不得像只蝙蝠，怕世人的目光洞穿心机。

终于闯进游人的视线，袒露出一方碧玉般的湛蓝，在斜燕剪春雨、杜鹃染赤波的季节，踏两脚泥沙，来到水边，我看水中的青山，任波揉动，无助无语；青山看水畔伫立的我久站不稳，醉汉一般，任水波摇晃。

一只游艇，犁着水面，溅起的浪花打湿游客疾驰的啸声。两只白鸟斜刺里飞来，在游客头上甩下声声啼鸣，倏然而过。

想起"何当共剪西窗烛，却话巴山夜雨时"的情景，千年前的爱里，埋藏着多少苍凉。而云雾山的巴山湖，正在孕育纯洁的情和激越的爱，送给游人铭心的快乐。

挽 留

如果说云雾山是位绝世美人，那么巴山湖就是绝世美人的眼睛，点睛之笔太难写。写美，只剩下对美的惊叹。

推开云雾山大酒店的窗子，湖光山色扑面而来。海子说："我有一所房子，面朝大海，春暖花开。"他说的是幻象，而眼前之景实实在在，反而美得让人不敢相信。云雾山大酒店豪华大气，面朝湖水、春暖花开。湖水是巴山湖水，花是红透山野、名闻四方的红杜鹃。梭罗在瓦尔登湖建小木屋而居，两年零两个月，始得世界名著。全心全意地与山水亲近，需要时间，需要"留下"，才有可能参悟山水的奥秘。此处巴山湖水，依山蜿蜒，感觉湖水的神韵也在一个"留"字：美丽的风景，是对游人最真诚的挽留。青山绿水，相存相依，若绝美爱情。山围水而坐，用一条坝的臂膀将湖水挽留在怀里，水用清澈的眼睛看着她的山，静静地相守，直到天荒地老。云雾山是绝世美人，而云雾山大酒店西北处的巴山湖是云雾山的一只眼睛，东南角的矿山湖则是另一只，她们将成千上万的白鹭、成千上万的以美为家的精灵留住。于是，一种美成为另一种美的家园。

如果有时间，游人也可在巴山湖边垂钓。垂钓时与湖水更近些，或可听见绝世美人眼睛说的话了，而我只是静静地推开窗户，看着湖水出神。"让鱼们自由吧，只是我已悬于这汪静水。"这是我哪年写的一句诗？我被美致命地钓起，致命地挽留，是眼前的巴山湖吗？

我在此只能停留一天，便记住了你，巴山湖。你至美的风景留在了我的相册里，留在了我的回味中。我在心里说，我还会来的，我的巴山湖！

花神广场

花神广场位于泥人王民俗村南端入口处，占地 28 亩。广场半为硬化地面，半为绿化带，并建有泥塑艺术博物馆，系本土泥塑文化的一个展示平台。这里是云雾山最开阔的地方，经常举办大型集会及文艺演出等活动，木兰云雾山旅游风景区开园仪式暨首届武汉杜鹃节、第十届木兰旅游文化节开幕式就是在这里举办的。

古时候，杜鹃花神醉后，竟在冬天里让人间的杜鹃花绽放，被玉帝贬为七仙女身上的一条纱巾。

一次，七仙女与几位姐姐在一起玩耍，不小心将纱巾遗落到凡间的云雾山。

转过年来，云雾山漫山遍野开满了红彤彤的杜鹃花，娇艳欲滴。这一年，王母庆寿，何仙姑送去的贺礼便是采自云雾山的一簇杜鹃花。王母见后爱不释手，向玉帝荐言恢复了杜鹃花神的神位，并在云雾山为杜鹃花神建造了一座美轮美奂的花神殿。

据说，眼下的花神广场，便是在花神殿旧址上建造的。

万花怒放醉东风，看取酡颜映日红。

坐爱广场春色美，楚腔楚韵最多情。

欣 赏

花神广场一处供鲜花休闲的地方

春天游人如花开幕如花

赏着杜鹃花的心情点亮朝阳

花神广场汇聚怒放的激情

杜鹃灿烂笑脸灿烂

杜鹃花欣赏笑脸点燃如火

种　植

四面青山怀拥广场，广场就拥有绿色的屏障。

长方形广场，被花浸染，神的双袖抖动芬芳。

我到广场一角铺展目光，半染阳光的亮色，半采红花绿草的时尚。

杜鹃节的清香还未散尽，木兰旅游文化节的喜悦还挂在枝头上，泥塑摊主还在点数钱包里的热爱，走神的眼光差点打在那对情人的温情上，一个窃笑，被悄悄收进泥塑卖品的包装。

到绿化带去种植祝福，让多彩的娇妍长出兴旺与吉祥。

花神就在云雾间

春天的云雾山是花的世界。当山茶新谢、玉兰将凋，人们深怀眷恋情意之时，五彩缤纷的杜鹃花接踵而至，明艳欲滴，含笑欲醉，花红似锦，蔚为壮观，令走进山里的人们耳目一新，心旷神怡，人人禁不住由衷地赞美这漫山遍野的杜鹃海洋。

杜鹃属常绿或落叶灌木，是云雾山中的主要花卉之一。盛开时节的杜鹃花绚丽多姿，种类、花型、花色、花期都胜过山茶。颜色呈红、黄、紫、粉、白，花团锦簇，遍布山林幽谷，是一道人人都愿一睹为快的独特的景观。难怪花神隐居其间，原来这里的空气清新甜美，吐着沁人心脾的芬芳。蜜蜂们是吸吮了花瓣上的珠露才得意地轻吟，百灵鸟是嗅到了花瓣上的芬芳才唱得那么婉转动听，五彩锦鸡和小兔儿是踏着春风拂拭下的花瓣才嬉戏得那么欢畅，青草、树木是有了花儿的相伴才葱郁茁壮，连岩石、土壤都是因为有了花儿的相伴才显得生机勃勃。

一个小女孩娇柔的声音在花丛中响了起来："多美的花儿呀！春风为什么要将它们扫落在地上呢?"几只柔嫩粉红的纤指轻轻地拈起绿草地上的落英，几朵杜鹃花在兰花手中动了起来，在一个稚嫩的心里鲜活过来，她再也不忍心丢下它们，她水灵灵的眼睛望着母亲。这是一个落入凡间的小精灵。

母亲笑着说："不能怪春风不乖，只怪杜鹃花太美。因为春风停不住自己的脚步，就非常想将杜鹃花带走，可是花神舍不得呀，她不同意呢！于是，春风就只得将已摘掉的花儿留下，只好将花儿的香味带走哟。"

"那香味儿能装得住吗?那我也要带一些回去。"小女孩甜滋滋地说。

"装不住的。你没见它在一路飘洒吗?"母亲回答说。

"怪不得我们还没进山就闻到香香的味道了，原来是春风从这里偷出去的呀！"女儿恍然大悟，"我怎么没看到花神呢?她追赶春风去了吗?"

母亲说："花神才不会这样小气呢！她就隐形在婆娑、亭亭玉立的枝条间，隐形在妖艳妩媚、热情奔放的花束里，隐形在这有声有色的云雾山上，她的使命就是守护着这满山的杜鹃花，让每一个来看花的人都能感受到杜鹃花的儒雅富贵、纯洁无瑕。难道世间还有比这更芳香素雅、更清丽可爱、更美丽醇厚的花吗！

"妈妈，我将这一捧香味送给您，作为母亲节的礼物好吗?"一双小手伸向了母亲的脸庞，一张笑脸如同花儿一样开在了母亲的眼前，满山的花儿开在了花神的心间。

杜鹃花开的时节，真是无比温馨、无比灿烂、无比眩目、无比幸福的 5 月。那正是人们去云雾山会花神的好时节！

泥人王民俗村

泥人王民俗村又名稻草王村。

村西有座象鼻山，与泥人王民俗村隔溪相望，横亘连绵六七百米。山上林木葱郁，因山形酷似大象的鼻子而得名。全村占地面积4.4万平方米，现有农家10余户，泡桐王氏家族的祖屋便在此处。村庄里古朴幽静的小巷、干砌石墙的农家住宅以及石碾、石磨，还有那觅食的一只只土鸡，加上村前村后的大片农田、打谷场、潺潺溪流、如黛青山，无不散发着独特而浓郁的农耕文化气息。当然，这里最具特色的还得数建屋垒砌时不用一泥一浆、浑然天成的"干砌"建筑艺术，颇具简约之美。

村中多为白发老人，有半数人家开办餐馆，用地地道道的土菜招待八方游客。

黄陂素有"泥塑之乡"之美称。汉阳归元寺的五百罗汉，便出自清代道光年间黄陂泡桐店王氏父子之手。云雾山脚下的泥塑世家，藤继绳连。尤其是泥人王村，历代在泥塑方面出了不少能工巧匠。

明清时期，云雾山香火旺盛，各市庙供奉的佛像均为泡桐前辈艺人所作。民国时期，云雾山下各湾村建庙修泥菩萨风行一时，当地杵师后裔用木雕、泥塑、油漆制作佛像、神龛、殿堂绘画等，创作了大量作品。

新中国成立后，泥塑传统工艺获得新生，内容转变为表现新人新事。20世纪70年代中期，云雾山下村村都有泥塑宣传陈列室，户户都有泥塑像，成为名副其实的泥塑之乡。1979年，泡桐店开办泥塑工艺厂，制作材料已由泥料转为石膏，形式由单纯的圆塑发展到组雕、浮雕，通过翻制、喷漆、彩绘等流水线，投入大批量生产，年产量达 400 万件，产品行销 29 个省市区，远销亚、欧、美三大洲 17 个国家。

泥人王氏美名传，慧性灵心此发源。

象鼻山前浣碧玉，白头翁媪说当年。

塑

泥人王用泥捏拿生活

用手艺谋生

将人的表情抹扶在指间

泥人王用泥捏拿世界

成为表达情感的艺术

世间百态把玩于心中

题泥人王民俗村

一个不起眼的村落，一脚踏进，就不想再度拔起，连灵魂也陷落其间。

这里有太多的传说盈村，以至闻之者肃然起敬。

这里有太多的掌故诱人，未见其村已久仰其名。

曾塑过汉阳归元寺五百罗汉的王氏父子，也塑出一代宗师的盛名。如云的香客祈愿和还愿，都深深烙进人造的图腾。

深山老林出名士，是得益于山之慧、水之灵、杨之俊、竹之巧；还是师承祖之技，又兼锐意创新，直把一个逼仄的小村塑进众口的传扬之中。

十几户人家，看似平常，却蕴藏玄机，诚若村中的思源观，能洞观其形，却莫悟其深。

几声鸡啼，还原农家小村。我从倚墙晒太阳的老人恬静的笑纹里，解读着那由远而近、又由近而远的艺术与文明。

晒太阳的老人

一位才女在来到泥人王村后，曾经提笔写下这段清丽而又略带伤感的文字："时间在这样的小村落里悄然流淌，悄然间，曾经如花似玉的姑娘便成了老妇，她们生活的重要内容就是静静地坐在房前晒太阳。"

今天，我也走进了这座小山村。出现在我眼前的，是一位位或许已经有了曾孙的乡下老人。

看那个嘴里没有一颗牙的老翁，健硕的腰身和一张国字脸尚残留着些许英气。年轻的时候，他或许是附近十里八村姑娘们梦中的情郎。

再瞧那个小脚老妇人，眉眼间依稀隐现从前的美丽。60多年前，当她坐上花轿吹吹打打地嫁进来时，应该是村子里最俊俏的媳妇呢。

然而，面前的他们早已不复当年那般光彩照人，只能靠回忆填充空白，在阳光下孤寂地感受年华的易逝。

如今，小村庄已经失去昨日的宁静。天南海北的游客让村中老人的目光里混合着疑惑和兴奋，而他们也变成了游客眼睛里的一道风景。

竹林寺

概 况

竹林寺，坐落于云雾山西麓尖刀山下的幽谷之中。寺院依山就势，布局恢弘，殿宇峥嵘，亭阁耸立。

早在唐代，此处就建有一座小寺庙，五代时遭兵燹。

明永乐年间，能济禅师被尖刀山雄奇秀美的风景所吸引，且考虑此地西南方向富庶村湾众多，不愁没有香客，便在原小庙遗址上修建起竹林寺。

清嘉庆和道光年间，随着上古寺一时湮没，竹林寺香火颇旺，不仅本地香客趋之若鹜，孝感、应城、云梦等邻县，乃至安徽、河南等地的善男信女都来朝觐。

同治四年（1865），路经此地的捻军抢劫了竹林寺的财物，并放火烧毁大部分建筑，至光绪初年才得以恢复。

民国初年，竹林寺再度消匿，"文革"后恢复。2008年，新的竹林寺开工建设，至2009年10月25日落成，当日共有来自名山大川的近50名高僧和1.6万名香客光临云雾山，出席竹林寺大雄宝殿落成暨全堂佛像开光祈福大典。新竹林寺为石木结构，歇山式屋顶，高达16.8米，建筑面积约400平方米，高大轩峻。大门右侧有高达1.2米、重达700公斤的生铁巨钟一口，鸣声铿然，远播山外。进入寺内，天顶为二龙戏珠图。正面供奉着一尊高达9.9米的观音金身塑像，据悉这也是中国室内最大的观音塑像。观音像两旁有善财童子与龙女侍立。环绕这三尊神像，供奉有文殊、普贤、阿弥陀佛、财神、祖师、药王、西方三圣、十八罗汉等大佛金身塑像共计25尊。

竹林寺左前方建有四面八方归圆亭，供奉有弥勒佛。右前方有一座石桥，名为三生桥，含前世、今生、后世之意。桥下为放生池，池水清澈，鱼乐水欢。

寺后山体植被葱茏，一任蒿草、灌木及枫树、柳树、槐树恣意生长。

这一带还有大面积的白云岩，呈北东-南西方向铺展开来，长约1500米，宽约400米，地质储量达5000万立方米。其岩石洁白如云，可作为高级装饰材料使用。

传　说

从前，在尖刀山山腰有一间茅草屋，住着母子二人。那个时候这个地方不生树也不长草，光秃秃的。烧水用的柴，也要靠儿子到山上去砍了担回来。附近的柳溪那时也是干涸的，喝的水要到很远的地方去挑。母子二人的日子过得非常清贫，唯一的收入是把砍来的柴挑到山下集市上卖几个钱。

母子俩人虽穷，却乐善好施。当地上山砍柴的人，都要到茅屋前的石椅、石凳上歇歇脚。一年四季，这家人总有热茶凉水供给路人，从来不收一文钱，为大家提供了很多方便。

观音菩萨听说有这样的好心人，就装作一个过路人进茅屋讨茶喝。老婆婆热情相迎，向客人递了碗热茶。观音试探道：“我走路走热了，想喝一碗凉的，有吗？”老婆婆连声说有，送上一碗凉茶。观音又说：“听说你儿子从大山沟挑回的泉水又甜又冰凉，还是换一碗泉水我解渴罢。”老婆婆二话没讲，连忙从水桶里舀了一碗泉水送到观音手中。观音一口喝下，笑道：“我拿什么感谢您老人家呢？”老婆婆摆手道：“我在这里住了20多年，来往的人成千上万，从来没收过茶钱，这就算我积的功德吧！”母子俩的一片赤诚感动了观音，观音对老婆婆说：“你们娘俩的心肠好，住的地方也该变好，我来帮帮你们吧。”一瞬间，山上遍地是树，溪水也从山上淌下来了，并且出现了一座寺庙，这就是竹林寺。观音还解下自己身披的一袭紫纱，化作寺周围的糯竹林。

掌　故

同治四年（1865），捻军大将杨三洼率部路经竹林寺北的天门寨时，遭地主团练武装阻击。交战中，天门寨大量乡勇负伤。趁着天黑，这些受伤乡勇被送进竹林寺救治。经过三天三夜的激战，捻军攻克了天门寨，并从被俘乡勇口中得知有部分乡勇已提前转移到竹林寺。杨三洼于是命令士卒抢劫竹林寺的财物，并放火烧毁了大雄宝殿、经堂、缮房等建筑。

竹林寺中僧人并未烟消云散，他们出湖广，走江西，向大户化缘募捐。同治六年（1867），被损毁的殿堂全部得到恢复。至光绪初年，竹林寺重现了往昔的繁荣，佛事兴旺如初。

云去云来不见山，林中薄雾送轻寒。

柳溪诱入竹林寺，坐与僧尼细说禅。

轮　回

竹林寺恣意生长空朦

一碗善举感动真诚

一次施舍富足了山林

竹林寺依山耸立

一念之差衰轮回

千年佛光再照

虔诚洒满山林

觅　踪

那对乐善好施的母子，早已从茅草屋搬进了古老的传说。

靠砍柴卖薪度日，而又悉心照料四方的砍柴人，多少热茶凉水，稀释着劳累，四季担走的是闪悠悠的温馨。

门前的脚步，走了又来，来了又走。石椅石凳上，坦然的歇憩，囤积下多少感激的语言。唯母子的慈与善，为过往的辛劳日子，添加些许的人性关爱。

是菩萨的慈悲，赐予这方土地上树、水、寺、竹的富有，也赋予这方土地精、气、灵、秀的韵致。

或许，那对母子从此侍奉神灵，化育着人世间的真善美，抑或去了不知名的地方，只有菩萨的神力才可达到。

我在竹林寺犹见潺瀑溪水淌着情与爱，仿佛是那对母子情与爱的延伸。

竹林寺感怀

从山顶下来，走进深谷之中。彼处天高地远，此时径曲心静，从高远到幽深，境界如此不同。一路林中鸟语，溪水蜿蜒，在三生桥上歇一歇，眼前便是竹林寺了。

曾经的竹林寺依山就势，殿宇峥嵘，亭阁高耸。传此处唐亦有寺，五代遭毁；香火始于明，盛于清，衰于民国初。想来寺庙的兴废与国运如此相关，令人唏嘘。听清风娓娓道来：山中一座寺，世上上千年。

想起唐朝诗人朱放说过的："岁月人间促，烟霞此地多。殷勤竹林寺，更得几回过。"一个"促"字，他把光阴说得如此恐怖，只不过是我们来去匆匆，仓促罢了。其实景区可以再来，美景可以又写，好的地方不怕重复，来得及的。

记起一次看电视节目，有一位高僧开坛讲法谈佛。他很有感触地说："佛"是指觉悟者。有觉悟的人就是佛。你有了觉悟，你就是佛。因此，佛不在天上，佛在人间，佛在心中；佛不是迷信者的化身，而是觉悟者的称号。

竹林寺如今在原址重新修建，给了游人一个好的聆听自己心灵的佛音场所。离开喧哗的城市，来云雾山竹林寺细细品味禅意佛语，"觉悟"生命的真谛，是幸事。

龙王尖古寨

概　况

云雾山向东南延伸的部分，山峦重叠，沟谷纵横，突出的山巅名为"龙王尖"，海拔 385.6 米，龙王尖石寨（又名永安寨、永安寨城堡）便坐落在这里。

龙王尖主峰之巅有一座古庙，名曰"龙王庙"，建于明宣德二年（1427）。龙王庙建筑面积达百余平方米，分左中右三殿。中殿为主殿，供奉的是龙王神，左右分别供奉观音菩萨和龙王娘娘。明万历三十四年（1606）秋，龙王尖北坡突发山火，龙王庙几成灰烬。之后几度建与毁，今已不存。

龙王尖石寨的历史较之龙王庙稍晚，始建于明景泰七年（1456）。当时明朝政治腐败，社会动乱，不时有匪盗来黄陂西北乡烧杀抢掠。为"御匪安民"和防范北坡山火，村民开始集资始建龙王尖石寨。明清之际，石寨历经多次维修和复建。至清同治七年秋，城堡式的龙王尖石寨全面建成，时黄陂知县刘昌绪前往祝贺，并为城堡起名为"永安寨"，取其长久平安之意。

龙王尖城堡建成后，四围的石寨周长达 12.5 公里，圈地 1.5 平方公里。石寨倚山踞岭，气势磅礴，耸立在云缠雾绕的群峰之上。寨墙由块石、条石、片石大小间压，缝隙填塞碎石土渣干砌而成。寨墙平均高 3.5 米，全寨共有四大寨门，以南寨门为最大、最牢固、最壮观。石寨按九曲八卦阵建造。寨墙上均砌有哨口、箭窗、礌木檑石发座、烽火台等。内墙半腰有 1.1~1.4 米宽的巡道。哨口、箭窗一般每隔 1.8~2 米一个，主要用于瞭望、发射弹和飞箭。烽火台有多座，其中一座设在峰巅，一座设在西寨门。此外，南寨门寨墙上还有土炮一门。这种城堡式的山寨，易守难攻，即使遭围攻，寨内有粮有水，便于坚守待援，可两三个月不出寨门。

咸丰九年（1859），湖广总督官文曾为建设中的龙王尖石寨题写了"固若金汤"牌匾一块，以示褒奖。龙王尖石寨在建修过程中，就已经成为周边民众"避匪""躲长毛"的"难民集中营"，难民最多时达数万之众。明末至清同治的200多年间，此处发生大小战事10余次。

龙王尖石寨较之黄陂境内的其他石寨，除修建年代较早、规模较大、发生战事较多之外，更具特点的是，建修石寨在满足避难安民这一功能的前提下，还充分考虑到其居住、经商、娱乐等方面的功能。寨内分地势、地段、村湾、人员、财物等不同情况，共建成用于驻扎乡勇、存放武器、居住、议事、治安、经商、圈畜、娱乐的大小石板屋1200余间。石板屋单间面积最大的达110平方米，最小的不足4平方米。其中，南寨门左侧的兵备房是当年驻扎兵勇、存放武器的石屋。

咸丰末年，在寨东桐子岗，大户杜承绪牵头建起一条包括客栈、药店、杂货铺、当铺、铁匠铺、裁缝铺、木匠铺、磨坊、酒坊、染行、赌场的街道，时称"天街"或"生意街"。另外一位大户沈炳元在寨西小菜沟建起一个"百人卖菜，买菜千人"的菜市场。在寨内建街道和菜市场，这是省内外石寨极少见的。此外，龙王尖石寨内居民居住的石板屋有高下和穷富等级划分。石板屋分为三等。公用房、大族、大户、富户的石板屋较之小族、小户、一般百姓住的要宽大一些，其地段位置也较好。而杂姓、穷苦百姓、流民的石板屋比起小族、小户和一般百姓住的石板屋来面积更加窄小，地段也更加差。

不仅如此，龙王尖石寨内既有唱戏的乐场，又有所谓的"侍屋"。侍屋又名"韵春房"，也就是妓院。韵春房建在主峰龙王尖下水塘左侧，是寨内富人和花花公子寻欢作乐之所。

19世纪后期，伴随太平天国的失败和捻军的覆灭，这座城堡逐渐淡出历史舞台。光绪三年（1877）后，此寨逐渐成为一个无人居住、茅草丛生的空城堡。然而，石寨如同圆明园遗址，不失为进行历史文化教育的一份活教材。

掌　故

龙王尖早年被叫做"尖山"，之所以得名"龙王尖"，与一位农民起义军首领有关。

北宋淳化年间，一支农民起义军被官兵击溃后，一位姓龙的首领率残部退入尖山，自称"龙王"，并将尖山改名为"龙王尖"。这位"龙王"率部在龙王尖伐木立栅、搭草舍、掘水井、开垦种植，准备长期驻扎下去。然而上天未遂其所愿，没过多久，他们便被官兵剿灭。

龙王尖石寨管理上的健全严格是一般山寨不具备的。

龙王尖石寨的总负责人为堡首（亦称"董首"或"寨主"）。石寨的第一任堡首为龙王尖北麓七房湾士绅杜承绪，副堡首为其姑丈沈炳元，由山周围的杜、彭、黄、沈、官、许、刘、杨、陈、程、闵、邱、李、魏等20余姓、数十个村湾的民众共同推荐产生。杜承绪、沈炳元之所以能够当选，是因为在这座石寨的兴建过程中，他们两家出资最多。

堡首以下，乡勇有舵掌统领，舵掌以下设队总、队长、队目，分别负责各级武装事务。商会有会长，会长指派行头具体管理商务。民事矛盾纠纷调解由公局负责，公局由一保或多保、一会或多会、一坛或多坛共同出资出人组成。另外，各姓有头人，大族有族长，帮会有会长，众坛有坛主，大家一起协助堡首处理各类事务。

石寨还就防范山火、进出寨门、饮用水源、牧放牲畜等立有寨规，并指定专门的管理人员。

可以说，龙王尖石寨自成一个小天地，是一个特殊的社会群落，是研究明清两朝尤其是咸丰同治时期社会状况的理想标本。

在石寨北寨门南坡一带设有一座乐场，也就是戏园子。乐场是开放式的，不卖票，多是大户出钱，富人穷人一起听戏。

1868 年，龙王尖石寨全面建成后，泡桐店大户特意凑银子到汉口土荡子（今长堤街）请来花鼓戏班子唱戏庆祝。同治初年，黄陂东路、北路、西路皮影戏班子频频到此献艺，其中以李家集的西路皮影戏演出的时间最长，也最卖座。

据了解，西路皮影高约 1.2 尺，一台皮影两人即可表演，其中一人提影子兼说唱，一人打"家业"（打击乐器）附和接唱。打击乐器有大锣、小锣、马锣、钹子等。演出以说为主，配以唱词。

踞岭依山古寨雄，木兰干砌夺天工。

风流云散留空楼，野草闲花夕照红。

历史标本

古寨自成一个社会群落

藏起一串人间故事

淹没在时间荒草一角

龙王尖组织严密的山寨

成为一段历史的标本

放牧在岁月的深处

久久沉默

谒古寨

走进古寨，薄雾飘来擦把汗，温柔得惬意。

静极，只有微微山风吹响草丛树梢，还需侧耳细听。蓦地，一只野鸡在不远处腾地飞起，翅膀载着那粗哑的叫声，飘落在山那边的神秘之处。

好大的空间，曾容纳四里八乡的平安；好热闹的寨内，曾浓缩一个广博而多姿多彩的社会；好坚固的干砌石墙，曾把战乱挡在寨外。

寨墙上的哨口，瞭望着战争与和平的交替，洞察过民族流血的伤口，也目击山花开出和平的娇妍。如今，又收纳游人的欢愉，只是复杂的身世里多了沉默的忧患。

古寨，一部乡村的兴衰史。翻读它，能走进社会的深处，唤起灵魂的觉醒。

感慨山寨

龙王尖古寨，藏得不露声色，让人好找。她躲在青山里、云雾间，裙裾飘飘，掩面巧笑。

我爬上这占地千顷的山寨，抹把额头的汗，扑入眼帘的除了绵延几十华里的寨墙，便是错落有致的街道、石屋、漫山遍野。山寨的规模，应当不亚于当年的黄陂县城，难怪这里能够容纳数万难民。

山寨里的黄陂人颇富足。家徒四壁的人家是不用上山逃什么难的，真正的"无产阶级"要钱要物没有，要命有一条！而且，数万人隐居山岭长达数周乃至数月，荒于耕作，没有丰厚的积蓄，何以为生？

山寨里的黄陂人是讲规矩的。寨有寨规，但关键是要人遵守。据说，当年山寨里路不拾遗、夜不闭户，社会秩序胜过太平盛世。

山寨里的黄陂人小日子过得有滋有味。那一家家菜场、戏场、杂货铺、裁缝铺、木匠铺、磨坊、酒坊，可以满足大伙的几乎全部生活需要。想象一下，那小康人家子弟，白天沐浴着凉爽山风喝两杯老酒，夜里傍着皎洁山月瞧几出皮影戏，简直是神仙般的日子呢。

山寨里的某些仁兄也真够荒唐。刚顾过命来，甚至仍然是危在旦夕，却钻进"韵春房"左拥右抱，溜进赌场吞吐金银，难怪会出现"长毛攻到城门外，慌忙逃窜摔断脚"的一幕。

惜乎山寨身处偏僻山岭，一旦天下太平，等待她的便是被抛弃的命运。炊烟已灭，市声不闻，笙管早绝，只沦为一片断垣残壁，剩下无边无际的孤寂。

今天，当我站在古寨之巅俯瞰，看到的是农夫在织锦般的田野上耕耘劳作，是一幅化剑为犁、宁静富足的生活画面。山寨历史的谜语，未来的命运，以及其他相关的疑问，只能留给时光去解答。

木兰胜天农庄

木兰胜天全景

木兰胜天第二届菊花展

木兰胜天浮桥

木兰胜天瞭望台

景点简介

木兰胜天风景区

　　木兰胜天是国家 4A 级名胜风景区，东临红岗山茶场，南接王家河，西连木兰山，北望木兰湖，是黄陂木兰景区之一。2016

年元月份竣工完成玻璃滑道、玻璃观景平台。景区内的胜天农庄始建于 1995 年，前身是知青下放的胜天林场，占地面积 6000 余亩，其中水面 300 余亩。它四面环山，中间是水，风景秀丽。2000 年创建户外休闲基地。胜天农庄历史遗迹丰富，茶马古道上留下的是古代的商旅足迹；灵宫殿的建造和白马寺与木兰山道观同步，始建于唐朝，它是当地民间宗教历史的见证。

景点故事和传说

黑　沟

由于亿万年的地壳运动，峰壑跌宕，水滴石穿，在三面青山的壑缝间，形成了一条长长的峡谷。因坡上和谷底的石头形状奇异，颜色乌黑，被胜天人称之为黑沟。

黑沟全长约 1200 米，上接瑶池，下连胜天湖，三面青山，海拔均在 750 米以上，可称沟深；两岸老树青藤，红花绿草，大小石头形状各异，可称沟美。

黑沟的水，清澈灵秀，川流不息。它源自瑶池、木兰山，经洗手堰暗渠流到胜天湖。

我们从农庄的正北面向山里进发，走过一个新筑起的大坝，穿过一片林地，就来到了被称之为黑沟的风景点。当我们问起为何称之黑沟时，主人给我们讲述了这样一个故事。

很久以前，此地群山连绵，因久旱无雨，山上时常发生火灾，殃及附近百姓。有一条青龙云游而来，看到此处情景顿生怜悯之心。于是降至一座山顶，经过一番仔细观察之后，终于发现在两峡谷之间，隐藏着一条旱龙，就是它祸害百姓。青龙不由大怒，当即从山顶冲下山谷，并在空中形成一道乌黑的云雾。

那旱龙也非等闲之辈，起身应战。当时就在这方圆数里之地展开一场恶斗，只见电闪雷鸣，狂风大作，暴雨倾盆。当地百姓都不敢出门。

天昏地暗之中二龙大战近百回合，旱龙终究不敌而逃，青龙则在此兴云播雨，普降甘霖。待雨过天晴之后，附近百姓纷纷拿出祭品，来到两条巨龙大战之处，焚香燃烛三拜九叩。

人们把这条二龙大战所形成的山沟称之为黑沟，以此来纪念青龙的万世功德。

忆王孙·黑沟

石奇山陡黑沟深，秀水长流日夜吟。

古树老藤香可闻。欲芳芬，跃上悬崖一片青。

奶　果

黑沟盛产墨绿色的奶果

墨绿色伏地抱养黑沟

独特成这农庄的精灵

黑沟的黑，孕育奶汁的白

白的奶汁一样养人

黑沟越走越光明

心陷黑沟

黑沟这名字土得掉渣，原汁原味，好记。诗云："黑沟水库云中现，千年荒山变良田，响应号召人胜天，胜天农庄落人间。"黑沟，长满野草，这里有农业学大寨时挖的一条引水沟渠，使得当年的知青们故地重游时，感慨心中那些沟沟坎坎。

但真正使黑沟名声远播的，不是它的传说与掌故，而是能够成为竖起的"岩壁芭蕾"的攀岩运动。

眼前 31 米高的绝壁之上，安装着攀岩用的安全设施。想来在不同高度不同角度腾挪、转体、跳跃引体等惊险动作，是一件多么刺激的事情。它以纯屏障满足游人回归自然、挑战自然、进而挑战自我的欲望，在攀岩中学会坚强，在与大山的拥抱中获取力量，在征服中享受成功与胜利的喜悦。

拉着黑沟岩壁顶端至岩下的一根粗大的纤绳，我们从侧翼向上攀登，天空不再高高在上，它就在岩壁上和我们平视。原来岩壁也是一种道路。想来生活和攀岩的道理一样，需要我们换一种角度去审视。

攀登者在岩壁上稳如壁虎又矫似雄鹰的身影，让我感慨最现代的运动也是最原始最本色的运动。套用春晚"小沈阳"的一句话来说：我和你一样一样的，都是土得掉渣，你黑我红，你是纯天然，我是纯黑沟，你说这是为什么呢？

瑶　池

从石锅石灶向西走 200 米，就能看见一口泥刀形的池。它三面环山，一边围坝，坝长 200 米，坝高 40 米。池水深浅不等，水满时，最深处达 20 米。该池海拔 600 米以上，以水的神验灵气著称，被当地人们称之为瑶池。

瑶池四周垒着一些形状和颜色各异的大小石块，风起，池水向石块撞击，反溅出浪花，煞是壮观。用瑶池水冲洗身体，有解热消毒作用，特别对皮肤病有很好的疗效。

瑶池原名叫上堰，因为她的地理位置特别，池水能医病，有很多美丽的传说。

　　相传，在清朝康熙年间，瑶池附近罗家岗有一位美貌姑娘得了麻风病，全身开始溃烂，衣服都很难穿了，受到人们的歧视，家里人惧怕传染，把她当作负担。于是，此女产生了轻生念头。有一天，她只身来到瑶池，坐在池边，痛哭一阵后跳入瑶池。

　　不一会，她浮了起来，怎么也沉不下去。轻生不成，她默默回到家。过了几天，她又来投水，还是浮了起来，又没死成，带着悲伤又回到家。再过几天，她还来瑶池投水，同样没有死成。无奈，她坐在岸上痛哭："人人嫌我病，我去死，怎么连阎王爷也不收。"姑娘说罢，又号啕大哭。正在她绝望之时，突然感到身体爽朗，再一摸，身上的痛疮全没了，还了她原貌。姑娘欢喜若狂，回到家里，家里人莫不高兴，结果这件事一传十，十传百，传到了皇宫，在选妃的时候，被选入宫做了娘娘。

　　天光云影幻明霞，衣袂飘飘恍到家。

　　圣洁瑶池涵博爱，悄从心底唤妈妈。

超度凡心

瑶池临凡

让俗人充满仙心

一种向往的遗漏

洗去我们凡俗的困顿

来来来

坐下来临池把盏

让凡心抵达一回仙界

自我超脱

瑶池圣水

一池碧水治好麻风病人的传说，美丽了多少人的心境。

躬身掬一捧透明的液体，指缝滴落爽意的清凉，在艳阳高照的三月春分正午。

水上钢索，滑行着阵阵惊笑，碧波里浸透游客不尽的欢愉。

一双双赤脚，伸进健康与长寿的传说，摆动的水波浮游着雅致。一条小鱼，游进众目，带着一声惊叫，转身游进深幽的水域。那份逸兴，值得诗与画去追踪。

我去过新疆的天池，带回鲜活的流韵，我把它移植于瑶池，虽然映不出雪峰的美妍，却有璀璨的山花动人眼眸。

瑶池与天池，带我走近又走远，令我想远又想近。

春绿瑶池

群山环抱的胜天农庄，是一个远离喧嚣的世外桃源，古诗云：人间四月芳菲尽，山寺桃花始盛开。我们来得正是时候，庄前的桃花浮起片片云霞。风景沿蜿径延伸成深远的意境。春色漫来，黄色的蒲公英间或点缀在层层葱翠之间。

攀越黑沟崖壁之后，我们一行人气喘吁吁地前行，没走多远，蓦然感到轻风送爽，一塘清澈的池水竟出现在眼前，池边立一石碑：瑶池。文友吟诵道：满目青绿满目秀，遍处翠色遍处香，瑶池携山春有意，疑是嫦娥在人间。我正惊叹他的才情，他却笑道：景是眼前的，诗是别人的。

这时，导游快乐地招呼大家说："瑶池的水洗洗手，凡人也能活到九十九，瑶池洗洗脚，一生不打针不吃药。"于是我们涌向池边，捧起清冽的池水洒向同伴，美其名曰：王母娘娘的圣水来了。

瑶池之水能治好皮肤病，的确不假，上游崇山峻岭，药木丛生，药叶新陈代谢，落在水中，水往下流，积于池中，年积月累，故有消炎杀菌之功效，以致瑶池素有"药池"之称。

瑶池是安静的，它静卧于山腰，陪伴着春花秋月，注视着风起云涌，固守着古朴和诗化的田园。它的美是需要你静静地慢慢地去体悟的。

情人石

从瑶池出发，向西北走 300 米，就可看见两块竖立的石块，高 2.5 米、宽 1.5 米、长 2 米，石上爬满了奶果藤，这两块石头常年近距离相互守望着。奇怪的是两石上的奶果藤仅一块石头结奶果，似有雌雄之分。两石之间，竖立着两块相似的小石。当地的人把两块大石称为情人石，把两块小石说成是情人石的一对儿女，其自然景观感人至深。

相传，一对深深相爱的情侣来这里相偎相依，他们倾诉着彼此的深情，共同度过快乐的时光。

无奈，战火纷飞，男子离村服兵役去了，久无音信。每天，女子依石望着自己爱人离去的方向默然垂泪。哪怕有一点儿的消息都能让她为之动容，然而伴随她的只有这青青山石，日复一日，年复一年，这石也浸染了她深深的情感。最后，她因思念成疾离开人世。

战争结束，男子回到村子，却再也见不到他的爱人。他来到他们曾经相爱的地方，追忆那甜蜜的往昔。而那石似乎也变成了他的爱人凝视着他。他抱着石头久久不肯离去，他与石合为一体，爱的灵魂锲入这山石之中。

天生奇石两相亲，女戴凤冠男佩巾。

四季绵缠奶果枝，父怜母爱育双婴。

坚 贞

情人石厮守着春秋

读得懂天长地久

向我们讲述自家的幸福

看着我们走近岁月悠悠

不变的石心随日子跳动

看不懂流云的变故情愁

我们转身踏青而去

带走的可是石头的坚贞与不朽

爱

石化的恩爱，见证天长地久。

黑沟一隅，竟藏着一对如胶似漆的情侣。

许是经历太多的磨难，爱才走进大地的幽深处，许是羡慕桃花源般的日子，平实的甜蜜灌满四季。

多情的奶果枝，如凤冠霞帔青葱过往的岁月。膝下那双儿女注释一桩婚姻的圆满。奶果浓醉的液体，润养着生命的渴望，而爱成为大山富有的源泉。

站在情人石前，品说"情"的意蕴，多么净化心灵。

情人的身姿

有情人终成眷属，这是中国人对于爱情最美的祝愿。胜天农庄的情人石，千万年来以爱的身姿，向人们展示着世界上最美的爱情故事。

沿黑沟，攀绝壁，达瑶池，再前行数十步，可见一左一右竖起的两块石头，其大小形状，都与常人极其相似。它们并肩而立，脉脉含情。亿万年以来在风雨中凝望，在雷电中相依，在阳光下微笑，在月夜里细语。也许，它们相隔很远，甚至埋在地下很深。可是，距离也好，黑暗也罢，一切挡不住两颗相爱的心呀！它们使出浑身力气彼此靠近，它们突破种种障碍向上崛起。终于，它们彼此相见了，它们近在咫尺了，相爱的力量使它们永永远远聚在一起。

它们还有一奇特之处。两块石头的上面，分别长着一棵叫做奶果的藤蔓植物，四季常青，能结出一种圆锥形果实，其大小如婴儿拳头，乍一看去，仿佛一个个挂着的铜铃。摘下一个，破口的地方马上就会流出很黏很白的乳状液体，据当地人说这是产妇下奶的绝好药材。说来奇怪，两棵奶果藤，只有右边一棵长出奶果。这种巧合，让人们更加相信它们是男女分工，各司其职。

这不，在它们之间还有两块小的石头，其大小如孩童，憨态可掬。无须质疑，这就是它们的爱情结晶了。自然的造化，让这一家看上去是那么其乐融融。人世间嫌贫爱富喜新厌旧的事情比比皆是，爱富和喜新又能维持多久呢？他们远远比不上这两块石头的爱情。它们爱得单纯，爱得圆满，爱得亘古。时下，不少真心相爱的人慕名而往，在它们的面前许个愿，合个影，甚至是顶礼膜拜一番，为世上的爱情又增添了许多幸福的活性因子。

竹林古刹

从情人石出发，向东南方向沿瑶池走约 400 米，就能看见密林里有好几座坟茔，上面长满了花草翠竹，据当地人讲，这里就是当年竹林寺庙中长老和尚的坟地。

许多年前，在这片竹林中，有一座富丽堂皇的寺庙，曾经富甲一方。寺庙承接木兰山的香火，和木兰第一宫并存，来此寺庙烧香拜佛的人络绎不绝。寺庙本着行善积德的宗旨，为当地人做了不少善事，极具影响。然而岁月无情，沧桑巨变，使这竹林古刹片瓦无存，难觅其踪。

寺庙当年隐竹林，晨钟暮鼓遐迩闻。

悠悠岁月风云过，唯见山中座座坟。

遗　韵

空竹临水生长茂盛
古刹被风雨移成传说
注目遥想的游人
抚着竹叶青翠的沉默
装着自个儿心中的古刹
放眼临波遐想

怀　想

踏着传说，走进那片竹林长出的新嫩。

弹丸之地上，寺庙的烟火熄灭于那场"文化革命"浩劫，依稀的遗迹落满岁月的尘埃，杂草杂木承载不起牧童拾金砖的传说，曾经富甲一方的雄伟和气派萎缩于癫狂的一个时代。

月光抚摸这块坡地，佛的尊严还根植于这方神奇。我仿佛看见肩担瑶池水的和尚，水上的佛经还在摇动着白云碧天，悠悠，担不尽那香火鼎盛的繁荣。

从土里刨出一片残瓦，好轻，如历史的胸前挂不住一枝艳丽的山花；好重，上面遗存着住持的无奈、怨恨以及对神的无限虔诚。我把这片残瓦收藏，心中复活的竹林古寺不再有毁弃之虞。

凭吊那座座坟墓中的僧士，精深的禅机曾经浇灌这片竹林，而新生的竹林就是他们灵魂的再生。不见竹林中的古寺，但见古寺中的竹林。竹林，就是古寺的化身与见证。

忆 念

来到竹林古刹的遗址前，眼前古刹没了，竹林还在，清风拂动，我看见阳光的金色在清翠竹叶上舞蹈和地上筛下的斑驳光影，竹林远处的山坡上有许多和尚的野坟，坟上摇曳的荒草似乎在诉说着岁月的沧桑。

历史上的竹林寺其实是远近闻名的，用个词来形容就是曾经"阔过"。相传，寺附近的村庄里，有个父母双亡的放牛娃，因他身世悲惨，寺庙里的方丈好心收留了他。每日除了教他诵读经文外，也让他做一些力所能及的担水之类的轻活。一天风雨交加，放牛娃在一处山岩下躲雨，无意中竟拾到一块乌色的方砖，他觉得稀奇，便捡回寺庙交于师傅。方丈见之很是高兴，嘱咐放牛娃明天继续捡乌砖。这事也怪，寺庙中其他的小和尚却怎么也没有这样的运气。原来这乌砖竟是乌金砖。竹林寺不久便成了富甲一方的寺庙了，寺庙里的香火也更加鼎盛。

如今竹林寺早已不见一砖一瓦，除了一些众所周知的原因外，我想，四面八方的人们来此寻宝，乌金砖的传说也就加速了竹林寺的消亡。

有什么能够超越富贵与贫穷？又有什么能够战胜时间？

关于竹林，我想到的是，魏晋的竹林七贤在竹林中饮酒赋诗，飘若神仙；宋代的苏东坡，万竿千篁支撑起他的孤傲；到了明清，"扬州八怪"的郑板桥，卧听衙斋萧萧，吟诵民间疾苦声。

古刹没了，眼前也只不过是一丛秀竹，在风中念着竹枝词，"虚心养直气，劲节凌寒色"。是啊，人生之美不就在于几杆清竹两袖清风吗？

斋饭石

由木兰第一宫出发，向南行至半山坡即可看见数块形状特异的石块，高低不平又错落有致地组合在一起，酷似一碗斋饭，胜天人叫它斋饭石。斋饭石体积很大，在几块巨石上，又嵌着几块小石，呈白色，在阳光照射下，犹似和尚或道士端出的斋饭供品，凌空而放，令人兀生敬畏肃穆之感。斋饭石周围是碧树绿草，不时传来几声鸟的鸣叫。在这样原始而又清新的环境里，听动人的传说和故事实乃一种心灵的享受。

晶莹灵石证沧桑，尘海回舟空岭藏。

寄语流连踏青客，凡斋拂拭焕华光。

斋饭石

被岁月冻裂的石头如米粒

禅心所至

石头也成斋饭可见石头的佛心

人吃斋饭不一定真念佛

这是人心眼太灵动么

一心向佛禅悟的境界全出

木兰第一宫

游客经洗手堰，步入丛林，向西走千余米，即可到达木兰第一宫。

木兰山周围修建有东、南、西、北四宫（庙宇），木兰第一宫位于木兰山东面，为东宫，排序为一宫，故称木兰第一宫。据传，在许多年以前，有一位为行善免灾的富人，在此修建庙宇。

庙宇建成，却未用中梁，于是有无梁（量）寿佛之说。木兰第一宫受木兰山教化最深，影响最大，弘扬佛道，接济贫穷，传播木兰精神，于是又有"有求必应"的盛传。木兰山东南方向的香客，经过此宫都要顶礼膜拜。"文革"中，原木兰第一宫全毁。现存的木兰第一宫是"文革"后重建的，虽有失简陋，但此宫仍然坚持木兰第一宫的佛宗道义，做了诸多善事，盛名遐迩，到此宫朝拜的香客来自四面八方。

苍山存圣殿，心底漾清风。

揩首灵宫佑，木兰第一宫。

拜木兰第一宫

朝山第一拜

上一步，无量大尊随心辽阔

再上一步，善缘临佛逐意弥漫

宫门广开

打得开的是心诚所至

打得开的是慈善所往

木兰第一宫前的沉思

走进胜天农庄，沿一野径缓行二三里，有石屋卧于山坡。屋边梨花灿烂，以为是一山间民居，近看才见院墙上书："木兰第一宫灵官殿"，甚觉奇怪。

木兰第一宫怎会在此？青石干砌的院墙有些低矮、有些破败、有些沧桑，四合院门正中写着"人间净土"。据随行的导游介绍，这灵官殿曾经香火鼎盛，对每一位朝拜木兰山的香客和游人来说，这是他们进木兰山的第一道宫门，宫殿里供奉着观音、灵官二位神灵。可以想象从洗手堰开始，香客们三步一叩、五步一跪灵官殿的情形。如今已看不到这样的膜拜者。

听灵官殿的主管说，昔日曾有一财主因平日里吝啬，对人刻薄，想进灵官殿祈求心愿时，虽携带厚财却被拒绝了：若想进殿必须与子女一刀两断。财主百思不解，后来在儿女的点拨下，将家中大秤进小秤出的所有秤杆折断，将手中的钱财赈灾济贫，便能在灵官殿前拜菩萨。还有一位穷人，外出打工一年，将他赚到的一斤香油敬奉到灵官殿前，受到菩萨的保佑。诸如此类，积善行德乃佛门宗旨，为人处事最重要的是心诚、是敬畏、是断念、是修德。

胜天湖

20 世纪 60 年代末 70 年代初曾遇三年大旱，大塘小堰枯干，良田歉收，胜天人发扬愚公精神，在这万年峡谷里修建了胜天水库。

农庄对这座水库复加改造，巩固大堤，开通渠道，修建桥梁，在库里隔塘造堰，使水库的水更加纯净清澈。胜天湖水面约 120 亩，深水达 20 米。胜天湖的水非常适合养鱼，每年湖里存鱼 10 余万斤，种类达 20 多种。湖水倒映青山，沉浮日月，若撑一小舟到湖中击水，更令人沉醉。

胜天这个名称，源自农业学大寨的火红年代，非常响亮的口号"人定胜天"。

20 世纪 70 年代，敢想敢干的胜天大队的干部社员们，为了将农业学大寨的行动落到实处，就在这群山环抱风景如画且又是一个天然盆地的豁口处，完全靠镐锹锄头、箢子扁担，肩扛背驮，筑起了一座大坝。其蓄水量近 1000 万立方米，能灌溉万亩肥沃的田地。往日靠天等雨的土地从此成了旱涝保收的高产稳产田。从此，胜天水库这个名字从方圆数里传向王家河公社，传向黄陂全境。

2005年开始，这座被当地人视为金盆银钵的水库，被人慧眼识珠地冠名为胜天湖，且在它的上游建起集旅游、度假、休闲、娱乐健身于一体的山庄。这就是山水相依、陶情怡性的胜天农庄，一个大都市近郊乡村休闲游乐的最佳去处。

千年峡谷出平湖，秀水轻舟鸟戏鱼。

倒映青山浮日月，清流飞泻溅珍珠。

装

人改造自然的一点积蓄

支票里开出微波

湖面倒映飞鸟山花

能说会唱的风儿独自劲歌

荡漾一种生存活力

拍岸起舞活泼宽阔

攀援的目光越过湖水

支取一点自然看谁泛舟停泊

明洁之湖

积蓄大山的液体，沉淀为透明的深蓝，灵巧的野鸭啄一口跌入浪中的白云，而后一个潜泳，让溅起的白云破碎为一道风景。

点数水中的青峰，如画悠动，每一笔都抹出清新，那么养眼又那么润心，随口吟出一句诗，挂在青峰，被水收藏，永远晶莹。

脚步丈量宽厚的堤坝，似见当年如织的扁担悠悠，夯歌阵阵，高音喇叭里的样板戏染红落日，层层厚土筑起红色的希望。

农业学大寨时代远去了，湖里聚蓄着岁月的沧桑。

收起一网银白的跳跃，引来头上飞翔的翅膀，湖里有打捞不尽的喜悦，堤坝上堆积不下没完没了的饱尝目光。

夜游胜天湖

在胜天农庄游玩一天，晚上入住客房，拟明天返程。忽觉未曾领略农庄夜景不免缺憾。遂披衣出门，一头扎进浓浓夜色。

临近午夜，四处的大山显得宁静而神秘。信步踏在石径上，脚步声铿然有致。玩味"僧推月下门"的意境，草丛中有动静，不知是刺猬之类觅食，还是虫蛇游动。壮胆前行，放眼四望，人淹没在大山之中，难免悚然。

来到胜天湖，四面环山，山水相依，颇得益彰。柳宗元携亲带友写成《小石潭记》，若置身此境，未知柳公该写出何等妙文。此时水平静如镜，中间一片晶亮如茶色玻璃，四面因山影倒映而显墨黑，像被剪下边角的布匹。镜中星辰历历，星光秋水悠然。不知何处"啵儿"一声，应是鱼儿的午夜惊梦。

漫步堤上，山风吹来，阵阵凉意从头窜到脚。仰望天空，繁星点点，钻石般璀璨夺目，稍暗的则攒成一团如水晶葡萄。低头在水中寻找，那些葡萄竟然隐匿不见。移目东望，天空渐显一片亮色，大约是弯月升起，只是被高峰挡住视线。而群山环绕，远处一片毛茸茸的黝黑，近处可见树梢参差，蓦然一声鸟啼，我回应响亮的口哨，消失在夜的深处。

山里夜气湿漉又清新，如冰镇后的绸缎轻轻掠过皮肤，爽意极了。我深吸一口气，先前被香烟熏得麻木的味蕾细胞，此时一个个都活跃起来，舔尝着夜色。我清醒得微醉了。想来我的这次夜游，应是不知我者谓我疯狂，知我者为我鼓掌。

知青点

在胜天湖西南角，有一个虽破旧但结构完整的石院，石院内还保存着一间间土木石瓦砌成的房屋，每间宽约 10 米，院内荒芜，长着各种野花野草，甚至长出多种树木。这就是 20 世纪 70 年代下放知青集体居住点，简称知青点。当年的下放知青，以班、排、连为编制，采取半军事化生活，集体学习，集体劳动，集体居住，有男有女，最小的 16 岁，最大的 23 岁。知青们在这里战天斗地，农庄现存的不少景点就是他们创建的。知青返城后，胜天人为了纪念这一段历史，至今还将遗址保留。胜天农庄将全面修复知青点，供游人观赏。

斑驳石墙角，杜鹃寂寞红。

白头游客至，指点夕阳中。

知青石院

穿过知青年代的灰瓦土墙

残存的信息写满空寂

荒草能说的只有燃烧的符号

想得见的辉煌已成断壁

一棵老树摇着歌谣

听得见的风歌阳光绕指

围着记忆早已跳槽

新来的脚步用目光开垦热闹

抗战第一村姚家山

姚家山风景区入口

姚家山风景区门楼

抗战第一村姚家山

新五师司政大礼堂旧址

景点简介

姚家山风景区

姚家山位于武汉市黄陂区北部，群山起伏，地势险要，是抗日战争的红色堡垒，享有"武汉抗战第一村"的殊荣。姚家山为黄陂北部门户，南距武汉市中心 90 公里。1941 年至 1946 年，新四军五师司政两部设在姚家山。姚家山新五师司政机关旧址作为新五师和鄂豫边区党委机关驻地，也是李先念、陈少敏等老一辈无产阶级革命家战斗生活的地方。姚家山山场面积有 13 万亩，山周边有双峰尖、西峰尖、茶山等 9 座山体相峙环绕，四季常绿，冬暖夏凉。姚家山极具生态旅游优势和利用价值。

景点故事和传说

月牙潭影（月牙潭）

传说很久以前，姚家山脚下的姚家村里有一个年轻人，每天白天上山打柴，晚上就着油灯读书。有一天，年轻人打柴回来，走过路边的水潭，像往常一样歇息喝水，惊奇地发现潭边坐着一个美貌的女子。女子走过来问路，问的正是年轻人的家。年轻人很惊奇，女子说她是他家的远房亲戚，来投靠他家的。年轻人半信半疑，但看她孤身一人，还是把她带回了家。

年轻人家里只有一个老母亲，依稀记得年轻人已逝的父亲有一个远房亲戚在很远的地方做官，多年没有来往。女子说她正是那家的女儿，父亲太正直，被上级官员诬陷问了罪，母亲急火攻心去世了，只剩下她无依无靠，只能不远千里投靠。

母子二人很同情女子，便收留了她。不久，女子嫁给了年轻人，便不再让他去打柴，一心一意在家读书，每隔一段时间便拿一颗珍珠出来让年轻人拿到珠宝店卖掉。年轻人觉得奇怪，偶尔会询问，女子只说是从家里带出来的。

一天夜里，年轻人读书睡着了，半夜醒来，不见了妻子，四处寻找不见踪影，却在厨房的水缸里，发现了一只很大的蚌蚌，他觉得很奇怪，便退到一边守着。不久，从水缸里出来一个人，正是妻子，手里拿着一颗珍珠。

原来女子是水潭里的蚌蚌精，因爱慕年轻人，故幻成人形来帮助他。后来年轻人做了官，蚌蚌精离开了他。为了纪念蚌蚌精，他把水潭命名为月牙潭，而当地人则称为蚌蚌凼。

情景散文

月牙潭，多美的名字啊，只闻其名即可想见她的秀美，必是隐在青山中的一口清潭，清澈明净，如一弯新月，淡扫娥眉；如一位含羞的女子，清秀内敛，明丽可人。只有美丽的姚家山，才能孕育这样有灵气的秀水；只有这样的秀水，才能吸引心地善良的蚌蚌精来此修炼。

月牙潭，像一颗镶嵌在姚家山西山的美丽珍珠，闪动着迷人的光芒。潭水碧绿，像一块温润的美玉，滋润着山林；潭面平滑，像一面古老的铜镜，照见了姚家山的倩影。古老的从前，她必照见了年轻人的清秀俊朗，那在潭底修炼的蚌蚌精，必是在无意中看见了俯身喝水的年轻人，体恤他白天打柴晚上读书的勤劳好学，心生爱慕，进而以身相许。

站在潭边，看着潭面上清晰的倒影，我的目光穿越时光的隧道，亲历了那个相遇的场景。

夏天的姚家山，绿树成荫，路边花开，鸟儿轻唱，松鼠蹦跳，年轻人背着打来的柴轻车熟路下山，在水潭边停下来，像之前的每一天那样，卸下柴担，准备洗脸喝水，歇息一会儿再走。刚俯下挺拔的腰身，伸出去掬水的手就迟疑了，清澈的潭面上有两个身影，一个是他，一个是……貌美女子。哪来的女子？这条路他走了不下10年，从没见过年轻女子，更别说这样貌美如花的。她是谁？为什么来这里？不会是妖精吧？村里人都说山上有妖精，但没有人见过。

"请问大哥，这里是不是姚家山，附近有没有姓姚的村子？"女子轻启朱唇，莺声燕语，声音好听得有如天籁。

姓姚的村子？本村？

得到肯定答复，女子难掩激动神情，又问："大哥认不认识一户叫姚文清的人家？"

"姚文清？正是家父。"这回轮到年轻人惊奇了。

女子激动不已，上前一个万福，"拜见姚家哥哥。"

年轻人吃了一惊，从哪里冒出一个这样漂亮的妹妹？天下掉下来的仙女吧！

所有的爱情故事都是开始于浪漫的邂逅，人妖间的美丽邂逅必定都是女子为男子等待，等待的结局亦不同，有圆满，也有凄美。所幸，这些美丽的妖女青眼相看芳心暗许的凡尘男子，都属于善良本分的一类，如许仙，如宁采臣，如王生。即使结局凄美不圆满，也不是他们的本意。人性总是隐藏着这样那样的弱点，在特殊的时刻才会暴露。

蚌蚌精不像白蛇，是为了报答许仙前世的放生，她的爱更单纯，只要能帮助到他，让他安心读书，有一个美好的前程就好。这是年轻人前世修来的福分，是上天赐予他最大的财富。所以，当他发现妻子的真实身份后，他没有慌张如许仙。也许蚌蚌精没有蛇精可怕，或许他深爱她，根本就不在意她是人还是妖，是美还是丑。

但是，人妖终究是不能长久的，有许仙和白蛇为证，有聂小倩和宁采臣为例。年轻人做了官后，蚌蚌精主动离开了他，只要他富贵幸福就好。我想，离开的那天，她必定是轻轻悄悄地走的，她一定也舍不得夫君，她一定强忍着珠泪，一定一步三回头。因为，此去，天各一方，此生再无缘相见。

年轻人醒来不见了妻子的身影，他是否慌乱？是否去厨房水缸中寻找？是否以为妻子只是口渴了，只是贪玩了？或者他根本就没有寻找，夫妻间的默契，使他早已洞悉妻子离开的缘由。离开，不是不爱；因为爱，才选择离开。去意既决，挽留何益？强留，只能徒生痛苦。她走后，他爱她的唯一方式，就是去曾经相遇的水潭。水潭，多像洞房花烛夜天上的月牙啊！月牙潭，就叫你月牙潭吧！潭边摇曳的花朵上，都是她的笑脸，是在对着我笑吗？潭水，还是那么清，像她的眼；潭波，还是那么柔，像她的情。此生，我要拿什么来还你？但愿，来世我能遇见你，从此永不分离。

一首歌在我耳边唱响：有一种爱叫做放手/为爱放弃天长地久/我的离去若让你拥有所有/让真爱带我走/说分手……

放手，是另一种爱，是超越之爱！诗曰：

不慕功名不爱钱，月牙潭畔喜良缘。

读书及第柴门别，富贵抽身结蚌仙。

神龛灵石（大石庵神龛石）

有一年，姚家山上修建一座尼姑庵，到最后，就差一块神龛石（祭祀用的大条石）。有人想起山顶有一块很平滑的条石，就把它移到了尼姑庵里，并以它为尼姑庵命名为大石庵。很快，人们发现了这块神龛石的奇妙之处，即使在大夏天，祭品中的熟食几天都不变质，瓜果更是新鲜如初。人们都觉得这块石头不寻常，有灵气，是仙石。

山脚的姚家村有一个通灵的人，每年正月十五，都能和神仙对话。这一年的正月十五他给大家讲了这块奇石的来历。

孙悟空被封为齐天大圣后，玉皇大帝将蟠桃园交他掌管，目的是把他软禁在天上。正值王母寿辰，七仙女奉命摘桃来到桃园，惊动了正在酣睡的孙悟空。经过盘问仙女，孙悟空得知王母娘娘要设蟠桃宴，请了各路神仙，唯独没有他。孙悟空感觉遭受了奇耻大辱，怒火中烧，假扮赤脚大仙，跑去大闹蟠桃盛会，开怀痛饮，还将所有仙酒仙菜席卷一空，装进乾坤袋，准备带回花果山。哪知他酒醉迷糊，走路歪歪扭扭，撞倒了供奉仙桃的石条桌，石条桌落地，碰缺了几处。其中一小块溅起来，落到了凡间的姚家山，后来做了大石庵的神龛石。

所以，这块石头备受人们崇敬，即使后来大石庵都不在了，这块石头还完好如初。

情景散文

3月，春阳正暖，神龛石慵懒地躺在阳光下，睡意朦胧。一只美丽的柑橘凤蝶飞来，落在近旁一朵漂亮的野花上，和野花亲密地说着悄悄话。一会儿，她飞落到神龛石身上，用她纤细的爪子给他挠痒痒，边挠边娇滴滴地说："石头爷爷，听说您很久很久以前在天宫呆过，您能给我讲讲天宫里的故事吗？听说嫦娥姐姐特别美，有我美吗？"她转动着一对美丽的大眼睛，扇动双翅飞起来，在空中娇媚地翩然起舞，身姿轻盈，舞姿优雅，确实很美。

神龛石深邃的目光并没有在柑橘凤蝶身上停留，而是越过她投向茫茫苍穹，静默无言，若有所思。蝴蝶等了一会儿，没有得到想要的答复，悻悻地飞走了，临走抛下一句话："肯定没见过嫦娥姐姐，说在天宫呆过，肯定也是骗人的。"神龛石并不争辩，对着她离去的背影微微一笑，轻轻叹息一声，陷入深深的回忆里。

琼台楼阁，仙乐缥缈，高贵冷艳的嫦娥仙子翩翩起舞莲池畔，羽衣翻飞，玉手轻扬，妙曼身姿，举世无双，比出水芙蓉更娇艳，比山野百合更冰洁，比雍容牡丹更华贵，一笑摄人魂，再笑倾人倾城，引无数仙家赞叹，令天蓬元帅失态。冰冷石桌，心生涟漪，倾慕暗生。

来凡尘多少年了，它记不清了；躺了多少年，亦同样记不清了。一块普通的石头是没有记忆的，一块仙石能记住它的前世今生，它记忆的重点不在今生，而在前世，像一个专情的男子，只记住爱人，对其他女子皆视而不见。它每天的梦里只有仙子，俗世的一切都是过眼烟云，恍如梦境。游客来了又去了，去了又来了，像四季的轮回，春去春又回，像花开花谢，花谢花又开，年年岁岁花相似，岁岁年年花不同。世间一切变化皆吸引不了它的目光，人世间的沧海桑田风云变幻与它无关。

偶尔，它也会想念瑶池。蟠桃盛会那天，琼香缭绕，瑞霭缤纷，瑶台铺彩结，宝阁散氤氲，凤翥鸾翔形缥缈，金华玉萼影浮沉。上排着九凤丹霞衣，八宝紫霓墩。五彩描金桌，千花碧玉盆。桌上有龙肝和凤髓，熊掌与猩唇，珍馐百味般般美，异果佳肴色色新。玉液琼浆，香醪佳酿。美丽的七衣仙女提着精致的果篮飘然而至，迈着细碎的莲步经过身旁，轻盈的纱衣拂过脸庞，阵阵香风催人昏睡。

是谁惊醒了它的美梦？在它还睡眼惺忪的时候，把它撞倒在地，等它清醒过来，却惊觉自己已身在凡尘。即使每天有青山绿水相伴，即使每天有鸟语花香在畔，它都不能忘记从前，从前那些美妙美好的日子，占据了它所有的思绪。无论是置身山顶无人理睬，还是进入庵堂受人膜拜，它从不曾开口说一句话。有什么好说的，一切都是命运的安排。在天宫也好，在凡世也好，都只是一块石头，一块有心有梦却无人能懂的石头。

晚上，月圆的时候，它会长久地凝视着洁白的月亮，广寒宫前的桂树还是那么秀美吗？玉兔还在树下吗？嫦娥姐姐还在那里眺望远方吗？她是在想念她心爱的后羿吗？广寒宫还是那么冷清吗？瑶池里又在开蟠桃会了吧？美酒佳肴，珍馐异果，各路大仙，欢聚一堂。七衣仙女脚步还是那么轻盈，行姿还是那么优美，她们的纤纤素手拂过石条桌，是否会有人想起落入凡间的我？什么时候我能回到瑶池，再见她们？罢了罢了，有些人有些事，注定是用来怀念的。有些人有些事，注定是用来遗忘的。更在天宫的时候，她们从未注意过它，甚至没有人知道它的存在。

它也会无声地感叹世事的无常造化的弄人。它常常思考自己落入凡间的始作俑者是谁？是那只妖猴？妖猴从哪里来？石头里蹦出来。为什么追根溯源的结果，会是同类？同室操戈，相煎何急。不对，不对，这一切都只是意外。没必要抱怨任何人，即使给你造成了伤害，也不存在一丝一毫的主观故意。猴子不是也因此受到了惩罚吗？被压在五行山下 500 年，被骗带上了紧箍咒，被迫保护唐僧西天取经，历经磨难。这一切都是天意，无法改变，也无力改变。就像躺在姚家山的它，除了躺着晒太阳，做做有关仙子的梦，别无他事。诗曰：

平凡哑石不平凡，遗落尘埃隐秘箴。

野鹤浮云皆过客，伊谁解语可倾谈？

瀑布飞仙（螺丝谷瀑布）

传说很久以前，姚家山脚下住着一个年轻猎人。他像海力布一样，能听懂鸟语。有一天，他躺在一棵大树下睡着了。一觉醒来，听见树上有鸟儿在说话，鸟儿说，螺丝谷瀑布下的水潭里，每天晚上都有几个漂亮仙女在戏水，猫头鹰看见的。

仙女戏水？那要去看看，哪怕只看看仙女也好。只是螺丝谷太难走了，像螺蛳壳样，九曲十八弯，还没有路。他曾经去过螺丝谷几次，每次都收获颇丰，后来嫌路太难走，就不去了。

年轻后生不等天黑，提前钻进了螺丝谷，来到瀑布下的水潭边，躲在灌木丛里。天黑了很久，他差点要睡着了，才听见一阵银铃般的笑声。借着月光，他看见几个纱衣飘飘的女子站在水潭边的草地上，互相嬉戏打闹。过了一会儿，脱下纱衣，走进水中。仙女们太美了，他看得呆了，竟然在灌木丛里待了一晚上，直到仙女们离开才醒过来。

一连几个晚上，年轻人都去螺丝谷，在瀑布下的水潭边看仙女。这样，白天自然就没精力打猎了。同村的几个猎人觉得奇怪，问他晚上是不是被狐精迷住了，他连连否认。几个人一合计，决定跟踪他一看究竟。于是，他们跟到了水潭边，看到了来戏水的仙女。其中一个莽撞的小伙子，竟然跑出了藏身的灌木丛，惊动了仙女。一眨眼，仙女就都不见了，留下一群猎人后悔不已。

情景散文

月光下的螺丝谷瀑布，真的很美。

月光从高空流泻而下，泛着银光，像流动的水银，给眼前的一切涂上了一层薄薄的银色，世界像披上了一件水银色的纱衣，美丽通透，梦幻幽静。山，深黛色，静默着，像巨大的背景；瀑布宛如一条长长的白练，从山顶挂下来，在纱衣里，隐隐飘动。水从高空跃下，纵入清潭，像一位技术高超身姿优美的跳水运动员，轻盈灵巧，水花朵朵绽放，水雾盈盈浮动，如梦似幻。水潭嵌在高山前密林中，在月光下像一块墨玉，闪着温润的光泽。风轻柔，水清秀，树安静，花无言，静谧得仿若世外桃源。

整个螺丝谷，没有鸟兽的嘶鸣，没有人声的喧闹，只有清风拂过树叶的沙沙，虫儿求偶的唧啾，小草的呢喃，野花的芬芳，提着灯笼飞过的萤火虫。太安静了，猎人快要睡着了。

一阵银铃般的笑声，打破了夜和山谷的寂静，把猎人从睡意矇眬中惊醒。他看见了什么？一群纱衣飘飘的女子，冉冉从天而降，像九天玄女，又像花中仙子。人人仪态万千，个个端庄妩媚。山野猎人哪曾见过这等阵势，直看得双眼发直，呆住了。

仙女们在草地上嬉闹了一回，脱掉纱衣，走进水潭。墨玉般的水潭，泛起了阵阵涟漪；清脆的笑闹声，在水潭上空飘荡。藏身在灌木丛里的猎人想起了牛郎织女的故事。贫穷的牛郎在老牛的指引下，在一个晚上找到了仙女洗澡的水潭，偷偷藏起了一套粉红色的纱衣。没有了纱衣，仙女不能飞回天宫，只能留下来跟他做了夫妻，生了一双儿女。如果能娶一个仙女为妻，那人生就太美好了！难道鸟儿的话是故意说给我听的吗？难道我命中注定跟仙女有一段情缘？现在仙女就在眼前，我是不是要效仿牛郎偷偷藏一套纱衣？藏哪一套呢？哪个仙女最好看呢？

在猎人的犹豫中，时间悄悄地流逝，仙女们上岸穿上各自的纱衣，猎人才清醒过来。仙女们飞了起来，衣袂飘飘，裙裾轻扬，像快乐的舞蹈。猎人沮丧极了，觉得自己错过了大好的机会。他决定再去听听鸟儿的话，看看哪个仙女是神灵赐给他的。

猎人在大树下躺了很久，做了一个梦，却没有任何关于仙女的暗示，也没有听到鸟儿的一句话。他决定这个晚上自己看分明了，再决定藏哪一套。可是，这个晚上，他等了整晚，仙女都没有现身。他失落极了，仔细回想是不是自己惊动了仙女。没有，应该没有，除了呼吸声粗重了一点之外，他没有发出任何其他的响声，甚至腿蹲麻了，都忘记了挪动一下。

第三天晚上，猎人又去了。其实他没打算去，他想既然没有神的暗示，说明只是偶尔窥见，并不是命运的刻意安排，那么就不要强求。可是，他的腿终究还是把他带到了螺丝谷瀑布的水潭边。

水潭还是那么美，甚至比那天还美，因为月光更显明亮，他预感到仙女们会来。果然，她们嬉笑着来了。月光明亮，猎人看得更真切。翠袖飘扬，低笼着玉笋纤纤；缃裙摇曳，半露出金莲窄窄。比玉香尤胜，如花语更真；柳眉横远岫，檀口破樱唇。其中一个更是，娇脸红霞衬，朱唇绛脂匀，娥眉横月小，蝉鬓迭云新，若在花间立，游蜂错认真。太美了！猎人立马认准了她，看清了她身上翠绿色的纱衣。可惜，这个晚上还没等猎人付诸行动，仙女们就提前飘走了。

第四天，同村的猎人找到他，问他是不是遇到狐精了？他连连否认。他们只是不信，说他一连几天都不去打猎，一定是被狐精迷住了。他暗自得意，心说我马上会有一位仙女妻子了。

夜幕降临时，他已经等在水潭边的灌木丛里，只等着她们一下水，就轻悄悄地走过去藏起那件翠绿的纱衣。月亮升上半空的时候，仙女们飞来了，掠过潭面，像一群凌波仙子，轻盈地落在潭边的草地上。他激动地等待着她们去潭中戏水，把纱衣放在草地上。可是，突如其来的意外，打破了他的美梦。一个人从旁边的灌木丛里跳了出来，向仙女们跑去。仙女们一阵惊慌，转瞬飞上了天空，很快就不见了。

猎人目瞪口呆，他知道仙女们不会再来了，那个穿翠绿纱衣的仙女，他再也见不到了。人们开导他说，牛郎虽然和织女结了婚，可是被王母娘娘划的银河阻隔，最后也没有白头偕老，人和仙女终究不会有美满幸福的结局。他也就慢慢释怀了。诗曰：

芳心应是系人寰，猎户逐波眼望穿。

但愿随风香满谷，恋歌唱彻月儿圆。

桃花仙岛（桃花岛）

相传很久以前，姚家山有一个叫桃花的姑娘，是方圆百里长得最漂亮的。大眼睛清清亮亮，像月牙潭的水，眼波流转，好像会说话；皮肤白里透红，如雨后桃花，吹弹得破；长发及腰，乌黑发亮，像螺丝谷的瀑布；身段苗条，腰板挺直，像小白杨一样挺拔。除了长相漂亮，她还有一副百灵鸟似的好嗓子，唱起歌来声音银铃般清脆，常常使听歌的乡亲们忘记了手中干的活。到她家提亲的人踏破了门槛，可是她一个也没答应，她心里有喜欢的人——青梅竹马的火生哥。

姚家山一带最有权势的员外慕名上门提亲。桃花没有答应，可桃花爹答应了，尽管桃花爹知道桃花的心思。怪只怪火生家太穷了，三间破草房漏雨过风不说，还住了一大家子人，桃花爹可不能睁着眼把水灵灵的桃花往火坑里推。这不能怪桃花爹嫌贫爱富，谁养的闺女谁不爱？哪个当爹的不希望自己的闺女幸福？两人互相爱慕能当饭吃？贫贱夫妻百事哀。

婚期临近，桃花想和火生私奔，可爹看得很紧，最后无奈上了花轿，极不情愿地嫁给了员外。火生眼睁睁看着心爱的桃花被花轿抬走，万念俱灰，跑去姚家山中出了家。当和尚很清苦，因为姚家山中的这个寺庙没有庙产，和尚的生活都靠香油钱，另外开几块山地种点青菜。

桃花已经认了命，可听说了火生的情况还是忍不住悲戚。员外一直很宠爱桃花，看她落落寡欢，就关心地询问她为何心伤。知道原委后，员外就把寺庙周围的一片田产捐给了庙里。

这片田处在山涧旁边，每到夏天总会被水淹，收成也不好。

火生决定治水，用师傅传授给他的神功。就这样，他耗去了一生的精力，治好了水，自己也力竭而亡。庙里的和尚为了纪念他，把他葬在了涧那边的田地里，与寺庙遥遥相对。

得知火生的死讯，桃花伤心欲绝，不久之后，因为过度思念火生，抑郁而终。临终时，她要求员外把自己葬在涧水中的那座小岛上，与火生隔水相望。员外也是性情中人，感念桃花与火生的真情，含泪答应了。

奇怪的是，火生打坐发功的地方慢慢长出了一块大石板，光滑平整，像极了一个拜台，人们干脆就把它叫做拜台石。更神奇的是，无论山涧里的水涨多高，怎么都淹不到这里，桃花的坟也淹不到。而火生的坟也越长越大，仿佛是为了看桃花。

第二年春天，员外为了纪念桃花，在桃花的坟前栽下了第一棵桃树。人们感动于桃花和火生的爱情故事，也在岛上栽桃树，渐渐地，岛上遍布桃树。每到春天，桃花开得灿若云霞，美艳无比，人们遂把它称作桃花岛。

情景散文

4月初的某一天，天气晴朗，阳光正好。我站在桃花岛上，面对满岛花开得正盛的桃树。山外的桃花早已开过，它们却开得正灿烂。白居易说过"人间四月芳菲尽，山寺桃花始盛开"，大诗人早已感知山中时节的姗姗来迟。与灿若云霞的桃花相呼应的，是满山的白花菜和零星的红杜鹃。

跟很多花比较，桃花确实可以称之为美艳。人们在形容女子的姣好面容时，常常会说"面若桃花"，我想，应该是比白里透红更诱人的颜色吧。那个叫桃花的女子，是不是也面若桃花呢？方圆百里闻名的漂亮姑娘，肯定是面若桃花的女子，还加上一副百灵鸟似的好嗓子，当然会引来众人爱慕的目光。就像一朵漂亮的花，自然会招来蝴蝶和蜜蜂，纵然不是出于本意，也阻挡不了世人爱美之心。"桃李不言，下自成蹊。"

一只麝凤蝶飞过来了，一群凤蝶也来了。麝凤蝶，上翅纯黑，下翅黑底红点，身形修长，体态优美。凤蝶，全身黑底白纹，图形杂乱，缺乏简洁之美。凤蝶在盛开的桃花上，时飞时落，一会儿都飞走了，落在水边的湿地上吸水。而麝凤蝶悬在一根小枝上，展开双翅，安然静立。一会儿，另一只麝凤蝶飞来了，悬挂在它旁边。然后，两只麝凤蝶双双扇动美丽的翅膀，穿过花丛，一前一后往对面的和尚坟翩然而去。

看着它们离去的身影，我恍然觉得它们是梁山伯和祝英台化的那对蝶，穿越了千年时光万里山水，来寻找它们的今生。

爱情，这个亘古不变的话题，从来都是披着悲情的外衣，供人们怀念。焦仲卿与刘兰芝，梁山伯与祝英台，白娘子与许仙，这些深爱着的人们，为什么不能过上幸福美满的生活，不能白头偕老？有焦母，有马文才，还有法海，相干的和不相干的人，为了一己私欲，都容不得两情相悦的爱情，活生生地横加拆散。他们只不过是爱了而已，何至于要为爱凄苦一生？

一阵清风吹过，粉红的桃花瓣漫天飘舞，整个桃花岛像下着一场花瓣雨，像花季时的梦。多想着一袭长裙，纱质，白色，古装样式，最好是《美人心计》里窦漪房穿的那身，披着黑亮的长发，在花瓣雨中跳一支古老的优美的轻盈的舞蹈，哪怕只是旋转也好，让花瓣落到我的头发上，我的身上，我的裙子上，我的脸上手上，染我一身的花香，许我一世永不变心的爱情。

桃花岛，真是个美丽的地方，黄药师一生为了妻子阿衡守在桃花岛，靖哥哥和蓉儿住在桃花岛，桃花和火生死后相望于桃花岛。天下所有的桃花岛，都关乎着美丽的爱情。我不是黄蓉，我不会武功，我只要靖哥哥完美的爱情……王蓉唱的，是女子对专一爱情的渴望。如果你也渴望这样的爱情，请来桃花岛吧，它会许你一生不变的爱情！诗曰：

一段情缘海样深，悠悠绝唱感红尘。

天涯何处求芳草，独向桃花岛内寻。

西谷石狮（狮子玩绣球）

传说很久很久以前，姚家山中来了个狮子精，至于从哪里来的，没有定论，有说是来自狮驼岭，有说是来自竹节山，也有说是来自麒麟山，反正是被孙悟空打散后逃出来的妖怪。这狮子精来了姚家山，也不作恶，一心躲在洞中修炼，几百年后，已经修成了人形，偶尔会化成一个外貌俊朗的年轻男子四处走走。

一日，闲来无事，狮子精化成人形去集市里玩，偶遇了姚员外家的三小姐。这三小姐生得花容月貌体态风流，一下子就把狮子精的魂魄勾去了。狮子精立刻作法，变出一匹脱缰狂奔的马，远远朝三小姐疾驰而来。三小姐和陪同丫环被突如其来的变故吓傻了，站在街上不知道躲避，狮子精适时出手英雄救美，回过神来的三小姐对他青眼相看。分别时，狮子精向三小姐表达了爱慕之情，三小姐分明对他动了心，粉脸含羞地说："五月端午，我要抛绣球招亲，你来吧！"

到了那日，狮子精早早地来到姚员外家的绣楼，等着三小姐抛绣球。三小姐一上绣楼，一眼就看见了狮子精，绣球自然就奔他抛过来。狮子精很轻易地接住了绣球，成为了姚府的乘龙快婿。可是，好日子不长久，在一次喝醉酒后，狮子精现了真身，三小姐当场被吓死了。

狮子精后悔不已，带着那只绣球离开了姚府，回到姚家山上，每天把玩绣球，思念三小姐。天长日久，竟然慢慢化成了石头。为了纪念这只痴情的狮子精，当地人每年元宵节都要玩狮子灯。

情景散文

"思念，是一种很玄的东西，如影随形，无声又无息出没在心底，转眼吞没我在寂寞里，我无力抗拒……"这是王菲在浅吟低唱。

思念爱人，眼前自然浮现她的容貌体态，她笑她嗔，她娇羞妩媚，她眉目传情，她的举手投足，她的一颦一笑，无不生动传神，仿佛她就站在你面前。那举手那投足，一颦一笑，仿佛都是专为勾你魂魄而来。你伸出双臂，想拥她入怀，让她伏在你宽广的胸怀里，感受你激烈的心跳，可是，拥住的只是满怀的空气。如果思念只停留在重温两人在一起的美好时光，那确实是一件赏心悦目的事；如果思念变成了求之不得，那就是一件痛苦不堪的事了。《关雎》里有"窈窕淑女，寤寐求之。求之不得，寤寐思服。悠哉悠哉，辗转反侧"。思念一个人，到了夜不能寐、辗转反侧的境地，那只能用痛苦来形容了。但是，即使痛苦，人们依然情不自禁地思念，只能说人们从思念中体验到的快乐多过于痛苦。即使是贾瑞，因思念王熙凤而丢了性命，也是他心甘情愿的。所以说，思念是一件美妙的事。爱上一个人，思念就无法避免，哪怕只是分开一分一秒，思念也会如影随形。

这里说的思念，其实就是相思。

如果思念的那个人在某个地方，思念就给人希望；如果思念的那个人不在人世，思念就会转化成无尽的哀伤和满腔的绝望。景岗山唱"你知不知道思念一个人的滋味，就像喝了一杯冰冷的水，然后用很长很长的时间，一颗一颗流成热泪……"苏轼说"十年生死两茫茫，不思量，自难忘，千里孤坟，无处话凄凉"。

我不知道狮子精在思念三小姐的时候有没有流泪，但我知道，他一定哀伤绝望了。不然，他怎么会化身为石？痴情如此，夫复何求？

如果狮子精没有遇见三小姐，他将独自修行几百年，做一个自在的妖仙；如果他不是狮子精，只是一个凡尘俗男，他和三小姐恐怕会相守一生。只是世间哪有那么多如果，就像药店千千万，却无从买到后悔药一样。有些事情，从开始就已经注定了结局，即使中间做了无数努力，而结果总是指向那一个结果。思念，是他今生逃不脱的宿命，从遇到三小姐的那一刻起，直到化身为石的那一刻止。生命不止，思念不息。

我想，在漫长的思念时光里，对着三小姐曾经亲手抛给他的绣球，睹物思人，多少恩爱浮现眼前，后悔是不是像海浪一波接一波袭来？他后悔什么？第一个要后悔的是喝了酒。如果他没有喝醉酒，他就不会现出原形，三小姐就不会香消玉损。酒，真是害人的东西，这世上多少美好的人妖姻缘断送在酒上，白娘子与许仙，猪八戒与高翠兰。酒，也是很奇妙的东西，喝多了会醉，人醉了吐真言，妖醉了露原形。第二个要后悔的是没有像白娘子一样去盗还魂丹，如果心诚运气好，三小姐就能像许仙一样活回来。只是三小姐还会跟他过下去吗？即使跟他过下去，谁能保证没有另一个法海来拆散他们的姻缘？毕竟，人和妖相爱的先例中，还没有结局美满的。

也许在哀伤的思念中，与绣球一起化身为石。是狮子精最好的结局。让坚硬的石头来见证他对三小姐的爱情，即使风吹雨打，石不移心不变。思念，唯如此，才被赋予了天长地久的含义。

诗曰：

枯冢香消骨已寒，

狮仙绣彩美姚山。

若非至爱伤孤寂,

哪有冥石盼梦还!

朝云谷雨（朝云谷）

阮籍是魏晋的名士,历史上最著名的竹林七贤之一。他的父亲是曹操身边一个深受重用的书记官,阮籍10岁那年曹操去世,那段"后英雄时代"的乱世是司马昭之心路人皆知的。后来阮籍的名声是越来越大,司马昭在还未当皇帝之前想跟阮籍联姻,每次到阮籍家说亲,他都醉得一塌糊涂,今天去说今天醉着,明天去说明天醉着,一连两个月,司马昭硬是没有机会开口,这事只好不了了之。

阮籍这人喜欢"旅游",喜欢一个人驾木车子游荡,木车上载着酒,那可真是天下第一号的酒麻木。我们说李白是酒仙,那要看跟谁比,和阮籍比,就好像关公战秦琼有得一拼。阮籍经常这样信马由缰,一人一车一坛酒,走到哪里算哪里。一条路走到尽头,没有路了,他想到真的没有路吗?他就哭,是喝醉了之后的那种哑着嗓子的号啕大哭。哭够了,他持缰驱车向后转,又另外找路。他总是这样,不停地找路,不停地走到没有路。世人皆醒他独醉,世人皆醉他独醒,荒山野岭地谁也没有听到他的哭声,他是哭给自己听,哭给历史听,哭给天地听。

传说,有一次,他驱车到了姚家山,已是昏天黑地走了一宿,前面都是棘荆,小路扭扭曲曲地到头了,在半山上进不能进退不能退。那时候,晓风一吹,冷汗一出,他的酒也醒了一半。他看到四野茫茫,天快亮了但是没有路了,于是他就大哭。"念天地之悠悠,独怆然而涕下",他不是这种哭法,这只是毛毛雨,阮籍的哭是昏天黑地，惊天动地，痛快淋漓。他哭的时候，传说中说，姚家山朝云谷的云就黑了，接着电闪雷鸣，天地之间就痛痛快快地下了一场倾盆的透雨；他哭的时候，传说中说，那一天，天地痛痛快快和阮籍一起哭了一次。传说阮籍被那场雨留在了这姚家山整整一天，他被雨困住时的地方还长满竹子。从此，人们只要看到朝云谷那里的云朵黑了，就知道要下雨了。

在唐初，人们就在今姚家山屋后偏东南的黄牯石半山腰兴建了竹林寺，说那是阮籍驻足的地方。康熙十七年（1678）四川巡抚姚帝虞还为这个竹林寺扩建捐了钱，并题写"古竹林寺"寺名。可惜 1866 年毁于捻军，重建后，1899 年毁于山火。诗曰：

阮籍穷途哭黑天，竹林仿佛忆当年。

朝云不是巫山雨，却系名流一段缘。

姚山晚霞（朝暮山上看晚霞）

晚霞，只有在朝暮山上去看，才是最好看的，这是真的。

传说是在夏朝，这姚山里来了一户人家，也姓姚，他（她）们是舜帝子孙的一支，因为不愿意做官，避在这里。这户人家有一对双胞胎女儿，与这家人一起的，还有这对姐妹的一个表哥，也就大她们一两岁的样子，他的身世有些离奇，这对姐妹的父母也从来没有跟任何人说，或者他们之所以到姚山这样荒僻的地方来，也和他的身世有关，谁又说得上呢？反正他就和这对姐妹一起在这姚山长大，两小无猜、青梅竹马。

他（她）们这一家过的是耕读生活。他（她）们 3 个人也一起放牛，他常常牵着牛往朝暮山上赶，那时候，两个妹妹轮流坐在牛背上，他牵着牛，涉溪水穿过短松林。春天杜鹃桃花，夏天衣襟上沾满了栀子花的香气，秋天习习谷风，一路上睢鸠黄鸟、蒹葭白露，冬天雨雪霏霏，不能放牛了，他们便围着个小火盆谈天说地。时间一晃，他也到了十二三岁的样子。

他是在朝暮山顶发现她们异样的美的。那是春天，他（她）们照例上山放牛，照例是过溪水穿桃林，他看见溪水中她们亭亭玉立的身姿，他看见人面桃花相映红。在朝暮山顶上，那一天的晚霞特别美，他指给她们看，问那晚霞里有什么？姐姐说是铺到天上的玫瑰，妹妹说是天下所有的花织成的布料子；姐姐说是奔腾的赤兔马群，妹妹说不对，是两只飞舞的火凤凰。然后姐妹问他：你看到什么？他说，我什么都看到了，玫瑰、布料子、马、凤凰，但是我看到的又不止是它们，我看到的是你们两个在霞光里飞。他说这话时，她们的脸有些红了。

他不是没想过，是娶姐姐为妻呢，还是娶妹妹，或者……但是他还是只能在心里藏着掖着，他读《诗经》，"关关雎鸠、在河之洲"，他想真是写得太好了。可是有一天，他从山上放牛回来，再也没有看到他的两个表妹了，因为夏王已经把她们选为妃子，接到宫里去了。所以他这个伤心人以后只能朝朝暮暮都在山上看晚霞，那个山就叫朝暮山了。

后来，屈原在中国文学史上最著名的诗篇《离骚》中还说到他对这两位姑娘的倾慕，暗示他的政治上的幻灭。屈原的《离骚》翻译成白话就是这样说的：我心中还有夏朝君王身边那两位姓姚的姑娘，但一想起媒人都太笨了，事情还是不可靠……历代的佳人都虚无缥缈。

所以，你现在在朝暮山上看晚霞，你看那火烧云，那晚霞里有火凤凰哩，有两个姓姚的女子哩，有故事哩，甚至还有屈原的倾慕和幻灭哩，所以特别有质感，特别好看。诗曰：

朝朝暮暮锁深闺，大雨桃花逐碧溪。

似火斜阳留倩影，多情流水唱关雎。

关门奇石（关门石）

很久很久以前，这姚山下住着一个奇士。有一天，他来到这块石头前，他就想，这石头背后有什么秘密呢？他不能穿过石头去看，为此他懊恼不已。

他回去后就看经书，他在经书中发现有一种轻功，能够让人获得超自然的穿透力。其中佛学中说：什么都要放下。他想，这好办，他已经什么都没有了。后来，他又看到一个世界级的大师在世界最高讲坛上说：如果我要为自己走向新的千年选择一个吉祥物的话，我便选择一个从沉重的大地上轻巧而突然跃起这个形象。这位大师还说：让语言失去重量，云彩般飘浮于万物之上；让故事骑上骏马，闪过你瞬息万变的思想；让晶体纯净的表面，精确折射我们的生活。他看到这里就激动，按经书的指导练习，发现要变成一颗露珠，却变成了一滩稀泥。他也毫不气馁，他想那只是人的本来面目而已，再把灵魂过滤一下，就会成的。结果，他做成了又没有做成，他变成了很轻盈的露珠，但是露珠还是有一颗尘埃的心。他的功法也复杂，有时候也有偏差，比如他也试过拔着头发飞离地面，结果头发拔光了。总之，最后他能同时变成远方的烟云和近处的露珠，他已经能够逍遥世界而无碍了。但是他的法术，只有在没有人的地方才灵，在有人的地方，比如他变成一棵树，别人会说，哎呀，你怎么这么木呀；他变成一颗露珠，别人也会觉得奇怪，怎么无端地说着话就流下眼泪了。所以他的孤独是在无人的夜晚，独怅然而涕下，就把自己充满天地之间了。

那天，他来到这块石头前，不需要任何咒语，他就变成一缕烟云到背面去了，那里其实有着向下的台阶，也是越走越窄，一直窄到只有一个针尖那么大的一个底，但是这底一直透着耀眼的亮光。经书上说那是一个虫洞，穿过它能够打开另一个宇宙；经书上也说那里很深，能够通往东海。但是他还只能把自己变轻，还不能获得足够的能量，穿过虫洞，到达那么远的地方；他只能把自己变成很轻的露珠，但是他就是走到了东海，也只是沧海一粟，那对他也只能是望洋兴叹。所以，他在这关门石后面的路也漫漫，一点一点地消解自己，不仅轻而且小下去，连露珠的形最后也不需要了，他变成一个尘埃去抵达那耀眼的亮光。他到达了，看见那晃人眼球的是一大堆金子。

问题是，那金子的世界很大，他很轻盈，无法带着沉重的黄金，重新从针眼大的小孔中返回。而黄金却具有一种神奇的魔力，它在神秘的世界舞蹈，命令他歌唱，他越歌唱越沉重，就再也没有从原路返回的轻的能力。

所以，后来人们看到这个不起眼的厚重的石头面前常有一个目光呆滞的人，他说他的魂锁在这块石头后面的世界里了。没有人相信他，以为他是个疯子，虽然曾经他有一双清澈的眼睛。诗曰：

来也轻轻去也轻，不携欲望似浮云。

穿空石洞灵光射，照彻辽天昭众生。

众仙拜佛

三山五岳的神仙约好到一起谈天，天老这么大，也没什么好谈的。这是不定期的随意的聚会，他们名山大川游玩烦了，就在云头玩起石头剪刀布的游戏。但是就是神仙，那个时候也没有领悟到现在科学家发明石头剪刀布制胜法宝的成果，所以游戏总还是公平，神仙们也玩得起劲。如果输了，就赌从 20 丈的高处不驾云朵自由落体，这时候所有的法力都不能用，胖子跌下去就可能是圆的变成方的，瘦子跌下去脸可能肿得像个胖子。这一天，所有的神仙一起都掉到姚家山了，最后一个制胜者，一个得意忘形，一下子从8000丈的高处落下，他想用法力稳住自己，结果底下缺胳膊少腿的神仙们不愿意了，一起用法力不让他使用法力，当然是为了让那最后胜利的一个跌得更惨。神仙肯定是跌不死的，他们只是在玩蹦极。

有的跌下来挂在树上，那老树就叫仙人挂；有的在池塘中溅起很大的浪花，那个池塘就叫仙人湖。更多的在地上砸起一个个小深坑，后来就都叫仙人坑。那些神仙们花了一个上午把身上摔碎的零件安好，准备再玩石头剪刀布的游戏，那个最后从云端跌落的神仙说不玩了，他的零件还没安好。到黄昏了，他们的伤都好了，功力也恢复了，于是他们开始把这远山近岭的溪水全部变成酒，把三山五岳的好吃的摆满整个山坡。然后，他们让山边古庙里的一个小沙弥用坛子一坛子一坛子地从溪水中把酒提过来，小沙弥背了一坛酒过来之后，就念一句阿弥陀佛。

后来呢，这些三山五岳的神仙酒醒之后，不会飞了，他们飞到20丈高就会自动掉下来，他们一边满山坡满沟壑找摔坏的零件一边就非常疑惑。原来小沙弥是佛祖变的，那些神仙起初硬是没看出来。佛祖看到他们一个一个不靠谱的样子又好气又好笑，就现了真身，佛祖说，你们这也太逍遥了，你们以为做了神仙就可以不注意修行了？神仙们于是围着佛祖敬拜，佛祖于是罚他们从这里用双脚走回去，说要脚踏实地，一路也看看民间疾苦。

回去又过了1000年，开蟠桃会，神仙们再次聚会说天，说到最记忆深刻的事，七嘴八舌地都说，从姚山用两只脚丫子走回仙山洞府的路，那是做神仙以来走的最长的一段路，太遥远了。所以这山起初叫遥山，后来姚姓人入住山中，就叫姚家山了。后来众仙拜佛的瞬间就以石头写意的形式留下来了，并且，如果你现在在这山里仔细地寻找，说不定还会找到当初神仙们摔下来时遗落的一些小宝贝哩。诗曰：

腾云驾雾自逍遥，赤足穿行千里迢。

悟得寻常黎庶苦，修身三昧佛心韶。

灵狮献瑞（狮子口）

很久以前，这姚山有一个狮子终于修成人形。这年正月十五的时候，他也想凑热闹，就到山下塆子里来看灯。因为自己是狮子，所以他就特别关注舞狮子，看着觉得那舞狮威是威武，只觉得太有喜感了，不像是肉食动物。那舞狮全身上下唱戏一样披红挂彩，踩着原始的节奏，抢那个总也抢不到的绣球，他就纳闷。他刚从狮子修成人形，当然不懂得，那绣球又不是肉，有什么好抢头？

然后，他又来到一个大户人家门口，发现有两个石狮子，那石狮子面目尽可能地狰狞，好像总是在说：你别过来，过来我会发火的。实际上他走过去，那石狮子一点儿也不能发火。他就想，我们狮子族乃兽中之王，委曲到一天二十四小时给你们当门卫，应该是对主人不满才对呀，何故憋着一肚子火气，好像要朝过路的人发火？因为狮子刚刚修炼成人形，所以他也一点儿也不明白。

他又朝人多的地方走，那边有一堆人，他过去轻轻地挤到里面。他刚往台上看，一个绣球飞过来，他一个潇洒的狮子摆头，用嘴把绣球含住。他很奇怪那鞭炮中舞动的狮子为什么总抢不到那个绣球呢？他想：我这不抢到了嘛。他含着绣球再往台上看，那上面是一个玲珑女子，眼神幽幽地又害羞地向他看过来。那个时候，他不知道，他是多么有型，你想想啊，一个灵性的狮子修成的人能不阳刚十足吗。这正像一首特别特别有名的诗说的那样：女子美貌，男子博学，骑士彪悍，谁不爱。那女子美呀，那女子也满心欢喜。人群一下子鼓起掌来，他也不明白这是为什么，因为他刚刚修炼成人形。

他衔着那个绣球分开众人迷迷糊糊就走了。他走了之后，就后悔，哎呀，那是美女呀，而且也是情投意合，多美的事；那情影，哎呀，比任何一头母狮子都强，他怎么说放弃就放弃了呢？

"懊恼呀，那是一个美女呀，你是一个石头呀?!"他这样想多了，就真的变成了石头。身子变成这座山，口就变成狮子口。还是那一年，那个女子从狮子口边过，还是那么光彩照人，他想对她说，但他又是一块石头，并且他不知道如何跟她说抢绣球的事，他也不知道作为一个曾经的人，是否该像个野兽一样一口把她吞进去。那个时候，到过狮子口的人还可以清楚地数出狮子口里一口漂亮的牙齿。但是后来，又不知过了多少代，一个像那个女孩子一样亮丽的女孩在狮子口唱了一首歌，叫《狮子座》。她一唱，这后悔了上千年的石头狮子口也笑了：心想，这唱的绵羊还是狮子呀？从那以后，狮子口再也看不到一颗牙齿，笑掉了。诗曰：

心灵净处说无邪，事到关头一念差。

修得千年真觉悟，纤尘涤尽是恒沙。

（十景由周大望、彭丽丽、李永芬、潘安兴、郭艾英搜集整理）

同吃一锅粥

这件事发生在 1942 年 3 月，此时正是山民粮食断档、生活艰难的时候。

一天傍晚，住在姚诚台家的李先念前脚进门，警卫员后脚便跟了进来，他放下从大伙房打来的饭菜，说："首长，吃饭吧。"李先念走到桌前看了看："嘿，白菜煮豆腐、粉丝炒鸡蛋，好菜！"他洗罢手，拿起筷子，正欲吃饭，突然想起什么似的，朝屋里屋外望了望，问："哎，房东还没收工呀？"

这时，警卫员似乎听见了什么，于是向左努了努嘴。李先念上前推开紧闭的厨房门，只见房东一家正围桌进餐，便开玩笑地说："诚台，你们躲在厨房里吃什么呀？还把门关得紧紧的！"姚诚台和爸妈以及新婚的妻子被这突然"袭击"搞懵了，你望我，我望你，不知说什么好。李先念见场面如此尴尬，便顺手揭开锅盖，一看，锅里熬的是红苕叶、蕨根羹。他转身望望他们的碗里，心痛地说："这黑乎乎的怎么能咽下喉！"他转身喊警卫员："把饭菜统统端进来！"

李先念将自己和警卫员的两份饭菜倒入锅里，加进两瓢水搅匀后，点燃柴草煮了起来。

不一会，米饭和野菜、苕叶煮成了稠糊糊、香喷喷的粥。李先念给一人盛了一大碗，警卫员将房东大妈腌制的萝卜干、霉豆豉端到厅堂，军民6人围桌而坐，吃了起来。

房东大伯、大妈知道，部队的粮食也不充足，不管是当官的，还是当兵的一律定量自己一家4口吃了首长和警卫员的大米饭，而让他们吃无盐无油没营养的蕨根、苕叶羹，把他们的身子拖垮了，让他们怎么跟日本鬼子打仗？因而低头不语，吃得并不香。

李先念看出了房东的心思，情深意长地对两位老人和诚台夫妇说："大伯、大妈、诚台、花大嫂，我知道你们想什么，你们可不能把我们当外人呀！我们从老百姓中来，是老百姓自己的队伍，应当有福同享，有难同当，你们这样做，叫我们可不好想啊!"

这天晚上，李先念走访所有房东后，召集干部开了会。次日，官兵们都从大伙房将饭菜打回，倒进住户锅里，与蕨根、苕叶同煮，从此，五师官兵和姚家山的百姓便同吃一锅粥了。

不久，五师开往前线，出发前，李先念特从边区拨来一批粮食，分发给乡亲们，使全村人渡过了难关。

一块猪肉的故事

1941 年一个很深很静的夏夜。姚家山村的男女老少都在沉睡之中，一排排土坯房里不时传出阵阵甜美的鼾声。

不知到了什么时候，村东头老堡垒户姚寿山家的公鸡一声长啼，山上山下所有的公鸡随之鸣叫起来。此起彼伏的鸡鸣声闹醒了姚寿山，他再也躺不住了，于是翻身下床，准备到外面拾粪积肥。他打开大门，蓦然发现门环上挂着一块鲜猪肉。他随手取下来掂了掂，至少有两三斤重! 这猪肉是哪来的呢? 姚寿山费尽思量，但怎么也想不明猜不透，他举目四望，却不见一个人影，于是把鲜猪肉挂回到门环上，提着粪筐粪耙拾粪去了。

姚寿山拾粪从村后转到村前，月光下忽见稻场上聚集了 10 多号人，大伙还在七嘴八舌的议论着什么哩。他大步上前，疑团陡生: 怎么人人手里都提着一块大小相同的猪肉呢?

这时，有人凑过来，问姚寿山，"你家门环上挂有鲜猪肉吗?""有啊!"姚寿山一头雾水地反问道: "这到底是怎么回事?"大家你望我，我望你，都说不知道鲜猪肉是哪里来的。稻场上聚集的人越来越多，全村 90 多户人家家有人提着鲜猪肉上这里找主人。东方露出了鱼肚白，天渐渐发亮了。村前不远的山坡上忽然响起一阵阵哨子声，五师官兵一个个从草丛里钻了出来……

五师在姚家山时来时去，聚散无常。他们是上前天晚上接受战斗任务后出发的。当时任务虽十万火急，但官兵们坚持要把各家各户借用的东西归还清楚，把住户里里外外打扫得干干净净，还把水缸挑得满满的。房东们说，你们要赶往前线打敌人，这些事就让.我们自己做。官兵们异口同声道："这是'三大纪律、八项注意'，我们必须坚决遵守啊。"完了，李先念同志还亲自带领后勤人员到各家各户检查，询问群众对部队有何意见，以便加以改进。因而，多年以来，军民相处十分融洽，亲如一家，每次"换防"，村里人都盼望五师官兵早日归来。

这次上前线，想不到三天就回来了。乡亲们一见，蜂拥上前，问这问那，并心疼地埋怨道："你们为么事在露天里过夜，不到屋里呢？"战士们一个个笑着说："昨晚我们打了胜仗，半夜才回来，不忍心惊动乡亲们啊！"是谁问了一句："这猪肉是你们分好挂在各家各户门环上的吧？""那是缴获的战利品，是按李师长指示分发到各户的，有难同当，有福也该同享嘛！"

乡亲们感动得热泪盈眶，不知说什么好，连忙把战士们接到自己家中。

藏　枪

1942 年 7 月，正是农忙秋种时节。一天，日军派遣两个连的兵力，从花园方向直驱姚家山，围攻新四军第五师司、政两部驻地。

第五师得到情报后，很快转移阵地，不便携带的笨重物品，如石印、印刷机、修械用具等分别交给各自的住户隐藏。修械所待修的步枪、迫击炮等器械，则由所在地竹林寺湾的群众保管。

竹林寺湾离姚家山村约 1 公里，共有 5 家农户，五师留下的 30 多件武器藏到何处？时年 50 多岁的姚成训，把湾里几位成年男女找到一起，经商量，决定藏于湾后密林深处的一个山洞里。天黑藏好武器后回到家里，姚成训想：附近几个湾子的人都知道这个山洞，万一走漏了风声岂不坏了大事？他当即约来乡亲，把武器从山洞里搬到湾西的砖窑前。

窑里的砖已烧好 10 多天了，因抢插秋秧没工夫出砖。姚成训等人将砖一层层搬出，藏入武器后，又把砖一层层垒还了原。刚刚垒完，有人提出："这样还是不保险，烧好没动的砖上都盖有一层灰尘. 这砖上没见灰尘，岂不一下就露了马脚？"

此话有理。几个人想来想去，想起一句俗话："东西藏在越是显眼的地方越保险。"于是，他们在湾东紧靠进出村大路一块准备栽秧的水田边，挖了一个大深坑，把武器装在麻袋里，包上几层油布，捆绑好后放了进去，再把泥土填上整平。天麻麻亮，姚成训邀来湾里男将和妇女，在这块水田里栽起秧来。日军得知五师已经转移，派了一支骑兵进山探虚实。骑兵分几路到各湾搜查，其中 5 人径直奔向竹林寺湾。行到栽秧的田边，两名村妇正往田里扔秧坨，惊得前面的战马仰头嘶叫，前蹄滑进水田，正好踩在埋枪处。久经"炮火"的姚成训等沉着冷静，若无其事地低头栽着秧。鬼子大喝一声，马儿扬蹄进了湾。人们这才松了一口气。

敌人进湾挨家挨户搜查后，没发现什么，放火烧了堆在湾前稻场上的几个谷垛（群众住的是土坯房，不易烧着），便"叽哩哇啦"地沿原路走了。

脱　险

　　黄陂教育界有位知名人士叫潘怡如，人们亲切地呼他"怡老"。此人思想进步，拥护中国共产党的主张，是李先念的挚友。

　　1942 年，潘怡如在北乡开办了一所私立学校——怡如中学，常常邀请李师长到学校作报告，向师生宣讲抗日战争的形势和前途，鼓舞大家在中国共产党的领导下团结一致，赶走日本侵略者，建设一个和平、幸福、富强的新中国。这给全校师生以极大的教育，使该校为当时抗战和以后的解放战争培养和输送了不少的革命干部和军事人才。

　　初夏的一天，李先念又一次应邀到怡如中学作报告。报告结束，太阳已经西斜，不一会下起了蒙蒙细雨。"怡老"知道，李师长参加社会活动从不在外留宿，天再晚气候再恶劣，也要赶回驻地。因此，他给了老友和警卫员一人一把油纸伞，说："抓紧时间赶路吧，你公务忙，我不留了。"

　　这一带的路李先念和他的警卫员经常走，大路小路平路山路都比较熟悉。出了怡如中学所在的村湾，他选择了一条林间路。这条路走的人少，有些地段虽布满了荆棘，但与别的路比较，离驻地姚家山的里程至少要近三分之一。

　　雨，下得不大。李先念和警卫员收起雨伞，在林子里时而大步流星地走着，时而拨开杂草匆匆前行。约莫走了一两里路，偶闻身后有响声。他站下侧耳静听，响声不见了；再往前走，声音又出现；再站下，声音又止。警卫员警觉地朝四下望了望，没发现什么。"也许是自己脚步的回音吧。"李师长低声说着"有情况"，迈开步伐走得更快了。

　　这时，大地只剩下微弱的光线了。李先念刚走出密林，踏上峡谷小道，突然听到三记击掌声。他们同时回头一望，不远处有七八个黑衣蒙面汉一起向他俩围来。警卫员"嗖"地掏出手枪，李师长连忙阻止："别开枪，快走!"他们飞也似地前进着，蒙面汉边喊"要活口"，边紧紧追赶。不料，一潭溪水横在面前。李先念对警卫员说："你先跃过去，监视着我的身后，我再跳。"容不得分秒的犹豫，警卫员二话没说跳了过去。李先念接着猛然纵身一跃也"飞"了过去，不料栽倒在一个挑柴青年的怀里。青年人扔下柴端详了一下，惊呼道："李师长!"警卫员迅速上前，把枪口对准了青年，道："追兵!"几个黑衣蒙面汉正欲跳进溪里向这边淌来，青年人说："他们是小日本人（汉奸），跟我跑!"说罢，和警卫员搀扶着李先念闪身钻进了峡谷一侧的老林子，身后"叭叭叭"一阵枪声随之响起……

青年人对这一带的地势、环境、路况十分熟悉，三人一闪身"一口气"跑到了山顶上。青年劳累了一天，再也无力前行了，他对警卫员上气接不上下气地说："快，快……往左……左边跑，这……这里离……离姚……姚家山不……不远了。"李先念拍了拍青年人的肩头，说："你真像一头铁牛啊，谢谢!"青年人再次指了指左边："快……快跑!"望着李师长上了路，青年人长长地吁了一口气，随后瘫倒在地上。

黑衣蒙面人也许是在茫茫林海里迷失了方向，枪声由近变远，由密变稀，继而渐渐消失了。

夜，好静，好静啊!

次日，一抹朝霞染红了天空，也染红了大地。李先念惦记着那位挑柴的青年人，他派警卫团的战士前去寻找，发现青年扔掉的那担柴还在溪边，可就是一直不见人的踪影。到附近几个村湾查寻，都说湾里打柴的青年人很多，没听说有这么件事。

盖　房

日本强盗真可恨，烧杀抢掠都干尽；

今又炸毁我住房，老天终归会报应。

五师官兵爱人民，饥渴冷热都过问；

今又为我盖新房，恩情永远记在心。

这是姚家山群众 1942 年秋自编自唱的一首歌谣。说起这首歌谣呀，还有一段新四军第五师官兵帮老百姓盖新房的故事哩。

这年 10 月初的一个夜晚，大地一片漆黑，天空飘着蒙蒙细雨。五师奉命赴路西抗击口寇后返回姚家山，却惊异地发现，整个村子变成了一片废墟——百分之九十的房屋被日机炸毁，空气里还散发着一阵阵呛人的焦煳味哩。面对这一惨景，官兵们一个个义愤填膺，怒火中烧。李先念师长最关注的是村里的大几百号人，他急切地问："人呢？村里的父老乡亲呢？"

警卫团长夏世厚见首长焦虑不安，吩咐身边的肖营长立即派人打听、寻找。正在这时，在丛林里露宿的乡亲，听到李师长、夏团长等人熟悉的说话声，知道五师的同志从前线回来了，于是纷纷返村，诉说日本侵略者的罪行。当得知全村只有姚成义躲避不及被炸身亡，其他的男女老少全部无恙，李先念心里悬着的一块巨石这才落了下来。他一边慰问死者家属，安抚受惊群众，一边指示部队全力以赴，连夜上山砍树抬石，帮助乡亲们重建家园。

一个紧急战地会后，重建家园的工作随即全面铺开。在油灯、火把的映照下，有的人在湾里清场子、挖墙基，有的人上山砍树木、抬石头，村里村外，山上山下，吆喝喧天，热气腾腾，好一派繁忙景象！

砍树、抬石都是重活，全由部队承担。李先念也加入到这一行列。他手提马灯来到湾后山，发现几个士兵摆着架势，正准备砍伐连片生长的几棵树，便大步上前阻止："哎、哎，先不要砍，不要砍。"士兵们蒙了，当即停下锯斧，不解地望着首长。李先念指了指满山的树木说："这些树长在山上是保护山体的，倘若一片一片地砍光，一旦天下大到暴雨，那泥土、沙石连个阻拦物也没有，岂不让它信马由缰地直往山下冲，酿成意想不到的灾难，祸害人们？"他顿了顿接着说："所以，我们必须、必须采取间伐的办法，以保护大自然。"

战士们听了李师长的一席话，才明白了他"先不要砍"的理由，于是各自有选择地"间伐"起来。

接着，李先念提着马灯，从湾后山察看到湾前山，沿路阻止连片砍光的做法，吩咐大家要坚决做到有利于保护大自然，造福子孙后代的"间伐"。随后，李先念把马灯挂在一陡坡处的树上，便同战士们一起劳动起来——或扛树木，或抬石头，还不住地叮嘱官兵们"要注意安全"。

经过军民齐心奋战，重建家园的工作很快完成。冬天来了，乡亲们也高高兴兴地搬进了新居。为了表达对五师官兵的感激之情，他们编写了本故事开头那首歌谣，到处传唱。

洗 脚

1942 年初冬的一个晚上，部队刚从叼汉湖袭击日军后凯旋，李先念便召集各团负责同志开会，再一次强调：战士们每天在睡觉之前，一定要用热水洗脚。

李先念是个爱兵如子的师领导。早在五师成立时，他便规定：战士们每晚睡前要洗脚。他说，我们的战士不是打仗就是行军、练兵，两只脚从早到晚不住地忙乎，一停下来就发僵，很难动弹，如果洗个热水脚，泡几分钟，血液流动了，浑身上下舒坦了，疲劳很快也消散了。他要求各级指挥官对这件事要重视，要认真贯彻和落实这一规定，要保证有热水供应。

每晚洗热水脚的规定随后在全师上下推行，逐渐形成了一种制度。后来，李先念下连、排检查工作时发现，在某些班、排，战士们都是用冷水洗脚，有的干脆不洗，钻进被子就睡。于是，李先念将各团一把手请到房东家开会，再一次强调洗热水脚的重要性。他说，日军猖獗，战事频繁，战士们需要休息，洗了热水脚就会休息得更好，休息好了好走路，好打仗。

李先念进一步指出：不要认为洗热水脚是一件鸡毛蒜皮的小事，这小事关系着我们战士的身体，也直接关系着我军的战斗力，我们当官的绝不能小视，这一制度一定要坚持下去。

第二天晚上，熄灯就寝号响之前，李先念手持一只手电筒，来到警卫团第五连，逐班检查战士们洗热水脚没有。大家都高兴地说："洗了。"有的还正在泡脚。李师长见了很高兴，他开玩笑地说："谁不洗热水脚谁受罚。"有战士问："怎么罚呀？"首长想都没想便答道："如果谁不洗热水脚，我罚他站一夜岗！"说得战士们都笑了起来，人人都感到心里暖烘烘的。

说起站岗，李师长还真的想起站岗的战士了。他和警卫员一起来到村头哨兵身旁，问站岗的战士："你几点钟换岗？"哨兵回答："12点。""那么晚了用什么水洗脚？"李先念又问。哨兵脱口而出："冷水。"顿了一会哨兵补充了一句："有时不洗。"

"不洗可不行啊！"李先念像对哨兵又像自言自语地说了一句，便默默地离开了警卫五连。

次日上午，各团收到一份通知：各班必须用热水瓶为夜晚站岗的战士准备好热水，以便让他们下岗后有热水洗脚。此事由各班副班长负责，望认真贯彻实行。

从此，哨兵也有热水洗脚、泡脚了。

还　粮

1942年农历十月，季节刚步入初冬，阵阵北风便给人们带来丝丝寒意。

这天早晨，李先念率领的第五师一回到姚家山，后勤部宋事务长便围着湾子喊道："父老乡亲们，还粮食——谁借大米给我们部队的，请马上到村头场子上领取哟！"群众闻讯后纷纷赞道："借了东西要还，共产党的军队真讲信用啊！"

故事还得从两个月前讲起。

两个月前，日伪军对我边区大举进攻。新四军第五师接到上级命令：带足两个月口粮，于近日转移至路西。当时，五师库存的口粮不足一个月，缺口在半数以上。师领导要求后勤部门立即组织力量求购。由于近几年屡遭严重的自然灾害，粮食歉收，许多地区的农民连嘴都难以糊住，不得不用树叶、野菜充饥，所以尽管派出上百人四处采买，却仍然收效甚微。

筹粮的困难，五师官兵一直瞒着姚家山的父老们。李师长对官兵们说："姚家山的乡亲为五师付出太多，援助太大，我们再也不能给他们增加负担了！"所以急需口粮一事未透露片言只字。这天，姚诚台到10里以外走亲戚。闲聊中，亲戚告诉他，五师可能遇上大困难，到处买不到粮食。

姚诚台得知这个内情后，急匆匆赶回家，把五师"筹粮"告诉了各户户主。户主们听了觉得五师对姚家山的百姓太见外了，于是一起找到李师长说："你常说'军民团结一家人'，你们遇上这大的困难也不跟我们讲一声，根本没把我们当一家人看!"李先念说:"不是不把你们当一家人看。是我们欠姚家山人的太多太多，实在是不忍心一有难处就找你们。再说我们来来去去在村里住了一两年，哪一户的家底我们不清楚?多灾之年，没有哪一户有多余的粮食啊!"

户主们说:"人是铁，饭是钢，没有充足的粮食用什么来保证打胜仗?""为抗击敌人，我们啃树皮，吃草根，一粒粮食不留也是应该的。""走，把粮食送到后勤部去!"没等李师长再说什么，大伙便各自回家了。

顿时，整个姚家山忙碌了起来。几百户人家，你10斤、他20斤地送往后勤部，十分踊跃。李先念从湾子这头察看到那头，见大多数群众把装口粮的坛坛罐罐都翻底了，颇为感动，他不停地叮嘱乡亲:"别送光了，你们留点粮食煮稀饭喝吧!"乡亲们回答:"我们菜园子里有萝卜白菜，地里的红苕也快长大了，乡下人饿不着的。"不到两个钟头的时间，后勤部收到了姚家山群众送来的口粮两三千斤。邻村群众在姚家山群众的带动下，也为驻军送去了大量的粮食。

次日晚，五师按上面指定的时间出发，向路西进军，姚家山100多名青壮年志愿组成运输队，为子弟兵运送粮食，有的运送五七天，有的十天半个月，部分人随队两个多月与五师同回姚家山。

五师回到姚家山后，所做的第一件事，就是给各家各户还粮。

时间尚早，人们还没出工，听到宋事务长的喊声，一个个探出头来说:"哎呀，那么点粮食还什么呀。平日，你们又是分救济，又是发慰问，我们老百姓不知吃了部队的几多粮食，可你们从来不要我们还，这回就算了吧!"

宋事务长说："那怎么成呀，'三大纪律，八项注意'明确规定，借了东西要还，若不还呀，连我们师长也要挨批评、受处分。"

粮食一一还到了户，宋事务长唯恐有遗漏，又一家一家挨门询问："你家粮食都还了吗？"户主一起回答道："还了，一两也不少！"

练兵场上

"平日练得好本领，战时方能打胜仗。"这是李先念师长用来教育和激励指战员刻苦训练的一句口头语。每当从前线下来，他都要求全师上下利用分分秒秒时间练操习武，提高实战能力，而且亲自到现场检查、示范。

1943年7月的一天傍晚，第五师奉命开赴长江一线连续作战，打击日军得胜回营后，李师长指示部队抓紧时间休息，第二天一律原地练兵，提高制敌本领，以利再战。

次日天麻麻亮，姚家山地区的大小村湾，军号阵阵，哨音声声，针对薄弱环节而选择的专项训练，分别在各排各连同时展开。战士们个个精神抖擞，斗志昂扬。冲刺声，搏斗声，在山谷里此起彼伏，威震八方。

太阳刚从山坳里冒出头来，李先念便来到警卫团某排的练兵场。这个排负担着侦察任务，此时正在分班练武功。排长见首长健步走到队列前，一声令下："立正——"李师长还了个军礼，让大家"稍息"，继续训练。

这个排练的是"骑马式"。李师长上前用手推了推几个战士，发现他们脚下不够稳，动作不到位，就说："同志们，'骑马式'一招是武术的基本功，基本功不行，是学不好武术的，因此，大家要下决心，练好基本功。古人说，功夫一到自然成。思想上不要急，好好练，刻苦练，功夫练到了家，才能置敌人于死地，才能保存自己，完成侦察任务。"

排长大声问大家："首长的教导记住了没有？"大家齐声答道："记住了！"

李先念是个有心人，也是个善于学习的人。早在十七八年前，他在叶家田学木匠闹革命时，发现湾里有位老人会武功，每天早晚在后山上习武。于是，他一有空就悄悄跑来，躲在大树后面跟着老人学。功到自然成。久而久之，他学会了"几手"，而且在革命斗争中派上了用场，既防了身，也保护了同志，眼下还有了指导战士练武的本钱。

李师长来到另一个班的队列前，发现有些战士握拳的方式不对。他逐个手把手地教，仔细讲解怎样握拳，怎样打出去才有力……他强调说："拳击动作很关键，打出去一定要猛、准、狠。"说完，他又给大家做了几招示范动作。他步伐稳健，动作敏捷，灵活有力。他还乘兴表演了一套擒拿格斗的拳术，大家看得眼花缭乱，心里由衷地敬佩。

李先念表演完毕，战士们高兴极了，都感到有李师长前来指导，实在难得。大家纷纷表示一定要练好杀敌本领，克敌制胜，当一个真正合格的警卫兵。

开　荒

1943 年农历九月，秋风飒飒，如霞似火的枫叶染红了山山岭岭，姚家山村的农民正起早贪黑地忙着抢种（小）麦（油）菜（蚕）豆。就在此时，边区党委发出号召，要求根据地广大军民积极行动起来，开展大生产运动。

这天，五师在姚家山军政大礼堂开完动员大会后，李先念便对身边的警卫员说："部队刚才已经作了部署，我们现在的任务就是帮房东家开荒种地。"警卫员应声道："好，这就行动。"两人急匆匆赶回到房东家，女主人告诉李先念：他爸和儿子、儿媳妇一大早便下地了。先念和警卫员赶紧拿起锄头、铁锹，直奔姚诚台家的地头。

姚诚台家种的是依山就势、又长又窄的两块梯地，不便牛耕。李先念和警卫员爬到半山腰，见男主人手扶犁尾，诚台和媳妇在前面并肩拉犁，累得汗流浃背，直出粗气，半天挪不动一步，他们便脱掉军服，接过缰绳，拉起了木犁。

不一会，李师长和警卫员同样累得上气不接下气，衣服也被汗水湿透。这时，姚诚台小两口上前要换下他们，先念同志说："不换了，加一个人拉！"正如俗话说的"一只公鸡四两力"，姚诚台上阵后，拉犁的三个人轻松了，掌犁尾的人不吃力了，翻地的速度也快了。不几天，诚台的两块梯地种上了麦子。

接着，李先念和房东在一个山洼里找到了一块荒地。师长说：开垦出来种油菜吧，油菜耐寒，开春后易返青，长得快，那时粮食正断挡，野菜还没出土，还可用它充饥救命。第二茬翻长起来的蓄着结籽榨油，一年上头没油吃怎么行。房东连连点头道"好主意"。

姚家山地少，可地里的石头特多。石头多不能用犁翻耕，只能用锄头一下一下挖。有时一锄头挖下去，碰到石头上，"虎口"震得鲜血流。李师长跟诚台父子和警卫员一样，两只手的"虎口"震破了几多回，连自己也说不清楚。尽管钻心的疼，却仍要坚持挖个不止。他说：在真枪真炮面前都没有退却，难道大活人要向死石头投降。

几天后，荒地成了好地，种上了油菜。姚家山其他农户在李师长的动员下，与驻军官兵一起动手，也开垦出一块块油菜地。第二年，李先念率部重返姚家山时，油菜割了，麦子熟了，蚕豆开始摇铃。他和官兵们放下行李，很快投入到抢收之中。望着房东们不断装满粮食的木仓，他高兴地对乡亲们说："粮食堆满仓，生活有保障，这就叫自力更生，丰衣足食啊！"

参　军

"程天玖送子参军！""程天玖的公子参加了新四军！"1943年9月的一天下午，黄陂县士绅程天玖送子到新四军第五师当兵的消息不胫而走，很快传遍了远近十里八乡的村村寨寨，人们在感到惊诧之后，都不禁称赞程家这一举动了不起。

程天玖是蔡店地区的大户人家，闻名遐迩的开明士绅，他和李先念时有接触，大灾之年粮食最为紧缺的时候，他在边区党委的开导下，曾毅然开仓接济当地群众渡过了难关，后被选为参议员。

一次，开完参议会后，李先念兴致勃勃地从主席台上下来看望大家。在无拘无束、谈笑风生的热烈气氛中，李师长看见程天玖的儿子程青生站在旁边，就对程天玖说："胡子（即程的外号），别人都把他们的子女送来参加抗战，你为什么不送呢？"程表示一方面有些具体问题不好解决，另一方面怕儿子吃不了那份苦。李先念真诚相见地说："我们现在条件是艰苦一点，但环境是可以改变的，况且乐在其中啊！"这时程青生插话说："你当师长的怕不一样吧？"李先念爽朗地说："我这个师长跟国民党的师长可不同，他们真正是骑在人民头上作威作福的，而我们共产党的师长是为人民服务的。"说罢，他和众议员都哈哈大笑起来。

国民党的师长程青生曾见过好几位，共产党的师长他却一概不了解。为探个究竟，这天一清早，他便来到了姚家山一个远房亲戚的家，要这个远房亲戚带着他在湾子里"转一转"。别看他年纪不大，在"转一转"中他却十分老道地与乡亲们打招呼，"弹野棉花"（即聊天），由此了解到李先念师长生活简朴，严于律己，待人和蔼可亲；了解到战士学文化、练武或帮老百姓干农活，李师长也一样干；了解到先念同志早晨起来要为房东打扫房间、庭院，晚上要挑水和劈柴；了解到湾里有孤寡老人生病，李师长知道后要立即请医生上门或送医院治疗，等等。他琢磨着：这共产党的官，果真与国民党的官大不相同。

傍晚，程青生告别远房亲戚返程。行至湾前广场，一阵欢闹声扑面而来。他举目望去，五师官兵和湾里青年人围成一圈，正在做丢手绢游戏。一青年人手拿手绢，边跑边唱"丢手绢，丢手绢，轻轻地……""丢"字尚未唱出，便信手把手绢丢在一位身材高大的军人身后。这军人毫无觉察，同众人一起大声呐喊："加油，加油！"鼓励青年人快跑。青年人快步如飞，再次跑至大个军人身后，一把抓住他的衣衫，兴奋地嚷道："捉到了，捉到了！"众人则一起喊着："罚一个，罚一个！"

在阵阵"罚一个"声中，这大个军人站起身来，说："罚一个么事呢？"好熟悉的乡音哟。站在外围看热闹的程青生眼睛突然一亮："这不是李师长嘛。"他向前挪动了几步，细看："不错，是李师长。"这时，众人大喊要李师长唱一支歌。李师长说自己这几天上了火，咽喉沙哑了，不能唱歌。大伙又要他学狗叫，他连忙应声道："好，好，我学狗叫。""汪、汪、汪！"几声犬吠，激起了满场哄笑。

不一会，哄笑声平息下来，李师长接过青年人的手绢，这次由他寻找"猎物"了，他边跑边唱："丢手绢，丢手绢，轻轻丢在……"

程青生看到这"官兵无大小，军民一家亲"的热烈场景，不禁心潮汹涌，热血沸腾。他兴匆匆地赶回家中，对程天玖说："父亲，我明天就去参加新四军！"老爸问儿子："你想好了？"程青生坚定地说："想好了，从这支军队可以断定，共产党才是中国的希望。"

次日太阳出山之时，程天玖把儿子程青生交给了新四军第五师师长李先念。他恳求首长："让他从'兵'干起吧！"李师长拍了拍青生的肩膀，说："好好干！"

种　菜

根据地广大军民遵照边区党委的指示开展大生产运动后，新四军第五师师长李先念身先士卒，一有空就参加劳动，修塘、筑堰、耕地、种菜，脏活、难活争着上，重活、累活抢着干。人们见了心疼地说："首长晒黑了，累瘦了。"劝他"歇歇"。他却乐呵呵地答道："现在正处在困难时期，我们不能当伸手派，要在实干中求生存啊！"

1943年10月的一天中午，李先念陪同上面派来的督察人员检查完营、连大生产运动开展情况后回到姚家山，脱下上衣，抖了抖上面的浮尘，要警卫员拿回去叠整齐收拾好，便穿着那件补丁盖补丁的背心，挑起粪桶往菜地里送肥。

在艰苦恶劣的战争环境中，李师长和战士们一样，只有一新一旧两套军服。他把新衣作"礼服"，平日则穿旧的，劳动时就是背心、短裤加草鞋，再戴一顶尖顶斗笠——活脱脱一个穷山民。他说，这样既容易与老百姓打成一片，还能隐藏于民众之中，干起农活来也方便利索，好得很。

李先念家里很穷，他从小便跟父亲一起在地里干活，所以犁、耙、锄、割、插样样会做。不一会，警卫员也挑着满满一担水粪来到地头。他卸下担子对首长说："到开饭的时候了，回去吃罢饭再施肥吧。"

李先念边往菜地里浇粪水，边说："常言道，'种田没得巧，火候要掌握好'，我们早晨把板结的菜地锄松了，晒到中午，地干了，酥了，泥土正在烈日下散着热气，把粪水往酥松的泥土里一灌，那菜苗不像喝鸡汤似的，明天你就看着它长。"李师长伸起腰，指了指满坡满畈的乡亲，说："你看，他们都在抓紧时机施肥哩。"

施完菜肥，太阳也西斜了，李师长和警卫员各自挑着清洗得干干净净的粪桶向村里走去。这时，边区一位参议员的儿子打着一把洋伞迎面走来，虽与李先念擦肩而过，但他并未认出。走了几步，他突然站住，转身惊异地说："这不是李师长吗？"李先念定定神，端详一番后，朗声道："嗬，是你呀老弟！"

参议员之子见堂堂大师长这副打扮挑大粪，感到不可思议。先念同志却毫不介意地对他说："这有什么了不起，我们现在正处在困难时期，老百姓很苦啊。我们自力更生搞生产，除了解决吃菜等问题以外，多余的还可以卖一部分解决部队的办公费用，这样不就可以减轻一点老百姓的负担嘛。"一席话，说得参议员的儿子连连点头，十分钦佩。他逢人便宣传，赞不绝口。

转蓬桥

姚家山湾前的门前山下有一条无名河。平日，清澈的河水不停地流淌，发出"叮咚""叮咚"的响声，好似母亲在轻轻地、轻轻地哼唱着摇篮曲，亲切而温馨。可一旦天降暴雨，山洪便像脱缰的群马，疯狂地往下横冲直闯，摧毁了树木，摧毁了庄稼，甚至摧毁了房屋……

1943年盛夏的一天中午，李先念和警卫团团长夏世厚在青山口办完事返回姚家山。途中，突遇电闪雷鸣，风狂雨暴，刹那间，河水陡涨，恶浪滚滚，在田里收割稻谷的群众，有的跑到路边的花棚里避雨，有的钻进了两岸林子里躲避，李先念、夏世厚因急事要赶回驻地，不得不冒雨赶路。行至大石庵附近，忽闻"哗啦啦……"一阵地动巨响，横在河上的转蓬桥被冲垮，几个肩挑"草头"的农民正欲趟水过河，李先念、夏世厚飞步上前拦住，并大声嚷道："危险，站住！"

这几个农民告诉首长，他们的家里无人照料，屋顶的许多瓦片被猫子掀翻，门和窗都敞开着，恐雨水"飘"（漏）进屋子，淋坏了粮食和衣物。李先念听着，接过农民肩上百多斤的担子，说："莫慌，莫慌，我把你们一个一个送过。！"不一会，7个农民和他们的"草头"都被李师长和夏团长送到了对岸。

回到姚家山后，李师长指示夏团长迅速组织一个班的兵力赶赴转蓬桥，帮助农民过河。他要求：一要百分之百地确保人身安全；二将割倒的稻子全部收回，不准浪费一粒粮食和一根稻草；三动员住在各家各户的战士各烧一壶生姜茶，让房东喝了以预防伤风感冒。

李先念的关怀使姚家山的群众倍受感动，他们异口同声地说："李师长是个做抗日救国大事的人，可他对群众的生活小事也想得那么周密，做得那么认真。"

次日天刚蒙蒙亮，李先念便起了床，他邀上湾里的"头人"姚成训，请来参谋部懂土木工程技术的郝参谋，来到被山洪冲毁的转蓬桥，指着眼前的这条路说：放下军队官兵不算，这是姚家山1000多人北行的唯一一条通道，没有这座桥，群众出门要蹚水，尤其是老人、小孩还有妇女多不方便呀。目前正是大收割季节，我们必须在最短的时间内将它修复！

姚成训说：要在最短的时间内将桥修复，好办！在河两岸把墩子一砌，上面架上几块厚木板就行了，这样又快又省工省钱。李先念沉思片刻摇了摇头，问："这桥是什么时候建的?"姚成训答道："久远得很。我听我爹爹（祖父）说，他爹爹的爹爹在世时就有这座桥。"李先念说："说不定是个老'古董'哩。"他跟郝参谋"咕噜"了几句后，拍板道："一切照原样修——桥的长、宽、高度不能有出入，桥墩用块石白灰砌，桥面仍呈转蓬型，只能修新如旧，不能修新如新。"顿了一会又说："整个工程由夏团长和老姚负责，技术问题由郝参谋把关。目前农事很忙，用工五师派三分之二，姚家山派三分之一，今天开始备料，明天正式动工。"

经过上十天奋战，转蓬桥修成了。姚家山的群众纷纷前来参观，老年人抚着胡子"嘿嘿嘿嘿"直笑，小娃们高兴得在桥上跳来跳去，几个年轻人将鞭炮挂在树上，"噼哩叭啦"放个不停，参议员孙先记邀约了几位参议员，拿着一张写着"军民团结桥"的大红纸，敲锣打鼓赶来祝贺，众人高声欢呼："'军民团结桥'，这名字好!"

转蓬桥就这样更名为"军民团结桥"了。

几天后，李先念从外地开会回来，发现转蓬桥改为"军民团结桥"了，心想，这桥可能是古迹，不能改名字。他于是说服参议员和姚家山的群众，恢复了原名——"转蓬桥"。

一碗猪肝面

中国共产党领导的军队有史以来官兵都是平等的。当官的没有任何特权，当兵的也不低谁一等，大家有盐同咸，无盐同淡，彼此互相尊重，互相关心，互相爱护，和和睦睦地生活在一个大家庭里，为了一个共同的目标——消灭反动派，建立新中国而并肩战斗。

当然，生活在这个大家庭里的官兵团团结结，和和睦睦，但官和兵、兵和兵、官和官长年累月、时时事事在一起，哪有不发生一点摩擦的，李先念和他的警卫员就有过不愉快的事情。不信？请听我讲一个《一碗猪肝面》的故事。

那是1943年8月间，由于战事频繁，昼夜无眠，生活艰辛又缺少营养，加之烈日暴晒，新四军第五师李先念师长的眼睛红肿起来。他强忍刺痛，坚持指挥战斗，取得了一个又一个的胜利。因在前线作战的时间长，官兵体能消耗过大，月底，上级命令五师撤回营地休整，以利更好地抗击侵略者。

这天午夜，五师机关的干部战士回到了姚家山村。首长就寝后，警卫员找到事务长，要他请采买员上街买菜时顺便买点猪肝，做碗猪肝面或打碗猪肝汤给师长治眼病。事务长说，今夜要宰猪改善伙食的，到时候不愁没猪肝。

早上，开饭号响了，警卫员打回早餐，送到首长面前。李先念看到有一碗猪肝面条，笑嘻嘻说："嗬，早餐很不错咧！"警卫员接过话茬："昨夜伙房宰了猪，今天要打牙祭——加餐。"

平日早餐只有馒头、面条或包子、稀饭，今天面条里怎么多了猪肝？师长有些疑惑。于是问道："一大早就加餐呀？"警卫员连忙回答："不，不，不，是中午。"李先念听此言，觉得不对劲，随即收敛起笑容，一双红肿的眼睛望着警卫员："中午加餐，怎么现在就有猪肝呀？"没等回答，又问："人人都有吗？"警卫员对任何人从来不说半句假话，见首长这么认真，这么严肃，便直话直说："听好多人讲，吃猪肝对眼病有好处，从前线一下来，我就请事务长帮忙买点猪肝给你吃。"他"好汉做事好汉当"地加重了语气："这碗猪肝面是我要炊事班做的。"李师长一听火气直冒，大声说："你的权力不小咧……"紧接着问道："这权力是谁给你的？"

就不是一碗猪肝面吗？警卫员听首长这么一问，气得脸通红。"是组织上给的！调我来跟你当警卫员时领导跟我谈话说，我的工作就是保卫好首长，照顾好首长，为首长服好务。你害眼病，我有责任求医问药找良方，我请炊事班给你做猪肝面错在哪？""错在搞特权！"李先念顿了一下接着说："我多次对你说过，我们是革命部队，官兵一律平等，任何时候都不能有半点特殊化的行为，可你……""师长……"警卫员还想辩解什么，李先念猛地站起一声吼："不要再说了，快把猪肝面送回去！"见警卫员还在犹豫，李先念喝道："这是命令，快送回去！"警卫员这才端着猪肝面往外走。刚走了几步，师首长放缓口气："站住，把这碗猪肝面送给吴妈（孤寡老人）。"

警卫员转身急匆匆向吴妈家走去……

带　路

对扎在花园的日军来说，姚家山是眼中钉，肉中刺，恨不得把驻扎在这里的新四军第五师司、政两部一下就铲除掉。

这是1943年9月的一天下午，日军得到情报：新四军第五师神出鬼没，再次出现在姚家山，便决定派兵前去围剿，并在青山口抓了个人为其带路。

此人是青山口街上做小生意的，人称王老板，50来岁，在姚家山村有个亲戚，常有往来。

出了青山口，两名"鬼子"持枪押着王老板走在队列的最前头。事情发生得很突然，王老板连向家人打个招呼也来不及。在街上四处观望，也没见到一个姚家山的熟人。如何把日军进犯的消息尽快告诉五师的同志们呢？他一时想不出办法，只好放慢脚步，拖延时间，寻找报警机会。鬼子见他没精打采、磨磨蹭蹭，连声吼道："你的良心大大的坏，快走，快走!"走了一会，王老板忽而假装鞋子里灌了沙子，弯腰脱鞋倒沙，忽而说要解手，钻进路边树林里久蹲不起。这样一来，押他的鬼子兵似乎明白了老王的用意，气急败坏地冲上前，捆了两个耳光，硬拖着他上了路。

青山口至姚家山仅这一条峡谷小路，行走的人不多，四周静悄悄，时而有几声鸟鸣。王老板对沿路的情形了如指掌，他抬头看了看，前面不远处是五师的一个哨所，哨所离姚家山不过3华里。把日寇进山扫荡的信息传到哨所就好办了。王老板此时加快了前进的步伐，而且边走边唱起黄陂楚剧。鬼子不让他高声唱戏，他又不停地咳嗽。鬼子制止他咳嗽，他深受委屈似地故意大声呼叫："报告太君，我忍受不住!"说完又咳嗽起来。鬼子恼羞成怒，对他大打出手。"哎哟，太君，好痛哟!""饶命哦，太君!""太君，太君……"此时，王老板借机惨叫着，一声高过一声。惨叫声在山谷回荡，越飘越远，直到看见插在隐藏于绿树丛中的一面杏黄旗被扯下，他才"老老实实"的带着日军一拐一拐向前走去。

五师这次返回姚家山的是部分文职人员。刚才哨兵听到"太君饶命"的呼喊声，知道是有人在传送"鬼子进山"的信息，于是迅速赶回了姚家山。不一会，五师的官兵很快藏进了崇山密林深处，湾里的群众纷纷下田，若无其事地干着农活。

日本鬼子进湾后，四处寻找，没有发现任何"蛛丝马迹"，又一次扑空了。

送　货

盐巴、洋火（即火柴）、洋油（即煤油）是人们日常生活中三件必不可少的物品。在艰苦的抗日战争时期，日军严禁销售和贩运，四处筑关设卡对过往行人进行搜查，不让这三件生活必需品流入革命根据地，一旦发现，轻则惨遭毒打，重则生命难保。

得道多助。尽管面临重重困难和危险，这些生活必需品依然通过各种渠道，不断运送到我军手中，保证了供应。

这是 1943 年隆冬时节，一个北风刺骨的下午，一肩挑货郎担的中年人翻过与孝感交界的双峰尖，沿着山沟里通往姚家山村的小道匆匆前行。他，姓刘名福堂，10 年前从姚家山村迁居山那边的小镇青山口开杂货铺。他很早就知道新四军第五师是中国共产党领导的队伍，驻扎姚家山村后，他又常听来青山口赶集的乡亲们称赞这支队伍处处为百姓谋利益，心中的敬重之情日益加深，总想着应该为抗日将士做点有益的事。一天，刘福堂回乡探亲，得知五师急需食盐、洋火、洋油等生活物资，决定千方百计组织货源，冒着可能遭受的牢狱之苦和生命危险，设法送回姚家山村。

今天，刘福堂托人，绕道避开敌人的检查关卡，将日军禁运的三种物品送到双峰尖东的一个洞穴里，自己则肩挑着针线肥皂和香烛纸钞鞭等货物，轻松自如地上了路。

翻过双峰尖，到了黄陂境内，刘福堂迅速将藏于洞穴的食盐等物放到货郎担的下层，继续前行。

约莫走了一里多路，刘福堂忽闻身后不远传来阵阵脚步声。他悄悄回头探视，一歪戴礼帽的汉子迅疾一闪，躲进了林子里。他一眼便看出，此人肯定是吊线的汉奸小日本人。心想，这里是游击区，狗汉奸不敢把自己怎么样，但如果认出是青山口街上的生意人可就麻烦了，于是加快步伐，直奔距姚家山村不远的大石庵。

大石庵是双峰尖东方圆几十里内唯一的一座庙宇，一年四季尤其是农闲的冬季，前来求神拜佛的善男信女络绎不绝，从早到晚钟声回荡，香烟缭绕。傍晚时分，刘福堂挑着货郎担，随着熙熙攘攘的人流进了庙堂。住持一见，连忙将他领进后房，从货郎担里取出食盐、洋火等禁品，换上蜡烛、盘香、钱纸、黄裱等物，然后让姚家山村派来替五师提货的一村民，乔装成货郎，将担子挑回庙堂，一五一十地向主持点数交货。

就在此时，汉奸小日本气喘吁吁地冲进了大石庵，他躬身翻遍了货郎担后，从上到下打量着村民，疑惑地问："刚才从青山口过来的是你吗？""是呀，怎么啦？"村民理直气壮地答道。汉奸小日本接着又追问："你挑的就这些东西呀？"村民双目一瞪：那你说说还有什么东西？"住持见双方僵持不下，面带笑容地迎上前对汉奸小日本说："这位先生，这些香蜡纸钞鞭是我请他到青山口街上买回的。"顿了一会，住持打了个圆场："是进晚餐的时候了，走，到后面去吃个便饭吧。"

汉奸小日本酒醉饭饱后出来，天已黑尽了。此时，刘福堂已经翻过了双峰尖，提货的村民也早已将食盐、洋火、洋油交给了五师后勤部。

报　信

日军偷袭新四军第五师司、政两部驻地姚家山，大多从花园而来。姚家山西的青山口街，则是敌军进山的必经之路，也是了解敌军动向的要地。因此，姚家山的群众不论是谁，只要到青山口办事，都要去茶馆酒店转一转，暗自了解一些情况。

1944初春的一天，农民姚成和到青山口卖柴。这天，街上的柴特多，姚成和的柴卖到太阳偏西了也没卖掉。忽然，他发现商铺货栈纷纷关门，茶馆酒店的客人迅速离去，人们个个行色匆匆。他想：一定有"情况"。他连忙找人打听，果然不出所料，日寇今晚要偷袭姚家山。

姚成和顾不上没卖的柴，扛起冲担便急冲冲往回赶，他要把这一消息尽快告诉五师的同志。他三步并成两步，一路小跑地翻过山岭时，天已黑尽，一不小心，脚被拦路藤绊了一下，"叭"地摔在地上，左膝盖碰破了皮，鲜血直流，左踝扭伤得不能动弹。时间不允许他坐下来歇息，他跛着脚继续赶路。然而，剧烈的疼痛使他快不起来。怎样才能及时把消息传到呢？

前面不远是大石庵，姚成和好不容易来到庙里。住持是个爱国人士，曾为五师官兵通风报信，做了许多有益于抗战的事情。得知消息后，立即派人直奔姚家山送信。姚成和则喊来几个在地里干农活的青壮年汉子，拿着事先藏在庙里的火钵，来到湾后山巅的密林里，观察着山下小路上的动静。

这条狭窄的小山路，是青山口通往姚家山的唯一通道。姚成和等人决定按既定的方案狙击敌人。这一来是为了给人生地不熟的日军设置障碍，延缓其前进速度；二是为了给五师发出"十万火急"的信号，以便迎战或及时转移。

过了约一个时辰，上百名全副武装的日军气势汹汹地向这边走来。恰在此时，五师警卫团已跑步赶到。当日军进入伏击圈时，姚成和高喊一声："打！"十几个火钵一起掷向鬼子，顿时"轰——""哗啦啦……"声连成一片，火星四溅。敌人不知遭到什么"武器"的袭击，乱成一团。等他们镇定下来，正欲还击时，五师警卫团举枪齐发，迎头痛击，打得鬼子抱头鼠窜。

好"闺女"

1940 年农历腊月的一个晚上，大雪铺天盖地地下个不停，远山近岭没有一丝风，没有一线光亮，也没有一点点声响。夜，静得令人浑身发怵！

忽然，从肖家湾伸出的一条小路上，传来一阵阵缓慢而沉重的脚步声，一个被皑皑白雪裹着的高个子女将艰难地向姚家山村走来。她，就是人们尊称陈大姐的鄂豫边区党委领导陈少敏。

陈少敏走到姚家山村村后的一间土坯房前，抖了抖衣服上的积雪，正欲伸手叩门，门却"吱"地一声打开了。"哎呀！这坏的大气，你怎么回来了。"房主人张太婆一边将她拽进屋，一边埋怨道。

其实，张太婆这是明知故问。根据以往的经验，她早知道，像这样恶劣的气候，不管路多难走，也不管天色有多晚，这闺女是一定会回来的，她哪能放心得下村里的几位无后老人啊。因而她一直守候着没上床，刚才听到外面有动静，未闻呼叫声，便急忙把门打开了。

为了工作方便，陈少敏原本和李先念都住在姚诚台家，前者住厢房，后者住堂屋。后来，陈少敏发现村里的几位孤寡太婆无人照料，于是白天忙工作，就在晚上将自己的被子轮流抱到其中的一位老人家，替其做清洁，洗衣裳，缝一缝，补一补。家务事做完了，就跟老人同睡一张床，拉拉家常话，暖暖身子骨。老人们称赞陈少敏比自己的闺女还要亲。

鄂豫边区行政公署决定春节后召开宪政促进会，陈少敏今天到肖家湾是召开筹备会，研究黄陂抗日民主政府成立、建立和发展农救会、妇救会、青救会等抗日群众组织，扩大抗日武装如游击队、武工队、手枪队、民兵自卫队，开展游击战，以配合新四军第五师对日伪进行战斗等事宜。不料午时过后，突然下起大雪，会议结束时，天已黑尽，而且地上的积雪近尺深，很难分清山、水、路了。参加筹备会的人员来自各地，此时肯定无法返程。陈少敏吩咐湾里的头人，为其安排了住处。她心里惦记着几位老人，则冒着大雪，凭自己的感觉辨别道路，深一脚浅一脚地往姚家山奔去。

陈少敏进屋后，随即到右边房里将自己的灰色棉被抱到左房里张太婆的床上，说："您的被子太薄，今晚我们来个合二为一，一起睡。张太婆连忙说："那怎么行啊？""行！两人睡在一起暖和。"陈少敏顿了一会招呼张太婆："您先睡，我出去一会就回来。"

姚家山村里还有几位无后太婆。张太婆心里有数：陈大姐是放心不下她们，上门查看去了。

约莫过了个把时辰，陈少敏回到张太婆家了。她轻手轻脚推开大门，又轻手轻脚关上，接着轻手轻脚推开左房门，朦胧中见老人仍坐在床沿上没睡，便问："太婆，您怎么还不睡？""深更半夜了，这么大的雪，这么冷的天，你还在进东家出西家，为我们几个不中用的老人操心，你想想，我能睡得安神吗？""我会睡得很安神的，太婆！"陈少敏今晚显得特别的开心。见张太婆不明白自己的话中之意，接着告诉老人：她一家一家查看，老人们说："刚才医院的女医生、女护士来过，送来热水给她们泡了脚，还加盖了崭新的军用棉被，要我们有么难处尽管说出来，她们一定设法解决，都称赞这些医生、护士是'好闺女'。"

"老百姓是我们的父母亲，子女们关爱父母亲是应该的。"陈少敏边说边脱下衣服，钻进张太婆和自己"合二为一"的被子里，催促老人家快睡。老人连忙回应："我这老婆子和你同睡一床被窝里呀？那怎么行？"陈少敏热忱而又中肯地说："行！"见太婆仍犹豫不决，又催道："不早了，快休息吧。"

老人很受感动，在心里说了一句"多好的闺女啊"，便钻进了被窝。陈少敏将她冷冰冰的两只小脚抱在自己的怀里，张太婆几次欲挪开，陈大姐却紧紧抱住不放。陈少敏到底年轻血盛，老人的脚很快被捂热了，不一会就发出了甜甜的鼾声……

引　水

> 陈大姐，为百姓，
> 百姓的事情挂在心；
> 老天久旱不下雨，
> 她睡不着呀吃不进，
> 爬高山，钻密林，
> 起早摸黑把水寻。
> ……

70 年前，姚家山村的群众，不管是男的还是女的，也不论是老人还是小孩，都会唱这首顺口溜。

顺口溜里唱的陈大姐，就是人人皆知的鄂豫边区党委领导人陈少敏。

1943 年，广大军民热烈响应边区党委号召，积极投入到大生产之中，耕地种粮，开荒兴菜，一个个不怕苦，不怕累，争先恐后，干劲冲天，谁也不甘示弱，因而，满畈的庄稼长得一茬比一茬茂盛，遍地的瓜菜长得一厢比一厢肥壮。

不料，天公故意与人作对似的，从农历七月开始，就一直是晴热天气，没下过一次透墒雨，炎炎烈日烤得塘堰翻底，烤得田地龟裂。尽管男女老少齐上阵，进山用木桶、用脸盆、用瓦罐瓦壶提水浇灌，但量小难解渴，禾苗仍干得叶片发黄，半死不活。

几十年不遇的旱情，令庄稼人束手无策，唉声叹气。面对如此严重的天旱，陈少敏更是像热锅上的蚂蚁，急得团团转——近段时间，她起早贪黑，独自一人钻密林，攀山崖，一直奔波在双峰岭。昨夜，她卧室里的油灯又整整亮了一宿。今早，东方刚现鱼肚色，便把姚诚台等两位农民喊来，急匆匆地上了山。

三人很快来到了双峰尖东侧。东侧的坡度较陡，呈扇形，约1公里长。陡坡上，相距30米左右便有一条小沟，远远望去，很像一根根扇骨。小沟被荆棘杂草覆盖着，令人欣喜的是，把荆棘杂草拨开一看，沟里都湿漉漉的，有的还汩汩流动着凉丝丝的泉水。姚诚台和同伴兴奋地跳进沟里，不约而同地说："让乡亲们到这里来挑水抗旱!"陈大姐笑了笑："到几里外的山洼洼用肩挑手提，救不了急啊!"姚诚台听陈大姐这么一说，心里凉了一大截。

这时，陈少敏拿出一张自画的图纸，摊在一块石头上，边指点边说："沿这面山坡，就是我们所站的这面山坡，横向挖一条小渠道，也可以说一条小沟。"顿了一会她解释道："这条沟只要一锹宽，一锹深就够用了，用不了多少工，但这沟必须两端高中间低；在中间低的地方挖一个蓄水堰，让每条纵向沟的汩汩细水集中到堰里，然后引进山下的小溪，再在适当的位置筑一道拦水坝……"姚诚台听到这里，突然拍了一下大腿，连声说："好，好，好办法，庄稼有救了!"

陈大姐和诚台等商议了行动计划，便回到湾里，把集中引水灌粮田的办法告诉乡亲，乡亲们听了都赞同这一办法。

第二天，湾里男男女女都上了山，挖沟的挖沟，筑坝的筑坝，几天功夫，小沟渠挖成了，拦水坝也修起来了，分散在山洼洼的山泉水被引下山，集中到小"水库"里，通过一部部水车，流进了干涸的稻田，流进了每一个老百姓的心窝里。

于是，故事开头的那首顺口溜，便在群众中传唱开来……

石　屋

在距离姚家山村 2 公里左右的河湾大堰冲密林深处，屹立着一间四五平方米大的石屋。石屋没用一寸木料，没用一枚铁钉，全部为石块干砌而成。

这间石屋是 68 年前姚家山村群众和豫鄂边区党委机关工作人员一起搭盖的。

那是 1944 年，敌人对我游击区实行疯狂的大"扫荡"，日军飞机不分白天黑夜在姚家山村上空盘旋，时而用机枪横扫一阵，时而狂轰滥炸一番，我军民无法在村里立足，只得逃到村前村后郁郁葱葱的林海里隐蔽。晴天，一家几口只需带上一床席子，一捆稻草，还可勉强度过，如遇雨天，就很难在野外待下去了。于是，有人想了个土法子，用石块垒起左、后、右三堵墙，顶上架几根木棍，盖一些茅草，前面挂一床席子或布单，权当屋门。人住进去避风避雨避太阳，倒也不错。

就地取材，不花分文，既易于搭盖，又安全适用，这个法子好！一天，边区党委领导人陈少敏在检查乡亲们生活状况时，发现了这间石屋，不禁心里一喜。她当即召来各家户主，不需宣传，也不需号召，大家一看，转身回去便干了起来。只一两天，湾前山、湾后山的丛林里，便搭盖起上百间石屋，除三两户借居亲戚家外，其他户户都有一间，人口多的户有两间或三间不等，有的还在石屋旁深挖洞，存放粮食，以备度春荒之用哩。

这年 10 月，边区党委决定 11 月底在姚家山村召开农民救国代表大会，计划参会代表 332 人。筹备工作由陈少敏亲自抓。因日机频繁袭击，村里难以立足，筹备工作无法正常开展。乡亲们造屋隐居给了大姐极大的启发：何不搭盖一间石屋办公呢？陈少敏是个说干就干、雷厉风行的人。第二天，她便悄悄地将筹备组的人员带到河湾山大雁冲的密林里干开了。

姚家山村姚大成等几个抗日骨干知道后，匆匆上山告诉陈少敏，说乡亲们都要来帮忙。陈大姐认真而又诚恳地回答：边区党委搭盖石屋的事，不能让村外人知道，村里知道的人也要越少越好。姚大成听后明白了"弦外之音"，于是决定派十几名身强力壮、懂点泥木技术的党员和抗日骨干分子前来支援。

石屋是供办公用的，要比乡亲们栖身之所高大宽敞，让几个人在屋内能站能坐能活动，因而需石量很大。这时，有人提出打炮眼爆破取石。陈少敏说，爆破至少有三大弊端：一、隆隆爆炸声惊动了敌人，暴露了我军目标；二、破坏了山体和森林；三、浪费了制造武器的炸药。在她的坚持下，石屋的全部用料都是在山上撬挖的散石。

经过军民三四天时间的努力，石屋按原计划搭成，筹备组搬了进来，开始了正常的筹备工作。11 月 20 日召开的农民救国代表大会的材料，除华中局代表郑位三的政治报告《迎接天光》外，诸如陈少敏代表党委所作的《一年来农救工作总结》、吴祖贻的《秋收减租减息》等报告，和 12 月 5 日会议结束时通过的"农救"斗争纲领等决议，均在此屋起草。

演　出

1944 年 10 月的一天下午，与姚家山毗邻的邓家畈湾前稻场上，震天动地的锣鼓声一阵紧接一阵，湾里的男男女女、老老少少纷纷赶来，里三层、外三层地把敲锣击鼓者围得水泄不通。这时，一位身材高大、满脸微笑的女将，拿起一根竹竿，边在地上划线边说："请乡亲们一律退让到线外，我们的宣传演出马上开始。"

不一会，一块约 10 平米的场地退让出来，高个子女将右手一挥，锣鼓声戛然而止。她理了理衣帽，向乡亲们敬了一个军礼，大声道："鄂豫边区党委减租减息宣传文艺演出现在开始！第一个节目是小合唱《三大纪律八项注意》。"高个子女同志说完，迅速退到队列中，一同唱了起来。

这个高个子女将，就是鄂豫边区党委负责人陈少敏。减租减息工作开展后，边区党委根据上级的指示，连续在各地开办干部党员和贫雇农骨干分子培训班，学习减租减息的政策，研究开展减租减息的方法和可能遇到的问题。为了在工作实践中免遭曲折，陈少敏创导在培训班成立宣传队，把减租减息政策编成文艺节目，到各村各湾巡回演出。由于节目都是采用的本地民间形式，有说有唱，有演有舞，短小精悍，通俗易懂，乡亲们乐于接受，起到了宣传教育作用。同时，宣传队的成员都是培训班的学员，让他们扮演佃户，或者扮演地主，面对面地进行说理演练。通过演出锻炼，既壮大了他们的胆量，也提高了他们的说理斗争水平和方法，使减租减息工作能够顺利进行，确保达到预期目的。

《三大纪律八项注意》唱完，宣传队接着演出了快板、三句半、诗朗诵、楚剧清唱等节目，压轴的是活报剧《减租减息好得很》。这个戏是培训班学员创作的，陈少敏亲自修改定稿。由于表演内容是佃户、地主，工作队员面对面地说理斗争，很快就将众乡亲的情绪调动起来了。地主受到教育后，也主动找佃户减租减息了。地主张二婆看了演出，得知减租减息的政策后，连忙到一个佃户家中改定租谷和息钱,她说:"政策提出二五减租,分半减息,我不能多收,你按政府的规定办吧。"

通过减租减息,佃户得到了实惠,生产积极性不断高涨,大生产运动热火朝天地开展起来。他们编歌唱道:

十月秋风一阵阵,遍地谷子像黄金;

陈大姐带队验收成,合理公道把租评;

民主政府办法好,丰衣足食打日本。

历史名村大余湾

大余湾古民居

大余湾木亭

大余湾历史陈列馆

大余湾写生基地

景点简介

大余湾风景区

　　大余湾，位于武汉市黄陂区木兰乡双泉村，距离武汉城区 68 公里，留存着 40 多栋明清时期的赣派建筑。

　　据《余氏族谱》载，大余湾建筑是典型的婺源民居风貌。明朝洪武二年（1369），余姓大户从江西婺源、德兴迁居到此。大余湾先民认定古代琴师俞伯牙为余姓祖先，并传岳飞的世系曾到此隐居，故有"俞伯牙先祖发祥地，岳鹏举后昆遁隐村"的说法。家族发展史上曾有宋代"一门三太守，五代四尚书"的荣耀。明清时，村里诞生过100多位秀才进士，近现代则有名流百余人。

大余湾整体布局奇特，明清古建筑遍布，大多数古民居外墙上遗留着清代手绘彩色壁画，计有上千幅。站在村后旧寨山上鸟瞰全村，其"左边青龙游，右边白虎守，前面双龟朝北斗，后面金钱吊葫芦，中间怀抱太极图"的风水格局清晰可见。在形式和格局、用材与技术上，体现出极为完整的安居构想："前面墙围水，后面山围墙。大院套小院，小院围各房。全村百来户，穿插二十巷。家家皆相通，户户隔门房。方块石板路，滴水线石墙。室内多雕刻，门前画檐廊。"

春日里走进大余湾，老宅虽陈旧，仍可看出昔年的气势。古宅均用大块大块裁打得方方正正的条石砌成，石面上琢有细致入微的滴水线。硬山顶、翘檐、檐额彩绘、天井、承水池、木雕隔屏、清式架子床、清式扶手椅，一切都古色古香。连先祖余秀三的墓和余氏族谱都保存下来。

大余湾是首批中国历史文化名村、湖北省重点文物保护单位。以大余湾为核心的油菜花海，向前后延伸了有10多里距离，面积3000亩，是拥有美丽新村、古村落（中国历史文化名村）、文化风情美食街、乡村田园、田野牧歌度假社区、古寨运动公园等六大板块的文化休闲旅游景区。

2005年9月，大余湾被建设部、国家文物局正式批准为中国历史文化名村。

景点故事和传说

葫芦盛香火

大余湾的风水格局冠绝天下，素有"左边青龙游，右边白虎守，湾前双龟朝北斗，屋后金线吊葫芦，中间如意太极图"之称。大意是村子左边蜿蜒的山脉连接稻田，像青龙浮游于水面；村子右边的山像一头白虎俯视前方；村前有两座小山丘形似一对乌龟爬行，毗邻山峰上的 7 块花岗岩排列如北斗七星；村后西峰山脊犹若一条金线，串联着葫芦状的小山丘；村中央的池塘形状恰如一张太极图。

如此风水宝地，可谓得天地之灵秀，承天接地，弥漫着天子之气。然而，玉帝和王母存有私心，并不希望人间的皇帝诞生在此，密令地仙斩断大余湾的龙脉。观音菩萨闻讯，驾祥云直奔灵霄殿，指责此举违背天理。玉帝有愧于心，下旨让这个村子的人世世代代大富大贵，福禄双全。于是，福、禄、寿三仙一起在大余湾之北的木兰山上抛下一颗葫芦种子，葫芦藤一直绵延到大余湾的靠背山上，结下 5 个葫芦。那葫芦盛装着"五福"，也就是"富贵、长寿、康宁、好德、善终"。

却说葫芦种子刚落在木兰山上，便瑞气凌空、霞光万道。有一位道长和一位高僧恰好结伴云游到这里，见状都认定木兰山是一方神仙福地，于是广募钱粮，大兴土木，在山上修建了一座座道观和寺庙。自此，木兰山年年香火旺盛，而其中一半的香火都顺着葫芦藤装进大余湾的 5 个葫芦里，让这个村子世代安康、富甲一方。

神蟹下凡的传说

大余湾有句俗语："晒米石，垒子石，螃蟹挟天。"

传说远古时候，有一只母天蟹不守天规，挥舞巨螯把天抓破了一块。女娲娘娘大为震怒，要求玉帝将这只母蟹和她的3个儿子打入凡尘，降落在大余湾旧寨山上，划地为狱，上不沾天，下不着地。3只小天蟹都是孝子，不愿让母亲受苦，日夜以泪洗面，祈祷苍天宽恕。长子首先爬到山头上悲鸣哀求，但因母天蟹所犯天条太重，女娲娘娘不肯答应。为了离天更近一点，泪眼婆娑的次子爬到长子的身上朝天哀求，还是得不到任何回应。最后，伤心欲绝的三子又爬到二子身上哀号，女娲娘娘依然无动于衷。3只小天蟹凄厉的喊声响彻云霄，惊扰了众仙。奉玉帝旨意，托塔天王施展仙术，将最上面那只小天蟹变成一只鳄鱼，逼迫它要么吞食掉自己的一对兄长，要么和兄长一起化作山石。这只最小的天蟹虽相貌凶残，仍良心未泯，不肯骨肉相残，仍然不住地呼喊，直到声嘶力竭，直到和兄长变作3块化石，变成大家现在看到的垒子石。见过垒子石的人都说，下面那两块石头神似螃蟹，而上面的一块更像一只鳄鱼，而且眼角边似乎还在淌眼泪呢。"鳄鱼的眼泪"一说，正是由此而来。

垒子石旁边的那几大块石头，就是母天蟹的壳，上面可以晒糍粑、豆豉、豆丝、萝卜和米。每年春节前，"螃蟹壳"上面晒满了冻米和年豆豉，大余湾人都叫它"晒米石"。村民说蟹螯抓破了天，仙气下泻，泻到"螃蟹壳"上。把在这里晒过的粮食挑回家，也就把灵气带回了家，把五谷丰登的希望带到来年。

清水奔西流

大余湾流淌着一条长达2公里的清水河。自古一江春水向东流，清水河却是一湾清水向西流，汇入滠水河，让人称叹艳羡。

传说很久以前，这一带恶虎猛龙肆虐，十里无人烟。女英雄木兰在木兰山拜师学艺后，决心驱虎除龙，让老百姓安居乐业。木兰虽有一身本事，却只能降服地上的猛虎，拿水里的恶龙全无办法。她于是跋山涉水，到东海邀请小龙女助阵。

小龙女在木兰陪伴下来到木兰川。未曾休息片刻，小龙女便孤身跃入恶龙藏身的万丈深潭，搅得龙宫天翻地覆。恶龙的水下工夫不及小龙女，交战不过10个回合，便蹿出水面欲逃跑。刚到岸上，木兰挥剑使出一招"凌空展臂"，刺中恶龙颈项。恶龙怪叫一声，张牙舞爪猛扑木兰。木兰以一招"直取中宫"迎敌，恶龙全然不顾，迎剑扑过来。长剑再次击中恶龙右前爪爪心，然而它似乎浑然不觉，其左前爪转瞬间已搭上木兰右臂。木兰急切间抽不回长剑，只得弃剑而退。饶是如此，右侧衣袖依然被抓破，臂膀露出几道血痕。千钧一发之际，小龙女已摆脱龙宫中虾兵蟹将的纠缠，与木兰合兵一处。二人一对眼色，木兰使出一招"长枝探云"，飞身攻恶龙上盘；小龙女使出一招"附岩生根"，沉肩打下盘。双剑"嗡嗡"作响，呼啸而至。恶龙不知所措，呆立在原地，眼见木兰的长剑直逼面门，才下意识地伸出爪子挡格。这恶龙的爪子厚逾一寸，坚硬似铁，但怎敌得过长剑的锋利和木兰的深厚内力。刹那间，龙爪被刺穿，剑尖自爪心入，爪背出。恶龙疼似钻心，嘶声惨叫。几乎是同时，小龙女的手中剑也深深刺入恶龙后背，只剩下剑柄在外。恶龙趔趄数下，瘫软在地。

接下来，木兰架起织布机，在小龙女的帮助下，织出了木兰川"十里画廊"的美景。那一对被驯服的龙虎化作大余湾一左一右两座山，"左边青龙游，右边白虎守"，成为村子的守护神。

木兰与小龙女此时已经情同姐妹。小龙女不肯与木兰分离，更不想离开美丽的木兰川。可是，东海龙王下旨命她速速返回龙宫，否则严惩不贷。她不得不与木兰挥手道别，一路频频回首相顾，淌下串串伤心的泪水，最终汇成这条自东向西流的清水河。

子牙游西峰

西周时期，有一位长者途经西峰山。此人面色红润，目光睿智，美髯垂胸，仙风道骨，他便是辅佐武王伐纣的姜子牙。姜子牙贪恋这里景物佳丽，住了下来。当时西峰山附近隐居着一位名叫三山的仙人。三山听说姜子牙莅临，连忙带上一坛美酒和一篮野菜山果去拜访姜子牙。刚登上西峰山，迎面扑来一头野猪。三山当即放下酒坛和菜篮，顺手操起一块石头掷向野猪，野猪应声倒地。他施展开仙术，将美酒、菜果加上捕获的猎物统统送进姜子牙暂居的山洞。姜子牙和三山是故交，见面寒暄一番后，三山大仙便为姜子牙精心烹调好美食。推杯换盏间，三山告诉姜子牙：“这一带山环水绕、土地肥沃，却因野猪横行，人迹罕至。久闻您道行深厚，盼能驱除猛兽，造福一方。”姜子牙当即施法呼风唤雨、飞沙走石，赶走成百上千头野猪，留下“子牙游西峰，石打野猪涧”这个传说。

自此之后，姜子牙每天都端坐在清水河畔垂钓。鱼儿盼望能被他度为仙人，纷纷跃出水面，咬住鱼钩。他捻髯微笑，朗声告诉咬钩的鱼儿：“此地不亚于蓬莱三岛，你们下辈子就在这里耕读为人吧。”

很快，清水河水中的鱼儿转世为人，定居此地，繁衍生息，让杂树荒草化作滚滚稻浪，也让乱飞惊鸣的山鸡林鸟变成鸡鸭鹅鸽。据村中老人讲，西峰山一带二三十年前有豹子出没，也出现过野猪的身影，有位村民曾在这里同样用石头打死过一头200余斤的野猪。

大佛卧山岭

很多年前，佛祖如来去东海龙宫巡视，途经大余湾的谌家寨。他见这里山奇水秀，绿草如茵，如同仙境，不由得停下云步，在此小憩。

山神闻讯，火速赶来朝拜。如来仰卧在山间，问山神有何求，山神跪地禀报："唯愿佛祖留下些许纪念，供小神和世人参拜。"如来微微一笑，不置可否。

不多一会儿，如来驾起祥云，飘往东海。山神朝天顶礼膜拜送行，直到佛祖与随行诸佛的身形湮没在天际。等山神抬起头来，才惊喜地发现如来躺过的地方突然出现了一组奇怪的山石，形似一尊卧佛，其头部五官匀称，面对青天，像在闭目养神。

从此，这里便叫作卧佛山。

浪漫莫离树

大余湾有几株百年古树，其中最富传奇色彩的是村口的一对"莫离树"和它俩的"子树"。这3株树均为菩砾树，莫离树左为雌树，右为雄树，体形娇小的子树依偎在雌树身旁。

那雌树生得风姿绰约，秀色可餐，每到秋季便果实累累；雄树巍峨挺拔，直冲云霄。"在天愿作比翼鸟，地愿为连理枝。"雄树主干高5尺处生有一根大桠枝，与雌树主干上一根大桠枝扭抱连理愈合；雄树大桠盘抱雌株主干后，又曲转回雄树。两树根干相连，树冠交错，组成一个巨大的伞状树冠。日久年深，雌树主干倾斜向雄树，俨然一对谈情递爱、亲密无间的情侣。而每遇风霜雨雪，莫离树的树冠又偏向子树，百般呵护着心爱的孩子。这

"一家三口"其乐融融的景象，令观者无不兴致盎然。

这3株树的背后，隐藏着一段催人泪下的故事。

传说大余湾在明朝原本叫作"岳余湾"。之所以得此名，是因为村中最初是由"岳"和"余"这两大姓氏组成，而岳姓人家全部是民族英雄岳飞的世系。

南宋时期，岳飞与江西德兴的几位余姓官员交情深厚。岳飞遇害后，他的一支后人为躲避奸臣秦桧的追杀，隐居山村，与余姓后人毗邻而居，繁衍生息。大明洪武年间，岳余两大宗族结伴跋山涉水，千里迢迢来到木兰川，后定居于此。岳飞后裔中，有一位名叫岳恒的小伙子，生得玉树临风，风姿俊逸。岳恒年幼时，父做主与邻村罗员外家的二小姐西凤订亲。数年后，岳恒父亲因病身亡，岳府家道中落，罗家却日益发旺。罗员外认为两家门不当户不对，有悔婚之意。

平日里，西凤喜欢和同村女伴相携到岳余湾走亲访友，与岳恒不得以邂逅，可谓郎有情来妹有意。眼见得西凤一天比一天出落得俊俏，长大成人的岳恒终于按捺不住内心的爱意，壮起胆上门提亲。不料罗员外一见岳恒，便把当年收下的聘礼扔到这位"准女婿"脚下，讥笑道："岳家家徒四壁，无隔夜之粮。你自己文不能中举，武无缚鸡之力。我家姑娘过门去了，难道让她整天喝西北风吗？瞧你这模样，上戏台扮个小旦倒是挺合适。你还是拿上这几两银子，去外面置几身行头过日子吧。"一席话，让岳恒气血上涌，一脚踢翻罗家堂屋的桌子，愤然离去。当天，岳恒写下一封信，托人悄悄捎给西凤，自己背起行囊，揣上祖传的岳家刀谱，外出拜师学艺。那封信的大意是，岳府家无长物，他更是没有一技之长，确实配不上西凤；他希望西凤能够等候自己3载，届时他必将闯出一番名堂，然后再迎娶西凤。

却说西凤见信后，发誓要苦等岳恒3年。罗员外怎肯允许，强迫女儿嫁给富家子弟。西凤宁死不从，罗员外置若罔闻，为获取丰厚财礼，谋划强行让女儿上花轿。万般无奈之下，西凤索性出家为尼。

西凤的修行之所是西峰上一座尼姑庵，与大余湾咫尺之遥。诵经焚香之余，她每天都会登上村头的台子山，朝村口的大路上眺望，期盼未婚夫早日归来。后来，人们把西凤眺望的地方叫"望夫台"。

两年后，令人扼腕叹息的一幕出现了。一天，几位浪荡子弟闯入尼姑庵，肆意调戏西凤。为保全自己的贞洁，她纵身从山崖上跳下，香消玉殒……

花开花落间，3年时间过去了，岳恒终于学得一身绝技，名动江潮。这一日，他踌躇满志地返回家乡，准备再度上罗家提亲，却惊闻这一噩耗，不由得五内俱焚，泪如雨下。他感动于西凤的忠贞不二，在她跳崖的地方盖起一间小屋，每天呆呆地在此守望着，终身未娶。

又不知过了多久，岳恒告别人世，与西凤的遗骨合葬在村口。很快，他俩的墓前长出这对莫离树。

有人说，岳恒升天后与已经成仙的西凤相逢，幸福地结合在一起。夫妇俩的日子像清水河一样绵长滋润，像西峰山头的白云一样温馨柔软。若干年后，两口子还产下一子。莫离树和子树便是岳恒一家三口在凡间的化身。

感慨于岳恒与西凤的忠贞爱情，当地还流传有诗句："夫妻村头相拥吻，关帝坐亭心不动，小儿隔河偷偷看，行人掩口各西东。"

每年的七夕节，常有少男少女聚集在树下，谈情说爱，海誓山盟要像莫离树那般永不分离。求子的青年夫妇，也面朝这对树跪拜，据说很是灵验。还有人开玩笑，说岳恒和西凤那时候就懂得计划生育，只生一个好。

不过，最初的莫离树早已枯死，眼下的这对树是几十年前在原树的根系上重新生长出来的，而且树形与老树一模一样，令人啧啧称叹造物的神奇。

石桌醉八仙

大余湾人喜种桂花，也喜欢用桂花酿酒。中秋节是大余湾的桂花酒节，每到这一天，村里人便从地窖里取出陈年桂花酒畅饮。几个大户人家还每家贡献一坛好酒，放到村后旧寨外的大石块上，敬请各路神仙享用。那石块3米见方，如神工凿造的一张方石桌。

却说这一年中秋节，大余湾的桂花酒香直冲霄汉，惊动八洞神仙，他们闻香起舞，飘临下界，来到石桌旁。打开一口酒坛，八仙嗅着扑鼻的酒香，先有几分醉意；酒入腹中，更是香沁心脾。八仙在天上喝过琼浆玉液，也饮过吴刚的桂花酒，都远远不及大余湾桂花酒这般香醇甘甜。他们边喝边赞不绝口："好酒啊，只愿长醉此乡。"

八仙推杯换盏，开怀畅饮，不经意间已从朝霞满天喝到日薄西山。直喝得汉钟离面红如霞，吕洞宾醉眼矇眬，韩湘子烂醉如泥，张果老晕头转向，铁拐李东倒西歪，曹国舅语无伦次，蓝采和放声高歌，何仙姑双腮泛红，才恋恋不舍地离去。吕洞宾最馋，临走还捎带上没有喝完的半坛美酒。

后来，不少文人雅士也纷纷在方石桌上畅饮，尝试做一回神仙。

勇士牵白虎

大余湾西峰一带曲折幽深、森林茂密。在豹子岩下有一眼洞，里面栖息着一头凶残的老虎。老虎不仅以山岭间的狐獐兔鼠为食，还进村吃村民饲养的家畜。此事引起村民一片惊慌，大家议论纷纷，谈虎色变。一到晚上，各家各户关门闭户，谁都不准自家孩子出门玩耍。

大余湾人自古有习武之风。有一位青年武士，身高八尺，膀阔三亭，天生一身神力。这一天，他手提哨棒，由猎狗开路，上山苦苦寻觅恶虎。当他靠近老虎洞时，猎狗夹着尾巴汪汪大叫，掉头惊跑。勇士心中明白，老虎已经近在咫尺。他精神一振，小心翼翼地向前挺进。不一会儿，只见一头老虎忽然从洞中跳出，跃上一块巨石，咧开大嘴，舞动巨爪，一边咆哮一边带着一股腥臭的旋风扑向勇士。勇士舞动哨棒，主动迎前，与老虎缠斗在一起。哨棒上下飞舞，老虎连遭重创，头部皮开肉绽，身受多处内伤。老虎越战越胆寒，夺路而逃。勇士一个大步跟上去，手起棒落，老虎翻滚下悬崖，一命呜呼。勇士剥下虎皮，凯旋大余湾。村民们闻讯蜂拥而来，个个手抚虎皮，笑逐颜开，问长问短。

勇士的义父山寨老人隐居在村后的旧寨。当武士把虎皮作礼物赠送给山寨老人时，这位义父并未夸奖，而是告诉他："兵有云：'不战而屈人之兵，善之善者也。'这木兰川中白云洞的白道人是为父知交好友，他时常驾云到寨中品茶论道。白云道人有降龙伏虎之术，私下里曾传授给为父。今天，为父就将此术转授给你，盼你造福苍生黎民。"很快，勇士学会了伏虎口诀和兽语。

几年后，又有一头白虎出现在老虎洞。当白虎下山骚扰村民时，勇士用这套伏虎之术迅速将它制服。从此之后，白虎驯如畜。白天，白虎总是跟随在勇士身旁，不离左右；晚上便蜷伏在村口，给村里人做一个不拿工钱的"门卫"。

近百年前，大余湾建祠堂时，外墙上便有勇士骑虎牵龙的浮雕画。

百子堂的故事

生死两依依

大余湾从前的头号大户当属百子堂。

百子堂建于清乾隆年间，迄今已有 300 多年的历史。它占地面积超过 1 万平方米，房舍众多，鼎盛时期达 100 余间，是当年村中士绅余文生及其后人的旧居。主人为其起名为"百子堂"，显然是祈求自己的子孙后嗣枝繁叶茂，绵绵不绝。如今，百子堂历经 7 代，子嗣早已过百，百子堂也算是名副其实。

百子堂的建筑布局为前宅后园结构。其后花园也是全村最大的，遍布竹木花草、假山亭台，相当气派。在这座后花园里，曾经上演过一幕凄美的爱情悲剧。

当年，余文生的后代余家谷一直秉承孔孟之说，信奉"万般皆下品，唯有读书高"，勤奋苦读不辍。这一年，他进京赶考。赴试前夜，他做了一个梦，梦见自己进入考场，一气呵成完成全部考题。

一觉醒来，梦中的文章记忆犹新，真可谓字字玑珠，段段锦绣，是他从未写过的好文章。早起走进考场，他捧起考卷一瞧，心差点蹦出来，原来上面赫然写着他梦中见到的考题。就这样，如同梦境一般，他飞快地完成了几篇洋洋洒洒的八股文，志得意满地交卷。可是回到住处，他才想起来忘记在考卷上书写自己的名字。在封建科举时代，考卷上不落名属于欺君之罪，要杀头的。他懊恼至极，郁结成疾，不久便客死他乡。

噩耗传回家乡，他的童养媳云儿伤痛欲绝。云儿生得苗条俊俏，且贤淑能干，与余家谷是一对让人艳羡的才子佳人。公公婆婆原本想在余家谷赶考回乡后便为他俩举办婚礼，如今却落得天人永隔。在崇尚贞女烈妇的年代，守寡、殉夫或终身不嫁是被人称颂的高尚品德，云儿不久便自缢身亡。余家上下无不同情这对苦命鸳鸯，为他俩在百子堂的后花园举办了婚葬，让生不同衾的他俩死可同穴。

据说直到今天，每当月明星稀的时候，村里人仍然可以隐约听到这对夫妇朗朗的读书声。

沉塘盗牛娃

晚清时代，百子堂中有个名叫余先三的少年。尽管他家是大余湾出读书人最多的家庭，但先三生性顽劣，好逸恶劳，读了好几年书，依然斗大的字识不了一箩筐。

这一日，一位牧童在村外放牧一头南阳牛犊。牛犊生得精精神神的，虽然才断奶不久，但看上去骨骼粗壮结实，肌肉甚是发达。正值夏季，牧童对牛犊照料得无微不至。他怕牛犊受不了毒日头，特意将它牵到树荫下享受嫩草，还不停地往它身上淋水降温。

先三早就听说南阳牛肉质细嫩，味道鲜美，不由得垂涎三尺。他守候在一旁，趁牧童劳累后打盹的当儿，偷偷解下绑在树上的缰绳，将牛犊牵回家，藏在屋后的阴沟里，准备次日再牵往集市卖给牛肉铺，不仅可以饱餐一顿牛肉，还可以换来几两银子。

然而，偌大一头牛如何掩人耳目？消息传到他父亲耳朵里，当场将他传唤到堂屋，厉声盘问，到最后还动了棍棒。先三经受不住刑罚，如实招供。

家人无不大惊失色，觉得这并非寻常的伤风败俗之事，不能关起门来轻易处置，于是将他五花大绑，送到村中祠堂听凭族人处置。族长与先三的父亲和他的两个伯父商议了多次，认定先三犯有两重大罪，一是滥杀耕牛，二是偷盗牟利。要知道，在崇尚"耕读传家"的大余湾，牛因为是农家的好帮手受到礼遇，严禁宰杀。长者们决定依照族规，将先三沉塘。当族长征求先三父亲意见时，这位士绅慷慨道："族规是老祖宗定的，不可违拗。此儿不屑，罪有应得。今天我大义灭亲，虽然失去一个儿子，但愿后人都以此为鉴！"几天后，先三在全村人注视下，被他的两位伯父亲手沉入水塘。那口水塘村民从此叫它"先三荡"。

人非圣贤，孰能无过。在今天看来，余氏族规确实过于严酷。然而正是依仗族规和当地浓郁的耕读风气，才换来如今的淳朴民风，换来如今的路不拾遗、夜不闭户。

囊萤夜读

古人车胤囊萤读书的故事家喻户晓。在大余湾，同样有活生生的例子。

民国时期，村里有个叫余传柱的小孩，他曾经是百子堂几个富家子弟的陪读，孤贫自砺，天资聪颖，读书过目不忘。他没有钱买书，只能借书来抄，等他把《四书五经》《古文观止》抄完，便能倒背如流。也因为抄书，他练得一笔好字。

到了夏天，余传柱盼望夜读，却没有灯照明，无意间想起车胤囊萤的故事，不禁突发奇想，到稻场上抓来十几只萤火虫装进一只用皮纸做成的灯笼里，当作灯具用。当年还留下这么一首儿歌："萤火虫，做灯笼。飞到西，飞到东，捉在稻田中。"当然，事实证明萤火虫的亮光过于微弱，对读书没有太大帮助。一位家境富裕的同学同情余传柱，晚上常拉来他一同在油灯下学习。

余传柱不仅喜读古文，对自然科学也兴趣浓厚。一个夏天的傍晚，他在池塘边纳凉。凉风送爽，随风飘来河水的清冽和荷花的清香，游鱼的喋喋声也隐约可闻。他心头一动："湾里人都是用鱼竿和鱼网捕鱼，我能不能想出一种更简便的办法呢？"次日早起，思索了一整夜的余传柱用篾片制作了一台捕鱼器，可以轻松地捕鱼捉虾。尝到甜头，他又试验用木材造自行车甚至飞机。尽管失败了，却显现出雄心壮志。后来，他干脆用无师自通的木匠手艺造起了一件件家具。湾子里的小孩无不崇拜他，天天跟在他身后跑堂听叫。

余传柱农活干得同样棒。他上山砍完柴，总是把柴捆得整整齐齐的，挑回家时也比旁人"闪"得漂亮。

可惜的是，余传柱家境贫寒，始终无法外出求学。20 世纪 50年代初，他本来有机会当上国家干部，却因患黄疸性肝炎去世，其时不过 20 余岁，至今仍让乡亲们扼腕叹息。

舍身护珍宝

"文革"之前，大余湾一直保留着从祖上继承下来的 28 箱古书字画。余氏历代均有达官，书籍是他们曾经用过的，字画均为宦游中所得珍品。尤其是百子堂的两箱珍宝，很多书稿都属珍本、孤本，其中包括岳飞手稿和古本《岳渎经》。

每年雷祖生日这天也就是农历六月六日，俗称"龙晒日"，相传这天晒过的东西可以防虫蛀。大余湾村民当天会不约而同地把自家宝贝拿到太阳底下暴晒，防止霉变。当一册册书籍、一幅幅字画、一页页信笺在门前摆出时，巷道里黄澄澄的一片，整个村子都飘荡在书香里。不过，百子堂的晒书方式与众不同，并非摆在门前，而是从天井里放到屋顶上去晒，而且晒书人不得离开书箱半步，以免被禽类猫鼠叼走或污损，也防止被大风刮走。太阳下山、倦鸟返巢的时候，晒书人又亲自把书画一叠一叠地抱回室内，放到桌上、椅上、床上，等候晒得发烫的书画冷却下来，再重新装回书箱，并在书箱角放上新买的樟脑丸。

百子堂的最后一个管书人名叫余自新，属于长房长孙。土地改革中，有一部分宝贝被销毁。在"文革"破"四旧"的风暴中，幸存的宝贝又全部被划入扫荡之列。余自新闻讯，偷偷对村中好友余永奇哀叹："宝贝要是没了，我干脆把自己身上捆块石头，跳进夏家寺水库算了。"不久，造反派到余自新家勒令他上缴宝物，他谎称宝贝连箱子都已经烧掉。造反派哪里肯信，翻箱倒柜搜寻，最后从杂物间的几袋大米下翻出那两口箱子。箱子因年深日久，表面像涂了炭一般，一看就是老物件。打开一瞧，宝贝尽在其中。造反派们乐开了花，把箱子搬到村子的中央开敞处，准备点火焚烧。余自新见状，扑在宝贝上边哭边喊："你们干脆连我一起烧了吧!"造反派强行将他架到一旁，点燃火堆，一件件奇世珍宝就这么灰飞烟灭。

德记花园的故事

造福一方人

德记花园又名德记院，建于清乾隆年间。

德记花园的第三任主人余泰兴靠经营榨坊起家。随后的几代人又靠继续开榨坊和开当铺积攒了更多的财富，余泰兴的侄子余家玺曾将德记榨坊开到祁家湾，成为大余湾最富有的一个家族。在解放前，土地的多少就是衡量财富的标准，德记家族拥有土地500担，也就是2500亩，在大余湾无出其右者。在村民心目中，余泰兴是财神爷的代名词。

却说有了这份大家业后，余泰兴希望后代青出于蓝而胜于蓝，即便不能科举及第，也能够有些学问，可以与外地人乃至洋人做生意，因此格外重视对子孙的教育。如他所愿，之后200来年间，这一家出了不少名人。比如余家璇是我国铁路专家，所设计的中朝铁路节约投资 200 多亿朝元，受到朝方嘉奖和朝鲜领袖金日成的接见；又如余传霖是上海医科大学著名教授，同时是中国免疫学界的拓荒者。这两位名人的故事本书还将在后面专门讲述。

德记家族虽然家财万贯，除了在子孙教育上投入较多外，一家人的生活并不奢华。尽管如此，他家在回馈家乡方面却很大方。据记载，自清末到民国，从大余湾到王家河的大部分道路、桥梁都是德记家族出钱修建的；民国初年，出资修建了黄陂到横店的铁路，并主持建起余氏宗祠——毓秀堂。

据《余氏宗谱》记载和村里老人描述，毓秀堂一度矗立在村头的高地上，前有池塘，为三层三厢，有 108 根立柱，可同时容纳千人，是附近各县余氏家族的总祠堂。它始建于 1913 年，建成于 1919 年，历时 7 个春秋。我们由此不难想象，包括德记家族在内的大余湾人为建造毓秀堂花费了多少人力物力。让人痛心的是，"土改"中，由于毓秀堂属于公共财产，没法分到户，后来也无人看管，年久失修，干脆拆除了。

村里人都说，德记家族世代修桥补路，积了大德，上天才保佑他们家出了这么多英才。

千里共桂香

名为"德记花园"，花园当然要在宅子中占据重要位置，甚至是最大的亮点。

这座后花园的围墙采用木兰干砌技艺而筑，高达 4 米多。岁月痕迹明显的院墙上原本爬满百年古藤，可惜大多在前几年被现任主人铲除。不过，院中正前方的背弓山上，那株有 200 来岁的桂花树依然挺立着，且枝繁叶茂，郁郁葱葱。这株桂花树有 10 多米高，树径比一个壮汉的腰还粗。这是一株八月桂，每当花季，满树是金黄色的花朵，大半个村子的人都闻得到香味。村里有一个老人还为这株古树写下一首诗："德记园中山背弓，弯弯曲曲似腾龙。园中有株桂花树，亭亭玉立郁葱葱。两百年轮不服老，十里飘香万户浓……"

大余湾人出门经商者或外出求学、为官者十分多。当地有一句俗语："一世夫妻三年半，十年夫妻九年空。"男人出门在外，妻子独守空房，盼望的就是丈夫平平安安，早日归来。封建社会大户人家的妇女，讲究大门不出，二门不迈，然而，让她们整天闷在家里伴随空房孤寞夜长衾冷，又未免太残酷。于是，细心的男主人便想到建一座后花园。花园中遍植花木，并点缀以亭台，好不优雅宜人。

这一年中秋节，男主人回到了家乡。十五之夜，他与夫人漫步花园，只见园中的几株果树和亭台静静地躺在霜华似的月光中，高大的干砌围墙更是梦境一般地浮现在面前。男主人感慨道："今年的中秋，我能够陪你吃月饼；明年的这个时候，我可能还滞留外乡，一个人想念你和孩子。"妻子嫣然一笑："知道你的心在这个家里，为妻就满足了。明年的这个时候，你若是异乡，看看天上的月亮，想想今晚的情形，就会觉得我和孩子在你身旁。"男主人又道："天上有月亮，可惜地上无桂花。明天，我要在这园内种一株桂花树。明年这个时候，你和孩子就闻得到花香了。"次日，他果真令家人从后山掘来一株桂花树苗，亲手在园中种下。

转过年来的中秋佳节，男主人独在异乡，女主人带着儿女们在园中傍着月色，嗅着桂香，吃着月饼，思念起她的丈夫……

真诚药局的故事

奇方惠乡邻

真诚药局创办于清同治年间。不过，药局经营场所的建成年代还要前推至清乾隆年间，最初一直是单纯作为民宅用。

药局第一任主人余家炳是百子堂第四代子孙，其妻彭三婆能填词作赋，是远近闻名的才女，有"文婆婆"之称。余家炳不仅经常到外地收购中药材，还隔三差五亲自攀上附近的台子山、双龟山采摘药草，回家后再精心焙制加工。更叫人钦佩的是，这位药铺掌柜熟知各种中药的药性药理，也通晓人体经脉，时常为病人把脉开方，尤其是小儿科的行家里手，帮助大余湾和周边乡邻解决了很多疑难杂症，被誉为"神医"。余家炳家族是中医世家，四代行医，曾经在黄陂西乡的泡桐开设分店。

真诚药局内至今仍保留着古色古香的柜台，上面不仅有脉枕等医家必备之物，还摆放着一套笔墨纸砚，俨然书房陈设。据记载，儒雅的余家炳写得一手好字。他那遒劲有力、气韵飞翔的书法展现了医家的决心、力量与睿智，令病家不由自主地产生信赖和敬重。"一方在手，病去三分"的说法并不是无稽之谈。店内格斗橱的每个药屉内和瓷瓶中，分门别类地摆放着上百种中草药。伙计严格根据余家炳开的药方给病家抓药。凡是贫寒病家，他在开方子时都会做上标记，伙计见到这种方子便会减收药费。

雪中采仙草

有一天，天降鹅毛大雪，一位名叫傅连山的病人从研子岗赶到真诚药局。余家炳为傅连山把脉后，发现病人因受惊吓患上一种怪病，需服用台子山上的仙人草方可治愈。不巧的是，偏偏药局里这种药草已经用完。余家炳明白，此病拖延不得，如不及时医治，只怕神仙也难以妙手回春。想到此，余家炳吩咐伙计为傅连山倒了一杯茶，告诉他："您稍等片刻，我这就去取药。"说罢，他穿上茅鞋，匆匆出门。

一路上，狂风裹着漫天飞舞的大雪吹得余家炳几乎睁不开眼睛，每迈出一步脚下便有一个半尺深的鞋印。他顾不得这些，继续大步走向村头的台子山。台子山不算十分高峻，却由于积雪凝冰，难以攀登。向上才爬行十几步，脚下一滑，跌落到山麓，他一骨碌爬起来，拍拍衣衫上的冰雪，揉揉摔疼的腰身，继续向上攀行。半个时辰后，他终于在山巅的一株古松下发现一簇仙人草。他欣喜若狂，把仙人草揣进怀中，滚爬着下了山，又一路小跑地返回药局。经过烘干焙制，仙人草被制成一剂良药，傅连山服下后，很快便康复。

数日后，傅连山从研子岗再度赶来，欲重金相谢，余家炳坚辞不受，表示："治好您的病，只是尽我作为医家的本职，诊金上回已经收了，岂能再次让您掏腰包?"

傅连山于是去请一位秀才书写了一副对联，又雇来木匠用酸枝木雕刻好，敲锣打鼓地送到真诚药局。这便是药局门前对联的来历，这副对联在药局一挂就是百余年。

药局三件宝

余家炳不仅坐诊，还经常出诊。为方便外出给患者看病送药，他专门配备了三件必用品：灯笼、雨伞和茅鞋，被誉为"真诚三宝"。有了灯笼，白天黑夜他都一样出诊；有了雨伞，晴天雨天他都一样出门看病；有了茅鞋，不管路近路远，只要病人需要，他立马背起药箱就走。

一天傍晚，豹子岩有个猎户被毒蛇咬伤，其妻冒雨上门求诊。余家炳二话不说，撑起雨伞、打起灯笼、穿上茅鞋、背起药箱便出了门，一下子把"真诚三宝"都用上了。等他次日一大早返回家中时，夫人文婆婆发现熬了一个通宵的他不仅双眼通红，茅鞋也烂成一摊泥，雨伞的伞骨七零八落，灯笼则不知所终。她苦笑道："郎君被人打劫了？"余家炳用衣袖揩了一把脸，哈哈大笑：

"这场劫被打得值，换回一条人命哩！"

唐伯虎的故事

巧对唐寅联

明弘治年间，大余湾有位名叫余勇奇的读书人。他游学江南期间，巧遇"江南四大才子"之一的唐伯虎和书法大家祝允明正在苏州城外对对子。

面对翻滚的水车，唐伯虎触景生情，出了个上联："水车车水水随车车停水止。"祝允明手摇折扇沉吟半晌，仍然想不出个合适的下联。余勇奇替祝允明着急，忽见田野里有个老农在摇着风扇，心头一亮，于是朝祝允明一努嘴，手指老农。祝允明是何等聪明之人，当下会意，张口就来："风扇扇风风出扇扇动风生。"

唐伯虎与祝允明相视而笑，手指余勇奇道："能够对出这下联，一大半功劳得记在这位仁兄账上。"三人于是一同去酒楼畅饮，结为诗友。

余勇奇游学归来后，常把这段小故事讲给村里人听，被传为美谈。

余秀三的故事

定居大余湾

大明洪武年间的天空下，一群风尘仆仆的男女翻山越岭而来。眼前层峦叠嶂，已是山重水复疑无路之时，山坡忽然退去，溪边的矮林变成绿草，一片开阔平坦的坡地呈现在他们眼前。

他们停下匆忙的脚步。行走在队伍最前列的老人摘下斗笠，蹲在溪边，双手捧着溪水连喝几大口。起身时，他不住地夸奖："这水好啊。"他昂首向北望去，只见翠峰如簇，晚霞如幻，葱郁的小山包如同挂在一条金索上的葫芦串。"这是个金线吊葫芦的地方。"他开心地大声说。

老人身旁的一位汉子上前道："二哥，这地方真不错，我们就住在这里吧？"老人并不急于表态，指示汉子道："老三，你熟读《周易》，精于卜算。你现在就为这个地方卜一卦吧。"汉子从容地卜了一卦，卦象让他露出欣慰的笑容："确实是块风水宝地。二哥，我们不用往他处寻找了，余家大可在此繁衍生息。"老人点点头，又摇摇头，笑道："这么好的一块地，将来用作种稻子再好不过。可远水解不了近渴，稻子并非一天两天就能长出来。我想，我们余家不妨先在这附近寻一野兽出没的山岭住下，以狩猎为生。待扎下了根，余家再来此定居也不迟。"

这位老人名叫余秀二，身旁的汉子是他的三弟余秀三，他们本是江西德兴人。半年前，哥俩带领两家人辞别家乡，历时数月，来到木兰川中的这块土地上。

据明嘉靖三十五年（1556）编纂的《黄陂县志》记载：黄陂居民"于元末遭兵，逃亡殆尽"。元至正二十一年（1361），朱元璋领导的红巾军由于遭到黄陂居民拼死抵抗，对老百姓进行大屠杀，未来得及逃亡的人家绝大多数遇难，滠水两岸横尸上万，满目都是废弃的村庄、荒芜的土地。明朝建立后，朱元璋为恢复长江中游地区元末以来战乱造成的人口荒和农业荒，下诏赣湖大移民，几十年间，前后有3000多个江西"老表"移居黄陂。正是由于有了这批移民，原本荒无人烟的黄陂才逐渐恢复往日繁荣。到洪武二十四年（1391），黄陂已经拥有42068常住人口。至成化八年（1472），更是发展到121900人，成为湖广一带的人口大县。赣湖大移民基本上采取强制政策，官府只承诺到达指定地点后赏赐移民大片土地，不肯在迁徙费用方面给予补助。这样一来，官府一般会选择地主豪强、解甲军校作为移民对象。而德兴余氏家族世代为官，颇有积蓄，首当其冲，被确定为第一批移民。余家共有三房子，余秀三的大哥余秀一系长房，获准留守江西。

最初，余秀二、余秀三兄弟俩带领余氏家族定居在大余湾附近的豹子岩下。当时黄陂一度瘟疫流行，大批移民身亡，余家却没有一个人传染上，并且不断地添人进口。几年后，豹子岩的飞禽走兽已经不能填饱余氏家族的肚子，余秀三主动提议："再这么过下去，余家人就都没饭吃了。我们这一支不妨迁出豹子岩，自谋生路。"

于是，余秀三带领一家老小迁徙到眼下的大余湾。不过，至今还有人将大余湾直呼为"余秀三"，把人名当做地名用。至于余秀二这一支人，在若干年后迁往武昌，与余秀三的后裔失去联系。

文脉百代传

余秀三带领家人在大余湾建起简易住房后，开垦田地、兴修水利，耗尽家财。好在随后几年风调雨顺，收获的粮食一年比一年多，家产日益雄厚。

有了钱，有人劝余秀三建造几栋大宅子，供家人享受。他说："大宅子迟早会有的，但眼下的当务之急是建一座文庙。"

大余湾的所在地以前有过一座村庄，名叫岳余湾。当年湾子里从事采药、制药、卖药的人很多，也不乏郎中，为此村里人写了一副对联"医官济世十三代，忠厚传家五百年"刻在许多人家的石质门框上。余秀三在岳余湾的遗址上见到这些残存的对联，深受启发，也拟定一副对联作为余氏家族的家训："勤俭能创千秋业，耕读尚开富贵花。"

据《余氏族谱》记载，大余湾先民认定古代著名琴师俞伯牙为余姓祖先，其家族发展史上有过宋代"一门三太守（分别任循州、杭州、明州太守）、五代四尚书（分别任兵部、礼部、吏部、刑部尚书）"之辉煌。余秀三相信"万般皆下品，唯有读书高"，只有读书才能有出路，即便做不了官，也会在其他方面给予人很多裨益。

一年后，余家在后山的制高点建起一座文庙，在里面开办私塾，请来当地——位秀才做教书先生。余秀三去世后，饱读诗书的其子余寿二更是发扬光大，扩建了文庙。从此，村里人的生活方式便是"日入开我卷，日出把我锄""西塾课儿孙，东皋艺黍稷"。据传，这个文庙盛载有天地灵气，庇佑着大余湾在600多个春秋里代代出才子。明清时期，村子里诞生了100多位秀才、进士；现代和当代，这里又走出百余位专家学者，闻名遐迩。

在木兰川，还流传着一句乡彦："杨保一（益），张保二，余秀三，乐秀四（泗），黄名五。"解释各有不同。有人说余秀三居大余湾之初，与邻近几个村庄的好友杨保一（益）、张保二、乐秀四（泗）、黄名五等人结为异姓兄弟。如今，这几座村庄都是以这几位先人的姓名命名。遗憾的是，他们后代中的文人学者远远不及大余湾这么层出不穷。究其原因，学者余家菊认为与上述4村祖先没有像余秀三、余寿二那般重视文化教育有关。

盘龙城遗址

盘龙城遗址公园入口

盘龙城遗址公园标识

盘龙城遗址公园博物馆正门

盘龙城遗址公园博物馆一角

景点简介

盘龙城遗址博物馆

盘龙城遗址位于武汉盘龙城经济开发区，距武汉中心城区 5 公里，1954 年防汛取土时被发现。经过多年的考古发掘和研究，这里被确定为 3500 年前商王朝为扩大其统治范围，在长江流域修建的一处重要的城邑。它也是迄今为止在长江中游地区发现的最早的商代城市遗址，学术界普遍认为它是武汉城市发展的源头，被誉为武汉"城市之根"。

盘龙城遗址以其出土的精美青铜器、玉器和暴露于地表上的宫城城垣遗迹、宫殿建筑群基址等，受到学术界和各级政府的高度重视。早在 1988 年，盘龙城遗址就被国务院批准为全国重点文物保护单位；2000 年被评为 20 世纪中国 100 项考古重大发现。

2006 年，国家财政部与国家文物局专程考察盘龙城遗址，决定将其作为全国重大遗址保护与展示重点项目。2007 年 4 月，被列入国家"十一五"文物保护项目的《盘龙城遗址保护总体规划》通过了国家级专家评审后开始建设，今天遗址博物馆已对外开放。盘龙城遗址博物馆的建设将有利于我们更好地去研究和保护这座能够完整反映我国商代社会城市建设及商代文化面貌的古城遗址，并让更多的人了解武汉的历史。

景点故事和传说

荷姑造城的传说

盘龙城是谁建造？如何建造？历史有考证，不容置疑。但民间故事颇多，也很有趣，这里不妨说一个。

很久以前，后湖南岸住着一户姓叶的渔民，妻子王氏生一男孩，取名"渔郎"。有一天，他们正在湖边打鱼，看到荷花塘边一片荷叶上躺着个不满周岁的女孩，便把她抱回家当作女儿喂养，并取名"荷姑"。

荷姑从小聪明能干，七八岁就能帮助妈妈织渔网，还经常跟父母到湖里捕鱼捉虾，叶老夫妇爱如掌上明珠。荷姑长到十六七岁时，哥哥渔郎娶了一个姓刘的渔家姑娘做媳妇。这媳妇好吃懒做，把聪明能干的荷姑看成眼中钉肉中刺，还常和婆婆争吵，说王氏当初就不该拾来这个赔钱货。但是荷姑不和嫂子计较，仍然勤恳帮着父母做事。

当时湖边芦苇稠密，土匪很多，专抢无钱无势的渔民，闹得人心惶惶。一天晚上，渔郎家人围坐在一起吃晚饭，叶老唉声叹气地说："今天你二姑家被土匪抢了，这日子叫人怎么过啊！"渔郎气愤地说："有钱人家通土匪，又有圩子。我们穷人家要是能住进圩子里就不怕土匪抢了。"荷姑高兴地说："想住圩子很容易，不就是用土圈成几十里方圆的城，让附近穷人都能住进城里吗？"妈妈说："傻闺女，城是那么好圈的？"嫂子在一旁讽刺说："荷姑，人都说你是湖里的龙女，有本事你使好了。"嫂子的话把一向文静的荷姑惹恼了，她说："嫂子，你敢和我打赌吗？今夜天亮前我就能在这里圈成几十里方圆的土城。"刘氏心想，这丫头真不知天高地厚，我何不趁此机会把她挤出家门，免得天天碍我的眼。她嘿嘿冷笑说："小妹，如果你能在鸡叫之前把土城圈好，明天我当众给你磕三个响头。可是你要是圈不好的话，就不许再登叶家的门。"荷姑点头应允。叶老夫妇和渔郎认为她们在瞎抬杠，没在意。

晚饭后，刘氏躺在床上想，今夜拼着不睡觉，看你这鬼丫头怎样圈城，圈不好就不怪我心狠了。一更时，荷姑躺在床上没有动静。二更时，荷姑仍躺在床上没有动静。三更时，荷姑悄悄起了床，稍稍梳理一下，便拉开柴门走了出去。刘氏也悄悄地起了床，跟在荷姑后看着。只见荷姑把裙子前襟拉起，左手掀着，腰一弯，右手从地上抓几把土放在兜里，转身向南走，走几步撒把土，撒过之处立时出现一道高 3 丈、宽 1 丈的土城墙。刘氏眉头一皱，想出一个坏主意，把夜里逮虾用的那盏红灯笼点起，扛着一根竹竿向东跑到一个土堆旁，将竹竿插入地下，将灯笼挂在竹竿顶端，自己来到一家渔民的鸡圈旁，咯咯咯学了几声鸡叫，公鸡都跟着叫了起来。

荷姑用土圈的城墙一直向南延伸，她本不想和嫂子赌输赢，只是想把土城圈好，让附近的穷人都搬到城里住，免遭土匪之害。不一会就圈了半圈，忽听鸡叫，东方已经泛红。她急了，慌慌忙忙地跑着，东一下西一下地撒土，结果把出现的城墙弄得弯弯曲曲，犹如龙蛇盘踞之状。围城未完，便把兜中的土往地上一倒说："输了，输了。"她慢慢地向太阳快要升起的地方走去，走近一看，原来是自家的那盏红灯笼，高高地悬挂在竹竿的顶端。她明白了，这一定是嫂子干的。"哎！"荷姑叹口气自言自语地说："该走了，该走了！"她整理一下衣服，恭恭敬敬地向自家茅屋方向跪下磕了 3 个响头："父亲、母亲，我走了，二老养育我 17 年，大恩大德容女儿日后再报答吧。"荷姑说完站起来向湖边走去。到了湖边，只见湖里漂过来一朵荷花，荷姑跳上荷花向湖心漂去。躲在暗中窥视的刘氏，吓得连忙趴在地上不住地磕头，悔恨自己对荷姑的过错。

天亮了，人们看到曲曲盘盘方圆数里的土城墙挺立在湖畔，都惊叹不已。叶老夫妇也疑惑，儿媳刘氏红着脸把夜间的事叙说了一遍。

丰山与西王母的故事

丰山位于盘龙城宫殿遗址的西北面，与盘龙湖遥遥相望，王母娘娘脚踏丰山的传说在当地流传已久。

当年丰山与木兰山虽一南一北，但高低一样，后来不知什么原因，被王母娘娘踏上一只脚后丰山就变矮了，至今山顶的石板上还有一只像脚印样的凹陷处。可见当时丰山的地位和名声与木兰山是并驾齐驱的。

还有一说，是九天玄女踏上一脚，丰山变矮了。

据传王母娘娘来过丰山。王母娘娘沿长江黄金水道访问盘龙城，是被七仙女和董永的事怄得跺脚踏矮的。她是想不明白，我是众仙之王，我怎么管不住自己的女儿呢？

实际上，不管王母娘娘权势如何，也不管她到没到过丰山，她连自己的家事都管不好，民间就有理由编排她，传她的八卦：她把我们的丰山给踏矮了，她还一不小心崴了脚，她还掉到盘龙湖里呛了几口水。丰山下的一个湖汉据说就是她呛水留下的。

她又找来其她的 6 位仙女，说你们的妹妹呢？她们支支吾吾。王母娘娘就派三足鸟到下界去寻找。三足鸟从昆仑山下来沿着长江飞，从盘龙城拐到孝感，找到了，所以三足鸟回去复命。等到王母娘娘来带七仙女回天庭的时候，七仙女的两个小孩都可以打酱油了，因为天上一天等于地上一年。本来丰山和木兰山一般高，但是因为王母娘娘来寻七仙女太心急，也可能是蟠桃会上喝的酒还未完全醒，所以一脚把丰山踏矮了，这一脚深一脚浅，又用力过猛，一下子还摔到盘龙湖里边，还喝了几口水。后来玉帝拿这件事打趣王母娘娘，王母娘娘只好解嘲说，盘龙湖的水和瑶池的水一样好喝。

丰山观音井的传说

很久以前，丰荷山一带的农民生活非常困苦。佃农王二就住在丰荷山脚下的一个茅草屋中，他租了 9 担田，都是边头角脑的，离水源也远，就是有水，也留不住，地主不会把好种的田给他种，但是和好种的田收一样多的租子。

眼看着自己辛苦一年的粮食被地主收去了一大半，他只能算计着，把一年的粮食分成每一个月份，再把一个月的粮食分到每一天，所以每一天他就只能吃两餐，每一餐就只能吃照得见人影子的稀饭。白天他在田里耕田，到地里拔草，肚子里清水晃荡晃荡，几泡尿出去，肚皮就贴着后背了。因忙着田地里的事情，转移了注意力，他还可以挨到日下西山的时候。到了晚上，他在装满清稀饭的大碗里数得着星星，能够看见他饿得越来越大的眼眶子，然后他看见他的影子也一样地大张着嘴，要把彼此喝进去。总之是吃了这一碗稀饭后，他一天就再也没有什么指望了。那个时候，他又舍不得点油灯，又饿得睡不着，就这样过着迷迷糊糊的每一天。

那天晚上也是迷迷糊糊当中，他看见观音大士在他的茅草屋中了，他不知道观音大士是怎样进来的，他只感到茅草屋内映着一层薄薄的荧光，他要下床给观音大士下跪，但是不能动。

可他分明听见观音大士在说，这丰荷山上，有一处冒油的泉水，他疑心自己是不是在做梦，就狠狠地咬了一下自己的手臂，就在他抬起头来的时候，却看不到观音大士的影子。他愣愣地想着观音的话，似乎那慈祥的影子还在茅草屋中，那些话的回音还在墙上一闪一闪的。

天麻麻亮，他就顺着观音大士指的路去找那个泉眼。奇怪的是，那条路他应该很熟悉的，每次上山砍柴的时候他都从那条路上来，从来没有什么异样，这会却找不着路，但是他不想白走一趟，他便继续往前走。他出门的时候，还特地提了一个装水的小木桶。他在想，那是油呀，如果是真的，他定会装满这一桶。这样想的时候，他胃里的酸水就要流出来了。走了一会，真的发现那个流着香油的泉眼时，他是扑过去的。他使劲闻着空气中的香味，当他把个小木桶装满了的时候，就忽然非常非常后悔了，他骂自己：你傻不傻啊，拿这么个小木桶。他看见泉眼里还在继续流油，心里又是慌又觉得太可惜，那白白流走的是香油啊。他一急，忍不住就喊，正好山伢子放牛经过，山伢子一闻到空气中醉人的香味就拼了命地往村子里跑，结果每一家都把大盆子小缸子拿过来了。这里大喊大叫和人们都往山上跑的情形，自然逃不过地主老财的一对老鼠眼睛，他在管家的搀扶下一路小跑气喘嘘嘘地过来，拨开人群，当他看到泉眼里汩汩流出的是香油时，他跟跟跄跄过去，一下子就跪在泉眼边，不断地栽葱似的磕头，口中喃喃自语地念道：老天有眼，这是老天有眼啊！

他从地上爬起来后，看见几个家丁也在往这边跑，他就恢复到平时的样子。他一个眼神，管家就把手中的鞭子递给了他，他拿着鞭子拿腔拿调地说：乡亲们啦，你们都是清楚的，这山是我家里的山，这个冒油的泉眼也就是我的。我今天高兴，今天你们装的这些油就送给你们，但是你们再也不能抢我家的香油了。

地主老财的家丁们拿着家伙也都到了，这时人们便不敢说话，有些胆小的担心自己坛坛罐罐里的油保不住，就不无失落地散去了。然后，财主把镇子里的所有箍桶匠都叫到家里做木桶，木桶摆满了财主三进三出的房子，他还在县城开了一排10间门面的大油铺子。这一切准备停当后，财主满心欢喜地带着队伍去泉眼装油，可哪里还有什么香油？财主一下子跪倒在泉水里，一口气憋住晕了过去。

泉眼还是那个泉眼，流的却是清水，这清水流过佃农耕种的土地，滋润着庄稼。

难解尘缘白狐恋

商纣王时期，盘龙湖一带沼泽密布，瘴气横行，人烟稀少。人们传说沼泽深处住着吐毒气的妖怪。突然有一天，一个令人害怕的消息在盘龙城里流传开来：沼泽里来了一群狐狸精，专门在晚上出来迷惑人，周围村子里有好多男人失踪了。

当时盘龙城的守将名叫李鸷，生得玉树临风，能文能武，尤善骑射。听到此消息，他怒从胆边生，提弓跨马，来到盘龙湖的沼泽边，对着沼泽深处大喊："尔等狐狸精们听着，如敢再趁夜出来害人，本将军定不轻饶。"说着，弯弓搭箭，"嗖嗖嗖"三声，三只受惊逃离沼泽的野鸭从空中一头栽倒下来。

躲在树丛中的白狐，把玉树临风的李鸷将军看了个仔细，那英俊的脸庞，那伟岸的身躯，那神勇的气势，令她心跳加速，有如小鹿撞怀。她的心瞬间被丘比特之箭射中，不可救药地爱上了他。她甚至希望自己是那被射中的野鸭，能被他亲手射中，也是一种幸福啊！

被威吓过的沼泽一片沉寂，风吹过，只有草叶起伏，平时嬉戏打闹的狐狸们，一只也没看见，不知都躲到哪里去了。白狐心内窃喜，正好可以避开族人，追随心上人而去。

进盘龙城的路熟稔于心，哪里是笔直的，哪里有转弯，白狐闭着眼睛也能找到。以风一样的速度，越过草地，钻过灌木丛，她来到了一个必经的转弯处，幻化成一位修长美丽的白衣女子，等待着李鸷将军骑马驰过。

"得得"的马蹄声响了，像鼓槌"梆梆"地敲在白狐心上，一下比一下更有力，她的心也跟着"嗵嗵"跳动。近了，近了，更近了，白狐激动不已，做好了冲出去被马踢中甚至是踏过的准备。

策马疾驰的李骘将军心无旁骛，等到眼角瞥到白影一闪时，尽管下意识地拉了缰绳，但为时已晚，一个白衣胜雪的女子已经倒在了地上。跳下马，他竟然呆住了。他看到了什么？美丽、清秀这些词都不足以形容女子的美，国色天香、美艳绝伦，太俗。对！恰似一朵含苞欲放的百合，清雅秀美，超凡脱俗，不食人间烟火。只是，百合紧闭着双眼，紧锁着眉头，面露痛苦之色。李骘回过神来，抱起女子跃上马背，打马狂奔。

其实，被李骘抱起的那一刻，白狐就无声地笑了。这就是她要的结果。距离如此之近，耳中传来他的心跳声，鼻中嗅到他身上阵阵的男性气息，她幸福得差点眩晕过去。世间还有比被心上人抱在怀中更美妙的感觉吗？还有比被心上人紧张心痛更幸福的事吗？她偷偷地睁开了眼睛，近距离地看他，剑眉星目，形神俊朗，越看越爱。爱，真是太奇妙了！

踏进李府的那一刻，看见端庄淑仪貌美如花的李夫人，白狐知道，李骘永远不可能属于她一个人。但是，那有什么，只要他爱她就够了。

李骘确实爱上了她，可是这爱却是致命的。有了李骘的爱，白狐觉得拥有了全世界，哪里也不想去，谁也不愿侍奉，除了李骘，还有谁值得她托付终身？即便是纣王，也不能，也不配。

纣王听了谗言，要捉拿李骘问罪。

钦差来的那天，是深秋。一夜寒霜，庭院里的石板小径上，一层薄如纱的霜花，鸟儿的爪痕清晰可见。钦差一行踢踢踏踏地走过，霜花七零八落，爪痕踪影全无。墙角的菊花没有原来那么娇艳了，只有枫叶浓霜后更红了，像燃烧的火焰。

李骘去朝歌的那天，黄花涝下了第一场雪。漫天大雪，铺天盖地，世界一片雪白。白狐现了真身，远远地跟在队伍后面，眼泪迷蒙了她的双眼。她恨，恨无耻的纣王，恨无情的妲己，恨自己不能救李郎逃生。她怨，怨李郎的愚忠，怨李郎的薄情，怨李郎对家人的爱护和眷顾。她更悔，悔自己的自私，悔自己的任性，悔自己的爱害了李郎的性命。她多想带他走，去到一个没有人的地方，与他地老天荒。可是，李郎……

李鸷死后，黄花涝边多了一座孤坟。千百年过去了，月圆之夜，常常有人看见一个白衣女子在坟前起舞，还有忧伤的歌声相伴：

我是一只修行千年的狐狸

千年爱恋千年孤独

长夜里你可知我的红妆为谁补

红尘中你可知我的秀发为谁梳

我是一只守候千年的狐

千年守候千年无助

情到深处看我用美丽为你起舞

爱到痛时听我用歌声为你倾诉

能不能让我为爱哭一哭

我还是千百年前爱你的白狐

多少春去春来朝朝暮暮

生生世世都是你的狐

能不能让我为爱哭一哭

我还是千百年来不变的白狐

多少春去春来朝朝暮暮

来生来世还做你的狐

王母下凡盘龙城的传说

相传很久以前，黄花涝边有一座庙，里面供奉着王母娘娘。黄花涝边住着一个大户人家，人丁兴旺，全家都是善男信女，每年都要给庙里捐大笔的香油钱。

有一年，这家最小的儿子进京赶考，急着赶路，错过了宿地，晚上不得不借宿在一户农家。无意中撞见了这家的女儿，立刻被她的美貌吸引，夜不能寐。年轻人做了一个荒唐的举动，偷偷潜进了女子的闺房，向受惊的女子表达了爱慕。女子被年轻人的表白打动，和他私订了终身，相约赶考回来，即刻提亲。

天明，年轻人依依不舍地上路往京城进发。不料，还没到达京城就身染沉疴，病倒在一个小客栈里。等他病好回到家，已经是一年之后。年轻人没有忘记当初的约定，差人去提亲，得到的消息却是，女子思念成疾，已经不在人世，不日棺木将下葬。

年轻人悲痛欲绝，跑去姑娘家阻止下葬，还日夜茶饭不思，很快奄奄一息。家里人急坏了，一面花重金遍请名医，一面去庙里求王母娘娘。王母娘娘知道这是年轻人的命，不愿干涉，怎奈年轻人的母亲日夜在佛像前跪祷，接连三天三夜不休不眠。王母娘娘被这个母亲的爱子之心感动，下凡治好了年轻人的病。年轻人睁眼看到王母娘娘，立刻跪倒在地，祈求王母娘娘救活姑娘。王母娘娘被年轻人的痴心打动，往姑娘嘴里塞了一颗还魂丹，姑娘立刻活了过来。

小庙因王母娘娘的善举，香火更盛。

盘龙湖上彩虹的传说

每到春夏之交的日子，若是雨过天晴，盘龙湖上就会拱现出一道美丽的彩虹。

相传很久以前，在盘龙湖边的一个村庄里，住着一位名叫白妹子的姑娘。提起这个姑娘，没有哪个不伸出大拇指夸赞她聪明能干的。

白妹子心灵手巧，学了一手织龙绣凤的好手艺。织个鸟，鸟会飞；绣朵花，花放香；织只虎，虎会吼跳；织条龙，龙能腾空。年轻的姑娘们喜欢伴随她，好学绣花的本领；年轻的男娃都想娶她，好成家立业。白妹子天天在自家屋檐下教姐妹们挑花绣朵、描龙织凤。

有道是美名百里传。白妹子的好名声被黄花涝镇上的大财主刘爷知道了，刘爷就召集手下人说："你们听说了吧，湖边白家有个女儿才貌双全，为何不把她选进我刘府里来？"手下人立刻带着兵丁来到白家，白妹子一看见这群人就明白了。刘爷贪财贪色，远近闻名，他府里已经妻妾成群了，哪个良家女子愿意往火坑里跳啊。白妹子死也不会进刘府的，她对那伙人说："我生是湖边白家的人，死是湖边白家的鬼！我要和我们湖边的姐妹们一起'织绣'自己的日子。"那伙人听见白妹子是死了心了，就动手要抢。

湖边的姐妹们见这些人要抢走白妹子，就一层层地把她围住，护着她。湖边的兄弟们也一个个瞪着眼，把拳头捏得咕咕叫。那伙人见这阵势，就挥舞起刀枪，恐吓驱赶，企图解围。湖边的兄弟姐妹们人人气愤，个个有火，就跟刘府的人打斗起来了。刘府的人见势不妙，一边打，一边派人回府报信。刘爷得到消息，气得吹胡子瞪眼睛，用拐杖敲着地皮吼叫道："这还了得，翻天了啊！去去，杀了那帮穷家伙！"接着，刘府加派了一队兵丁往湖边开来。眼看一场灾难就要降临，白妹子为了救湖边的兄弟姐妹，只得告别亲人，跟随那队人马进了刘府。

　　刘爷听说白妹子到了府中，喜滋滋出来，一见白妹子如花似玉的容貌，就像饿狗见了肉骨头，口水直流："心肝宝贝啊，我接你到后院去。"说着就伸出一只手去拉白妹子。白妹子不动声色，顺势抓住了刘爷的手腕一口咬下去，咬得刘爷嗷嗷直叫。刘爷当即命令，把她押进柴房关起来。

　　这时，尖嘴猴腮的管家走上来，对着刘爷的耳朵说了一阵，刘爷连称："好办法！"

　　白妹子被关进柴房一天后，刘爷派人送来了五彩织线，限她7天织成一只会叫会跳的大公鸡，如到期没织成，就要她进后院当姨太。

　　白妹子拿了五彩线，一边流泪，一边织公鸡。织了七天七夜，织成一只大公鸡了。可是，鸡冠子不红，鸡毛色不亮，不会叫，也不会跳。白妹子忍痛流泪，咬破了手指，鲜红的血滴在鸡冠子上，鸡冠红了；晶莹的泪洒在鸡身子上，鸡毛亮了；鸡会跳了，鸡也会叫了。白妹子收了眼泪，轻轻摸着鸡身上的羽毛，想起能够回湖边村庄了，脸上露出了笑容。这时，刘爷来了，看到一只活蹦乱跳的大公鸡，明白这没有难倒白妹子，他眼珠一转，说："这是我家喂的鸡，不是你织的。你要有本事，就织个野斑鸠。7天织不成，进后院当姨太。"刘爷话音刚落，只见那只大公鸡飞起来，落到刘爷头顶上，伸长了脖子叫起来："咕咕咕，恨刘府！"刘爷慌了，命人快撵。大公鸡伸爪抓破了刘爷的头，飞进花团就不见了。

　　白妹子又拿起五彩线，流着泪织了七天七夜，斑鸠织成了。她咬破指头，把血和泪滴在斑鸠身子上。斑鸠活了，会跳又会叫。白妹子收了眼泪，想起终于可以回湖边村庄了，脸上露出了笑容。这时，刘爷又来了，一见斑鸠，明白这又没有难倒白妹子，就说："我命你织一条彩龙，你却织了一只野斑鸠。再限你7

天，给我织一条彩龙。彩龙要是不会叫，不会飞，你就给我进后院去！"刘爷才说完话，那只斑鸠刷地一下飞落到刘爷的头上叫起来："咕咕咕，刘爷歹毒！"边叫边用爪子抓他的脖颈。刘爷的随从挥袖来撵，斑鸠飞进树林不见了。

白妹子拿起五彩线，眼泪串串，她流泪织彩龙，织了整整又7天。彩龙织成了，可眼珠不红，彩龙跳了跳，可不生风不会叫。白妹子忍痛咬破指头，滴滴鲜血染在龙眼上，龙眼红了。白妹子用手拍了拍龙背，彩龙叫着跳了起来，风声呼呼的。白妹子不流泪了，晓得刘爷是不会让她回湖边的家的，脸上没有笑容。这时，刘爷带着一帮随从来了。刘爷一看彩龙织成了，明白还是难不倒白妹子，就恶声恶气地说："这是织的什么彩龙？这像条红头蛇！来人，把这个红头蛇给我打死！"随从们刚要动手，只见彩龙跳了起来，摆尾昂头叫道："刘爷好凶残，我要你完蛋！"彩龙就地一滚，身子一下长了10多丈，它驮起白妹子，腾空飞去。彩龙尾巴一扫，刘爷头上的屋顶"哗啦"一声塌了；彩龙尾巴又一摆，地上狂风大作；彩龙再把嘴巴一张，吐出一团一团大火，整个刘府大院顷刻淹没在一片火海里了。

白妹子骑着彩龙上了天。

白妹子时刻不忘湖边的姐妹们，时刻不忘自己的"织绣"，就织了一条门帘，挂在天边，让姐妹们照着织。雨过天晴，这门帘挂在盘龙湖上的天空，盘龙湖上就出现一道绚丽的彩虹。

小青龙蜕鳞复出的故事

"甲宝山"位于汤海湖畔，与殷商盘龙古城遥相对望，相隔3里多，海拔约200米。追溯其根，可知甲宝山在亿万年前并不是山，而是无数小岛中的一个，是海底动荡分化、山脉遭受强大侵袭后，仍然不肯被时光腐蚀、不肯消亡的岩石沙砾聚合体。它坚定地站在盘龙城对面，没有了沙滩的铺垫，没有了海水的陪衬，它就是一座山。虽不挺拔峻峭，却远近闻名。因形状似一只巨大的鳞甲而得名——甲宝山。

传说有一条小青龙，不知为何触犯了天条，竟被羁押在了一个小岛上。一心修炼的日子过了多久，没有人知道，小青龙自己也不想去计较。只在幡然醒悟后，改过从善。当功夫稍有一些长进时，就为人们呼风唤雨，捞救沉船落水之人。天长日久，小青龙的德行在渔民中渐渐传扬开来，虽然人们不常见它露面，却都在心里对它满怀感激。

盘龙湖畔的居民祖祖辈辈与湖为伴，向海而生。一位年轻的渔夫为了生计，时常往来于各小岛之间。哪些岛上有飞鸟栖息。哪片海湾里有鱼虾繁殖，他都了如指掌，还不时地去光顾，唯独小青龙修炼的小岛他很少上去。他并非害怕，倒是心中十分敬慕小青龙，也同情它独守孤岛的寂寞零丁，却苦于无法与它沟通。

渔夫一点点地靠近了小岛，一步步地走近了小青龙，他学鸟叫、蛙跳，试着与小青龙交流。可小鸟叫和青蛙跳都是小青龙听惯、看惯了的动静，并不能让它分心分神，它只顾着潜心修炼。寒来暑往，人与龙的联系毫无进展，渔夫并不气馁。渔夫在勤劳捕获的同时，用心学起了吹奏骨笛，他想用笛声为人们钟爱的小青龙排解寂寞。

功夫不负有心人，不久，乡邻们都说他撒一张好网、吹一管好笛，是个好青年。从那时候起，渔夫就不顾劳累，时常登岛吹笛。起初，清脆的笛声清远、柔和，让小青龙吃了一惊。嗯，这声音悠扬、婉转，不同于岛上的任何响声，这声音从何而来？

仿佛一个在暗夜里久久徘徊的人，忽地寻觅到了一盏心灯，小青龙忽地抬起头来，朝着声音传来的方向顾盼。噢，一个渔夫，时常从我面前走过，时常来打扰我的那个人。他飘逸地坐在海岛连接处的一块礁石上，他竟能发出那样的声音。那声音越过了海浪的喧哗，穿透了海风的呜咽，盖过了虫鸣鸟唱，在小青龙沉寂的心海里划出了道道涟漪，小青龙轻轻地滑过荆棘、滑过草地，静静地依偎在礁石边。风，变得轻柔温暖起来；海，平静得如同一面明镜。人龙海岛组成了一幅美轮美奂的画，笛声、风声、沙声、水声合成了一曲美妙绝伦的歌……

夜色来临渔人归去后，小青龙在小岛最高处长跪不起，它说，为了能与渔夫更加融洽地交流，请上天将我幻化成人间女吧。天帝十分恼怒，命天兵天将们将小青龙斩首碎尸。观音娘娘到底是慈悲为怀，知道了小青龙的事情后，非常感动。她飞旋起莲花宝座，赶到天帝面前，委婉地替小青龙求情，望能"成人"之美。天帝碍于观音的面子，只好搬出"仙凡成姻，毁掉原形"的天规。

天地人和，往往要付出巨大的代价。在观音娘娘的监督下，小青龙不顾剧烈的疼痛，流血流泪，剥须脱鳞，削骨缩筋，终于变成了一位美貌的女子。

从此，每到月圆之夜，人们就能听到海上飘来一位女子委婉如诉的轻吟浅唱，伴随着妙若仙音的缈缈笛声，不仅能让人听到神秘朦胧的悠远，还能从沧海桑田的更替里顿悟出安宁平静与从容自然。每当太阳照上小岛时，礁石缝隙里、绵延沙滩上即有鳞甲金光闪烁。人们将这个小岛叫做"甲宝山"，将这些散落的宝甲叫做"金片"，并小心地收在渔村的钱柜里。

无论沧海桑田怎么巨变，小青龙没有随波逐流，她远离了浪花的簇拥，放弃了对水的依附，却无法放弃对汤海湖的依恋，无法放弃对那个人的守望。

历经磨难终得善果的小青龙终于知道，这沧海桑田是为谁而变，是为了这个人啊！不管他是否大富大贵，不管他是否才貌齐全，只要能相依相守相伴在盘龙湖畔，坚守在甲宝山下，最美好的真情定会长留在人间。

相守在盘龙湖畔的双蟾

李家嘴位于殷商古城东北面，是一个近湖临水的村庄，双蟾石即在村外的湖边。

双蟾石形似蟾蜍，于亿万年前海底动荡分化而成，是远古山脉遭受强大侵袭后的罕见奇迹。时光流转飞逝，湖中不知有多少大大小小的石块，都被水流冲得不知去向，唯有这一双形似蟾蜍的奇石默默地相守在湖边，让我们见证着历史的永恒。

传说中，月宫里有一只与嫦娥相随已久的蟾蜍，因嫌蟾宫冷清寂寞，又羡慕盘龙湖畔鸟语花香，水清波漾，风光秀丽，竟在一个春意盈盈的月夜，私自下凡来到人间。

人间花红柳绿，鱼游鸟唱，虫飞蝶舞，果然快乐无边，更让它高兴的是遇到了青蛙。青蛙长得跟自己十分相像，只是穿了不同颜色的衣裳，只是叫声比自己还要高亢，虽然不如自己耐旱，却比自己活跃得多。

蟾蜍和青蛙亲密地攀谈起来，从生活习性到兴趣爱好，从昨天今天到白天黑夜，谈到过去，谈到未来……突然，它们发现，相互间的过去，曾经有着千丝万缕的联系，追溯到久远，竟然是一个族群。它们高兴极了，相约在每一个月白风清的夏夜，都来湖边相见，一起捕捉蚊子，捕捉彼此心灵的默契……

它们的话题越来越多，忘却了时辰，不知月儿已悄悄地隐进了云层里。忽然，天鼓"嘣"地一响，恰似给白天和夜晚划了一条线，蟾蜍再也无法回到天庭。从此，它留在人间，只能望月空叹，好在有青蛙陪伴。从此，它俩再也没有离开过盘龙湖边。

露甲山的由来

被山川林海簇拥的盘龙城露甲山，是一处闲看花海、静观风云的好去处。山，有俯瞰云海的霸道；林，有静隐山野的闲适；楼，有傲立半山的豪迈；人，有磐石吸地的坚实。凡走近盘龙城去看山、看水、看景的人们，定是与露甲山有缘相约之人。

在汤海里泡得太久，也令老龙感到厌烦，它想找个地方转转，想看看海边的山上有没有山泉，想尝一尝泉水的味道到底怎样，想问一问飞禽走兽为什么都不爱喝海水？

天黑不久，老龙腾云驾雾，在山中寻找，看小鹿往哪里去，看小鸟如何归林，听淙淙的泉水声离哪块岩石最近……忽然，一阵阵清醇的酒香送进了它的鼻翼，街头拐角处，一家酿酒作坊的后院里，糟味正浓。老龙嘴馋极了，迫不及待卷起一阵狂风，掀开一个个坛盖，一口气喝了个痛快。

不知是盘龙城的酒太好，还是老龙不胜酒力，它开始恍惚起来，眼前的草屋、酒幌、灯火都旋转了起来。匆忙中，它寻找到一座小山，赶紧落地歇息。怎奈仅卧倒片刻，就酒性发作，老龙不自觉地酣然入睡，竟现出了原形。

狂风消失过后，月亮钻出了云层。盘龙城边的小山上，从未有过的奇事打破了往日的沉静——因老龙的现形，刹那间龙鳞闪闪，金光万丈，辉煌了整个夜空。人们看到这一奇异景象，大呼大叫地蜂拥上山，都想去看个究竟。吵闹声惊动了老龙，它睁开双眼一看，不禁为自己管不住馋嘴羞愧万分，连忙化作一阵疾风，匆匆地跑了。

山上留下了一条长长的龙鳞印痕，从此，人们就把这座小山叫做露甲山。

商代早期，古云梦东缘一片汪洋，唯西北角是一派帆影绰约、渔歌互答的风貌，这风貌将勃勃生机延伸到一处岗地。岗地上人稠烟绕，十分热闹，盘龙古城就坐落在水边的岗地上。

这是一个疆域广阔的时代，盘龙城更是四海中人都无比向往和赞美的城池，前来观光交易的人熙熙攘攘，城墙内外一天到晚车水马龙。这是一个强盛一统的朝代，有利于人们对宗教活动的高度融和，更有利于礼器制造的发展。青铜器作为沟通天地的礼器，具有浓厚的宗教意义。青铜器上的纹饰，则有更浓郁的宗教色彩。通过各种象征性的纹饰，人们想象塑造出心目中最崇拜的神灵，求其保护，以免受怪物的侵害。这样的纹饰中，原龙纹成了最主要的部分。为此，盘龙城处处都是龙纹造型。

巍峨的宫殿门口、四周和宫前的道路两旁，处处都有巨大的神异动物显示出龙的威严，尽管那些龙都具有虾眼、鹿角、牛嘴、狗鼻、鲶须、狮鬃、蛇尾、鱼鳞和鹰爪，是九不像的模样，可它们都是人们心中崇拜已久的"神物"。铸铜作坊里的炉火，似乎日日夜夜都没有停歇，有鳞的蛟龙、有翼的应龙、有角的虬龙和无角的螭龙，都源源不断地从作坊里游了出来，分布在古城各处。即使在一间小小的草屋门前，也会伫立着两角龙、独角蛟、无角螭或是无脚蝎。更有一群群各种形态的神龙，被外来的客商们请上了木船，游向了百川以外，游向了海天之遥。

如此多的神龙反复出现，让一条云游路过的老龙感到惊讶——这是怎么了？

老龙知道，长久以来，人们并不认识龙，也不知该如何称谓。人们对龙的印象，只是某种与水相关的物象：一旦云团滚滚翻卷，变化万千，霓虹垂首弓背，颜色瑰奇万端，便有雷电叱咤长空，霹雳千钧。因"隆隆"声特大，响起时具备粗壮、雄浑、深沉和悠远等特点，让人震颤，给予人恐怖、壮烈、崇高和神秘的感觉，于是，人们就取其声，将这个模糊集合起来的"神物"叫成了"龙"。与云相伴的"隆"声往往带来雷雨，显示神龙兴云致雨的能耐。又因龙从未露出真容，既神秘，又能隐能现，春风时登天，秋风时潜渊，从来都是神龙见首不见尾，从来就没有人能够知道龙的行踪，连爪、角、鳞、鬣都不曾让人们见过。可为什么这里的龙竟会被人们随意地支配呢？老龙有些生气，它按下云头，化作一位风度翩翩的公子，装作漫不经心的样子，在盘龙城中边走边寻，它要探个究竟。

令老龙更加惊讶的是，盘龙城中处处是一派红火的气象。大大小小石雕、铜铸作坊都在精心雕琢、铸造出各种形态的神龙，人们细心地打磨，虔诚地供奉，轻手轻脚地搬运，手法娴熟，冶炼精巧已至炉火纯青。那些面露亲切的神龙仿佛就是凡间的一份子，仿佛就出生、成长在人间，嬉戏、居住在人间。它们与满街男女老幼之间的和谐亲密、安逸平静，让老龙看了简直羡慕不已。啊！原来龙和人类可以如此地亲近，我们的往返来去，竟是不必小心隐藏的啊！老龙的疑心渐渐冰释，不禁信步游览起来。它看到了盘龙城的老人在训导子女要传承龙的精神，男人在鼓励自己要有龙的气……

老龙听得心花怒放时，忽闻到不远处飘来了诱人的醇香。它即刻飞身前去，正看到人们在品着自酿的美酒。"哎呀，原来最好的泉水被藏在了这里，看他们喝得多么痛快！"它悄悄地混在了酒窖边的石雕龙中，趁人们不注意时，伸长脖子痛快地饮了起来，它醉卧在了酒坊。

一声公鸡的鸣叫唤醒了老龙，它就要离开这热闹的地方，可它不愿人类将自己当成贼，它将龙鳞留在了山上，将龙的气势留在了盘龙湖边的青山上。

府河的传说

府河，古名涢水。从孝感进入黄陂境内，由岱家山分南北两支注入长江，是湖北省内仅次于汉江、清江的第三大水系，由黄花涝至岱家山一段 11 公里属府河下流。在这段河流上演绎着许多的故事，人们又把这段河流叫做接驾河。

传说大禹治水，9 年忘身于外，涉足于江汉之间，来到此处，伫立涢水河边。见祥云缭绕，百鸟欢鸣，锦鳞跃出水面争睹圣颜，九蛟躬首大禹身旁。大禹见此状态，惊叹说，这真是神奇的天象。后来，成汤、太甲、武丁先后驻于此，周昭王葬身鱼腹，府河下游龙气不散。转瞬千年，汉高祖游云梦东缘，来到府河下游。盘龙湖畔，云霓五彩，忽然鼓乐喧天，自是非凡气象。唐太宗李世民接踵而来，驻足此处，感叹地说，东西南北中，绝景数盘龙。

五代时，宋太祖赵匡胤在盘龙城附近小店饮酒，被一个相术先生看破，说此人乃真龙天子气象也。赵匡胤听说，转身就走。朱元璋策马来河边，曾赋诗一首，表达一统天下的意图。明世宗朱厚熜从钟祥到北京登基，曾经过这里。乾隆下江南，在这里留下了游龙戏凤的故事。纪晓岚随驾，见此天象不凡，龙鳞纷沓。

府河不宽，千百年也是这么不急不缓地流着，如同历史也有着自己的节奏和韵律，这就是与盘龙城相依相连的府河。

汤仁海的来历

汤仁海位于盘龙城经济开发区中南部，北依横山，东抱甲宝山，西毗新湖。甲宝山、露甲山分列左右，南有飞鸡沟连通府河，周边分布有罗家湾、殷家湾等自然村落。海湾面积 15 平方公里，曾经是盘龙城附近天然的淡水鱼养殖场。如今，海湾边已建起了成片的别墅群和高档住宅。

成汤挥师南进，来到云梦东缘盘龙城附近的一座湖边，看见一位渔人一边撒网一边悠然自得地说："东西南北方，所有的鱼儿都钻到我网中来吧！"成汤听到后说："哎呀，你把鱼打尽了，其他生命又怎么生存？"即命他撤去三面网，并说："天下四方，天宽地阔，只有不惜生命的，才自投罗网。"

走着走着，他又看见一个猎人弯弓搭箭，正准备射一只摇摇欲坠的大雁，那大雁似乎已经受伤。成汤连忙制止，并说："现在正是三春季节，是鸟儿们繁衍子女的时候，你把它打了，它的孩子们还在盼望它去喂食呢，你打死了这一只，就毁了一群鸟呀！"

天下的百姓都众口相传成汤的仁义，农民都愿在他的辖区内种田，渔人都跑到他的治地养鱼，做生意的人都来到成汤统治下的集市经商，有才能的人都来投奔……

后人为纪念成汤的仁德，就把这个湖改名为汤仁海，说是：成汤的仁德像海一样宽阔无边。

记得那一年深秋，细雨绵绵，秋风萧萧，汤仁赶考归来天色已晚，知道父母还在田间劳作，他的心情渐行渐沉。果然，烟雨苍茫中有两个人影在闪动，细细一看，正是父母荷锄欲归。他飞快地迎了上去，接过农具回到家中，在院内的木桩上写下"发愤读书，立志报国"8个字，以慰藉父母的劳苦和疲惫的心灵。

汤仁果然没有食言，因学富五车又武艺高强，顺利通过比试，成为当时饱读诗书的军事家。

他被派往自己的家乡——盘龙城，驻守在小城外。当时，外城的军事防御功能并不完善，汤仁就在湖面下布设木栅栏，他设计的水下机关，成为防御敌人从水路偷袭的重要军事屏障。

盘龙城富饶，尤其是青铜的储量丰富，令周边一些诸侯都十分眼红。汤仁日夜和士兵们一起守在湖边，睡在湖岸，无数个夜晚望着湖对面的家，对岸影影绰绰的光亮让他更感到肩上的责任重大。

寒来暑往，一年将尽。这一年冬天来得特别快，一场惨烈的战争终于发生了，汤仁带着5000精兵和敌人的数万大军展开了一场厮杀。战争进行到第五天，处处都是尸体，靠近岸边的湖水染上一层赤红，天空中弥漫着挥之不散的血腥味。

面对敌人的凶残且又兵力悬殊，成汤想抓贼先擒王。可是敌人的首领也防备这一点，没有在万人队伍中竖统帅的大旗，他也没有见过此人。如何在密密麻麻的敌军中找到领头的人？他沉默半晌，想出一个好主意。他命手下的弓箭手先以稻秆头为箭射击，听他的命令后再换成真的……如此一番交代后，弓箭手们虽然不理解统帅的想法，但还是依他的计策而行。

敌人见到射箭忙遮挡躲避，等箭头落下后，纷纷大笑，以为守军已近弹尽粮绝，打前锋的将领忙策马往回跑，向身后阵营中的一人汇报。说时迟那时快，成汤的弓箭手一齐放箭过去，敌方首领中箭倒地，顿时军心大乱。

成汤趁机出击，他与敌一猛将拼杀在一起，只见尘埃弥漫，刀来剑往，几十个回合下来，他捂着肚子，血从指缝间流出，而敌将更成了一个血人，命赴黄泉。成汤的随从也没几个完好，这惨烈的一仗，虽然击退敌军，守军却也伤亡惨重。

人们都说成汤劳苦功高，都说高官厚禄在等着他。可是回营后，各位高官贵人虽然为他大摆宴席，可却没人提起奖赏的事。曲终人散之际，有报说，朝中送来一大箱子东西给他。他心想这指不定是什么宝贝呢，扛回家打开一看，冷汗都下来了。原来里面全都是朝廷重臣攻击他的奏章，有说他练兵不力的，有说他要自立为王的，还有说他一心想回家无心守营的。

第二天一早，他策马到朝中谢罪，并陈述自己的清白。大王笑着说：有功劳不假，你以为你在前线的功劳都是你自己的吗？当然，没有你，我打不下敌国；但没有我，谁能这么信任地使用你呢？念着你一片忠心耿耿，就将你守卫的湖泽一带划归与你，你安心回家养伤吧。

成汤黯然地离朝，这片湖泽从此就以他的名字命名为汤仁海湖。

盘龙湖畔菩提树的来历

在盘龙湖南面的大邓湾有一棵千年朴树，树冠如云，虬枝盘曲，主干斑驳沧桑。因和佛祖释迦牟尼有一段因果，系证菩提，此树历经千年，依然屹立于盘龙湖畔，枝繁叶茂，成为守护盘龙湖的一棵圣洁的菩提树。

从前，盘龙湖畔有一个很有钱的大善人，做了很多善事，积了很多功德。一日，他在家里读书，忽然看见盘龙湖边一个人衣袂飘飘，目光如炬，从窗外走过。他一下子被那人吸引住，追出门去，却已找不见人了。他喜欢那人喜欢得五体投地，从此一心想见，走遍天下去寻，却总也找不到。

一次在梦中，菩萨问他，你积德很多，有什么愿望。他说，只想见那个人一面。菩萨说，你若真想见那人，一定要舍弃这一世的人身，投生做一棵大树，500年后，也许有机会再见那人一面。他想了很久，因为实在太喜欢那个人了，就决定做一棵树。不久他就死去，转世在如今大邓湾的湖边做了一棵树。

500年来，饱尝着做树的苦难，忍受着风吹雨打，忍受着野兽的折磨，不能移动，不能说话，日复一日地坚守，只为了能见那人一面。500 年后终于有一日，忽然见到一个人远远地从河那边走过来，一道金光闪过正是那个梦寐以求的人。他激动极了，使劲地摇着浑身的树枝树叶，试图引起那人的注意。他是多么想让那人走到他的树荫下，休息乘凉啊。只见那人向他走过来，经过他身边时，那人瞧都没有瞧他一眼，径直走了过去。他想大叫，他想追过去，无奈他只是一棵不能移动、不能说话的树。

他失望，他委屈，不知道为什么 500 年还修不到这么一点缘分。当晚又梦到菩萨。菩萨告诉他说，如果你还想见那人，在河边再做 500 年的树，或许会修到一点缘分的。他觉得既然已经等了 500 年，再等 500 年也不算什么。他实在太喜欢那个人了。

就这样，他在河边又站了 500 年，饱尝着做树的苦难，忍受着风吹雨打，忍受着野兽的折磨，依然坚守，一动不动。500 年后终于有一日，那个人又远远地从河那边走过来。这回他没有激动，没有摇动枝叶，只是静静地站在那里。为了这一日，他舍弃了做人的机会，痴痴地做了 1000 年的树，吃过太多的苦，伤过太多的心，他已经能以平静的心等待那个人的到来。此时，只见那人向他走了过来，走到他的树荫下，安然地坐了下来，一坐就是七七四十九日。原来那个人就是佛祖释迦牟尼，而这棵树从那以后成了神圣的菩提树。据说这个人后来跟佛祖一起成了佛。正如人间的故事一样，我们没有必要刻意地去寻求某一个目的，挥一挥衣袖一切随缘。好好按着自己的目标走下去，即使是风雨飘摇，也愿去河边做一棵大树，站上 1000 年，无怨无悔。

关于菩提树，人们早已给戴上了神圣超越的光环。"菩提本无树，明镜亦非台；本来无一物，何处惹尘埃。"唐朝初年，禅宗六祖慧能写了这么一首关于菩提树的诗，流传甚广，所以后世许多人都认为世界上根本没有什么菩提树。其实是人们误解了他的本意。菩提树是存在的，又名思维树，是一种桑科榕属常绿大乔木。慧能所写的"菩提本无树"这一诗句，是从佛家理论"四大皆空"里作了引申而来的。心中有佛，世间之树皆可成菩提树。"菩提"一词为古印度语（即梵文）音译，意思是觉悟、智慧，用以指人忽如睡醒，豁然开悟，突入彻悟途径，顿悟真理，达到超凡脱俗的境界等。在英语里，"菩提树"一词为 peepulBo-Tree 或 Large-Tree 等，均有宽宏大量、大慈大悲、明辨善恶、觉悟真理之意。菩提树似乎与生俱来就与佛教渊源颇深，据传说，2500 多年前，佛祖释迦牟尼原是古印度北部的迦毗罗卫王国（今尼泊尔境内）的王子乔答摩·悉达多，他年轻时为摆脱生老病死轮回之苦，解救受苦受难的众生，毅然放弃继承王位和舒适的王族生活，出家修行，寻求人生的真谛。经过多年的修炼，终于有一次在菩提树下静坐了七天七夜，战胜了各种邪恶诱惑，在天将拂晓、启明星升起的时候，获得大彻大悟，终成佛陀。所以，后来佛教一直都视菩提树为圣树，印度则定之为国树。岁月如水，2000 多年过去了，佛祖当年"成道"的那棵菩提树经受了无数风风雨雨，有着神话般的经历，在佛教界被公认为"大彻大悟"的象征。我国浙江普陀山文物展览馆内至今陈列着 4 片菩堤树叶，据说就是从这棵树上采摘下来的，所以历来被人们视为珍宝，倍加珍惜。1954 年印度前总理尼赫鲁访华，带来一株从这棵树上取下的枝条培育成的小树苗，赠送给我国领导人毛泽东主席和周恩来总理，以示中印两国人民的友谊。周总理将这棵代表友谊的菩提树苗转交给中国科学院北京植物园养护，植物园的领导和职工都十分重视，精心养护，使之生长茁壮，枝叶茂盛。每当国内外高僧前来时，植物园的这棵菩提树就会被请出来，接受高僧们的顶礼朝拜。"文革"期间，植物园被冠以"封资修""花花草草"等罪名，建制撤销，人员流散，这棵菩提树也被迫离开植物园，流离失所。值得庆幸的是，有心人悄悄地把它藏起来，并用心管理，使之大难不死。"十年浩劫"之后，植物园的领导和职工四处寻找这棵菩提树，先后访问了几十个园林单位，几经周折，才最终把它找回来。目前，经过植物园职工的精心养护，这棵菩提树枝繁叶茂，欣欣向荣。据考证与考察，我国原来并没有菩提树，它最初是随着佛教的传入而被引进的。据史籍记载，梁武帝天监元年（502），僧人智药三藏大师从天竺国（印度）带回菩提树，并亲手种植于广州王园寺（后来该寺改名为光孝寺）。从那以后，我国才开始有了菩提树，并在南方各省区寺庙中广为传播。今天，广州海幢寺仍然还有3株300多年树龄的古菩提树呢。西双版纳傣族全民信奉小乘佛教，对菩提树十分敬重、虔诚，几乎每个村寨和寺庙的附近都栽种了许多菩提树。

如果谁家人口不安宁，猪瘟鸡死，五谷歉收，也要在村寨和寺庙附近栽种一些菩提树，乞求佛祖的保佑。每到佛节，善男信女们就在大菩提树干上拴线，献贡品，顶礼膜拜。傣家人什么树都可以砍伐，但菩提树却是千万不能砍伐的，即使是菩提树的枯枝落叶也不能当柴烧，砍伐菩提树就是对佛的不敬，就是罪过。解放以前，傣族封建领主制定的法律里就有这么一条："砍伐菩提树，子女罚做寺奴"。在傣家人的文学艺术里，菩提树则是神圣、吉祥和高尚的象征。在举行婚礼时，歌手总会唱道"今天是菩提升天的日子"。在情歌里，少女们则会对心爱的男友唱道"你是高大的菩提树"或"你像枝叶繁茂的菩提树"等。此外，在傣家人的谚语里，还有"不要抛弃父母，不要砍菩提树"这样的词句。走进西双版纳，菩提树随处可见，但其中有两株却特别引人注目。一株在景洪市勐龙镇曼达赫村，胸径近2米。人们通常所见的菩提树都是青枝绿叶，而这株菩提树则在生长青枝绿叶的同时，还会长出一种白色枝条，白如霜雪，毫无青绿之色，且每年都长，每次仅长出一至二枝。据当地民间故事，当年佛祖释迦摩尼出游传教时，曾在这株菩提树下小憩，于是，此树感佛祖厚爱之恩，特长出白色枝条作为回报。当地傣族群众视此树为"神树"，在其四周砌起砖墙进行保护。每年此树长出白色枝条时，膜拜者、参观者纷至沓来，络绎不绝。另一株在景洪市郊曼厅公园的旁边，树干十分粗大，要5个成年人张开双臂才能合围，据说其树龄已有800多年，但长势依然旺盛，绿树成荫。据说，此树与泰国的一株同龄菩提树是"兄弟树"，系当时中泰两国两位身居王位的挚友互植。这两位挚友原来都是有志的平民，经过艰苦努力，分别在泰国和西双版纳获得王位。那位泰王前来西双版纳亲手种下这株菩提树，西双版纳王也远赴泰国种下一株菩提树。他们共同的愿望是让两株菩提树同生共长，友谊长存。至今，西双版纳的傣族群众仍然十分爱护这株菩提树。

菩提树，在古代的印度叫毕婆罗树，是印度一种极普通的树，普通得犹如我们的杨、柳、桐、槐。当年，年轻的悉达多王子在结束了6年的苦行之后，就坐在一棵普通的毕婆罗树下悟道成佛，终于成为一代伟大的教主，成为释迦族的圣人，被后世尊为释迦牟尼。人们为了感念佛祖证悟人生真理的不朽功德，把他悟道时给予他遮护的毕婆罗树称为菩提树，也就是觉悟之树。

其实，山川草木，皆有佛性，真理就隐含在普通的自然事物中。"菩提"不"菩提"，不在于树，更不在于什么树，而在于你自己有没有一颗菩提之心。若菩提心在，岂不树树皆菩提！反之，若只迷信于外在的物相，纵然是坐于菩提树下，也会徒劳无益。让我们记住大邓湾这一株菩提树美丽的传说吧，修身养性，也成菩提。

盘龙城金盆姑娘的故事

站在盘龙城城墙根脚下的李家咀朝东望，方圆几百亩，水色清亮亮，酷似一面镜子。远远望去，又是绿莹莹的，仿若一块碧玉镶嵌在甲宝山脉与江汉平原南段之间，这就是盘龙湖。

听前辈们说，盘龙湖连通着安徽的芜湖，还说湖里有宝。相传，在远古有一年的中秋节，月亮照在半空，忽然从南边天空飘来一朵乌云，遮住了月亮。霎时间天昏地暗，风卷过来，雨下起来，"轰隆隆"一声炸雷，突然一个金晃晃的东西从天上落到盘龙湖里。等乌云散开，风雨过后，再看盘龙湖，只见湖里竟然发出金灿灿的光芒，人们都说，盘龙湖里落下了宝贝。有人爬到盘龙湖城墙上面往湖里看，真的有一个金光闪闪的金盆在湖底哪。

盘龙城东面有一个李家嘴湾子，湾子里住着一个心肠好、胆子大的小伙子，名叫盘龙。他听人说得活灵活现，也爬到城墙上对着盘龙湖仔仔细细地看了又看，确实看到水底发出金光。他想，要是将金盆打捞上来，放到盘龙城的城墙上面，那盘龙城一带不就日夜光明了吗？他打定主意要把金盆打捞上来。于是，他就下决心练水下工夫。练了七七四十九天后，终于练出可以在冷得刺骨的水底下过一天一夜的本事。农历八月十五的晚上，当盘龙湖又发出金灿灿的光芒时，盘龙一口气钻到湖底，果然看见一只金光闪闪的金盆子，小伙子越接近，那金光也越强。忽然一道强光逼来，射得小伙子闭上了眼睛，等他再睁开眼睛时，金光没有了，只见那金盆里锁着一个美丽姑娘。小伙子惊奇的"喔"了一声，惊得张大嘴巴，半天合不拢，结结巴巴地问道"你，你……你是仙女还是妖精？"

姑娘笑着告诉他："我原本是天上的金盆仙子，因为违反了天规被惩罚在这里，我知道你是盘龙城里最勇敢的小伙子，我早就等着你来救我了……"小伙子看见姑娘身上拴着锁链，很可怜，就问道："你是怎么落到这般田地的？唉！"

金盆姑娘说："我原是在天上给王母娘娘看管花园，天长日久，有些厌倦，觉得天庭冷落孤单，想到人间生活，不料刚出南天门，就被发觉了。王母说我犯下了'思念凡间、擅离天宫'的大罪，便将我锁进金盆，发配到盘龙湖来坐水……"

小伙子听了姑娘的遭遇，又心痛又气愤，他下决心要将金盆姑娘救出来，不让她就这么遭受王母娘娘的折磨。

金盆姑娘告诉他说："我身上的锁链是王母娘娘花园里的9999只黄蜂的毒刺炼成的。想要打烂这锁链，必须要用斗大的蜘蛛，还要等它腿上长出红毛的时候，它会吐出大拇指粗的丝，只要这丝一系到锁链上，锁链就会化为青烟。"

小伙子听了姑娘的话后，暗下决心一定要回家养好大蜘蛛。

一年后，蜘蛛有了碗大，吐出的丝有筷子粗。

二年后，蜘蛛有了升子大，吐出的丝有小指粗。

三年后，蜘蛛有了斗大，吐出的丝有大拇指粗。

这一天正是中秋节，月亮升到半空。李家嘴湾后的山上，大蜘蛛吐出一条又粗又长的丝来。

小伙子把丝从李家山上牵到盘龙城城墙，又从城墙牵进了盘龙湖。然后等着丝下垂到湖底，他把蜘蛛丝一圈圈缠到姑娘的锁链上，一圈又一圈，锁链立即四出一股青烟，青烟散了，姑娘手里捧着金盆，笑盈盈地走到小伙子面前。

盘龙看着金盆姑娘，金盆姑娘望着小伙子，两人越走越近，终于，金盆姑娘不顾一切地扑到小伙子身上，眼里涌出了泪花儿，说话的声音连连打战："日日想，夜夜念，可把你盼来了！"

小伙子理好姑娘额头上散乱的头发，轻声说道"跟我走吧"。两人牵着手，向着湖面升起。两人刚到湖边，忽然从南边飘来一团乌云，越飘越近，越来越浓，挡住了月亮，遮住了天空，猛地闪出一道闪电，接着"轰隆隆"一声巨响，劈向李家山，蜘蛛当即被炸死，并且炸出一条河，就是今天江汉平原的府河。金盆姑娘的脸色当即变了，她急忙问小伙子："你的蜘蛛腿上长出了红毛没有？"小伙子这才想起自己救人心切，来不及等蜘蛛腿上长出红毛就下到湖里来了。他惭愧地说："还没有。"金盆姑娘叹出一口长气说："要等到蜘蛛腿上长出红毛才抵得住雷劈，你看李家山已经被雷劈出一条河，你快走吧。记住等蜘蛛腿上长出红毛的时候，你再来……"

金盆姑娘的话还没有说完，又听见轰隆隆的一声炸雷，姑娘重新被打入湖底。小伙子也被雷打得昏死在盘龙湖堤上。

小伙子醒来时，金盆姑娘已经不见了，他看着盘龙湖，只见湖底的金盆姑娘又被锁上了锁链，她正在伤心地哭泣。小伙子大声呼喊："金盆姑娘，等着我，我一定把你救出来。"于是他又回到湾里，去养更多更大的蜘蛛，准备搭救在湖底的心爱姑娘。

每当中秋节的晚上，等月亮升起到半空的时候，好像从盘龙城城墙到盘龙湖间有一条细细的丝线在月光下闪着银光，这时盘龙湖的湖水就会哗哗地翻动。人们把这种自然现象带给人的幻觉说成是好心的小伙子在搭救盘龙湖底的金盆姑娘。

盘龙湖中小盘龙的传说

水不在深，有龙则灵。循着商代文化源头的方向，因滠水东萦似带，府河西抱如襟，盘龙湖如一块仙女遗落在人间的蓝色宝镜，晶莹剔透，宁静秀美。可谁要是能有一双翅膀，能飞到天上看这湖面，定能看出这湖不光是一汪水，而是一条匍匐在大地上的龙，不，是几条匍匐在大地上的龙。

在那个遥远的春天里，因恋着这块四季分明、水清草绿、瓜果丰硕、鸟语花香的土地，九龙之子快乐地相约而来，在一片碧波荡漾的湖水中，它们享受着阳光的明媚，享受着鱼虾的拥戴，享受着春燕和蜻蜓的追逐。可在兄弟们欢愉的瞬间里，最小的兄弟小盘龙却领略了人间的苦辣酸甜。当河水里的害虫侵袭到人类的体内、人类的生存受到了严重威胁时，甚至威胁到人们的生死时，小盘龙作出了勇猛的抉择，它用自己的生命和血吸虫搏斗，最终体力耗尽，用自己的生命换得了人类的健康与安宁。小盘龙永远也无法回到龙族了，它的兄弟们悲痛万分，3个小哥哥无论如何也不肯同小弟弟分开，它们都留了下来，静静地陪伴在小盘龙的身边。从那时候起，这片湖就被人们称为盘龙湖，这片土地就成了四龙绕廓的半岛。这四兄弟的名字分别是：霸下、狴犴、狻猊、椒图。

所有知道了小盘龙舍命救苍生的人们都非常感动、非常难过，为了纪念可爱可敬的小盘龙，人们在盘龙湖边建了一座纪念碑，并将土城改名为盘龙城。虽然小盘龙死了，但它却永远活在人们心中，活在鸟儿们和小黑的心中。

盘龙城八方石的传说

八方石位于盘龙城开发区的东北角。它是一块一米多高的大石头，外形光滑如脂、光可鉴人。虽然它算不上是一方怪石、贡石、采石、文石、美石，却以它朴素的花纹肌理，以它千年不改的坚定固守，向人们诉说着盘龙城的兴衰。

据说，当年秦始皇为了更好地统治黎民百姓，下令焚书坑儒，差点把五经之一的《尚书》也烧了，幸亏当时在盘龙城有一个勇敢的书生乘人不备，偷偷把一本《尚书》私藏在野外。为避免书被风刮走或雨水淋湿，书生就选定了松树下一块高大的石头，将书篾偷偷地塞在这坚硬的石头下面，才使《尚书》躲过了那场文化浩劫。

随着时光的远逝，山逐渐变成平地，书渐渐从石头下探出头来。这一年，一位来山中开荒耕种的农人发现了它，却苦于一字不识，就取出来献给了朝廷。由于虫噬水漫年代也很久远，古文《尚书》已少了很多篇什，残存下来的只有《今文尚书》。

石虽无言，但因为得到这本宝书的庇佑，吸收天地之灵气，神力渐增，不仅可以用于精确定位，而且有避邪、招财的神奇功效。但不能对石头不敬，曾有小孩上山时无意坐上这块大石头，回家后屁股长疱流脓；而不知内情的人在上面捶东西或晒谷子等，回家后便头痛不止。有人抚摩这块八方石，以祈盼好运降临。有谚语云："摸摸大石头，一生无忧愁；到过石头地，疾病远离你。"果然灵验，许多年来，这块八方石成为地标，带给人们福祉。

岁月如镜，一块无语的八方石，无异于一部无声的史志。读石，有如读史，读一部沧海桑田心痛心酸的过往经历。一石一人，一字一句，那些曾经的盘龙城脚下青铜器的叮叮作响，化作无边细雨的沙沙声，洒进越浸越透的石头地基。远处村庄飘来的一缕缕炊烟绕着有形的石头，盘桓不去。历史就驻扎在这里，能看见的何止是盘龙城的过往？还有当下的你、我、他。晚春时节，一方看似熟悉却又很是陌生的天地，都借着这连绵的雨势隐藏在朦胧中，晦明莫辨，雨水淋湿了人，也浸透了心。寂静的旷野中竟然有这样雅致而又久违的国宝《尚书》躲藏在八方石下，难道真是"相约在盘龙"？

中国四大名著之一的《红楼梦》，原名也是《石头记》。传说中，女娲用五色石补天的神话作为故事的起始，那些数不胜数的名石奇石都太遥远了，非我辈所能看到，而眼前的"八方石"实实在在、安安稳稳地在迎候着我，我看着它，它也能看得见我。

对于八方石来说，无疑是幸运的，它静静地待在老松树旁，棱角依旧，坚硬依然，心中深藏敦厚的古风，预示着国泰民安。这，才是它的精魂所在。

八方石虽偏远于野外，可在民众心中，始终占有一席之地。那些惊心动魄的战争已成过眼云烟，21世纪的钟声敲响，让它得以显现峥嵘，像是大海中归来的海明威，站立着，永远站立在盘龙城一角，站立在考古遗址公园中央，站立在对中华民族满含期盼的典籍中，站立在渴望和平和发展的地球村的村民心中。

盘龙泉的来历

盘龙泉位于今盘龙城开发区叶店村原殷商古城墙边，是临近村庄的唯一泉眼，泉眼看似不大，却一年四季流量充沛，其地理位置离盘龙城宫殿遗址直线距离大约200米。

盘龙泉的春、夏、秋季节，泉边野草繁茂，野花盛开，清香扑鼻。叶店村村民常年靠此泉水饮用，盛夏时节劳作后的村民常就着泉水兑上醋，让泉水更加清冽透亮、甘甜可口，大葫芦瓢舀上一瓢，一饮而尽，一天的劳累几近消除。

很久很久以前，盘龙城有个远近闻名的孝子，为了给常年患病的母亲治病，四处寻找草药，他带着斧头、镰刀穿过密林走过沼泽，吃尽了苦头。

一天，他吃力地砍开杂草丛生的灌木丛，赫然看到了一个大洞往外渗出清水，于是便匍匐着身子，想看个究竟。他好奇地爬行到近前时，跋涉的劳累与难耐的口渴竟向他袭来，他捧起一把沁凉的泉水尝了尝，顿觉眼前金光四射。正欲细看，忽见一位老翁来到身边，在泉水旁盘腿而坐，老人的上衣襟里兜着好几个大桃子，就着泉水边吃边喝，一副怡然自得的模样。

孝子看着，不由得口水直流，想吃可又不敢开口。不一会儿，老翁吃完桃子，扔下吃剩的几个桃子和桃子核，独自远去了。孝子看在眼里，喜在心头，急忙捡起老汉没吃的桃子，再用随身携带的竹筒装上满满的泉水，自己来不及尝一口，就赶着回家，要让久病卧床的老母亲试试泉水、尝尝鲜美的桃子。

原来，老翁是位仙家，看孝子为人忠厚，对母亲孝顺，特地来帮他。而孝子的母亲喝下泉水吃下桃肉，不几日就能下地走路了，后来成为盘龙城附近高寿的老人，而孝子因此成了半个仙家。那丢下桃核的地方从此就长出一片桃林，一到春天就桃花灿烂、彩蝶萦绕，每到桃子丰收时节，人们就携家带口来此采摘桃子、喝泉水，借以除病延年。

盘龙城"三足鼎"的来历

鼎在古代被视为立国之重器，是文明的见证，也是文化的载体，同时又是旌功记绩的礼器。直到现在，中国人仍然有一种崇拜鼎的意识。目前全国发现时间最早的商代青铜器，以河南偃师二里头、郑州商城西墙外的杜岭和湖北黄陂盘龙城出土的遗物为代表。在盘龙城现在已经发掘的墓葬中，看到青铜器有三鼎并置、大小依次递减的序列，当时铸造青铜器除王侯贵族之外，一般老百姓是无权享用的，也是无力制造的。鼎本来是古代的烹饪之器，相当于现在的锅，用以炖煮和盛放鱼肉。而青铜器除了用来满足王侯贵族奢侈的生活以及宴食、祭祀和丧葬等礼仪活动之外，还是尊卑、贫富和权力地位的象征。

周代的国君或王公大臣在重大庆典或接受赏赐时都要铸鼎，以旌表功绩，记载盛况。后来还把图谋篡夺王位叫做"问鼎"。

从前李家嘴有个人生下3个儿子，3兄弟很和睦。父亲临终前，嘱咐3个儿子："很高兴看到你们相亲相爱，你们赡养我尽心尽孝。如果我去世，你们要把我抬走，什么时候缠缚棺材的绳子断了，就放我在那里，不管天涯还是海角。你们要记住，千万不能搞错。"3个儿子答应父亲。父亲说完就停止了呼吸。

3个儿子照父亲的要求做，用绳子缚棺材，抬着棺材往盘龙城西走，走了好些天，绳子还没断。一个下午，他们走上一块石头，忽然绳子断了，那时天已傍晚，3兄弟把棺材放在石头上。大哥跟两个弟弟说："我们不要挖坟墓，现在你们要回家去看看家里的情况怎么样，因为我们已经离家好长时间了。这里要轮流看守，什么时候父亲的尸体消散才结束。"

这天晚上，大哥在棺材旁边烧火守夜。约一更鸡叫，他觉得太累了，渐渐睡着了。忽然棺材有人叫喊，他惊醒过来，见那石头裂开一条很宽的缝，棺材掉了下去。又听到有人喊救他："哎！憋闷难受极了，谁帮我把这个棺材拖上去，我送他一葫芦黄金。"

大哥问："不知你叫什么名字？黄金在哪里？如果你刚说的话是真，我可以救你。"

怪物答："我是城墙脚下的盘龙，这棺材放到嘴里，我呼吸不了，请你帮我一下，我会后谢。葫芦黄金在山脚下西边。"

听怪物这样说，他半信半疑地走下城墙脚，到地方看看虚实。突然眼睛花起来，葫芦黄金露出来，他把这葫芦黄金带回家，那时天才亮起来。

第二天轮到二弟，他按照大哥的话做，在棺材旁边烧火，又听龙叫声，他又得到一葫芦黄金带回家。

轮到小弟，他也按大哥的话做。到了四更，他正睡着，有人声从棺材里响起来："请你施恩，把这棺材拖离我的嘴巴，我就送给你一葫芦灵药，可以起死回生。"

弟弟问盘龙："为什么只给我一葫芦灵药？我用它做什么？用来救谁呢？"盘龙回答："如果谁死了，撒上一点药可以再活。

你身后的树上，葫芦里就是。"

听龙这样说，小弟爬上那棵树，见树梢有一葫芦灵药，打算救父亲，但是棺材不见了，那块裂开的石头愈合了。

在回家的路上，他见到了一只死狗，小弟用药试一试，这只狗活起来，跟他回家。哥哥们问他得到了黄金吗？他答得了灵药。家乡有谁死，他会去把人救活。小弟能起死回生，名声传遍各地。

有一天，当小弟出门时，有几个盗匪听说三兄弟得了黄金，就来抢，进了小弟家，问小弟的妻子黄金放在哪里，他们没有问出金子，便剖开她。

小弟回家见妻子死了，还没了肠子。正愁无法救妻子，刚好那狗走进门来，他跟那只狗说："狗啊，以前你已经死了，我救活了你。现在我妻子遇难，请你给我妻子一副肠子，救活她以后，我再让你起死回生，行不行？"狗同意了。小弟剖开狗肚子，把狗肠安在妻子肚子里，撒一点药，妻子马上睁开眼睛看着他，给他讲强盗进家搜寻金子的事情。他叫妻子拿布来作狗肠，放进狗肚子，撒上灵药，狗又活了起来。发现丈夫有这么一种奇怪的灵药，妻子感到非常惊奇。

一天，趁丈夫出门不在家，她拿出那葫芦灵药，伸指进葫芦里，擦灵药在自己脸上。她照镜子发现脸上像魔鬼一样，就惊惶起来，慌乱中，把一葫芦灵药全倒在了身上。

很奇怪，再照镜子时，她自己也认不出来，漂亮得像仙女一样。丈夫回家十分惊讶，看着她不眨眼，她微笑着给丈夫讲自己做错的事情，希望丈夫原谅。

小弟很高兴看见妻子成为一个很漂亮的女人，但想来想去很可惜那葫芦灵药，所以在撒了灵药的地方种了一丛葱和一棵桂花树。不到一个星期，桂花树高一米半，葱丛高两米。殊不知盘龙城统领小丙听说小弟的妻子漂亮，命令军士抓她到盘龙城做他的妻子。小弟很爱妻子，但他不敢违抗小丙的命令，夫妻分手，相约团聚的日子。

小弟天天想念妻子。他想出一个好计策，拔起葱丛和桂花树，扛到小丙的宫殿外大声叫卖："谁买两米长的葱、一米半的桂花树吗？"他叫来叫去越叫声音越大。

小弟的妻子进了宫殿，自然禁口，不说不笑。小丙请了好多医生来治疗，但是治不好，小丙无法。后来小丙通知全盘龙城，谁能治好她的病，重重有赏，但是大家都没有好办法。

小丙听到宫外叫卖的声音，小弟的妻子更是用心听清楚，她高兴地叫一个侍从请叫卖的人进来，她要买葱买桂花树。小丙见她开了，赶紧下令请卖货人进来，小弟进宫来了。妻子见了他，笑眯眯地问价钱。小丙以为女人喜欢卖葱人这身打扮，便要和他调换衣服来穿。

小丙先将军士全部赶出去，又叫卖葱人脱下自己的衣服。小弟换上小丙的一件长袍，戴好统领的一顶桂冠，穿戴着旧衣旧帽的小丙还没说话，小弟马上命令军士把小丙捆住，并下令点火烧小丙。

在楼上，小弟的妻子见楼下有火，她以为小丙命令军士烧她的丈夫，因此她从楼上跳进了火里。小弟见妻子跳进火里，他也跳了进去。

火熄以后，军臣们议论立一座祠堂供奉小丙，但是没有办法分别哪是小丙的骨头，只好立一个供奉3个人的祠堂。从那时起，不论什么时候点火，都要用3块石头放成3个角，象征3个人的头。这正是"三足鼎"的来历，这个传说一直流传到现在。

盘龙城龙窑的传说

王家嘴龙窑是距盘龙城南端最近的一处窑址，城里的人们站在古城墙上，即可看见城外小山坡上那条依山而建的古窑。它长长的窑身如一条蜿蜒的长龙，龙脊上盖了遮挡风雨的灰黑色泥瓦，恰似老龙坚硬的鳞甲。龙窑的点火、烧制工艺都很复杂，但凡从龙窑里出来的成品，都质量上乘，庄重内敛，接近自然色彩，有天人合一的思想内涵。虽然龙窑产品颇丰，但每一件物品都是商王最珍惜的宝贝，不到万不得已，决不会轻易流向民间。

商代早期，商王为方便监督管理，命令人在离城郭最近的王家嘴建起了一座龙窑。就在新窑建成开工点火的那天，正逢春夏之交，阴雨连绵，窑火难以点燃。所幸盘龙城边散住着三苗部落的人群，他们与南下的商部落一样，有巫风的习俗，就是苗家酋长亲自祭蚩尤、拜祝融、求风伯雨师，祈求所有的火神和风雨神灵都来庇护。还准备了猪、羊、鸡等新鲜供品，设案焚香顶礼叩拜，龟甲占卜虔诚祈祷。

人们的诚心与执着终于感动了神灵，忽见风起天宇，扫开了云雾，雨停了下来，天敞亮起来。窑前的人们见状，统统跪地三叩，感谢诸神相助，重新钻木取火，点燃火把，再次投进窑中。瞬间，风催火烈，熊熊火光映照得府河通红，城池内外欢呼雀跃……从那时起，王家嘴龙窑成了商王朝的骄傲。

那一年，注定是王家嘴最不安宁的年头。自从商王将盘龙城当作治理南土政务的行都后，盘龙城周边的百姓们就不断地感受到王家的气势与恩威。岁末，商王刚在盘龙城接受过各路诸侯的冬季朝拜，王家嘴的人们还未从紧张与兴奋中缓过神来，春始，商王的南巡路上，又将在盘龙城检阅军队，颁发政令，册封诸侯，缔结盟约，承认方国。无论多小的归属国，都有自己的特色，都会给商王带来新的惊喜。连孤竹国的贵族们也携带宝鼎、器物前来承认商王朝的宗主权，并承诺为商王室承担戍边、纳贡等义务时，极大地促发了商王的臣民们的原动力。

一些诸侯的领地尚能烧制出上好的陶器来，甚至连区区方国也能送来上乘的器物，盘龙城水清土肥，九佬十八匠云集，岂有输于他人之理？建窑，建一座不失王家气派的龙窑！

商王站在城楼上一挥巨手，王家嘴的男女老少就开始了从春到冬的忙碌。一道东高西低、逶迤的山梁，经人们拼力地挖掘、垒砌、搭盖后，酷似一条巨龙匍卧在村后的山上。雄伟壮观、气势磅礴的龙脊上，每一节龙骨都是一眼窑洞，每一眼窑洞都留有一处风门、一个火口，点燃这些火口的日子由商王亲自决定。

可是，商王的决定并非个个英明。过完太平年后，京城里还有比过年更加热闹的日子，还有比点火更加重要的事情。王后做寿、王子拜师，一直到清明前三天才移驾前来，可这时节却正逢阴雨连绵，难见晴天。

虽然知道龙窑点火很难把握，人们都格外小心；虽然窑前的师傅是商王带来的高手，有无数次点燃窑火的经验，但此次点火，仍让高手感到十分恼火。这天也像是故意作弄人，火，打着了一次又一次，点燃的毛竹只要接近窑孔，不是被窑洞里窜出的风吹熄，就是被狂风刮来的大雨淋熄。用柴草、用松枝试了一次又一次，总难遂人愿。窑工们的汗都下来了，那么多人在窑前看着，更重要的是，城头上巨大的竹叶伞盖下，商王、商王身边的宫妃、随从，商王册封的诸侯，众多的臣子们，都在看着呢……商王发怒，这窑工们的头还保得住？大伙都急了！

所幸三苗部落的巫风习俗也落户于盘龙城。三苗人靠了那无穷的玄妙，靠了世世代代对蛇图腾的崇拜，靠了龙蛇之间的渊源，酋长竟将人们带出了困境——风停，雨歇，天敞亮起来。火，熊熊地燃了起来。依山而上的龙窑，如一条长长的火龙，远看恰似吞云吐雾的巨龙，烟火缭绕，活灵活现，腾空欲飞。

火，借助自然的抽风作用，一节一节地、均匀地加热，将窑内所有的器物都烧灼到至真至纯，将盘龙城窑工们的智慧展现得淋漓尽致。

城墙上响起人们畅快的笑声，商王洪亮的叫好声越过田野、村庄，传向远方……

丰山独角牛的传说

话说从前，丰山脚下的小镇子里有个姓李的大户，他虽有万贯家财，养三房姨太，却没有一个有过生养的。李员外眼见偌大的家产无人继承，心里十分着急。这一天，他请来一个算命先生，那算命先生占了一卦，说他不久就可以喜得贵子。李员外听了半信半疑。说来也巧，过了没多久，二姨太果然怀孕。李员外喜出望外，他吩咐女仆对二姨太细心看护，不能有半点差池。

大姨太、三姨太见二姨太的肚子一天天大了起来，又见员外对二姨太是那样的关心，免不了私下嘀咕。这一天，大姨太找到三姨太说："三妹子，你看见了没有，二姨太快生了，这次她真要是生个儿子，将来不但可以继承家产，我们还得看人家的脸色行事哟，到那时，就没有我们的好日子过……"三姨太说："可不是嘛！你说我们该怎么办呢？"这时，大姨太凑到三姨太的耳朵上嘀咕了一阵，最后说："我看就……"

这一天，二姨太临产了。这可忙坏了大姨太和三姨太。孩子刚落地，大姨太就用手捂着小孩的嘴，不让哭第一声，让仆人拿过一些布条子捆绑起来，扔进后花园的井里。三姨太不知在哪里找来一只死兔子，趁二姨太不太清醒的时候，在床席上蘸了些羊水，在二姨太面前一晃说："作孽哟，你看你生了什么东西，人不像人，鬼不像鬼，生下来就是个死的，我看赶快把这怪物埋了吧，要是让老爷知道……"二姨太见说，睁眼一看，果然是个怪东西，不觉难过得昏了过去。大姨太、三姨太吩咐仆人把那死兔子埋了，跑到员外那里说："不得了！老爷，二姨太生了个妖怪，一落地就死了，我怕败坏了门风，赶紧把它埋了。"李员外见说，如同五雷轰顶，眼含泪水叹道："天天盼，夜夜盼，却盼来了妖怪，看来我李家到我这一辈也就结束了。"

再说大姨太、三姨太自从把孩子扔进井里，随即添了一块心病，每天都要到后花园里看看动静。可是一走进后花园，就看见那个孩子好端端地坐在井台上。两人知道此事不妙，整天心惊肉跳，便合计将那孩子从井里捞出来，用草包了包，给大黄牛吃了。

自从二姨太生了个妖怪，李员外拿她不当人看，动不动就打骂。大姨太、三姨太也趁火打劫，不断在李员外的耳朵里吹风："快把二姨太休了吧，免得败坏了李家的门风。"李员外听得多了，觉得在理，便写了休书。二姨太听说后，哭得死去活来，她已无家可归，便苦苦哀求：只要不撵我走，我愿意在磨坊里碾米磨面做仆人。李员外看在夫妻情分上也只好同意了。

再说那头老黄牛吃了那用草包的孩子后，就怀孕了，不久便产下一头独角牛。小独角牛长得滚瓜溜圆，毛茸茸亮光光的，十分可爱。李员外非常疼爱它，把一个小篮子挂在小牛角上，经常买些瓜果给它吃。那小牛也非常讨人喜欢，它见老员外在书房读书，经常跑到屋里用它那小刷子一样的舌头舔他，每当这时，李员外总是抚摸着小牛，自言自语地说："你若是个孩子该多好哇，我可以教你读书识字。"

小牛也经常到磨坊里去，哞哞地叫着，意思是让二姨太吃水果，若二姨太不吃，它依偎在她的身旁就是不走。二姨太也非常喜爱这个小牛，每次它到磨坊来，她都给它挠痒、刷毛。这些事都被三姨太看到了，觉得好生奇怪，心里总觉得这头小牛的来路不明，她预感到它的存在，她就过不上安生日子。三姨太找到大姨太，又商量了一条毒计。

这一天，大姨太急匆匆地跑进书房对员外说："三姨太病了，好几天也不吃不喝。"因为三姨太有几分姿色，加之年轻，李员外自然对她有所偏爱，听说三姨太病了，急忙赶来看望，吩咐家丁请来名医诊治。可那三姨太既不吃药，也不扎针，急得员外搓手跺脚。大姨太对员外说："事到如今，也不得不跟老爷说了，昨天晚上三姨太做了一梦，要想治好她的病，非得吃长着一只角的牛的肉不可。"李员外一听心下一愣，为难地说："那小牛如同我的孩子，我怎么能杀掉它呢？"大姨太说："哼！小牛再好也只不过是个畜生，你不杀牛，三姨太就没命啦！"李员外听了觉得在理，可他怎么也下不了狠心。只好让屠夫把牛牵走了，他便去街上买了块牛肉给三姨太吃。可三姨太不相信，非要看看牛皮不可，弄得李员外没了办法。

再说那独角牛被杀牛人牵走后，出了镇子到一个僻静处，独角牛突然跪倒在杀牛人面前，眼里不住地流泪。它虽不说话，但杀牛人已明白了它的意思，便对小牛说："我知道你有一肚子冤屈，我不杀你，你走吧！"独角牛见说，扑腾又跪在地上，哞哞两声，算是感谢不杀之恩，然后扬起蹄子跑走了。

独角牛来到一座城外，这里人山人海。原来有一个知府大人的千金小姐因婚嫁不顺，决意要在城楼上抛球择婿。消息一传出，那富贵人家、纨绔子弟、瘸子、瞎子、流浪汉子、老光棍子、碰运气的、看热闹的都来了。那独角牛挤进人群，这时小姐已把彩球抛下，只见彩球在空中随风飘荡，惹得人群像海潮一样随着彩球滚动。当彩球飘到独角牛上方时，突然下沉，不偏不倚正打在牛身上，彩球缠到那牛角上，像有人事先拴好的一样。众人都为小姐惋惜：嫁给个瘸子、瞎子，也比嫁给个畜生好哇。知府大人和他的夫人见此情景，唉声叹气：“这是天命，随她去吧。”唯有那小姐一见彩球落在独角牛头上，高兴得差点跳了起来，她慌忙吩咐家人拿来一套公子穿的衣服，收拾了一些盘缠，辞别二老，便跟在独角牛身后上路了。小姐的娘哭得成了个泪人。本来嘛，这一去是福是祸，是死是活，母女还能不能相见，都无法知晓，为娘的哪有不牵挂的。知府大人在一旁劝说：“嫁鸡随鸡，嫁狗随狗，好歹是她自己愿意的，就让她去吧。”

小姐同独角牛来到一条小河边，那小牛突然说话了：“请娘子回过脸去，我要方便方便。”小姐似乎早就料到此事，也不惊慌，脸一转便背过身去。独角牛就地打了三个滚不见了，地上留下一张牛皮。恰在此时，从远处飞来一只老鹰，把牛皮叼走了。小姐猛一回头，发现个眉清目秀的白面书生，赤裸裸地泡在河水里，正望着她笑，把小姐羞得满脸绯红。她急忙把准备好的衣服扔给公子。公子穿好了衣服挽着小姐的手，一同上路进京赶考去了。

再说李员外伺候三姨太吃牛肉治病，可那三姨太不见独角牛皮就是不吃，弄得李员外没办法。这天他正在书房里读书，忽听院子落下一件东西，近前一看，却是一张独角牛皮，他以为小牛被杀了，不觉泪如泉涌。既然独角牛已死，也只好将牛皮拿给三姨太看。三姨太本来没有病，此时一见牛皮，知道独角牛已除，那病一下子就好了。李员外治好了三姨太的病，日子也好过点了，但心下仍记挂着独角牛的事，整日闷闷不乐。

这日，李员外正闷在书房里读书，忽然有家人来报：“金科头名状元前来拜见。"李员外一听吃惊不小，心想：我虽是一方财主，从未与官府来往，今天状元为何登门求见？李员外不敢怠慢，忙吩咐家人："更衣，出门迎接！"李员外刚行至门口，那状元郎急忙下轿，长膝跪下，口称："父亲大人在上，受不孝子一拜。"弄得李员外丈二和尚摸不着头脑，慌忙向前将状元扶起，说："我与你素不相识，状元何出此言？"那状元便将落地遇害，后又如何变作独角牛，如何出逃，如何喜结良缘，如何赶考，如何考中状元一一诉说。李员外一听悲喜交加，父子二人抱在一起痛哭了一场。状元郎忙将小姐从轿里扶出，拜见公爹，李员外喜得嘴都合不上了。李员外不禁声泪俱下："我对不起你的生母，也对不住吾儿你呀……"状元郎说："事到如今，不必多说，快把我母亲请来相见。"李员外问儿子："如何处置两位姨太太？"

状元说："大姨太该铡，三姨太该斩，我做奴仆的母亲该坐正房！"

盘龙城金鸡的传说

很久以前，有个农夫在盘龙城遗址附近的田地里耕作，突然发现不远处的荒地里有小鸡在出没。他放下手头的活，悄悄走近一看，嘿，一只母鸡带着一群小鸡在啄食呢！此处远离村落，哪来的小鸡崽？常常听老人说起，家里的母鸡很久没看见了，某一天突然就领着一群小鸡浩浩荡荡地回来了。这个，莫非也是如此？他瞬间起了贪念，管它是从哪个村子里跑出来的，先弄回家再说，即使是本村里的，我大老远帮着找回来，也不能就这样拿回去。

想到这里，农夫就试图把鸡群往村子方向赶。无奈，鸡都不听他的，赶了这只，跑了那只，挡了那只，钻了这只，费了半天劲，小鸡们还在四散奔逃。他一气之下，扬起手中的赶牛鞭，一鞭甩出去。原本只是吓吓小鸡们，却不料正好打中了一只小鸡，更不妙的是，小鸡当场一命呜呼。母鸡见状，发疯似的奔过来，照准农夫的膝盖狠啄一口。农夫只觉得一阵剧痛，顾不得小鸡们，低头查看伤势，还好，没有出血，只是淤青了一块。他边揉搓着，边抬头看，鸡群已经不见了踪影，却意外发现刚才鸡群啄食的地方躺着一块闪闪发光的金子。他马上忘记了疼痛，跑过去捡起金子，塞进荷包，连没干完的农活也不干了，背上农具回家了。

一夜之间，农夫膝盖被鸡啄的地方生了一个大大的疮，一走动就钻心地痛，最后竟发展到躺在床上起不来。家人心急如焚，找了各种治毒疮的偏方，都不管用，最后实在拿不出钱来，只有卖掉了那块金子帮他治病。说来也怪，这个钱换回来的药开始起效，毒疮慢慢地在消退，一直到用完所变卖的钱，农夫的毒疮才彻底治愈。

盘龙城琢玉作坊的故事

盘龙城出土的玉石器有柄形器、玉鱼、玉斧、玉刀、玉戈、玉饰件、琮、圭、璋、钺等玉器类500余件，其中94厘米长的大玉戈被列为首批禁止出国（境）展览文物目录。大部分古玉器造型精美、工艺精致、光亮如新，极其罕见。其中也不乏沁色丰富多彩、绚丽斑斓的物品，而物品上非人为造成的沁色，被鉴赏家们称为稀世珍宝。

这些深埋在黄土下、散落在沙石间的珍宝，全都是琢玉作坊的产品。作坊离我们并不遥远，就在盘龙城古遗址中，在前朝后寝的宫墙后。

靠着人挑肩扛、马驮牛拉、车载船装，岫岩玉、和田玉的原料不知经历了多少艰难困苦，从遥远的内蒙古和美丽的新疆源源不断地运到盘龙城来。

那一年，又是盘龙城琢玉作坊忙碌的年头。工匠们不仅要雕琢钗、笄、琮、环、璧、璜、璇玑等首饰供后宫嫔妃和文官们使用，还得按照王宫里的旨意，琢磨出一批批大小分明的玉戈，供各级将领佩带。

多少年来，盘龙城的人们都知道，礼玉是神圣王权的象征，雕琢各种礼制玉器，更是盘龙城老老幼幼耳熟能详的事情，是琢玉匠人赖以生存的技能。在这老城墙边，不光常用的宫中玉器，连"圭、璧、琮、璜、璋、琥"也早已不是王公大臣才认识的宝玉，它们都是经盘龙城土人琢磨而成，是人人熟知的"瑞玉"。

可这一年，从宫中传来了新的御旨，雕琢大型玉戈，并命南土侯亲临盘龙城专门督制。

盘龙城内外，人们有了许多猜测和担忧：已经有很多玉戈了，为什么还要做一个大型玉戈？那得要多大的玉料？既要大型玉戈，何不做些大型金戈？金戈闪耀方显威武雄健，金戈铁马方能征战破敌，可那玉戈又有何用？谁能做得出来？

一天又一天，南土侯急，工匠们更急，工匠们的家人也急，盘龙城内外的人们都急！却都想不出一个好辙来，连石料也找寻不到呢。

万般无奈的南土侯日夜兼程赶往王宫，终于讨得些许宽限的时日，并在归途中下令：速调各地大块玉石料，急召各地能工巧匠到盘龙城聚集，凡能擢升琢玉质量、做出大型玉戈者，即解除奴隶身份。

一个蓬头垢面自称卞高的老者站了出来，说自己愿当此任。并说玉戈是商王专门用作祭祀或出行的仪仗用品，与金戈的不同之处在于它所闪烁出的寒光，能将锐利的戈锋显示在若有若无间，能让人领悟到那凛然、那威仪，是任何兵器都不能比的。

卞高，荆山人，因作战被俘沦为奴隶。听他所言，南土侯感到此人理解了大型玉戈的真谛，命他立即动手，并遣人协助。卞高在一堆并不起眼的石料中，选中了一个最大的石块，那是平日大家看不上眼的普通石块。

他带领工匠们大胆地切割、认真地雕琢、细心地打磨、持久地抛光。他吃住在琢玉坊，一天到晚不离那石片左右，如对婴儿般地爱护、伺候、抚摸，几经辛苦劳累，几经日月风霜，卞高骨瘦如柴的手变成了骨节粗大的双手，胡须与头发一样长，可他的双眼却时常露出不可捉摸的光。他感到，石片已经与工匠们有了相同的温度，有了生命般的质感，有了举世无双的光芒。看着工匠们的头发也渐渐变得花白，卞高说：大玉戈要成了！

果然，工匠们锲而不舍的付出没有白费，在一个雷霆万钧的夜晚，一柄前锋薄而锐利、形体硕大修长、光泽晶莹温润、光芒璀璨无比的大型玉戈横空出世了。

经后人测出，大玉戈长达 94 厘米，宽 11 厘米，但其厚度仅0.5 厘米。这是一柄前所未有的玉戈，是盘龙城工匠们不同凡响的创世杰作。南土侯看后，拍手叫绝。

盘龙城宫殿的来历

盘龙城宫殿位于盘龙城以南，是盘龙城的标志性建筑物。盘龙城宫殿有 4 座城门，分别为东门、西门、南门、北门。宫城呈长方形，占地数千平方米。宫中有殿，殿在宫中，其外琉璃飞瓦，门阔柱红；其内雕龙画凤，装点讲究。宫殿四周环绕高墙，城墙拐角处有角楼，楼上有瞭望哨。盘龙城宫殿规模宏大，形体壮丽，建筑精美，布局统一，兼有军事抵御和参政议政之作用，体现了几千年前我国在建筑艺术上取得的技术成就和独特风格。此外，宫殿城墙之外有护城河，护城河连府河，府河汇入滚滚长江，让这座城宫因水而滋生了许多灵气。

昔时，青铜铸造技艺已然成熟，戟、剑、鼎等青铜制品经长江中游流通四方。故此，在长江、汉水交汇处，一时间船来帆往，好一派忙碌景象。

某日，开国君主成汤乘龙舟外出视察，船到两江交汇处，但见一清一浊两股水彼此交融，岸滩几只白鹭信步于萋萋芳草间，两江四岸勾勒出三镇鼎立，不觉赞叹："上天赐我此等通衢之地，岂能等闲视之。"成汤环顾左右，钦点爱将太甲，嘱之："此乃我中原门户之咽喉要地，令你组建一支部队，筑一城邑，负责长江中游青铜运输，保障黄金水道交通安全，此地势必固若金汤。"

太甲奉命戍守南土，立即组建一支部队，每日操演不止，严令将士严守军纪，有扰民者定斩不饶。一时风清气正，军纪严明。将士操练之余，帮附近百姓收稻播种，围堰起渔，完工后不拿一文一分、一谷一鱼。百姓无不称奇："竟有如此爱民之军队，当全力拥护。"

太甲又命人设计一座城宫。其城既可通达江汉二水，又可避免水患洪灾；其宫既可彰显城邑威仪，又可参议时政要事。经反复勘探，发现长江以北有一府河，其水浩浩汤汤，其岸雄踞四方，不是天险胜似天险。太甲大喜，跨马扬鞭，驰骋一圈，复勒马，令设计人员："你等依我所跑之路，设计城宫轮廓走向，务必凸显王威，使敌人不敢来犯，使百姓安居乐业。"设计人员诺诺称是。一月后图纸既出，能工巧匠则按图施工，挖沟夯基。但见城宫轮廓东西走向，形若盘龙邻水栖岸，横卧在府河之滨，故名盘龙城宫殿。

　　盘龙城宫殿开建之际，江南江北能工巧匠闻风而至，方圆数十里男女童叟争相支持：东挖滠水之软沙，西伐汉川之良木，南运平原之精米，北采石门之坚石。一时之间，府河之上舟来帆往，百舸争流；府河之滨马蹄得得，车轮滚滚。太甲看到，盘龙城宫殿人声鼎沸，劳心者劳心，劳力者劳力，不觉甚为欣慰。不逾3月，盘龙城宫殿已然拔地而起，初见规模。

　　这日，但见一骑飞奔而至，称是右相特使。侍从奏太甲曰："右相伊有函来告。"太甲连忙迎之，问右相特使："北方有战事?"曰："无。"再问："王可安好?"曰："好。"太甲遂查来函，却不见公文，仅有两篇文章：一为《肆命》，一为《徂后》。太甲虽是武将，对此二书却不陌生：《肆命》专讲是非道理，何事该做，何事不该做；《徂后》专讲商汤律制，何事能做，何事不能做。建盘龙城宫殿，本是依照成汤自意，而城宫建至一半，右相派特使快骑送此两则文章，其意自明：天下将士，须按上级统帅用兵；天下诸侯，须按祖宗规矩行事。太甲思之，跪地望北而拜，曰："吾主英明，平生素来节俭，开国以来仍不改初衷，居简陋之室，寝低矮之宫；太甲虽处富庶之乡，然而岂能违反祖制，以大兴土木乃至劳民伤财，上犯君主，下扰黎民。"复起，嘱来者曰："盘龙城宫殿，第一戍守，第二安民，周围虽鱼米成片却不豪取，方圆虽良木无垠而不强伐，万事须按商代祖制，其墙高不逾天子之城，其宫屋不超祖父之室，请告右相明之。"

　　翌年，盘龙城宫殿落成。但见其横踞府河之畔，雄风彰显却不霸气，状若一条卧龙正在休憩，或若一条小龙正在朝拜北方。太甲常以盘龙城宫殿自勉，戒贪戒惰，激发勤奋，指挥数千将士练兵习武，外御来犯，内佐黎民。成汤再巡长江中游，但见长江并汉水、府河等八方通衢，航序井然；荆楚之地国泰民安，黎民富庶。成汤不觉大喜，命令嘉奖三军，太甲也官升一级，成为驻守中原的得力干将。

时光是最有力的利器。不管多么壮观的城，不管多么豪华的宫，在时光的磨砺之下，有的已然灰飞烟灭，有的仅存残垣断瓦。上千年的一座古城，能完整保存到现在的，好像很少。这种现象催生了一种新的工作，那就是考古。

如果说，有一座城宫早在公元前 21 世纪就已巍然屹立，那么，要经过多少岁月的磨砺，才会消失固有的面容？10 个世纪，还是 20 个世纪？如果让历史的车轮驶过了 3000 个春秋，到北宋时期的学者吕大临著《考古图》一书，中国历史上较早出现的"考古"这个词，仅仅着重于对一些传世青铜器和石刻等物进行搜集和整理，这时的盘龙城宫殿已隐退于黄沙之下，正忍受着千年的孤寂。直到 1954 年，这个有着几千年文明史的遗址被考古学家发现，从此一考再考，一掘再掘，直到一座雄伟华丽的宫殿渐渐浮出了历史的水面。

说它浮出，并非是原貌浮出。数千年的那个古宫，曾经一如风华绝代的美人，在时光的温柔摩挲下，渐渐衰老了面容，慢慢变得残延苟喘，直立的身子轰然倒塌，不计其数的黄沙掩埋了它，用几千年的时光去挤压它、磨砺它，直到最后它了无痕迹。所以，今天说它的"浮出"，只不过是那段尘封历史的重见天日，而历史里的恢弘城墙和飞檐流瓦，如同逝去的光阴，倘若一定要让它重现一次，穷尽一切人工力量，无非是遗址重建、声光再现等科学技术罢了。

几千年前，一个名叫太甲的人依照祖制，率军民建造了这座宫殿，为一方百姓安居乐业立下了汗马功劳。几千年后，当盘龙城遗址已经成为武汉之根，当武汉人民希望一睹昔日盘龙城宫殿的真容，当科学技术已经进入到过去人们无法想象的高度，这座城宫真的就有可能化腐朽为神奇，重新精神抖擞地矗立在人们的眼前。

盘龙城宫殿的特殊宴会

作为盘龙城建筑之翘楚，盘龙城宫殿除了参政议政，也是各路诸侯往来迎送仪式之举办场所。在这些重要的活动中，曾举办过一场意义非凡的宴请活动。这场活动的重大意义在于：它聚集了东西南北中各个方向的顶层精英，并向他们展示了盘龙城的建设成果和发展新貌，使盘龙城在全国得到了极高推崇，也为太甲一步步走向政治管理顶层打下了伏笔。

古时候的盘龙城，东边是滠水与长江的交汇之口，西边是一望无垠的江汉平原，南边是蜿蜒曲折的府河环绕，北面是碧波万顷的盘龙湖映照，北面再北则是逶迤连绵的大别山区。如此水乡泽国，加之雨量充沛、日照充足、四季分明，让盘龙城成为土肥地沃、物宝风华的一个好地方，尤其是美食方面，且不说山珍野味，单是那濯清波而不妖的莲米，潜湖底而不俗的鱼虾，被当地巧妇施以特色烹饪，是鲜香四溢，惹人口水。

话说太甲率领军队到盘龙城一年多时间，他们日出操演，日落收兵，在实行军管的同时，很是体恤农民，大力推行军帮民、民拥军的政策，带领军人帮助农民播种收粮，鼓励农民的孩子参军入伍，一时军民相亲如一家人。尤其让太甲感到高兴的是，他们每天吃着当地的土特产，吸取着这鱼米之乡的精华，他的士兵们一个个都身强力壮，他的将领们一个个都体格彪悍，俨然一支钢铁铸就的中原劲旅。太甲见此好不快意，又想到各路诸侯为治军治民，经常遇上一些烦恼的事情，于是就决定邀请他们到盘龙城一聚。

时值农历八月之佳季，酷暑才走，秋风乍起，秋高气爽下的盘龙城地区，随便一锄头就可挖到鲜美的土产，随便一钢叉就可刺到肥美的鱼儿。因此，当诸侯按时欣然做客盘龙城时，莫不称赞这片水乡泽国。太甲却没有被这些赞扬冲晕头脑，此次活动虽然属于闲暇交流，并无正规的主题与内容，却是他联谊各路诸侯的一次良机，更是向诸侯们表现自己治军治民不俗魄力的良机，极有可能为今后在政治生涯方面大有作为打好基础。当然，这里面要把握好分寸，切不能过于高调引起诸侯的反感，更不能引起开国君主成汤的猜疑，否则容易落得一个拉帮结派、聚众谋反的罪状。于是，太甲宛若一名谦卑的庄主，恭迎到了四方客人之后，又带他们参观了杨家嘴、杨家湾、王家嘴等青铜铸造作坊，让他们领略到中原地带精湛的青铜铸造工艺。然后，太甲带着客人们参观王家墩烧陶基地，向他们展现琳琅满目的陶瓷制品。最后，客人们来到龙湾、江家洼、楼子湾等地的琢玉雕木作坊，以及民间手工品制作基地。在这里，客人们对栉比鳞次的雕刻、纺织、酿酒、手工制作等作坊大为震撼，纷纷惊叹盘龙城发展速度之快，不由得对太甲的治理能力感到佩服。最后一行是乘船游盘龙湖，但见蓝天白云之下的盘龙湖如一块蓝镜，泛舟于水天一色的湖面，微波荡漾中，游船进入十里荷花地。只见田田荷叶铺天盖地，馥郁荷香四面八方，头顶翠绿鸟儿偶尔飞过，脚下肥嫩鱼虾时而跃起。客人们心旷神怡，莫不沉醉于这里的碧波潋滟，莫不惊叹于这里的水肥物美。

一番参观下来，客人们已经感到饥肠辘辘。太甲满脸笑意，躬请各位诸侯入席。席上，美酒佳肴依次上来：那酒，以优质谷物为原料，以木兰山泉酿造，遇空气则浓香四溢，沾唇舌则甘冽怡神；那萝卜，为脉地湾所独有，具有"皮薄、肉嫩、汁足"三大特点，切片后直接装盘，食之如梨，且更脆嫩爽口、甜润多汁；那芦笋，为双龙镇所特产，吃起来清爽可口，味道鲜美，令人食欲大增；那白嫩如美人玉臂的野藕，则是产自碧波浩淼的盘龙湖，闻起来醇香阵阵，吃起来粉糯无比；那形如柳叶的银鱼则来自武湖，看上去是通体雪白，肌肤透明，吃起来是鲜嫩无比，唇齿生香；还有那蔡店葛根、凤凰寨薯尖、甘棠荸荠、高庙丝瓜、汪畈竹叶菜、沙畈扇子白萝、前川香葱、塔尔岗柿子、陈家山板栗、姚家山野？……一道又一道的山珍野味和当地特产，让诸侯们越吃越馋。到了最后，诸侯们肚子本来已经被撑得饱饱的，没想到太甲又上了一道"压轴之作"，那就是梁港贡米所烹米饭。一般人看来，再好的米饭也是米饭，何须挂齿？却不知这梁港贡米质白如玉，颗形如梭，做成饭则质软不腻，清香四溢，吃在口中绵而不烂，糯而不黏，客人们吃了后连连称赞："梁港之米，米中珍品也。"

宴罢，宾主依依惜别。太甲又准备了一些当地特产，让各路诸侯带一些回去孝敬父母、分享友人。各路诸侯满心欢喜，直呼此行收获颇丰，既参观了盘龙美景，又学习了治国理念，还享受了美味佳肴，回去后必须大力推广好的做法，大力宣传盘龙城成果。自此，东西南北王侯贵族商贾纷沓盘龙城，或订购青铜器皿，或定制各种陶器、玉器，或争购各种名优农特产。

由一场宴会，导致盘龙城一举成名而名斐天下，实在是让太甲感触良深。

丰山村腰湾的来历

腰湾又名幺湾，是今盘龙城丰山村的一个湾名。

传说当时的盘龙地区的刘店、叶店、丰山等村落都有元宵节上庙玩龙灯的习惯，每年正月十五的早上，附近各个村湾都争抢着能率先到达龙王庙。在长久的习俗中，人们都说抢得头彩，就预示着来年全村人的日子风调雨顺。可是，幺湾却几年都未曾得到头彩，年年都因为各种原因，落在其他村湾之后。为此，被周边湾村的人称为"幺湾"。幺湾人的心里并不肯服输，他们不论是说还是写，都将自己的湾村叫作腰湾。

随着一段美丽的传说，腰湾长脸了。那是明朝宣统年间，有一位得道的风水先生路过腰湾，驻足间隐隐看到一条欲扬先抑的龙脉主线。他见此地形为长江之滨、盘龙湖畔的高地，而盘龙城从此处辐射四边，其中三面环水，而此处拔地而起，认为这里就是龙脉之地，心想：如果能将家迁住在龙腰上，后代子孙必然发达。

回家以后，风水先生就与族人说起风水之事，他认为，长江是华夏民族的龙脉祖地，盘龙城的幺湾地势是起家的龙穴，一定要迁往这里，才能够家族兴旺

风水先生的提议得到了族人的应允后，便抓紧勘测地形择吉日焚香祭拜，开工建房，举家迁往此地。果然，风水先生家族日益兴旺。有人好奇地问起他，他总是骄傲地说：这里是龙凤呈祥之地，是物华天宝之所，整个湾村都在龙脉之上、龙腰之中，老老幼幼都被龙托着护着呢，居住在此当然是人杰地灵。并在庙堂之上写下"依山背湖腰湾虎踞，物产丰饶人杰地灵"的对联。

随着几代人的生息繁衍，这个湾子里还真出了个神童。一个农民的儿子读书特别聪明，科考成绩优异，后高中进士，还被皇上提名招为驸马，官居显赫，乐享富贵荣华。从那时起，腰湾便出了名。湾里便用祠堂公田的收入来资助家境贫困的孩子读书，以期能出更多的人才，光宗耀祖。

人们笑说，这腰湾还有"要湾"之说，说是要风得风，要雨得雨，甚至传说诚心之人早起在湾中的土地庙虔诚拜上一拜，就能如愿以偿。

日后更有好事者说，因为盘龙城的土地太富饶、位置太重要，故而战事频仍。腰湾的存亡对盘龙城的兴衰有举足轻重作用，往往是牵一发而动全身。住在此地的人们也多在战火中"夭亡""要亡"，所以才叫这村子为"幺湾""要湾"。这些虽是无考的戏说，却透露出腰湾在历史沉浮中的辛酸苦楚。

接驾河的传说

在叶店村南面横亘着府河，府河位于黄花涝与岱家山之间的一段河道，叫接驾河。接驾河因在久远的年代里无人疏通，被泥沙掩埋，被浮渣填塞，曾经堵得只是一条小渠。后随着时代的变迁，随着道路的扩宽，在加固两边的路基时，人们沿着河渠取土筑路，扩路工程竣工后，小渠也就变成了河。

传说唐太宗南巡时，一路劳顿倍感疲倦，不禁闭目养起神来。迷蒙间忽听耳边有阵阵水鸟鸣叫，似在行进的队伍前引道，让他深感微妙。唐太宗忙令龙辇稍停，说想看看已到了什么地方。只见茵茵绿草间，黄花点点碧水清清，一湾秀丽的河流蜿蜒在队伍前，一叶叶小舟在游移，一群群白色的水鸟嬉戏在蓝天碧水间。唐太宗的兴趣不禁随景而生，移步下辇，驻足四顾，看到此地水陆得天独厚，连接东西南北，景致优美，遂龙颜大悦，作诗感叹：东西南北中，绝景数盘龙。

唐太宗的停留，令当地的文武官员惊慌不已，大家匆匆赶到小河边跪拜谢罪，百姓们也因官方的惶恐而惶恐，人们纷纷尾随而至，在小河边列队恭迎，争睹龙颜。一时间，两岸人流如潮，车水马龙，热闹非凡。

唐太宗有两个优点，让后人牢牢地谨记在心，一是爱惜人才、重用人才，二是虚心听取谏言、任用贤人。也正是因为这两点，他创造了开元盛世，堪称一代明君。明君不仅没有责罚所有来参见的官员和百姓，反而为他们的忠心顺和感到欣慰，为一水两岸的河晏风清、百鸟朝圣感到高兴，更有御前随从说，这预示着此次南巡大吉大顺……

一条小河因为迎驾唐太宗而声名赫赫。后人为纪念唐太宗曾来过此地，起了一个光耀千秋的名字，将这一段河流更名为"接驾河。"

也有另一种版本，说是接驾河的水来自府河，府河在东西湖境内叫捷径河，传说当时在钟祥当明兴献王世子的朱厚熜赴京继承帝位时，曾乘船经过此河，后人便将此河改称为"接驾河"。

一条蜿蜒的河流从东往西川流不息地流淌着，这便是赫赫有名的接驾河，而接驾河的两侧分别住着不同的人，一侧是贵族名门花巨资建造的、亭台楼阁密布的"别墅高端区"，另一侧则用石头、土砖甚至是稻草、树枝搭建的"贫民居住区"。接驾河两岸土地肥美、风调雨顺，种什么长什么，以前每逢水路商船到达，周边方圆几十里的人都会丢下农活来赶集，可谓人山人海、热闹非凡。有一次，高鼻子凹眼睛的西域商人贩运来特有的绿皮红瓤大个西瓜到接驾河边销售，因为瓜少人多，大家你争我看、抢着买，不少薄皮西瓜竟被人群挤碎。从那时起，在那块黄泥巴的湿地种西瓜，播种的时间比人家晚，但收获的时间却一点儿不耽误，而且这块地出产的西瓜比别处的西瓜更大而甜，种其他水果与谷物也一样，不信，大家可以到接驾河的两边去看看，每年夏秋时节都是瓜果飘香、五谷丰登。

有位西域来的特使看到这里如此好的环境，苦于家乡贫瘠的土地和恶劣的气候，也想携家带口到这里居住，诸侯王为了笼络西域特使，在富人区修建了一所最豪华的大宅子送给他，在河边专门修建一座长桥便于西域使节出行，人们便不无讽刺意味地将

"迎驾桥"叫开了。

有一户人家姓赵，居住在府河南边，世代以铸造手艺为生计，虽然没有什么社会地位，也无良田美宅，但是因为此地年年丰收，又有手艺，一家老小倒也衣食无忧。可是，近来赵家主心骨赵老汉却犯愁了，揪心家中独子的婚事。赵家四代单传，到他这一辈生养了8个女儿，眼看愁都将人愁老了，好不容易盼来一个男娃，可直到如今，自己已是黄土埋到了脖子，老九的婚事还是没有着落。这段日子他的头发更白了，背也弯得像扛个大号铁锅，人似乎一下子就矮了一截，整天唉声叹气的。

为什么老九的婚事这么让赵老汉犯愁？俗话说"养女莫嫁铸铜汉，一双黑手一脸汗"，周围几个村庄年龄适合婚配的姑娘家都已经许配了，就算是有差不多的人家也不愿嫁给铸铜匠，看来孩子的婚事得舍近求远，另做打算了。可是，赵家只是个刚刚扯平肚皮的手艺人，谁家姑娘愿意嫁过来？

看着父亲为自己着急，天天长吁短叹，九郎也很闹心，他也不知道如何是好。他虽然情窦初开，可是始终羞于开口，其实心底早就有一个中意的人选，她就是西域来的北方人，皮肤很白嫩，身材很窈窕，又很容易红脸，难为情或是生气时就会连耳朵带脖子都红了起来……可他知道这是不可能的。对方姑娘愿意跟他受苦吗？

她住在对岸。他与她不仅被一河隔断，还门不当户不对。如果不是那次母亲生病想吃柚子，他偷偷翻墙摘柚子，也许不会见到花园中的她，也不会有今天这样的愁苦。

天色已经暗下去，九郎莫名其妙地转到了接驾桥边，看着桥下的流水，在泪眼模糊中，对面的灯影之下，涌现出他心目中那张美丽温和的脸。一想到她，九郎仿佛就有了灵感，他赶紧回到铸铜铺，干劲十足地干了起来。九郎不眠不休熬了三天三夜，用掉了自家所有的青铜。天亮之时，一个宝鼎制作成了。他为心爱的宝鼎取名为"光明之神"，寄语自己对她的爱恋。

九郎格外厚爱光明之神，把它摆在铺中最耀眼的位置，特地用红布将鼎身绕了一圈，好像把自己的心也系在上面了。光明之神也没有辜负九郎的厚爱，它是铜窑中出炉的最坚固、最漂亮、最大的一座鼎，鼎口微微收敛，两个柱状足，口沿上直立一对折形耳，腹部纹饰精美，可分为上下两层，呈带状分布。上部饰一周夔龙纹为界，下面每组由三只夔龙构成，其中两只相向，而与另一只青龙相对。

听说赵家这个独有的稀罕宝鼎做出来，而且说"鼎不卖旁人，只卖给有缘人，谁如果有缘，鼎身就会吐出美酒，就是当之无愧的鼎主人"。

接驾河对岸的达官贵人都在第一时间听说了，鼎在平常人家只是吃饭喝汤的炊器、盛食器，而对于他们这些贵族，除了当作日常生活的用具，更是贵族进行宴飨、祭祀等礼制活动时最重要的礼器，被当作"明尊卑，别上下"的宝物，也是他们等级和权力、地位的标志和象征。如此宝鼎肯定不能留在平常人家。好多人赶来试试，看自己灌酒时能否让酒液流出鼎口。

大家围着这个鼎倒了九天九夜的美酒，可是鼎口与酒液却仍旧持平，让人不知如何是好。到了第十天，诸侯王命手下派士兵来征鼎，诸侯王还要娶九郎心爱的那位姑娘。九郎岂肯自己的心爱之物被夺，高声一呼"生不能相爱，愿死后得以相守"，说完悲愤交加一头撞死在鼎上。他的血印在鼎身上，怎么擦也拭不掉，像是一朵惨烈红艳的花。

而此时对岸的姑娘也是满心忧愁，家里热闹非凡宾客往来不绝，她却在闺中静静地坐着，任凭仆人梳妆打扮着，今天她就要按父母之命媒妁之言，嫁给盘龙城的大王。她将头一抬，看到平日窗前她最喜爱的柚子树，柚子树高高大大的，树上点缀的朵朵柚子花小巧洁白，一种淡淡的清香迎风而来，苦涩清凉，如同吸纳了她心中的愁苦。这花香，让她想起了那个与她心灵有约的人，她急命仆人说，快快摘来一朵柚子花，放入水中。在向铜盆低下头的那一瞬间，水清花白中映出了一个女子绝色美丽，心中的九郎也在水中荡漾出英俊的笑脸。

新婚夜，诸侯王以红绸带牵着盛装的新娘来到鼎前祭拜，王先将手中的酒注入鼎中，鼎声隆隆，可是酒没有溢出，反如同被鼎吸走般逐渐变少。奇异的是，当新娘伸出纤纤玉手开始倒酒时，她的手、她的人竟随着倾注的酒液被吸进了宝鼎中，转眼间不见了。慌作一团的诸侯王连忙伸手去拉，却也一并被吸进了鼎内。在人们的惊呼声中，原来两个柱状足的铜鼎，竟然变成了三个柱状足，难怪人们都说三足才能鼎立。

西域特使因为女儿的离世郁郁寡欢，不久就病倒在床。临终时，他意识到是自己的过于张扬，才给女儿带来了无法挽回的人生灾难，遂命下人将"迎驾桥"更名为"迎家桥"，祈求女儿死后魂灵能回家安息。如今，时光变迁人物更替，府河仍然流水潺潺，如同一条深深切痕，在诉说着九郎和心上人的无尽忧伤。

盘龙城扬龙咀的来历

扬龙咀是盘龙城遗址上因气候现象获得名称的一个地方。由于山川河流的形成，由于风与水被山切割成形的走向，决定了龙卷风的水柱高度和角度。每当飓风袭来时，盘龙城老城墙下卷起的水流形成的特殊水柱，总会如同猛龙张大了嘴一般，猛烈地撕扯着周遭的一切。

很多当地人都看到这神奇的天象，有时看到一条龙悬于半空，头朝上，尾连湖地摆动；有时又看到在青黑色雾茫茫的湖面上，风起云涌将湖中水卷上云天如龙狂舞。每逢雷雨大风，人们常发现湖中卧龙显现，当地人因之称为"龙起水"，或"扬龙咀"。

有一年夏天，天气炎热多雨。盘龙湖的水像是一匹很难驯服的野马，任意奔流，淹没农田和庄稼，好像一个呲牙咧嘴的怪物，日夜怒吼，吞噬良田，咬断绿树，湖边的人只能在山尖、沟底过着刀耕火种、携老扶弱逃荒的生活。

有一个70开外的老头，名叫大德，种了些黄瓜。他每天起早贪黑，到湖里去挑水浇灌，肩膀压肿了，脚底起泡了，精心种植的黄瓜长得又嫩又甜。这一天老汉累了，倚在菜园门旁睡着了。

等老头一觉醒来，狂风弥天盖地，盘龙湖的水霎时漫了上来，一条巨龙在水中兴风作浪，眼看黄瓜就要被大水冲走。他心里非常难过，一年的血汗白费了，他气得七窍生烟，对着苍天喊道："你为什么这样对待我？没有了收成，我们吃什么？"

不知为什么，一声巨吼发出后，竟让老头顿感浑身力大无穷，而且一点儿也不害怕，一跳就跃上了巨龙颈部，用双手死死地蒙住巨龙的眼睛，难受的巨龙猛烈地跳上来落下去，老汉死不松手，巨龙终于累得蛰伏不动，老汉用衣兜里仅剩下的两根黄瓜插入巨龙的眼中，随即老汉连忙跳下龙背，巨龙号叫着翻滚着，掉进了湖里。

说来也巧，盘龙湖像一块巨石从中间裂开口子，刀切斧削一般，直达湖底，随着巨龙的翻滚"哗"的一声又合拢了，一时湖面上波涛滚滚，白浪滔天。

老汉又累又饿，坐在岸上，眼睛金花乱舞，晕晕沉沉什么也不知道了，昏睡了三天三夜。醒来后，乡人好奇地询问他，他茫然不知事件经过，只是此后每年种出了更多更脆的黄瓜来。

从此以后，居住在扬龙咀这儿的人们靠着自己勤劳的双手，开渠造田，过上了幸福的生活。只是偶尔会在盘龙湖边看到龙起水的壮丽湖景，那奇异的瞬间，总是不等人们看清它的真实面貌，就会消失得无影无踪。老人们都说，这是扬龙咀的龙出来透气了。

药王在盘龙城的传说

在盘龙城李家咀的山坡上相传有一座药王庙，人们经常在这里举行祭祀活动，香火十分旺盛。但正史对这座庙没有记载，只有传说。

药王行走在山道，他看见 4 个人抬着棺材，棺材旁一个老婆婆哭得几乎没有声音。他注意到棺材缝还在往下滴鲜血，不是淤血。"快停下，里面的人有可能活着！"药王大声喊。他们认为遇到疯子。孕妇在今天死的，而且，不止是自己湾里，在其他村子也常常发生这样的悲剧。药王说自己是行医的，采草药到此处。"医生也只能治病，不能救命啊。"尽管如此，他们还是放下薄棺材，取下棺盖。其实盘龙城地区自古就有停灵的风俗的，一般最少停灵 3 天，富贵人家停灵最多是 49 天。难产被看做是暴死而且不洁，所以胡乱用木板钉了一副棺材，草草下葬。4 个抬棺的人也是满脸悲戚。

打开棺盖，药王看那女子面色蜡黄，伸手摸脉，让他欣喜的是脉搏还有微弱的跳动。他立即取出随身携带的银针，选准穴位扎了下去，并采用捻针手法加大力度。过了一会儿，竟听到女子的嘘气声。老婆婆倒头便拜，"菩萨显灵啊，救了我媳妇，救了两条命！"抬棺的人长跪不起。药王还开具方剂，不久女子完全康复。

人们为纪念药王功德，修了一座药王庙。庙内常年香火不断。每年他生日那天，人们还举行隆重的祭祀活动。

在中国乃至世界上，有多少女性仅在生育上，就付出了生命的代价。故事中的女子和胎儿，是修得怎样的福气，才有这样的幸运？感谢悲天悯人的那颗仁心，感谢起死回生的那双手，感谢药王适时的路过。

出生于隋开皇元年，卒于唐永淳元年的孙思邈，他的《备急千金药方》《千金翼方》集前人药方大成，他是古代最伟大的医学家之一。关于他，还有一个救虎的小故事呢。

他在山上被一只老虎拦住去路。他寻思：即使有挑草药的扁担用来搏斗，自己也不是老虎的对手啊。可老虎并不追扑，它张大嘴，还露出哀求的神色。原来是兽骨卡住了老虎的喉咙。药王明白了老虎的意图，他决定帮它取出异物，可又怕老虎咬断了自己的手臂。在为难之际，他想到了药担上的铜圈。于是他拿出铜圈，顶住老虎的上下颚，再掏出兽骨，敷上草药，最后才将铜圈取出。事情当然有了一个美好的结果。

他还是世界上第一个发明导尿术的人。有一次，一个肚子胀得鼓鼓的人找到他，病人双手抱着肚子呻吟不止，原来得的是尿闭症。孙思邈心想：吃药会增加病人负担，而且一时半会可能不会见效，如果能插入尿道管子，说不定就能导出尿液。可是，尿道很窄，到哪儿能找到又细又软的管子呢？正在为难之际，他看见一个小孩拿着一根葱管吹着玩。他眼睛一亮，连忙找来一根葱，切去尖头。将一端插入病人的尿道，并鼓起腮帮用劲吹气吸气。果然，尿液缓缓流出。待流得差不多了，他再将葱管取下。病人自然畅快多了，连连道谢。

他是第一个完整论述医德的人，第一个倡导建立妇科，儿科的人，中西医结合工作第一人，第一个麻风病专家，第一个将美容药推向民间的人，第一个提出复方治病的人，第一个提出"防重于治"的医疗思想的人……在我国医药学上贡献了24个"第一"。他医术高明，医德高尚。唐太宗李世民赞孙思邈"凿开径路，名魁大医。羽翼三圣，调和四时。降龙伏虎，拯衰救危。巍巍堂堂，百代之师"。宋徽宗敕封为"妙应真人"。被后世尊称为"药王"，并被老百姓当做神灵来崇奉。

盘龙城习俗抢寡妇的传说

在盘龙城叶店一带还保留着抢寡妇的习俗，人们认为寡妇下堂是失节，只有通过抢才能除去晦气，带来平安和吉祥。

"一拜天地，二拜……"

族长的声音戛然而止，因为望生醒了。没有了锣鼓喧喧，没有了香烛，没有了贺喜的宾客，当然，更没有可以相执的红酥手。他那两间破旧的茅草房，除了冷清还是冷清。

他这是第三次做着类似的梦了，与一个叫"四"的女人有关。第一次，他觉得很奇怪：怎么会梦到一段与自己相差十万八千里的生活？四是邻村土财主的小妾，不说锦衣玉食，至少是无忧也无愁。而他，虽然是"望生"，父母四五十岁苦苦盼望才生下他，但他们相继撒手人寰，留下一个孤零零的孩子。好在风里来雨里去，望生长成一个壮小伙。虽然是梦，似乎还有她的气息；虽然是梦，留给他的还是甜蜜滋味；虽然是梦，仍让他有了许多遐想。

当然，这都是短暂的。梦也只能是梦，醒来后要拼命劳动。除了自己的一份田地，他还要帮工。他有的是一身力气，攒一些钱，娶一房媳妇。这也是父母的心愿。

相似的梦境不止一次地出现，望生便有了非常奇妙的感觉。莫非，是梦在指引方向？要不，怎么会一而再、再而三啊？

望生决定今天到邻村去，最好在财主家找到活。他估计应该不成问题，现在正是农忙时节，自己膀大腰圆着呢。帮工是接近那女人的最好借口，即使不能说说话，看看也好。

他在去年见过一次。望生担着满满两桶水，健步如飞。还听着树上的鸟叫，闻着花草的香气。生活是苦的，他却有着本真的欢乐。"咯咯……"，他似乎听到女人的笑声，便循声望去。转瞬间便没有了踪迹，只有那些被打落了露珠的枝叶，证明她刚才的确经过。

望生折回井边，重新挑水回家。她的身影，便常常在眼前浮现。经过一些探听，他知道了，她也是个苦命的人。她是被拐卖来的，财主大概见她有些姿色，而且年轻，还能为自己生个一男半女，便收下了。财主说，你的名字有些拗口，我给你重新取个吧，就叫四。哈哈，你是我的第四个老婆。从此，"四"就是她的身份及名字。

到财主家帮工如预想的那样，不太难，工钱当然也不高。只要有她气息存在的地方，望生就觉得十二分的满足。

在热浪翻滚的田边，她为他们提来饭菜。连财主也在劳作，四又有什么理由歇息呢。趁着无人的时候，望生对她说，我看见过你，还梦见过你。

在她出房门倒水的当儿，守候多时的望生说，我看见过你，还梦见过你。

在她撒食喂鸡的时刻，他凑过去说，我看见过你，还梦见过你。

四并不答话，总是急速走开。虽然得到的只是沉默，但他的思念并没减少一分，反而加深了许多。她美丽的身影，在他心中越来越清晰。

又过了些时日，财主竟然暴病身亡了。望生还听说的是，财主的家人要将四卖掉，又恐乡邻指责。他激动着，又有些忐忑。一琢磨，小跑到族长家，把他想娶四为妻的想法说出来。

她是个寡妇啊！族长稍叹了口气。其实他也知道，望生如果能与四这样的女人生活，也算上辈子修来的福气。当下最要紧的是，如何让这事圆满成功。

族长带着望生给的一些钱，与财主的家人稍作商议。接下来是等她到湖边洗菜，组织几个年轻人抢去成亲。

"一拜天地……"这回真的是族长的声音，望生的梦境成了现实。他不再是孤单的一个，他和她，还将儿孙满堂，福寿绵延。

"在梦中，我也见过……"她深情着，娇嗔着。

杨家咀铸铜作坊的传说

盘龙城遗址出土了400多件青铜器，不仅数量远远超过郑州商城，而且不少是同时期青铜器精品。这些青铜器分别由三家大型铸铜作坊完成，分别是杨家咀、杨家湾、王家咀。杨家咀是盘龙城三大铸铜作坊中离城垣最近、生产规模最大、最早被发现、发掘出物品最多的铜铸作坊。

商王总是明察秋毫，对盘龙城外众多的铸铜作坊了如指掌，那一日传下旨意，亲点三大家铸铜作坊各司其职：为了便于城中大事及节日的祭祀，离城垣最近的杨家咀专铸青铜礼器，杨家湾专铸青铜兵器，王家咀专铸青铜农具。从那时起，这3个村子就失去了种田种地的资格，别说地里，就连房前屋后、湖边路上，也都是铸铜后倒下的炭渣，铸铜后留下的铜渣。一代又一代，人们都以铸铜和打鱼为生，连说出的话甚至做人的性情，都有铜一样的坚韧，鱼一般的灵敏。

不知从哪一年起，众多的村子、众多的人和众多的铜铸作坊就开始了与炉火、与矿石、与铜渣打交道；不知从哪一代起，就开始了靠力气、靠汗水、靠手艺养家的日子。祖上曾有人说，是因为大海发威冲毁了田地，让种地的人没有了指望，让大家钻天打洞地寻找生存的路，找了许久，直到心灰意冷，直到拖家带口准备离乡背井时，才找到了一条在石块里、在火炉里刨食的路。祖上也有人说，天无绝人之路，是因为海水带来了大量的孔雀石，人们在颜色碧绿的孔雀石里寻到了生机，在铜渣流动的形态中找到了灵感，才有了融化、成型、打磨、着色的多彩人生。

虽然种田的双手根本不可能弄清铜的特性，不知道铜的密度、熔点和沸点，可看惯了五谷六米的慧眼，却瞅准了那"紫红色光泽"的真谛。

生活，融铸在了长长的岁月里，融铸在了岁月的沧桑里。即使身上结满了痂，即使额头刻满了皱纹，人们也无所畏惧，无怨无悔。

杨家湾的族人知道，华夏地域广阔，青铜兵器是卫国利器，箭、戈、镞处处尚需，全村人必须齐心协力，才能不负商王重望。

王家咀的族人知道，青铜农具可让垦荒种地者摒弃石斧、石锛，全族人将牢记先祖刀耕火种的艰辛，才能用心打造出更好的农具。

杨家咀的族人知道，青铜礼器服务社稷，将酒、牺牲、黍稷"藏礼于器"祭祀与神，天下才能太平，人间方得和谐有序。全族人将潜心雕琢，精心打磨，才能多出精品，才不辱盘龙城龙神的威严，不负众乡邻的重托。

其他各村的人们听了，无不心折首肯，纷纷表示：既然大海让盘龙城人天赋异禀，我们岂能辜负天意。唯有趁此天地人和之时，众人同心尽力，助三大家族的青铜铸件炉火纯青，方可标榜后世啊！

人们的决定，让盘龙城的龙神哈哈大笑，龙神说，没有礼器，何来礼制？没有兵器，哪来安宁？没有农具，哪来粮食？红红火火，三足鼎立，又有了众志成城的辅佐，恰是有了稳定的根基，缺一不可呢。

这是天地山海间最佳的和谐之时，是人龙神仙间最好的和谐之际，是盘龙城人承海湖河池恩赐的最好年代，也是人们将自己的聪明才智发挥到极致的年代。

尽管在长久的日子里，人们总也忘不了自己曾经拥有过的田地，总也忘不了田地里稻谷飘香的味道，可炉火熊熊燃烧、青铜变幻万千、码头熙熙攘攘的年景，却更是镌刻在人们心中的、不可磨灭的美好记忆。

木兰清凉寨

清凉寨门楼

清凉寨民俗文化博物馆

清凉寨秋天

清凉寨雪景

景点简介

木兰清凉寨

　　木兰清凉寨景区位于武汉市黄陂区蔡店街道西北部，是木兰八景之一。现为国家 AAAA 级景区。距武汉市中心城区 85 公里，距黄陂中心城区（前川）62 公里，平均海拔 600 余米，海拔最高处 800 余米。景区总面积 10 平方公里，辖区内的刘家山是武汉市海拔最高的自然村。该村地貌独特，相对海拔较高，年平均温差低于武汉市中心城区 4℃ ~6℃；山体高大陡峭，植被丰富，层峦叠嶂，十分壮美，具有发展生态观光旅游和城郊休闲度假旅游的优势。

景区于 2004 年开发建设，2006 年 4 月开园。在市、区、乡各级党委政府和有关部门的长期关心支持下，经过多年发展，已建成集旅游观光、休闲度假于一体的国家 AAAA 级景区。景区生态环境优美，景观特色鲜明。春季有 10 万中华樱花、千亩紫荆花和杜鹃花等花卉资源。有通天湖、百花湖、水帘洞、九龙飞瀑和堪称华中一绝的百米攀水大瀑布等高山水景观。秋天层林尽染，红叶如火，丹桂飘香；冬天暖阳高照，雾凇凝寒，玉树琼枝，美不胜收。四时美景绘出"白云生处有人家，后花园中百花妍"的梦幻桃源，被誉为武汉最美的乡村。

景点故事和传说

三部书的故事

三部书上面的这段峡谷叫"读书林"。这里是清朝进士刘炳士从小放牛读书的地方。刘炳士考上进士后，此地被传为英才之地。后来，很多书生慕名前来效仿。相传一天夜里，书生们做了一个相同的梦，梦见一个白发银须的老者手握书卷来到书生面前，对书生们讲："谁能读懂我手上这三部书，谁无疑就是状元、榜眼、探花；读不懂这三部书，翻不过面前的书山路，就不要在这里浪费时光，趁早各奔前程。说罢掷书而去。此时，一声巨响，把书生们从梦中惊醒。起来一看，儒、释、道三部天书摆放在龙门口上，一座书山耸立在书生面前。

酒醉湖的传说

龙王的第九个儿子囚牛受命到清凉寨巡察，见这里湖水清澈，花林倒映，巨瀑垂帘，流水欢歌，景胜龙宫。回去后即向父王禀报："清凉寨确实是传说中的'九最'之地。海拔最高，纬度最北，温差最大，空气最新，区间最静，山林最古，湖水最绿，野趣最浓，民风最淳。孩儿又正好排行第九，九九相应，顺天顺民。"就请父王题了"九最湖"3个字刻在了湖边的山石上。谁知有一天，济公和尚云游到此，见到"九最湖"3个字，笑骂龙宫无人，连"酒醉"两个字都不会写，就随即拿出酒水当墨，将"九最湖"改成了"酒醉湖"。

陪嫁沟的传说

相传清朝嘉庆年间，一位姓李的官员因不满朝廷腐败，携女到此隐居，以采药帮人治病为生，并在当地收下一个徒弟。李女长大后，与这个徒弟相爱。李官员将全部积蓄买下这块土地，给女儿陪嫁。后来，李官员外之女成为织布能手，丈夫成为当地名医。夫唱妇和，乐善好施，在当地成为千年美谈，于是就把这个地方叫陪嫁沟。

道人洞

这是一个名号清风道人的修仙得道之地，洞中的石床、井凼及周边的林木、茅庐都渗透着道骨仙风的灵气。相传一天，清风道人和铁拐李在洞口石墩上下棋，两人对弈，举旗落子，十分开心。清风道人不经意驾了个"连环炮",把铁拐李"将"死了。清风道人哈哈大笑,端起手中的茶碗,喝了一大口后将碗抛入空中,顿时乌云密布,暴雨如注,电闪雷鸣。雨住云收后,形成了上下的酒醉湖。

浴仙池的传说

景区峡谷中段有一泓清澈的池水,相传是仙女下凡洗澡的地方。上方有水帘洞瀑布,穿过水帘洞,绕过水滩就到了浴仙池。池的四面屏风有如遮掩,乃是仙女的罗绮所化。里面是一个天然的大浴盆,有洗一次美三分之说。据传七仙女下凡人间,曾在池中洗浴,相互洒水嬉戏,欢乐中把水洒向山谷,犹如点点雪花飘落,后来就长出了满山的野樱花。

牛郎河的传说

因牛郎织女的故事而得名。相传,牛郎上天追织女,王母娘娘取玉簪划银河时,从头上带下一根发丝,随织女的眼泪一起飘落至此,形成这条美丽的峡谷。谷中芳草萋萋,流水潺潺,树美石秀,鸟语花香。峡谷上段沿河两岸,是一片深山老林的田园风光,一直通到刘家山民俗村。

牛郎织女的故事吸引当地一代又一代放牛郎到这里来放牛,他们都暗自希望成为神话中的牛郎,经常聚在山崖下痴情遥望蓝天,期盼织女的归来。这里还有一块崖石就叫望天石。

佑天石的传说

刘家山的田园中有一块兀立的巨石,是保护上面大片田园不被山洪冲毁的中流砥柱。相传一次观音菩萨从此地路过时,正逢山洪暴发，土地神正同当地老百姓一起抗洪抢险，舍身保护农田。菩萨顿发善心，抖动手中云帚，一块巨石天降，从此，牛郎河上这片田园水旱无患。"民以食为天"，当地人就给这块巨石取了"佑天石"这个名字。

土家风情锦里沟

锦里沟锦里湖的春天

锦里沟门楼

锦里沟锦里风车与吊脚楼

锦里沟土家族大舞台

景点简介

锦里沟风景区

锦里沟位于湖北省武汉市黄陂区北部蔡店街道境内，是一处旅游度假风景区，总面积约10平方公里，为国家AAAA级景区。

锦里沟由环湖风情体验区、峡谷游览区和寨王文化展示区3个部分组成。游线全长12公里，是武汉市唯一的土苗文化风情旅游区，也是最大的自然山水度假区。

土家族地区的两大土司施南土司下属的忠峒土司第十七代土司王，在清朝雍正年间从鄂西恩施州宣恩县迁至鄂东，选中了黄陂区蔡店街道，经过近300年的发展变迁，拥有大量的土家山寨。

这里是一处风景优美、鸟语花香的地方。野樱花、中华樱花、杜鹃花、兰花、李花等山花满山遍野、竞相怒放，与景区内的土家吊脚楼、风雨桥、湖泊、溪流等交相辉映。

景点故事和传说

青龙咀的传说

这里有一座小山，名叫青龙咀。青龙、白虎是中国传统风水上的神物。传说中青龙和白虎是一对位踞左右的守护神，人们就把环抱住地两旁的山脉许以青龙白虎的谓称。左山脉称青龙，右山脉称为白虎。青龙，在中国传统文化中是四象之一，它代表东方的灵兽，也代表春季；白虎的方位是西方，代表秋季；白虎也是土家族的图腾。锦里沟的位置正好在下面村落的东面和西方。相传十七代土王南迁到这里的时候，看见有一条青龙出没，喷水吐雾，生活不得安宁。土家族的守护神白虎见后，凌空一跃，送一只小白虎守在村子西边，青龙出来恶作剧时，白虎就立马制止。这样百姓就安居乐业了，这里也就形成了左青龙右白虎两座山峰。

锦里沟赏月湖的故事

赏月湖，因赏月庙而得名。以前，这里是一条河，河边有一个赏月庙，据传是忠孝王筹款修建的，至今已有 300 余年。忠孝王田璋系鄂西忠孝苗王第十二世祖，1736 年从原籍改土归流迁徙至此，定居王禄山。尽管是举家来迁，但还是免不了"独在异乡为异客，每逢佳节倍思亲"的人之常情。是年中秋夜晚，田璋与夫人到河边散步，一边走一边吟诵李白《静夜思》（床前明月光，疑是地上霜，举头望明月，低头思故乡）的诗句，遥寄思乡之情。田璋遥望天空，月满中天，月色分外皎洁，微波粼粼的湖面洒满银光，田璋倍觉欣慰，很快就从"静夜思"的忧伤中解脱出来，发出"但愿人长久，千里共婵娟"的感叹。田璋饶有情趣地对夫人说："对着明月许个愿吧。"夫人当即默许。10 个月后，覃氏生下可爱的女儿，取名月儿。田璋为了替夫人还愿，就在夫人许愿的河边修了一座"赏月庙"。赏月庙虽然规模不大，但名气不小，香火鼎盛，直到"文革"拆毁。

锦里沟月光桥的传说

这个灵秀的湖原名锦里湖，后因修建赏月庙，香火旺盛，无形中人们就将此湖称之为赏月湖。传说月儿的母亲生月儿的那天夜晚，狂风大作，暴雨倾盆，河水陡涨，乡下接生婆不能过河。危难之际，当地村民拿来自家门板搭起一座临时木桥，使接生婆及时赶到，田夫人覃氏顺利生下月儿。为了感谢当地乡亲，忠孝王田璋又出资修建了这座风雨廊桥，取名月光桥。16 年后，月儿与汉族青年相爱，结为伉俪，在当地首开土汉联姻的先河。

双龙亭的传说

锦里沟下面有一个飞龙滩。飞龙滩飞流直下，四时不息。天晴日朗之时，天水一色，碧波如镜，在日月的辉映下，显得更加光耀夺目，宛如星光璀璨，诱惑迷人。传说中，盘踞在龙潭内的青龙和黄龙非常和睦，给此地祖祖辈辈带来了风调雨顺的好年成。人们为了感恩"双龙"，就在这里修建了双龙亭。

木兰花乡

老区嬗变成木兰花香风景区

木兰花乡宣传景观

木兰花乡七锦花圃

木兰文化博物馆

景点简介

木兰花乡

木兰花乡风景区在姚集街，原来叫杜堂村，是贫困的苏区村子。在美丽乡村建设中，杜堂村实施"农村家园行动计划"，村湾环境需要改善建设的项目很多，资金有一定的缺口，在外打拼多年赚了钱的葛天才毅然捐款 100 万，改建了 2 口当家塘，修建了 2 个村民休闲娱乐广场，为家家户户硬化了出行路，村湾环境得到了有效的提升。

2011 年，葛天才又捐款 30 多万元，在村边花园水库配套建设了 2 条共 1000 余米的灌溉渠道，建抽水机站 3 座，使几百亩农田实现自流灌溉，极大地改善了当地农业生产条件。后来他租赁了农户的 1300 多亩山场，成立了"武汉争强花卉苗木有限公司"，种植花卉苗木 60 余万棵。让农户每年获得山场租金 55 万元，同时安排 110 名本地劳动力在苗圃打工，每年获得打工收入合计 100 多万元。

2013 年，武汉市实施美丽乡村建设计划，经过市、区农办的考察决定，首先在葛家湾、葛家咀两个自然湾试点，并于 2014 年 10 月动工建设。按照建设标准高、速度快、质量优、效果好的要求，先后分 5 批次、梯次拓展至周边 4 个行政村 20 多个自然湾、1200 多户按美丽乡村示范村标准建设，使杜堂片区农村居住环境、创业条件得到极大改善，为实现乡村振兴打下了坚实的基础。

2017 年 3 月 29 日，经过 300 多天的建设，成立的木兰花乡景区开园了。通过赏花、农村休闲旅游、农家乐的带动，形成了"以农业为基础、乡村休闲示范为引擎、服务业为支撑"的产业结构和"农业产业园区、乡村休闲景区、新农村社区"三区融合、村企合一的发展格局。农民收入渠道从单一收入向多元化收入转变，形成土地出租、物业出租、公司就业、自营收入、分红收入的格局，正在朝着"资源变资产、乡村变景区、村民变股民、产品变商品"转化，创建"杜堂模式"。

木兰花乡景区建设之际，党的十九大提出了"乡村振兴战略"，黄陂区选择杜堂村作为试点，全面实施市民下乡、企业兴乡、能人回乡的"三乡工程"。自 2017 年下半年以来，杜堂村引起全省聚焦、全国关注轰动效应，中央电视台、人民日报等全国几十家媒体网站连续跟踪报道。先后吸引国内 31 个省市、近千批次，1.5 万人的参观考察，还接待 2 个外国和台湾地区参访团体。"杜堂模式"成为乡村振兴的全国典型、全省示范、武汉样本。湖北省委、省市分别在黄陂召开了乡村振兴暨"三乡工程"推进会，杜堂村成为首选的参观现场。

历经几年探索实践，"杜堂模式"取得成效。而今木兰花香成了名播荆楚的乡村振兴的典型，木兰花香景区游人如织，流连忘返。

景点故事和传说

木兰老家的由来

在木兰花乡景区有一块大扁石上写着杜堂村，石旁木门楼上用描金写着"木兰老家" 4 个大字，提起它还有着这样一段有趣的传说故事。

当年木兰代父从军，被封尚书。她辞官回乡，皇帝便派了一小队护卫送她返乡。当这些士兵来到木兰家乡，被这里的美景惊呆了，有山有水有树木，还有大米、蔬菜、牛、羊、鸡、鸭等美食，护卫中许多是游牧族群和干旱高原区域的士兵，哪见过这些，便纷纷要求留下来，卫士长也想留下来，木兰说，如果你们真想留下来，就可以写封信，说此地有些山匪搔扰，待剿灭后再回朝。卫士长觉得这个由头好，为了迷惑敌人又不打扰木兰的生活，于是他们便在北边进入木兰家的必经之路杜堂村设立驿站，对朝廷和家里人称木兰老家。

木兰老家驿站设立后，木兰也经常过来和战士一起训练当地村民和山民，因而慢慢有了习武演练、马术、射箭、划船等场所，逐渐发展成了一个小兵营。但这一事一直鲜为人知，直到发生了一件木兰退兵事件，才使木兰老家名声大振。

这年胡人首领呼韩在朔方起兵，向南方挺进，占领河南大部后，向湖北进犯，遇到木兰卫队的阻击。其许多兵士曾在木兰麾下服役过，不愿意交战，督战官便上报首领。呼韩也深知木兰的威名，便约木兰谈判。呼韩说，得知将军威名，不愿意为敌，只是我们也不可能退却。木兰说，我现在不在军籍，只是保一方乡里，希望首领与我们保持一定距离。呼韩说，这好办，闻将军箭术了得，你箭隼落地之处，便是我退兵之处。木兰应到，一言为定。众人都在想，这能退兵多远呢？

次日，众将来到木兰老家的瞭望塔上，木兰号令拿箭来，两名兵士搬来长约 1.5 米精制的弯弓，又拿出一支特制长箭，全长 3 尺 1 寸，呈三棱形状，下部圆柱形，上有 9 个小孔，杆系纯铜制，上写 "木兰老家" 4 个大字，金光闪闪，羽尾以雕毛制，精美异常。木兰上前搭箭拉弓，深吸一口气，大喝一声看 "箭"，离弦之箭嗖的一声飞向天空。忽然间，天空大变，乌云密布，狂风呼啸，那只箭在电闪雷鸣中时隐时现，后来不知去向。呼韩等将领大为吃惊，待风雨停后，众将多方寻找，惊奇发现那只箭竟然发到 100 公里外的光山。呼韩等胡人兵士认为天神恼怒了，又敬畏木兰神奇功力，便将军队退兵河南。从此，木兰老家威名远扬。

嫉恶如仇遭冤狱

　　木兰的家住在花乡不远处北寨，面山依河，原无寨墙。木兰回归后，请来了一些石匠，依山就势，筑了一人多高的寨墙。南山一片园林也用寨墙围起了，作为练武狩猎之用。两边寨墙称为大寨、小寨。大寨寨门旁两块条石上刻一副对联：宠辱不惊，看庭前花开花落；去留无意，见天上云卷云舒。木兰姊妹3人还耕耘了10多亩田园，每天虽有些寂寞，但也如意自在。说着到了山花烂漫的春天，满山满坡的杜鹃花像红霞落满山头。下午姊妹3人信步向小寨走来。木兰摘了一把杜鹃花递给阿珍："这花开得灿若朝霞。""是啊，这花虽好，但能开多时啊？""阿珍妹，你而今虽不是豆蔻年华，但也像这杜鹃花一样正旺着哩。""得了，快成老太婆了，不要你恭维。""我是说真的，你趁年轻回到北番去，一可孝敬父母，二可适一良人，两全其美。"阿珍既伤感又有气："投靠你这母虎，早就误了青春年华，还有何美可言。"木兰见语不投机，就对阿珍、阿拉说："这些时一点空闲也没有，武艺也生疏了，到寨子中去耍一回吧。"3人来到寨中一块草坪上，阿拉说："我们先看你舞剑。"木兰说："阿珍一根鞭子舞得出神入化，还是请阿珍先舞鞭吧。"阿珍见说，也不答话，跳入围中，把鞭子"喇喇"舞了几下，突如晴天霹雳，吓得林中雀鸟扑棱棱地飞腾。紧接着，左一鞭彩云追月，右一鞭金蛇出洞，上下舞动如同翻江倒海。只见鞭影流动，花团翻滚。木兰、阿拉喝彩："舞得好!"阿珍继续舞动几鞭，跳出圈外，拱手说："多时不练，献丑了。"阿拉说："江湖女侠，真够客气的。"阿珍推了一把木兰："捉弄了我一番，该归你了。"木兰说："这些时没有舞剑生疏得很，只怕要当面献丑了。"阿珍笑说："姐姐脱去戎装，美人舞剑，乃是美景，定是不同凡响。"村子里的人见她们在寨子里练武都跑来观看。木兰拱手："乡亲们，献丑了。"木兰取了两口宝剑，走到草地中央，也不揽衣，也不挽袖，便轻轻地舞将起来。初时一来一往，还袅袅婷婷，就如蜻蜓点水，燕子穿花，轻挪慢舞，婀娜多姿。后来渐渐舞得急了，便看不清来踪去迹。两口宝剑寒森森地就像两条白龙，上下盘旋。再舞到妙处时，剑也看不见，人也看不见，只见冷气嗖嗖，寒光闪闪，一团白雪，在草地上翻飞。村民看了，都啧啧称赞，拍手叫好。木兰舞了半晌，忽然就地一滚，直滚到东南角上。众人疑惑，都踮起脚来看。只听得翻天一声响，碗粗的一棵杨树拦腰砍断。村民们见了吓得忙往后退。木兰将身一闪，徐徐收住宝剑，恍如云散雪消，现出一个美人模样，轻轻地走出圈外，将双剑放下，气也不喘，面也不红，发丝一点也不散乱。她的剑舞得如花盛开，如香四溢，连雀鸟一点也不惊恐，绕着圈子叽叽喳喳叫个不停。她向村民们走来，仍旧衣冠楚楚，笑容可掬。众人拍手说："木兰真奇了，没有风姿道骨，不能到此。"木兰连连躬身行礼："谢谢乡亲们夸奖。"正说间，只见一只白毛狗窜进阵中来，张牙舞爪，汪汪大叫。村民们惊口叫着四散奔逃。阿珍见状，"唰"一鞭抽去，只听得一声惨叫，四条腿踢蹬了几下就不动弹了。这时，只见赛财主的小少爷冲进林中来，一见白狗横躺地上，就大声诘问："谁打死了我家的护门犬！"阿珍说："是我打死的，你放狗出来咬人还这么凶？""好你个恶巫婆，竟敢打死我家的狗！"少爷挥着拳头直取阿珍。阿珍捉住赛少爷的手一下甩出一丈多远。赛少爷翻着白眼，见不是对手，边跑边说："你等着，看我跟你算账。"

疾恶如仇遭冤狱

赛财主的恶少跑回家后，找了一帮家丁，拿着棒子拿着刀一哄而出："找木兰报仇去！"走到半路，恶少贼眼一转动说："不行，木兰带领千军万马打仗，我们几个人哪是她的对手，不是以卵击石吗？还是另想办法。"众人见说，一个个像泄了气的皮球，跟着蔫塌塌地往转走。路过关帝庙，恶少看见邻村姑娘琼妮蹲在山石后面，偷偷瞄着心上人赛宝，等恶少他们走到前面去了，就喊住赛宝说起了悄悄话。恶少忍不住回过头来："这小妮子躲在山石后，定是和赛宝幽会，走，去捉双。"家丁也凑上说："天赐良机，少爷不可错过。"于是几个混世魔王旋风一般地转来了。恶少早就想霸占琼妮，见赛宝和琼妮在一块说话，恶向胆边生，把拳一挥："给我打！"众狗腿子上前，揪住赛宝，铺天盖地一阵拳打脚踢，活活地把赛宝打死了。琼妮见了，心如刀绞，昏倒在地上。此时，木兰和阿珍、阿拉正在庙中游玩，听到吵闹声，连忙朝这边赶。一看是恶少打死了赛宝，顿时火冒三丈。木兰手出一拳，来了个恶虎掏心，阿珍横扫一腿有如风扫残云，阿拉猛击一拳，使恶少七窍生烟，恶少躺在地上动弹不得，众狗腿子见状跪地求饶："姑奶奶，不关我们的事，饶了我们吧。"木兰说："恶少打死了赛宝，人命关天，尔等把他绑了，送县衙发落。"众人不敢怠慢，绑了恶少送到衙门。

这时早就有几个家丁飞报赛财主。财主一听甚是惊骇，一面遣人到衙门打通关节，一面飞马赴京，不提儿子打死人命一事，却诬告花木兰筑塞屯兵，蓄意谋反。这赛财主和皇帝身边的一名执事太监是姑表亲戚。太监接到状子后，趁皇上退朝回到寝宫时相机呈上。皇上览毕，先是沉吟不语。太监见状，激了一句："木兰居功自傲，皇上不可养虎为患啊！"皇上见说，立谕廷尉，叫他派遣干员，捉拿花木兰入京问罪。

已是初夏，木兰一行正在园中浇水，蓦见丧吾大师到来，木兰放下手中活计："师傅多日不见，徒儿这厢有礼。"丧吾大师摇头："不必多礼。"木兰说："师傅，请到寨中歇息。"丧吾说："这里凉爽，就在这儿说话。"丧吾明知故问："徒儿，这一阵没有什么祸事吗?""没有啊!""嗬"师傅不置可否地应了一声。阿珍说："有一件事，那天赛财主的恶少欺侮一村姑，我们把他痛打了一顿。""这件事惹麻烦了，徒儿得当心。"他望了一眼木兰："靖松大师嘱你带信给本师，一为明驼超度，二为你今年应有缧绁之灾，嘱我解救。"木兰当即跪下，"请师傅救我。"丧吾缓缓说道："我这里有书信一封，你藏在白马的鞍鞯里，到时自有人来解救你。"木兰再拜："多谢师傅。"木兰请师傅用过晚膳再走，丧吾说："为师另有事在身，恕不久留。徒儿去京师路途遥远，请多保重。"木兰流泪说："师傅大恩，徒儿永世不忘。"

廷尉因皇上立谕，不敢怠慢，会同齐安郡守捉拿木兰。廷尉亦知木兰无反意，但圣命难违，不能不带着兵役，与朝吏同至大城潭村，往见木兰。木兰因前几日丧吾大师已把事情说明，待廷尉一行来后，并不惊慌，待至朝吏读罢圣谕，木兰呆立不语。阿珍跳起来说："我姊妹为皇上出生入死，今日还怀疑我等谋反，真不讲道理!"阿拉也气呼呼地坐在石凳上，用石子砸着地。木兰扶起两位妹妹说："皇上是圣明的，只是听了谗言，进京后能够说清楚的。"

白马传书辩冤情

廷尉上前劝尉："众将军忠心不贰，皇上是能明鉴的。"木兰留廷尉等寨中歇息。廷尉说："皇命在身，不能久留，请将军上路，也请阿珍、阿拉二位将军同上长安。""你们不邀我也要去向皇上问个青红皂白!"阿珍气咻咻地说完，和木兰一行往京城进发。行了多日，已到了皇城，一行人正准备进去，猛不防那白马长啸一声，挣脱缰绳，径自奔驰而去。

进都以后，当然下狱，廷尉原是廉明，狱吏总要索钱。木兰等行得急身边无银两馈遣，时被狱吏冷嘲热讽，加上执事太监暗地里使绊子，木兰3人免不了皮肉之苦。

这天李靖军师正在书房观书，忽听得窗前有马叫得惨烈。因问门人："哪来马匹长啸?"门人看了以后回说："是一匹白马。"军师感到离奇，走出门外观看："这不是木兰的坐骑吗？怎么独自来到门首?"军师觉得事有蹊跷，就走到白马跟前。那白马有如见了故人抖鬃摇头，挨近军师。军师从马头摸到马尾，见没有什么异样。白马显得有点着急，踢踏着，闪动着腰部。军师想："莫非马鞍里藏着什么? 急令门人放下马鞍翻找。果然在鞍鞘夹缝里找到书信一封。军师展开一看，大惊失色："木兰已下入大牢了，我得赶紧搭救。"他叫门人把白马牵到后院，好好照料。迅即回到书房，写好奏折，连同琼妮诉状放在一起，准备进京面呈圣上。

一日，圣上临朝议及木兰谋反一案，军师李靖出班奏道："靖边侯木兰远戍边塞时，握有重兵彼时不想造反，今出居村间，手无一兵一卒，怎么会造反？请皇上明察。"随即呈上奏折和诉状。皇上细看一遍，将信将疑，转向廷尉："爱卿到齐安郡访查，详情如何？"廷尉证明木兰无反意，并详陈狱情。皇上听奏，龙颜顿怒，责问执事太监。太监着了慌，赶忙跪下叩头："皇上圣明，奴才该死!"圣上怒气未消，当即面谕，执事太监徇私枉法，赐死。赛财主恶少杀人偿命，着令齐安郡守回乡行刑。木兰一行无罪释放。唐皇说完，亲下御座，扶起木兰等："爱卿受苦了。"木兰躬身行礼："皇上圣明，臣谢主隆恩。"待3人抬起头时，3位女子虽说不是花容月貌，但也楚楚动人，皇上顿生怜香惜玉之意，走上御座后，询问军师、尉迟将军："3位年轻女将，为我大唐驰骋疆场，误过青春，请二位大人为3位将军选择佳偶，不日婚配。"阿珍、阿拉虽在疆场斩关夺隘，雄心万丈，但提到婚姻大事，也不禁飞红了脸，羞答不语。木兰俯伏在地面奏："圣恩浩荡无涯，使小臣亦沐洪恩。但小臣对功名利禄、儿女情事早已抛开，只求归隐田园，渔樵一生。"皇上感叹了一回，嘉其气节，当即降旨："钦赐木兰'忠孝勇节'金字牌匾，所在县治赐名木兰县，山为木兰山，钦此。"母后听说大唐有这3位奇女，也召往后宫相见。3人到后宫拜见太后，太后深爱3位女中豪杰，赐木兰如意一对、珊瑚树一株并许多金珠衣饰，阿珍、阿拉各赐宫女二名、辐车一乘，命撤御前金莲烛并鼓乐送出苑来，惹得京城军民人等，拥挤观看，无不欣羡。木兰和阿珍同坐一车，阿珍说："皇帝老子这样对我们才算公平了一回。"木兰嗔道："这是圣上英明，才免于难，怎能胡说八道。"木兰说："你们能留在京师，我可放心了。"阿珍哽咽说："谁说我想留在京师，看你又多心不是？"木兰捻她一把："傻妹子，我巴不得就看到你的如意郎君哩！"阿珍用手捶木兰："你又欺侮我，看我不撕了你。"一路说笑，回到驿舍歇息。

花香茶谷

花乡茶谷春天诗会

花乡茶谷游客中心

花乡茶谷茶园

花乡茶谷水上长廊

景点简介

花香茶谷

　　花乡茶谷，位于武汉市黄陂区蔡家榨街的红岗山，又名红界山、洪界山，为湖北名山。在武汉正北，黄陂、红安交界，一山两市（武汉市、黄冈市）。被木兰湖、云水湖两湖相拥，湖光山色相映。山上古木成林，泉多、奇石多，四季山花烂漫，恍若世外桃源。天下名山，必生灵草，而红岗山的灵草正应在了茶上面。出汉口往北约 50 公里，百里坦荡，至红岗山，山峰陡起，若展翅之龙，环抱南来东西两谷之气，红岗山茶正产于山南坡风水缭绕之处。千年茶山，百年品牌的文化已渗入山水林草之间。

花乡茶谷，为湖北红界山茶文化旅游度假区第一期项目，在 20 平方公里的山水之间，陆续建成居住万人的茶溪古镇。千余处有观光休闲功能的家庭农场，以及古镇风情、森林度假、田园风光、茶园体验、森林越野、山地运动等项目的新型农业综合体。

花的乡，茶的谷。漫步在花乡茶谷的青石路，只一步便进入了天人合一的心境。在茶谷穿行，你能听到花开的声音，一会儿是桃红绿柳、海棠依旧，一会儿是樱花含笑、杏李争春，更有那梨花欲语茶芽绿、紫藤凌空摇花香。秋天到时，红色的枫叶，黄色的银杏叶，就会在绿满了眼的茶谷上飞舞。冬天银装素裹，分外妖娆。花香茶谷是四季有景的好地方。

景点故事和传说

红岗禅寺

红岗山北面紧邻红安，属大别山尾脉，山峰陡起，主脉蜿蜒，犹如蛰伏之龙。相传，很久以前的红岗山寸草不生，怪石嶙峋。

至唐贞观年间，有一高僧云游至此，一番踏勘，觉得此地气象不凡，峰下东西两条峡谷虽是干涸，但有仙气萦绕。只是正北一块巨石压住龙头，故此山无烟火气息。高僧住下后，雇人移走大石，并在峰顶修建红岗禅林，寺院两旁各雕刻"广种福田""普度众生"各4个大字。庙宇建成后，信徒众多，香火旺盛。山峰峡谷间多处泉眼喷珠吐玉，汇聚成溪，汩汩流淌。自此，山上树木葱茏，鸟语花香。20世纪90年代前开辟成红岗山茶场，"红岗芽茶"享誉海内外。改革开放后，这里开辟成"花乡茶谷"景区，迎来千万游人。

激战红岗山

蔡家榨镇红岗山有个胜利寨，是此地区唯一保存完好的山寨。胜利寨原名长矛寨，由于在这里经历了一场重要的革命战争，故改名为胜利寨。红岗山位于黄陂和红安的交界处，群山相连，山大林密。长矛寨是群山的最高点，地势险要，视野广阔，是大别山区的一个战略要点，李先念、陈少敏等革命家曾长期活动于此地。

日本投降后，国民党撕毁了同共产党的停战协定，挑起内战。新四军地处中原，总部在大悟县的宣化店，同党中央的大部队相隔离，战略上被国民党包围，困在中原地区，国民党一心想吃掉这支部队。为此，周恩来不辞辛劳，克服重重困难，亲自到宣化店谈判。

1946年5月，国民党集中优势兵力，动用了保安八团等几个团的正规部队，带着小钢炮、重机枪等优良装备，向红岗山地区进犯。新四军在装备差尤其是给养严重不足的困难情况下，进行着顽强的反击，就在长矛寨周围的群山中展开了一场激战。

国民党军由黄陂长堰一带开到红岗山脚下，指挥部设在杨家垅，兵力分布在彭家湾、向家田、黄家楼一带，进攻的目标就是红岗山的最高点长矛寨（红界寨）。他们有个机枪手是广东人，身材高大。到向家田后，他们就赶到村后的慈姑山，在一石碑的掩护下架起了重机枪。这挺机枪既能掩护他们向上进攻，又封锁了新四军下山的路。他们还用小钢炮向上点击，妄图消灭据守在长矛寨及其外围的新四军。

新四军方面，当时是李先念在长矛寨亲自指挥，在长矛寨外围即关山一带布防，在卵子山也架起了机枪，封锁了敌人上山的路。

战斗打响，枪炮齐鸣，寂静的山区顿时沸腾起来，密集的枪声和炮声震耳欲聋。

激战持续了一天一夜，新四军方面由陈少敏率领的支援部队赶到。从红安的吴家冲开到黄陂的上张湾，选准了一座名叫标子岗的山头，一名战士瞄准慈姑山的那个机枪手，只3枪就将那个广东大个子击毙，那挺重机枪顿时成了哑巴，不起作用了。接着，陈少敏的人像潮水般向南推进。关隘被打开，李先念的人也从长矛寨及其周边向敌人猛扑。国民党保安八团等几个团的士兵尸横遍野，溃不成军，狼狈逃窜。新四军乘胜追击，一直追赶到红安的八里湾，在那里又进行了一场激战。敌人无奈，使用了金蝉脱壳的办法，夜间在八里湾点灯，余部才得逃脱。

战后，有些人上山拾子弹壳，向家田有位农民，一人就拾到两箩筐。从所有消耗的弹药看，可见这次战斗的激烈程度。这次战斗的胜利，打击了国民党的嚣张气焰，为宣化店谈判和中原突围创造了有利条件，称得上是红岗山大捷。

为了纪念红岗山大捷，李先念将其改名为胜利寨，沿用至今。

红岗山战斗遗址纪念碑

木兰水镇

景点简介

木兰水镇

　　木兰水镇旅游景区是华中地区周边以军事主题为风格的旅游景区，坐落于武汉市黄陂区王家河街道以南，位于滠水河与长堰河交汇处，距黄陂城区9公里，距武汉市区约31公里。景区特色鲜明，交通便利，地理位置优越。整个景区占地面积约2600亩，由河东生态观光区和河西军事体验区及法制教育基地组成。设有民俗风情街、湖心岛、休闲长廊、古镇演艺广场、双龙戏水、竹园等，同时建设有铁索挑战桥、高空滑索、水上摩天轮、水上画舫及水上自行车等特色游乐项目。河西军事体验区占地面积达1200多亩，是按照陆海空三大军种概念而建。部署现代军事设施和器材，模拟军营训练科目，建设集军事体验、军事训练、团队建设、儿童游乐等为一体的深度军事体验景区及综合性国防教育基地。多种拓展项目，如水路两栖机动演练、野战飞车、高端真人CS、丛林穿越、野战露营、少年军训营、童子军马场、军事体验亲子乐园等，满足不同人群不同强度的军事体验需求。

景点故事和传说

古寨水乡王家河

王家河街道位于区东北部，东临蔡家榨街道，西接罗汉寺街道，南与前川街道接壤，北与木兰乡交界，属丘陵地区，地势北高南低。街道总面积 158.38 平方公里，其中陆地 141.38 平方公里，占 89.3%；水域 17 平方公里，占 10.7%。有耕地面积 3627 公顷，其中水田 3247 公顷，旱地 380 公顷。此地具有得天独厚的农业资源优势，地势平坦，水源充足，灌溉便利。历史上这里是一块丰饶沃土。

2000 年后，街道以"生态水乡，景上王河"的形象定位，以"旅游名镇，经济强街"为发展目标，通过"全域旅游，景城融合，三区一体（旅游景区、产业园区、新型社区），人在景中"的发展思路，逐步形成了"产业为引擎，建筑业为支撑，工业为突破"的产业格局。

王家河境域史称"古王河"，历史悠久，风景秀丽，人杰地灵。境内有新石器时期的"三姑井"遗址，商代的"马寨城"遗址等，中共黄陂第一个党支部——三合店党支部就诞生于此。域内的吴光浩烈士陵园和吴光荣烈士纪念碑、"石丘惨案"公墓，成为黄陂历史教育、革命传统教育和爱国主义教育的基地。

今日的古寨水乡占得水独厚优势，河水潺潺，炊烟袅袅，一派生机盎然的景象。新农业应运而生，国家 5A 级景区木兰草原、户外休闲基地胜天农庄、木兰山、三台三山景区依山傍水，成为休闲度假的佳境。国家 3A 级景区木兰玫瑰园和木兰竹海、木兰葡萄园遍布两河四岸。2016 年成功地举办了国际风筝节，接待旅客 350 万人，实现旅游收入 40 亿元。王家河乡土文化浓郁，民俗淳朴。最称奇的要算在高跷上盘狮子，居高临下显真功夫。长堰镇凉亭村河流湾的墨龙灯、墨李湾独有的鳌鱼灯，给人视觉上的艺术享受，充分表达了"江右移民"对美好人生的憧憬。

话说城门潭

木兰水镇内的城门潭是在江家山与李家山之间的河段上的一古潭。潭面水明如镜，其深莫测，投之以石则声如洪钟。潭之上下河面皆宽，唯此处陡窄，只因两山对峙、石崖为障，从下游望去，状若城门，故曰"城门潭"（有人误以姓氏标名，又呼陈门潭）。

民间传说，城门潭内有卧龙，崖间有斩龙剑。每逢山洪暴发，河水骤涨，恶风暴雨之夜、雷鸣电掣之时，则有游龙经过。此刻若在高处隐看，即可见两盏灯笼（龙眼）顺流而下，当游龙行至城门潭前，因惧斩龙剑（峭壁嶙峋，其状如剑），便绕道向东，直越沙州，由刘家贩入小河，折入大河而至江海。解放前有一年，山区连日暴雨，小河上之刘家桥（又名慈德桥）有段栏杆被洪峰及其冲来之物撞断，于是有人编织出龙身拖越桥栏杆的神话。镇上有人出于好奇，曾乘夜间暴风雨之际登楼窥看究竟，却不见河上有"灯笼"出现。

此外，还有龙虎相斗之说。王家河北街靠河边有个"韩永丰油榨坊"（即现镇人民政府所在地），里间有座木榨，年久未用。雷雨之夜，有人曾闻榨响，因而信口雌黄，谓此乃虎欲起身与游龙相斗。每逢大雨滂沱之时，具有迷信观念的人则惶惶不安，建议"打醮拆榨"，只因榨坊老板执意不允而未果。所传"龙虎相斗"之说，也只是有所闻而未见。

1975 年，地方政府曾决定在城门潭上修座通车、渡水两用大桥，只因设计有问题而中止。后经科技人员反复勘测，精心设计，报呈孝感专署水利局，于 1979 年批准，利用城门潭之地理条件，修建一座小型水电站。经炸崖扩河，清基排淤，发现河底是平平展展的巨幅岩石。原来，两山底部是相连的，为同一山脉。

城（陈）门潭电站经 8 年努力，于 1987 年建成，总装机容量为 300 瓦，由 4 台单机组成，年发电量为 251 万度，解决了王家河镇及周围 66 个自然村的生产生活用电，同时解决了一河两岸旱涝之虞。当人们今日站在李家山头，俯瞰城门潭时，顿感心花怒放，浮想联翩：只见一条长 84 米的拦水大坝，宛如长虹横亘河面，截住水流；电站耸立河西坡下，直指云天，一扫昔日荒诞传说。不久的将来，公路大桥建成，两岸连城一体，沟通四面八方，古潭周围将会发生更大的变化。

汉口北旅游商品交易中心

景点简介

汉口北旅游商品交易中心

汉口北以位于武汉市北部而得名。其地名不是行政区划概念，只是一个地域概念，涵盖境内盘龙城经济技术开发区、滠口街道、武湖街道、三里桥街道等区域，东至武湖泵站河，西至盘龙城国家考古遗址公园以东沿线，南至府河，北至武汉四环线，面积737平方公里。

景点故事和传说

风生水起的汉口北

"汉口北"域名出现于2006年。这年初春，武汉地区专家学者在黄陂区考察时，独具慧眼看中了这方得天独厚的区位优势，于是建议在这里兴建大型现代化商贸物流市场集群。经过紧锣密鼓地探讨与论证后，武汉市政府决策层决定以大手笔、大气魄兴建"汉口北"，要求打造成为全国首个综合性批发市场集群、建设成武汉市城市的商贸集散核心，服务全国、面向国际的门户商贸新城，于是"汉口北"应运而生。其整体结构为"一轴两片三心"："一轴"指汉口北大道发展轴；"二片"为滠口片和武湖片；"三心"是刘店综合中心、滠口社区中心、武湖综合中心。功能分区"三三二"8 个功能板块，即：刘店、滠口、武湖 3 个市场群板块；刘店、滠口、武湖 3 个居住板块；台创园和武湖工业园 2 个工业板块。

由于该地地处武汉天河机场、武汉火车北站、阳逻深水港等交通枢纽，通过外环与京珠大物流通道相连，堪称"交通金三角中心"，岱黄高速、机场高速、武汉三环等 7 条高速公路在此密集连接，并能通过京珠、沪蓉高速直达全国各地，交通条件与区位优势得天独厚，全国独有，世界罕见，是武汉"九省通衢"特色最集中的体现。

2009 年 12 月，一座占地面积 3800 亩、总建筑面积 800 万平方米，其中交易市场 250 万平方米、配套设施 50 万平方米的汉口北国际商品交易中心正式运营，近 3000 商户入驻经营。这个以鞋业、小商品、服装、家纺、酒店用品、家居家具、日化用品、儿童用品、电子电器、塑料制品等十大专业批发市场为核心的国际化交易市场（其中包括义乌饰品、海宁皮革、桐乡毛衫等中国知名原产地市场）很快获得了社会的认可。随之，一个以"汉口北"命名的第四代专业批发市场集群也顺势崛起，汉正街 3 万多名商户整体转入，使之成为武汉商贸批发业的新龙头。商户营业额年年创新高。2013 年，市场交易额约 350 亿元，已成为中南地区规模最大、成交最旺盛的市场之一。该贸易中心成为继义乌小商品国际商贸城、常熟服装城、海宁中国皮革城后的 3A 级购物旅游区。

2012 年，武汉卓尔开建 1000 亩汉口北配套工业园，吸纳 800

家消费品加工企业；扩大汉口北担保公司胞资规模至 10 亿元，服务 300 多家中小商贸企业：投入 5 亿元贸金，支持建设商旅酒店及交通等交易配套设施：联合新华社推出新华卓尔汉口指数，成为内陆商品市场风向标，

2013 年，汉口北商贸物流枢纽区已启动建设专业市场 9 个，配套园区 4 个，引进户 54 万户。之后，四季美农贸城、中国家具 CBD、武汉盘龙汽车城、五洲国际建材城、汉口北批发第一城、长江金属交易中心、金马凯旋 CBD 原辅材料市场、中国小商品网、汉口北酒店用品城、汉口北四季丰华副食品市场、文华国际家居饰品交易中心等一批大型专业市场相继形成，逐渐形成了全国知名的专业批发市场集群。

作为"中国汉口北商品交易会"的主战场，汉口北 2016 年 9 月份被商务部等 8 部委联合批准为"国家市场采购贸易方式试点"，这年 11 月，汉口北举行首场全球采购招商推介会，有来自波兰、希腊等 10 余个国家的外交官到访，为本国客商采购"探营"。此后，中西亚、南亚、北非等国家的外商代表纷至沓来，云集汉口北，深入了解市场货源、价格、国际物流信息，铺筑长期驻扎采购道路。2016 年，市场总交易额达到 1180 亿元，成为中南地区规模最大、成交最旺盛的市场之一。

汉口北的前世今生

汉口北这片古老而又年轻的土地无疑是黄陂境内经济发展变化最大的区域。20 世纪三四十年代，它是一片芦苇荡，曾经蒲草丛立、荒无人烟；80 年代至 90 年代，还是乡村之野，水电、道路等基础设施匮乏，通行市区的道路破旧不堪。59 年前，一个陈姓家族还在木兰山脚下长轩岭大山深处一个叫"院子湾"的山村

生活，陈姓是湾中唯一姓氏，村民有 300 多人。1959 年，陈氏一家老小因为饥馑，在陈家长辈带领下，同一个大队的村民们一起南下讨生活。

所谓南下，就是顺着村路出山，一直往黄陂南部方向走。陈姓爷爷奶奶随身携带简单的生活物品，一副箩筐挑着 5 岁的幼女，一手牵着 10 岁的长子，一行人走了一天一夜，最后在滠口村一片荒地扎根下来。现在那个地方距离汉口北轻轨 1 号线的起点站不足百米。

滠口村即是 50 年后蜚声海外的汉口北之前身。那时却是一片湖溏众多、土地广袤、人烟稀少的荒野之地，之前并无人居住。

从五六十年代开始，因为离省城武汉地理位置近，到市区岱家山大约十几里路，陆续有一些背井离乡讨生活的异乡人在这片荒地的汀岸搭棚生活。其中以黄陂、新洲人为主，少量其他省份的。大家用土坯、麻杆等搭盖临时住所，以打鱼、开荒种农作物为生。最初的条件艰苦，有人吃不了苦，又跑回老家。留下来的就成了滠口村第一批原住民。他们从荒野中找到生存之道，陈爷爷一辈的先行者们筚路蓝缕，终于扎下根来。

慢慢的，人口聚集多的地方形成了几个村落。当时方圆几十里内散落着阳逻湾、夏家咀、西湖村、大咀、蔡家榨等好几个自然湾村。除此之外，就是星罗棋布的耕地、农田、鱼塘、湖泊。人们以种田种地、养鱼为生。20 个世纪八九十年代，改革开放的春风吹遍农村，离市区最近的滠口村乘着改革的春风发生了很大的变化，原先的土屋基本不见踪影，村民陆续改造自己的房屋，村里竖起了一栋栋三层小洋楼。

老一辈村民还保持着日落而息的农耕、渔业生活生产的习惯，但年轻一代已习惯到城市里打工或创业，所得收益比困守农田时更优厚。滠口村离市区步行仅半小时的路程，交通便利的优势令涌入城市的年轻就业者越来越多，老一代的生活方式悄然发生了改变。

从 2007 年基础设施建设开工至今，经过这些年间风雨征程、拼搏跨越，汉口北已成为世界级商贸集群，是投资界的热点，更是武汉现代商贸物流中心建设的扛鼎之作，武汉商贸批发业的新龙头。

木兰花谷

景点简介

木兰花谷

景区占地近 3000 亩，东依本兰湖，西连木兰山，交通便捷。是黄陂首推区内最为震撼的大型水幕激光秀。

景区的防空防震科技馆，内设 5D 影院、图文厅、地震环幕体验屋、VR 模拟试验等，带您一起极致享受原始大自然与现代高科技的绝妙碰撞。

这里四季有花，拥有银杏园 41 亩、花园 30 亩、石榴园 38 亩、枣树园 25 亩、枣园 25 亩、榨木园 37 亩、山楂园 39 亩、桂花园 29 亩、樱花园 48 亩、桃园 42 亩，还有梅花园、茶花园、苦丁茶池、柿子树 200 棵、莲蓬池 4 片、板栗树上千棵、桔子、柚子、本瓜上千棵、批把上千株，还有石榴、茶花、紫薇、木槿、含笑、野生兰草等。

景点故事和传说

花谷石上演武台

有一泓碧水，宛如云中飞来的一面巨镜镶嵌在山腰，木兰花谷对面的山坡上，有一块平坦的山石，传说是花木兰小时候的演武台；台周围有很多碗口粗的梧桐树，传说是花木兰的腾挪桩幻化而成的；山下周围错落石崖恰似镜台和雕工精细的镜框。这就是人们赞叹不已的奇景——木兰花谷演武台。

演武池水一年四季碧绿澄清，水光潋滟。塘中心有一洼泉水，清粼粼，甜津津。看石台、赏水光的最佳时节，应是春暖花开的艳阳天。早上眺望碧水，但见乳白色的雾浮来飘去，不一会儿轻烟细雾，化成小小的水星，飘落在树丛中，洒在崖石上，轻轻的，潮潮的，给人一种清新、宁静的感觉。到了正午，云收雾散，太阳光铺在大地，细波粼粼，像谁撒了一池碎银，又像无数头银鱼在游动，令你神思飞越。这里的春天，百花盛开，杏花、桃花、李花竞相开放，更让人称奇的是，杜鹃花一串串、一丛丛嵌在石崖间，悬挂在险峰上，让人目不暇接。

相传，木兰小时候经常在石上舞剑挥刀、腾挪飞跃，操练十分刻苦认真。每当练得大汗淋漓的时候，便喜欢到水池区洗浴，洗浴后就到山洞中乘凉。后来人就把这个洞叫做木兰洞，现在这个地方变成了防震防灾博物馆。听了这个优美动人的传说，你细细观察一下那阴暗处的凤尾草上，以及树根的崖石缝里，你便不难发现有晶莹的泉水渗出来，发出"叮咚，叮咚"的声响，仿佛给人弹奏一曲美妙的乐章。石上听泉，眼底观景，真叫你动情。无怪乎人们说："木兰处处皆佳景，还是花谷景色妍。"

木兰野村谷

景点简介

野村谷风景区

　　野村谷位于武汉市黄陂区王家河街道唐刘甲村，背靠木兰湖，毗邻木兰山、木兰草原，地处国家 5A 级木兰文化生态旅游核心区内，占地 7000 亩，距武汉市区 43 公里。驱车从景区大门进入，蜿蜒的道路两边种满了银杏树，金黄叶片随风散落。沿着指示牌往前走，便来到了新建的游客服务中心。景区特色旅游线路：游客来野村谷度假，可体验新水百草溪游线和登山游线。前者地势平缓，适合家庭集体出游，游客可在园区赏花、钓鱼、制作陶艺、采茶炒茶，在 24 节气梯田菜地享受农耕之乐，在亲子厨房烘焙幸福滋味；登山游线山高峰险，适合年轻人登高远眺、户外运动，登山全程约 3 小时。

　　野村谷 2018 年"十一"黄金周开始试营业，2019 年 3 月景区正式开园。

景点故事

陈少敏的女卫士龚富芹

陈少敏 1902 年出身于山东寿光县农家。原名孙肇修，因为秘密工作的需要，还曾化名"老方"。1928 年加入共产党，曾领导青岛工人运动。1938 年任鄂豫游击支队政委，后任鄂豫边区副主席、代主席。解放战争时期任中原军区副政季。在全军各战略区的首长中，她是唯一的女同志，人称"陈大脚"。陈少敏在鄂豫边区工作期间，经常到塔耳岗、长堰一带活动。1941 年秋天，一次她到了长堰一个叫打雨尖的山上，看到一个瘦小的女孩穿着单薄的土布衣，在秋寒的山疙瘩里瑟缩着。她踱步上前询问："小姑娘你家住在哪里?"小姑娘用手往东一指："野村谷。"又问："你在干嘛呢?"小姑娘回答："我在放牛。牛不吃饱回去要挨打的。""噢，你爹妈那狠呀?""不是我爹妈，我家穷，9 岁就给这家当小媳妇。"小媳妇就是童养媳。陈少敏拉着小姑娘的手问："我们这里有打鬼子的队伍，士兵都是穷苦人出身，亲热得很，你跟我一块去打鬼子好不好?"小女孩瞟了一眼这个穿着灰布衣服、系着皮带的威武女人，点了一下头。就这样，小女孩随着陈少敏来到了姚家山。这个女孩名叫龚富芹，1929 年出生，那年 13 岁，是野村谷李新二湾一个姓李人家的童养媳。到部队后，她在陈少敏身边照顾首长的生活，帮忙喂马、牵马。陈少敏起床后，她就帮她打绑腿。她说："陈少敏的绑腿，别人用一副，她要用两副。"可见陈少敏的高大。龚富芹跟着陈少敏在黄陂、红安、大悟等地打游击。龚富芹说："首长在姚家山晏家冲都住过，但在白果树湾住得最多。在姚家山村和老百姓一起种地。有一首歌谣：'陈大姐，种白菜，又肥又绿人人爱。'后来在红安一次和日本人的战斗中，她和陈少敏走散了，在山里东躲西藏转了3天，又回到野村谷。李家见了打骂一顿后逼着成了亲。这是1943年秋天的事。听说后来陈少敏来找过，但野村谷山高林密，又没有路，就没找着。龚富芹一直生活在野村谷。龚太婆现住长堰街上，已是93岁的高龄。

木兰玫瑰园

景点简介

木兰玫瑰园

位于王家河胜天村，与木兰草原相连，处在木兰生态旅游区内，以其所在地和景区主要特色而命名，是 2011 年建成的武汉市首个以玫瑰花为主题的旅游景区。景区占地面积为 1.37 平方公里，核心景区占地 3218 亩。其中有玫瑰家族中被誉为"皇冠"的保加利亚大马士革玫瑰 2000 余亩，1000 多亩为观赏玫瑰，花色分为红、粉、黄、白、复色 5 大色系。有 160 多种不同品种的玫瑰花，其中包括红豆、香欢喜、豆蔻年华、灰姑娘等武汉罕见品种。经过精心培育，玫瑰园除冬季没有玫瑰花之外，春、夏、秋均有不同品种的玫瑰开放。园区分苗圃区、体验区、服务区、种植加工区和七彩玫瑰赏花区等 5 大功能区。花期从 4 月份一直持续到 11 月份。

景区由玫瑰山、天鹅湖、玫瑰广场、百玫园、七虹坡、情人谷等数十个景点组成。园区内山岭起伏、湖泊点缀，植被资源十分丰富，空气富含负氧离子，满园玫瑰飘香，是一个名副其实玫瑰花香四溢的天然氧吧和回归田园的玫瑰花海。该园以"花"为媒，以"爱"为线，以"玫瑰花田"为特色景观，成为木兰生态旅游最集群中重要的赏花地点。该园分 3 期建设，规划在 2025 年全部建成后将形成精品玫瑰种植区、综合管理服务区、科技开发推广区、精深加工仓储区和生态休闲旅游区 5 大区域版块，成为集生产示范、产业孵化、加工物流、科教培训和休闲旅游等多元化功能于一体的网络化、联盟化发展集群，将其打造成最浪漫的玫瑰谷。武汉"都市第三空间"目的地。

景点故事和传说

浪漫情人谷

从玫瑰入口处，走过一段浓荫密布的临空板桥过玫瑰湖，穿越七彩坡，往西踏上 99 级的跳板，就到了情人谷了。相传很早以前，有一对男女为反对包办婚姻，逃到这个谷里，躲了七七四十九天，以地为床，以花为食，相濡以沫。后来这对情人真心相爱的故事感动了观音菩萨，她一挥云帚，将这对情人送往蓬莱仙境，男耕女织过上了仙人的生活。这里而今还遗留石凳石床，人们就把这里叫情人谷了。这对情人为爱相守，守一生一世的青山绿水，有繁星相陪，有树木山石作伴。浪漫情人谷，谷不老，爱不老。

木兰花海乐园

景点简介

花海乐园风景区

位于武汉市黄陂区木兰乡双泉村，占地面积 1500 余亩，与武汉市的中国历史文化名村大余湾毗邻。距武汉市城区 40 公里，距木兰山 16 公里。景区是以一年四季独具特色的梯田生态花卉景观及婚纱摄影为特色，由紫薇花、玫瑰花、薰衣草等组成，集七彩梯田花海、户外婚纱摄影基地、木兰古战场马战表演、水上嘉年华、农家动物表演、瓜果采摘、大型马戏团表演、大型机械游乐、儿童乐园等众多娱乐项目为一体的综合性生态旅游景区。

景点故事和传说

囊萤夜读书

古人车胤囊萤读书的故事家喻户晓。在大余湾，同样有活生生的例子。

民国时期，村里有个叫余传柱的小孩，他曾经是百子堂几个富家子弟的陪读，孤贫自砺，天资聪颖，读书过目不忘。他没有钱买书，只能借书来抄，等他把《四书五经》《古文观止》抄完，便能倒背如流。也因为抄书，他练得一笔好字。

到了夏天，余传柱盼望夜读，却没有灯照明，无意间想起车胤囊萤的故事，不禁突发奇想，就到当年花海乐园的稻田中抓来十几只萤火虫装进一只用皮纸做成的灯笼里，当灯具用。当年还留下这么一首儿歌："萤火虫，做灯笼。飞到西，飞到东，捉在灯笼中，照看读书童。"事实上，光靠萤火虫微弱的光线是不能照亮一群孩子的，这个故事只是鼓励学子求学上进。

余传柱不仅喜读古文，对自然科学也兴趣浓厚。一个夏天的傍晚，他在池塘边纳凉。凉风送爽，随风飘来河水的清冽和荷花的清香，游鱼的戏水声也隐约可闻。他心头一动："湾里人都是用鱼竿和渔网捕鱼，我能不能想出一种更简便的办法呢？"次日早起，思索了一整夜的余传柱用篾片制作了一台捕鱼器，可以轻松地捕鱼捉虾。尝到甜头，他又试验用木材造自行车甚至飞机，尽管失败了，却显现出雄心壮志。后来，他干脆用无师自通的木匠手艺造起了一件件家具。湾子里的小孩无不崇拜他，天天跟在他身后跑堂听叫。余传柱农活干得同样棒。他上山砍完柴，总是把柴捆得整整齐齐的，挑回家时也比旁人"闪"得漂亮。在他的影响下，大余湾出了很多饱学之士，在仕途和商界都取得了骄人的业绩。